将洒下的光藏进故事的土壤里

光粒

这世上总会有那么一个人，

她什么都不用做，她站在那里

冲你笑一下，你的软肋就出现了，

她说，我需要你的庇护，你说，好。

哪怕这一切会有期限，

哪怕到最后没有结局，

你认了，你无条件向她投降。

小花喵

小花喵 著

天津出版传媒集团
百花文艺出版社

图书在版编目（CIP）数据

枝南 / 小花喵著. -- 天津 : 百花文艺出版社,
2024.2
ISBN 978-7-5306-8661-4

Ⅰ. ①枝… Ⅱ. ①小… Ⅲ. ①长篇小说－中国－当代
Ⅳ. ① I247.5

中国国家版本馆 CIP 数据核字 (2023) 第 215693 号

枝南

ZHI NAN

小花喵 著

出 版 人: 薛印胜
责任编辑: 张 雪
封面设计: 白砚川 **版式设计**: 顾 泊
出版发行: 百花文艺出版社
地址: 天津市和平区西康路 35 号 **邮编**: 300051
电话传真: +86-22-23332651（发行部）
+86-22-23332656（总编室）
-86-22-23332478（邮购部）
网址: http://www.baihuawenyi.com
印刷: 长沙鸿发印务实业有限公司
开本: 880 × 1230 毫米 1/32
字数: 343 千字
印张: 10
版次: 2024 年 2 月第 1 版
印次: 2024 年 2 月第 1 次印刷
定价: 52.80 元

如有印装质量问题，请与长沙鸿发印务实业有限公司联系调换
地址：长沙县黄花镇黄花工业园三号
电话：0731-82755298
邮编：410137

目录

CONTENTS

目录 CONTENTS

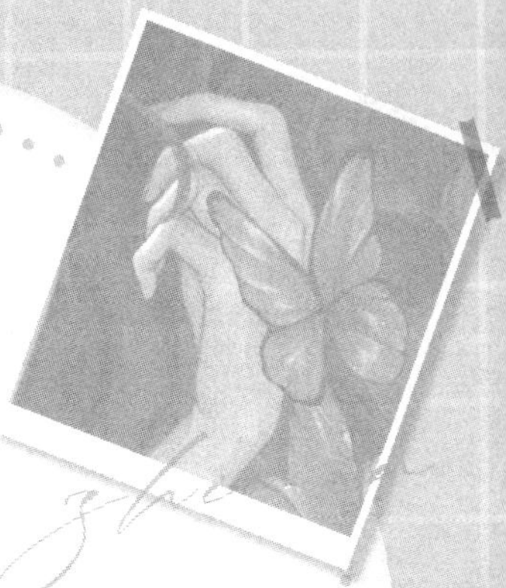

第一章 初见

二〇一七年十月，依山傍水的铜窑小镇，秋意渐浓。

傍晚时分，细雨飘洒，青石板小路湿漉漉的，银针般的雨丝滑入临街的小河，河面泛起层层涟漪。

临河小铺的老板拎起炉灶走向河边，红烧肉的香气融入空气中，谁家的小狗嗅到了香气兴奋地叫着。长街上，一个矮胖的小小人影慢慢走近。

那是个看起来不过十岁的男孩子，校服随意地套在身上，鲜艳的红领巾胡乱地系在脖子上。他左手烤肠，右手糖苹果，吃得满嘴油。

细雨绵绵，他没撑伞，校服淋得微湿。他吃完最后一口烤肠，转身走向石拱桥对面的小店。

这家叫“东风刺青”的店铺不算新，灰瓦白墙，雨滴在斑驳的墙面上蜿蜒出深浅不一的水迹。

店里的男人背对门口坐在高凳上，弓着身子仔细整理设备。他的肩膀很宽，腰身精瘦，穿着简单的黑背心，双臂裸露的肌肉结实、分明，磨旧的牛仔裤配一双朴实无华的夹板拖鞋，也不怕冷。他嘴里叼着烟，听着蓝牙音响播放的音乐，脚跟着音乐打拍子，低声哼唱：“没有什么能够阻挡，你对自由的向往，天马行空的生涯，你的心了无牵挂，穿过幽暗的岁月，也曾感到彷徨……”

男人爱整洁，小小的店面打理得规整干净。

店里有两间房，里间的小屋仅有一张老式弹簧床，外间是一张专用美容床，还有个收纳器材的柜子，旁边零散放着几个塑料高凳。

与那些墙面贴得花里胡哨的文身店相比，他的店面过于朴素，灰暗的墙上仅一面崭新的五星红旗。

“东叔。”

小胖墩儿用手背抹了一把嘴角的油渍，冷不丁一声吼，整间屋子都回荡着他洪亮的声音。

男人闻声停下手上的动作，不紧不慢地转过身。

屋外彻底黑了，头顶的灯泡随风晃动，昏黄的灯光下，他身体裸露的肌肤泛着光泽。

男人的大半张脸映着光，轮廓凌厉冷峻，黑发粗短整齐，两道浓眉下，明亮的眼睛闪烁着光芒，透着一股凛然的正气。他夹着烟深吸了一口，又缓缓吐出来，微微眯起眼睛，问：“你小子跑来做什么？”

“今天周五，你答应要给我做糖醋排骨的。”

魏东眉头轻蹙，慢慢直起身。他净身高有一米八六，进出都要低头，站在小孩儿面前像个高大威猛的巨人。

“张齐齐。”

他嗓音低沉，小孩儿呼吸一紧，条件反射应道：“到！”

魏东还算有耐心，弯腰询问：“之前说的，做排骨的前提是什么？”

小家伙被戳到痛点，气势减弱，说：“周测试，数学考一百分。”

“那你考了多少？”

张齐齐叹息一声，垂头丧气道：“七十五分。”

魏东冷笑补刀：“考这点儿分还有脸跟我要排骨？”

“我下次一定考满分！”张齐齐信誓旦旦。

“下次再说。”

“东叔……”

“赶紧滚回家，不然你姨奶奶又得发飙了。”

张齐齐郁郁寡欢地转身：“哦。”

“等会儿。”魏东沉声叫住他。

张齐齐笑圆了小肉脸，以为魏东回心转意，谁知他微微一笑，说：“苹果留下。”

明明近三十岁的人了，偶尔的行为举止却无比幼稚。

张齐齐郁闷地撇撇嘴，将未拆封的糖苹果小心翼翼地递过去，心仿佛在滴血：“我零花钱就那么多，你省着点儿吃。”

“行。”

魏东生出了点儿作恶的痞性，非要当着张齐齐的面拆开包装纸。

“咔嚓”——他一口咬下去，苹果瞬间消失大半。

小胖墩儿嘴角抽搐，欲哭无泪。

打发走邻居家小孩儿，魏东站在店门前，注视着连绵不绝的小雨。看这架势，一时半会停不下来。

店里唯一的那把黑伞让张齐齐拿走了，从店里走回家，路程不算远，大约十五分钟，但若不想淋雨，也只能乖乖等雨停。魏东困倦地伸了个懒腰，昨晚的酒似乎还没醒。这天一早他接了个电话，匆匆跑来给熟客扎了个图，一坐就是大几个小时，后背都弯麻了。

魏东叼着烟，摸了半晌没找到打火机，索性扔了烟，从裤子口袋翻出前几日去孤儿院时，孩子硬塞给他的泡泡糖。他将泡泡糖放进口中，咀嚼了几下，觉得香精味稍重。

外头的雨势越发大了，雨水在檐头汇成大颗晶莹剔透的水珠，沿着瓦棱上的花纹滴落下来。雨滴恰好砸在魏东修短的寸头上，然后顺着他高挺的鼻梁落下，碰到刚吹起球的泡泡糖。“啪”的一声，泡泡球炸了，险些糊满魏东的嘴。

“喵呜——”

屋外倏然蹿过一团黑影，魏东循着声音找去，瞧见一只纯黑的小猫咪蜷缩在角落。它左脚受了伤，隐约有鲜血在流淌。

魏东蹲下身查看，小猫咪察觉到他的靠近，害怕地缩成一团。

“怕什么？”魏东微微一笑，似在安抚，“我又不是坏人。”

他这人平时不苟言笑，毕竟之前当了多年兵。退伍后，他也依然保留着军人的特质——严肃且冷峻，偶尔犯浑也只是逗逗小孩子。

这时，身后隐隐传来脚步声，像是高跟鞋踩在湿滑石阶上发出的声响。

空气中隐隐飘来一股淡雅的幽香，钻进鼻子，甚是好闻。魏东侧目，视线顺着裸色高跟鞋往上。

雨幕中，女人身着一袭清新典雅的青花旗袍，婉约中透着诗意，稍长的裙摆遮盖住她的小腿，露出纤白的脚踝。

她单手撑着伞，伞沿微微下压，遮掩住大半张脸，唯见泛白的嘴唇微启：“请问，现在还营业吗？”

魏东缓慢起身，没急着靠近，与对方隔着两三步的距离。

“关门了。”他语气淡淡的，说完转身匆忙往里走。

没过多久，他拿了一件破旧的短袖出来，绕过一旁静候的女人，弯腰用衣服裹住受伤的黑猫，大步流星地钻进雨里，很快消失在无人的长街。

大约过了一小时，魏东从镇上仅有的一家宠物诊所出来，雨水无情倾注下来，他整个人像是刚从水里捞出来的。等他小跑回刺青店，发丝已在往下滴水。

意外的是，门前的旗袍女人居然还没走，静静地站在原地等候着。魏东稍觉诧异，本想当作没看见，直接进屋，踏出的步子到底还是停在了半空。

魏东转身看向她，说：“老实说，我不接女客。”

贺枝南觉得奇怪，将伞柄上移，露出标准的鹅蛋脸，柳叶弯眉，杏眼明净澄澈，披肩黑发顺滑如丝绸。

“为什么？”

她声线温软，咬字方式很独特，尾音辗转上扬，听着不像本地口音。

魏东的视线在她脸上停顿两秒，不动声色地移开，道：“麻烦。”

他说完便朝里走，谁料女人竟执着地追进店里，高跟鞋磨着瓷砖，噪声分外刺耳。

魏东没理她，自顾自走向里间小屋。

贺枝南犹豫了两秒，固执地追到门口，恰好撞见男人脱衣服。赫然入目的半裸美男看得她脸红心跳，她慌乱地闭上眼睛。眼前虽黑，心却是亮的。男人挺拔魁梧的身姿，后背健硕明朗的肌肉线条，大概只在某些硬汉电影里见过。

魏东很快换上干净的短袖，转身时，女人还站在门口。他烦躁地蹙眉，看着她发间的几滴水珠迅速滑过下巴，流进她紧扣的衣领。

魏东收回目光，若无其事地绕过她走到外头，在柜子上拿了烟盒和打火机，背靠着柜子将烟点燃。

他的目光悠悠地望着对方，声音低哑，似被砂纸打磨过：“你是听不懂人话？”

贺枝南不躲不闪地同他对视，尽管心绪乱如麻，面上却无比坚定：“镇上就你这一家刺青店。”

魏东斜眼看她，有些不耐烦地反问：“所以呢？”

“你开个价，我可以加钱。”

贺枝南自小生活在大城市，虽不愿被散着铜臭味的金钱腐化，可到了关键时候，钱也许真是万能的。

“嗬。”魏东冷哼，“今儿我要是不干，你还不走了？”

贺枝南看着他，抿了抿唇，没吱声。

“真不走？”

“是。”她的眼神格外坚定。

看着她倔强的眼神，魏东眉间褶皱加深。他问：“你想弄什么？”

贺枝南的眼睛骤亮，嗓音软了些：“彼岸花。你能做吗？”

魏东掐灭了烟，瞥去一个耐人寻味的眼神，问：“你知道那玩意儿的意思？”

“知道。”

“弄哪里？”

贺枝南思索两秒，嘴唇张了张，说：“后腰。”

“行，一口价五千。”

魏东懒得跟她浪费时间，干脆狮子大开口，报了个比正常价至少翻了三倍的价格。

“好，成交。”

贺枝南肩一松，如释重负。

她答得爽快，魏东反倒僵住了。他本以为是完美劝退，没承想反被人顺势逼上梁山，骑虎难下。

天黑雾浓，隐约可见河对面的住户打开临街小窗，一家几口围坐在饭桌前吃饭聊天。

湿润的空气里飘着诱人的饭菜香，贺枝南一整天闷在客栈，到现在粒米未进。嗅到勾人馋虫的香气，她忽然觉得肚子饿了。

“咕噜”一声“巨响”，盖过屋里静静流淌的音乐。

魏东正在柜子前清点待会儿要用的工具，闻声回头，看见那个女客人正柔柔地倚着门框，她苍白的脸颊已经泛起红晕。

魏东原想装作没听见，可那声音此起彼伏，颇有几分交响乐的风范。

“有钱刺青，没钱吃饭？”他忍不住戏谑道。

贺枝南脸皮薄，被问得耳根一热，硬着头皮道：“这附近有吃东西的地方吗？”

“出门右拐，走个十米左右，有家上海小笼包店。”

贺枝南面露难色，压低嗓音：“我晚上不吃面食。”

魏东愣住，像在看怪物一样。

像他这种五大三粗的彪形壮汉，当年在北方当特种兵时，吃面都比吃饭多。如今退伍几年，他也依旧改不掉每天几个馒头的饮食习惯。那玩意儿深入骨髓，不吃浑身难受。

“你剥了皮，光吃里头的肉。”

“我晚上也不吃肉。”

魏东笑了，笑容阴森森的，让人不由得浑身起鸡皮疙瘩。

他本就不想接这单，要不是看着现在外面黑灯瞎火，对方又是手无缚鸡之力的外地女人，他还真干得出驱客关门的事来。

魏东低头拉开抽屉，翻出濒临过期的饼干，转身走到那女人跟前，说：“铜窑是个小镇，除了旅游季，天黑后没两家餐饮店营业。”

魏东把饼干强硬地塞进她手里，道：“那图少说得弄几个小时，你要不想饿死，就吃了它。”

贺枝南这次没拒绝，道了一声：“谢谢。”

对她而言，饼干跟小笼包并无差别。可此时的她饥肠辘辘，外头又风雨交加，除了饼干，没有别的选择。

魏东没再管她，翻箱倒柜找自己以前手绘的画纸。他记得自己去年曾画过一张彼岸花的图，因为颜色过于艳丽，他印象十分深刻。

贺枝南艰难地咽下几块饼干，原本空空如也的胃得到些许满足，可再吃两口，干巴巴的饼干就堵在喉咙，难以下咽。

魏东找了半晌终于找到那张图，抬头见她噎得满脸通红，便从角落的纸箱里拿了瓶矿泉水递给她。

“谢……咳咳咳……”

饼干碎呛进喉咙，贺枝南咳得五脏六腑都疼。

她喝了一口水，呼吸平复后，余光瞥到角落纸箱里东倒西歪的水瓶，原想装作没看见，可抓心挠肺的不适感令她忍不住走过去整理好它们。

魏东默不作声地看着她，等她喝完水，递过画纸，问：“这图行吗？”

贺枝南垂眸一瞧，瞳孔细微扩张，讶异又惊喜。

画纸上绽放的彼岸花娇艳如血，绚烂如地狱红莲，比她在网上搜到的好太多。她抬眼，盯着魏东那张过于粗糙痞气的脸和下颌冒出杂乱粗硬的胡茬，不太确定地问："这是你画的？"

魏东被她那不敢相信的眼神冒犯到，皮笑肉不笑地反问："有问题？"

"没。"贺枝南反思自己的反应不太礼貌，微笑着接话，"好看。"

"那就这么定？"

"好。"

魏东做事极其讲究，因为文身机直接接触肌肤，所以他每次都要反复消毒数次。

复印好图纸，所有准备工作就绪，魏东随意坐在美容床旁的高凳上，拧开落地照明灯，侧身看她，说："愣着干吗？过来。"

贺枝南是第一次做刺青，全凭满腔热血壮胆，其实什么都不懂，所以魏东说什么，她都照做。

"左边还是右边？"魏东问。

贺枝南斟酌片刻，说："右边。"

贺枝南坐下，旗袍因坐姿而上滑，露出的肌肤白皙似雪。

她摇摆腰肢试图更换成侧躺姿势，魏东移开视线，叫停她的动作："别动，你穿着这身衣服怎么继续？"

"嗯？"贺枝南满脸茫然。

"咳。"魏东稳住呼吸，痞痞地勾唇道，"我是说，隔着衣服没法弄。"

贺枝南就着灯光看清他幽深的黑瞳，明明也是羞涩的性子，竟鬼使神差地问了一句："你们干刺青的，都爱耍流氓吗？"

"说不好。"魏东也不恼，吊儿郎当地笑道，"你要是害怕，可以另寻别处。"

贺枝南仰起头，对上他的目光，也不知哪根神经不对付，她将羞耻心扔到天边，反手摸到后腰上方的拉链。

新式改良旗袍比传统旗袍设计更方便，她里头穿着贴身的安全短裤，将裙摆堆至腰间，摆出侧躺的姿势，身段诱人。

"开始吧。"

她反倒成了发号施令的那个人。

魏东若有所思地看了她几眼，没再多话，小心翼翼地用转印油将图纸转印到刺青位置。

贺枝南肌肤雪白，未上色的印花在她的肌肤上绽放，有种别样的韵味。

“你想清楚，一旦我开始割线，就擦不掉了。”魏东提醒。

割线是圈内术语，等同于画作描边。

“嗯。”

贺枝南的确有些害怕，倒不是怕后悔，主要是怕疼。

魏东先在刺青的部位涂抹一层凡士林，起润滑效果，避免肌肤太干而裂开。文身机针头很细，魏东试探着下针。针尖扎破皮肤表层的刺痛不算明显，贺枝南忍着没吱声。魏东以为她扛得住，便加快了扎针的速度。

针刺的痛感密密麻麻地渗进贺枝南的大脑，但她不敢叫，怕出了声就没勇气继续。

魏东做事专注，自右下角开始细密地描边，一不留神就沉浸其中。直到完成小半，他才想起停手让人缓口气。

“要歇会儿吗？”他坐直身子，低声问。

“不用。”

贺枝南额头已然渗出细汗，鼻音很重，哭过似的。

“真不用？”

“是。”

魏东按了几下僵硬的后背，换了个舒服的坐姿继续埋头苦干。

割线结束后，魏东让贺枝南休息片刻，换了针尖更多的排针给描好的图打雾，也就是上色。

贺枝南的后腰已经麻了，一动一晃就钻心地疼。她张嘴轻呼，难受得咬牙皱眉。

魏东全数看进眼里，但没急着拆穿，反倒对她的忍耐力感到敬佩。

要知道刺青这玩意儿越接近骨头越疼，后腰接近脊骨的位置格外痛，正常男人都会忍不住号两声，她那么纤瘦，腰细得仿佛一只手就能握住，却愣是一声不吭忍到现在。

这女人，对自己足够狠。

墙上的时钟指向九点，屋外寒风四起，秋雨绵绵。

屋里没人说话，静得只能听见机器运作的声音。魏东埋头作业，贺枝南咬唇忍耐，尖锐的细针扎到脊骨边缘，贺枝南疼得身体猛颤了一下。

“很疼？”憋了几乎一整晚，魏东还是问出了口。

贺枝南强忍泪意，固执地咬了咬唇，说：“还可以忍。”

魏东轻哼一声：“没事找罪受。”

贺枝南大概是真忍到极限了，细针连绵不绝地穿刺皮肤，她终于忍不住急促地吸气。

魏东没着急继续，放下文身机，转身走向已经关闭的蓝牙音响。

“有爱听的歌吗？”他翻出手机，随口问。

贺枝南愣了一下，答道：“粤语老歌，我都可以。”

魏东略显错愕，现在少有小姑娘喜欢听老歌，见她年纪轻轻，看着比自己小个几岁，没承想品味如此复古。

他翻到一首黎明的歌——《夏日倾情》，温柔轻缓的曲调，搭配黎明浑厚深情的声线，缓缓流淌在整间小屋：“是你吗？手执鲜花的一个，你我曾在梦里，暗中相约在这夏，承诺站在夕照后，斜阳别你渐离去，亦会不归家，期待我吗……”

贺枝南喜欢这首歌。她眉眼舒展，紧绷的身体逐渐放松。虽说她平时说话的腔调有些像吴侬软语，但因自小受广东籍父亲的影响，她的粤语很流利，对粤语歌更是十分钟情。

这首歌单曲循环，持续不断播放了无数遍，贺枝南也不嫌腻，她沉浸其中，浑然忘了细密的疼痛感。

最后魏东进行收尾工作时，贺枝南已完全适应，甚至忘乎所以地跟着唱道：“I love you，你会否听见吗？你会否也像我，秒秒等待遥远仲夏……”

她的粤语咬字很准，又有江南软语的腔调。魏东面色看似寻常，手上的动作却停了两秒。

他细心地替她抹上药膏，贴上一层保鲜膜防止与衣物粘连，而后若无其事地收起装备，说：“结束了。”

“哦。”

贺枝南扭身，瞧不见新鲜出炉的图案，要求魏东拍下来给她看。魏东也没多话，应允照做，拿出手机拍了几个角度的照片，选了最好的一张递给她。

“很漂亮。”贺枝南低呼，竟比她想象的还要惊艳。

魏东专业技术过硬，顾客中回头客居多，虽地处小镇，却时常有周边城市的刺青爱好者跑来这里扎图。

他平静地灌了几口水，脸上没有多余表情，嘱咐道："三四个小时后才能沾水，一周不能喝酒。"

"好。"

贺枝南唯恐碰到那朵鲜红绚烂的花朵，屏住呼吸轻轻拉下衣服。她起身穿戴整齐，问："怎么付款？"

魏东敲了敲木门上摇摇欲坠的付款码。

贺枝南看到歪斜的东西心里难受，伸手将其摆正，二话不说将钱付好。

"叮。"

柜子上的手机振动，钱已到账。

贺枝南撑起油纸伞，离开前看了一眼墙上的时钟，将近十点，已经很晚了。

小镇的雨夜沉静如水，沿河的路灯散发着昏黄的光晕，秋雨迷蒙，薄雾氤氲，隔岸人家悬挂的红灯笼似星火，照着人们回家的路。

"我走了。"贺枝南告别。

"嗯。"魏东应道。

贺枝南刚迈出一只脚，魏东沉声叫住她："哎。"

贺枝南回头，面露疑惑。

魏东深吸两口烟，解了烟瘾后将烟摁灭，抬眸问："你不是铜窑人吧？"

贺枝南难得有心思打趣："怎么，你还有不接外地客的规矩？"

"那倒不是。"魏东收起眼底的锋芒，沉声道，"外地客，得多坑一点儿。"

贺枝南微怔，没想到他竟恬不知耻地说出这种话。

这话堵得贺枝南无言以对，心底暗生恼意。她羞怒地瞪了魏东一眼，转身走进漆黑如墨的夜色中。

贺枝南曼妙的身姿在雨夜轻盈摇摆，青石板路很长，沿途的微光照亮她婀娜多姿的背影。

她穿着青花旗袍有种超凡脱俗的绝美气质。

魏东背倚着木门，一眨不眨地盯着那渐行渐远的身影，突然想起清风生前最爱的那首诗："撑着油纸伞，独自 / 彷徨在悠长、悠长 / 又寂寥的雨巷 / 我希望逢着 / 一个丁香一样的 / 结着愁怨的姑娘……”

那时的清风还是个意气风发的文艺青年，身在部队，心系远方，训练休息的间隙，仍不忘抒发自己的诗人情怀。

“东哥，你说诗里写的丁香姑娘，现实中真有吗？”

魏东笑道：“也就你这傻子相信。”

“不一定。”清风目视远方，幽幽道，“念念不忘，必有回响。”

那抹柔美的背影走到长街尽头，拐入蜿蜒的小道，直到完全消失。

魏东收回视线，转身时嘴角勾了一下。

你喜欢的丁香姑娘，我遇见了。

但也只是遇见而已。

第二章 贼喊捉贼

铜窑地处江南，商业气息不浓，保留了江南古镇的淳朴风貌。镇上没有奢华的酒店，只有自家小楼改造的客栈。

贺枝南住在临河的客栈，二楼左边那间。

客栈白墙灰瓦，装潢略显陈旧，可她并不在乎住处简陋，初来此地，能有一处还算满意的安身之所，已经算是幸运。

天刚亮，落了一夜的雨终于停了。

靠墙的小床床面平整，无一丝多余的褶皱。手机安静地躺在枕头上，流淌的音符陪着贺枝南度过无边暗夜，迎接光明。

《漫步人生路》是贺枝南最爱的一首歌。虽说她已经听过无数遍，可每次听都有不一样的感触，因为这首歌中唱的正是她对爱情所有的期待。

“路纵崎岖亦不怕受磨炼，愿一生中苦痛快乐也体验，愉快悲哀在身边转又转，风中赏雪，雾里赏花，快乐回旋……”

贺枝南嘴里哼着歌，欠身探向窗外，清风拂面，微微湿凉。

小镇的清晨宁静且惬意，屋檐的灰色瓦片仍在往下滴水，晶莹的水珠砸在青石板路上，滴答，滴答，很是悦耳。

恰是周末，小孩子们奔跑嬉戏，妇女们结伴去河边洗菜，青石板铺成的石拱桥横跨河道，侧面苔痕斑驳，衣着朴素的老爷爷挑着担子在桥面行走，吆喝着贺枝南听不懂的本地话。

贺枝南抿了一口黑咖啡，酸苦的液体滑过舌尖，品出莓果的酸甜。

她挑食很严重，用朱妮娜的话说是大小姐矫情，可她自觉不是矫揉造作的女人，她不过是在饮食上比其他人多了几分讲究。

客栈房间不大，勉强塞下简陋的家具，以及贺枝南硕大的行李箱。

贺枝南来这里几天，也失眠了几天。准确来说，她几乎每天都盯着天花板发呆到天亮，已经忘了自己多久没有安然入睡。

床上的电话铃响了一遍又一遍。贺枝南不慌不忙地吃完药丸，无意中看见河边几个小孩子在打闹，其中一个小胖子力大无穷，单手轻松掀翻两个小孩子。

贺枝南抿嘴轻笑，转而听见一阵烦人的振动声，她起身走向床边，心不在焉地瞟着那场激烈的战斗。

看清来电显示，她轻舒了一口气。

还好，不是远在天边的妈妈。

听筒里传来的声音十分尖厉，刺得人耳朵疼："你昨晚发的是什么？"

"刺青。"贺枝南话音带笑，"彼岸花。"

电话里静了两秒，问："你的？"

"嗯。"贺枝南拿着电话走到窗口，河边的小孩儿不见了，她有些失落，转而问，"怎么，不好看吗？"

"贺枝南，你疯了。"电话那头的人有些激动。

贺枝南淡然一笑，倒也坦然："我千里迢迢跑来这儿，不就是为了放飞自我？"

"你别说了，明天我来接你。"

"妮娜。"贺枝南看着河对面正在生炉子做饭的妇人，一个年幼的孩子欢快地围在妇人身侧，二人有说有笑。

贺枝南真诚地说："我喜欢这里，也喜欢后腰那朵花，开得真好看。"

两人之间相隔千里，朱妮娜摸不准贺枝南现在的精神状态，不敢出言刺激，只好小心翼翼地哄："你在那里人生地不熟，万一出了什么事，我都不能第一时间陪在你身边。"

"我最近病情很稳定。"

"你上次也这么说，结果……"朱妮娜的话音戛然而止，气氛有些凝滞，她换了一种表述方式，"我的意思是，你想去散心我赞成，但长住不可以，太危险了。"

贺枝南清楚好友的担忧，上次发生的事弄得朱妮娜心有余悸，恨不得二十四小时陪着她，生怕她再出意外。

“你相信我，我可以照顾好自己。”怕好友担心，贺枝南细数自己所做的努力，“黄医生的话我认真记住了，药我也按时吃了，而且这小镇很有灵气，空气好得不得了，说不准真能养好我的病。”

朱妮娜知道贺枝南性子固执，决定的事谁都劝不住，只好道：“那你必须每天给我打电话，要有丁点儿意外，我绑都给你绑回来。”

“知道了。”贺枝南笑着应允，看了一眼时间，说，“你去忙吧，大作家。”

朱妮娜最烦她那套捧杀，忍不住翻白眼，说：“求你别抬举我，我顶多算个无情的码字机器。”

贺枝南揶揄地笑道：“妮娜大大，您的新书我正追着呢，您要不按时更，我打爆您的电话。”

“新书？”朱妮娜的反射弧巨长，还问，“你指哪本？”

“《霸总在我家田里种地》。”贺枝南笑吟吟道。

那头瞬间没了声音，无言的尴尬悄然飘过，朱妮娜说：“我早说过，这种书名就不要念出来了，容易伤胃。”

“土归土，人气还是很高的。”贺枝南悠悠道。

朱妮娜嘴角抽搐，说：“我怀疑你在骂人。”

“不敢，我可是您的脑残书粉。”贺枝南揶揄。

电话那头，蓬头垢面的朱妮娜仰头猛灌了几口冰水。熬夜写了近两万字，她困得随时都能睡着：“你这几天……就没什么有趣的艳遇？”

“没有。”贺枝南回答得斩钉截铁，可脑中迅速闪过某个魁梧的身影。她眼睫低垂，柔声加了一句，“倒是昨晚那个刺青师长得挺有韵味，不过，看着凶神恶煞般，不像好人。”

朱妮娜被她怪异的形容勾起兴趣，暧昧地笑道：“没留个微信？”

“没。”

说起这事，贺枝南还有点儿郁闷。

昨天看书时，她无意中见到彼岸花的介绍，然后爱上了它的花语，并被那抹火红的艳丽蛊惑心智。

彼岸花，盛开在黄泉路上。

埋葬死亡，迎接重生。

贺枝南想改变自己，想活得跟以往截然相反，所以才突破自我，尝试刺青。结果她骨子里的偏执作祟，竟鬼使神差着了那人的道。

回客栈后她查了才知道，这刺青图正常价格不过千元左右，即使加钱也不至于这么离谱。

这么看，那男人就是个典型的黑商，专宰外地客。

“他脸黑，心肠也黑，坑了我好几千。”贺枝南不满地说。

“让他滚蛋！”

朱妮娜是绝对的女权拥护者，写的小说一水儿大女主。不管是现实还是虚拟世界中，男人对她而言，无一例外都是用来消遣时光的。

贺枝南慢步走向衣柜，从一整排的旗袍里翻出想穿的那款，说：“外头空气好，我出去走走。”

妮娜出言调笑：“旗袍美人妖娆出街，性感绅士心花怒放。”

贺枝南被调笑得脸颊发热，娇羞地骂：“挂了，坏女人。”

小镇的街道不宽，小巷纵横交错，灰瓦白墙的住房错落有致。住房是小两层的构造，院墙不高，上面有斑驳的苔痕。

贺枝南随意绾起长发，用玉簪固定，换了一件素色旗袍，袖口与裙摆处锁着精致的白边。她的身段秀美，整个人似一朵恬淡清雅的雏菊。

路上行人不多，小镇居民围坐在小院里聊天。她沿着长满青苔的石板路走到尽头，直接左拐，一不留神，迎面跟人撞上。

老妇人胳膊上挎着竹篮，篮子里的瓜果蔬菜全数坠落，在潮湿的地面滚动。

“哎哟，对不起。”

老妇人看着五十出头的岁数，个子不高，微胖，圆脸，额头有颗显眼的黑痣，身上的花色长衫很显气质。

贺枝南歉疚地笑道：“应该我说抱歉才对。”

她俯身捡起遗落的番茄，讲究地从小包里抽出纸巾擦干净，这才重新放回竹篮，看到所有东西摆放整齐，她心里才舒坦。

“姑娘，你尝尝这个，农家人种的，鲜甜脆爽。”

贺枝南怔住，等缓过神，就只看见老妇人匆忙离去的背影，再低头一瞧，手心被人硬塞了一根翠绿的黄瓜。

她嘴角微扬，低低地笑。

旗袍配黄瓜，既违和，又有温暖的烟火气，气质绝了。

本以为两个人是一面之缘，没想到当天傍晚，贺枝南在小河边散步时，又撞见了那个神采飞扬的老妇人。

河岸边，老农拖了板车吆喝着卖苹果，路过的居民和凑热闹的小孩子纷纷围上去，贺枝南不经意地一瞥，刚好瞧见那条惹眼的花色长衫。她觉得有些眼熟，于是止步注目。

老妇人不知怎的同卖苹果的老农吵起来了。她撂下竹篮，两手叉腰，气场顿时八尺高。

她说的本地话，贺枝南听不懂，只见原本粗着脖子与之对骂的老农气势渐弱，许是自知理亏，气急败坏地推倒老妇人，推着板车扬长而去。

贺枝南见状，赶忙上前扶起她，问："您没事吧？"

老妇人气得面红耳赤，捋起长袖冲着逃远的佝偻背影高声怒骂："做个小本生意还学人缺斤少两，活该苹果卖不出去！要不是东子今天没在，我头都拧歪你的，跑跑跑，就知道跑……"

她扯起嗓子骂爽了，这才借着外力缓缓起身，转头见到贺枝南，稍愣一秒，随后眉开眼笑，说："你不是……早上那个姑娘吗？"

"您好。"贺枝南抿唇笑了笑，礼貌地问好。

"好好好。"

张莹香在这小镇待了几十年，还是头一次见到这么漂亮的女人，素雅的气质同这个小镇格格不入，大概率是外地游客。

贺枝南低头见她后背沾有污秽，眉头紧蹙，呼吸收紧，忙从包里拿出纸巾替她擦拭干净。

"姑娘，你来这边旅游的吗？"张莹香晃了晃沉甸甸的菜篮，笑着问贺枝南。

"嗯。"

"我们这小破镇子，能逛的地方可不多。"

贺枝南见这妇人慈眉善目，放下戒心，诚实回答："还好，我就随便走走。"

"对了，这镇上住处少，你寻着合适的没？"

贺枝南点了点头，说："云来客栈。"

"哦哟，离我家近着呢。"张莹香热情地说道，"你要是不忙，可以去我家坐坐，我给你好好介绍一下。我们这里地方虽小，但也是一座有文化底蕴的古城。”

对方盛情相邀，但总归刚认识，出门在外，贺枝南还是保留了一丝戒心，说：“今天还有事情，下次吧。”

“也好。”老妇人知分寸，也不多劝，只说，“你从客栈出门右转，走个几十米，见着一家屋顶刷着粉漆的，那就是我家。你哪日想来坐坐，我随时欢迎。”

“好的。”贺枝南应下。

张莹香笑盈盈地看着她，说：“这里人都叫我张婶，你要喜欢，跟着叫也行。”

“张婶好。”贺枝南轻声道，“我叫枝南。”

“啧啧，这人长得跟花儿似的，名字也好听。”

贺枝南被夸得有些羞涩，干笑着目送老妇人大步离开。

日子就这么平静地过了两天。

那夜临近十二点，熟睡的水乡古镇，安静得像座冰窖。

临街窗户推开小半，微风捎着夜间的湿寒钻进屋内，桌上的台灯散着昏黄的柔光，贺枝南坐在窗前的木凳上，冷得直缩脖子。

她这几日都是睁眼到天亮。黑暗让她心慌意乱，流动的空气里仿佛藏着无数怪物，它们凶狠地扑来撕扯你的血肉，你毫无防备，躲不过，只能默默承受，表面看似无伤，内里已经千疮百孔。

贺枝南的手机屏幕停留在她与妮娜的微信聊天框，最后一条是妮娜发的：“乖乖睡觉。”

贺枝南起身拧灭台灯，凭借窗外洒进的月光摸到靠墙的小床，平躺下去，紧闭双眼，强迫自己入睡。

可折腾了半晌，最终还是败给了一个叫作“失眠”的怪物。

贺枝南索性放弃，她两只手撑起身子，靠着床头坐着，看着映照在床单上的朦胧月色，又陷入新一轮的发呆中。

愣神间，房里似有一簇红光悄然闪过。

贺枝南的心脏瞬间揪起，呼吸骤然一窒。

待心绪平静了几分，她穿着轻薄的睡裙下床，没急着开灯，将手机紧攥在掌心，然后壮着胆子向闪着的红点靠近。

靠近大门的矮桌上放了盆装饰用的绿植，翠绿的枝叶向外舒展开，红点就藏在中间，被绿叶层层遮掩。

贺枝南按亮壁灯的开关，指尖抚开碍事的遮挡物，精准抓住源头——微型针孔摄像头。

警车的鸣笛声振奋人心，像是在夜间炸开一朵绚烂的烟花。

云来客栈里外全是人，挤得水泄不通，半个小镇的居民都跑来看热闹了。

张莹香在熟睡中被警笛声吵醒，随意披了一件外套往外走，顺便揪住也想出门看热闹的张齐齐，好说歹说才打消小孩的好奇心，令他乖乖回房睡觉。

铜窑镇面积不大，平时来往的都是些相熟的街坊邻居，半夜出警这种事几乎从未有过。张莹香循着动静找到云来客栈，看见站在屋外的几人正眉飞色舞地讨论着。

“里头出什么事了？”

有个中年女人小声回答：“说是有人报警，客栈房间有摄像头。”

“这外头来的人就是麻烦，屁大点儿事就报警，大半夜的还让不让人睡觉了？”

说话的是个穿红色亮片裙的女人，虽是半夜，她却妆容完整，蓝色眼影隐隐透着艳俗之气。

“我看那女的就不是做什么正经工作的，都什么年代了，成天穿个旗袍招摇过市，不知检点。”

张婶看不过眼。她本就不喜这些女人，说话也是少见地阴阳怪气：“我说林家媳妇，就你平时穿的那几件破布，路过的哪个男人不掉眼珠子？你还好意思说别人？”

“这嘴巴长我身上，我爱说啥说啥，关你什么事？”那女人被说得脸颊发热，扯着嗓子道，“真晦气，怎么哪里都有你！”

说完，女人拉着身侧的朋友火速离开客栈。

三名民警正在客栈前厅问话。

被抓住的客栈伙计是个三十岁出头的男人，个子不高，身形瘦小，戴着黑框眼镜，下巴坑坑洼洼，全是痘印。

也不知民警盘问到什么，原本坐在椅子上的男人突然情绪激动地冲向对面。一名民警手疾眼快地拉住，另外两名民警匆忙上前将他按倒，反手给他铐上手铐。

男人被制住，动弹不得，双眼赤红，说着蹩脚的普通话，满嘴污言秽语。

“闭嘴，老实点儿！”年轻的民警听得直皱眉。

男人毫无悔意，反倒恼羞成怒，喊道：“臭婆娘，你还敢报警！你看我出来不弄死你！”

民警粗声吼他：“还不给我闭嘴！”

静坐在长凳上的贺枝南脸色惨白，指尖无意识地抠抓木凳边缘。

相距不过两三步的距离，倒在地上的男人用恶毒的眼神死盯着她，后背那股凉意渐渐渗进头皮，她整个人仿佛身处地狱冰窖，周身都在发寒。那一瞬，她见到的不是男人仇视的目光，而是那些她自以为消失，却又始终伴随她的梦魇。

两名民警把男人带上警车，留下的那名民警朝她走近，温和地说道：“小姐，麻烦你跟我们去趟派出所做个笔录。”

“好。”贺枝南的心脏被揪扯到极致，声音弱得几乎听不见。

就在这时，一个人突然出现在她面前，仿佛是一道屏障，隔绝了所有刺痛的攻击。那人轻轻握住贺枝南冰凉的手，温暖的掌心将贺枝南从梦魇中拉了回来。

贺枝南神色恍惚地抬眼，映入眼帘的是张婶那张面带慈祥的笑脸。

“姑娘，你还记得我吗？”张莹香问。

贺枝南额前散落的发丝遮住了她满是迷雾的眼睛。她轻轻点头，说：“张婶。”

她们前两日见过，虽是萍水相逢，却无端让她有种奇妙的亲切感。

张莹香在外头听了个大概。等人群逐渐散去，她见贺枝南孤零零地坐在那里，瞧着怪可怜的，便说：“你对这边不熟悉，又不会说本地话，要是不介意，我陪你去派出所走一趟。”

贺枝南听得胸口发热，可还是不想麻烦别人，理智地推辞道：“谢谢您，我自己可以。”

张莹香清楚她心中的顾虑，亲昵地拉她起身，见她旗袍单薄，又脱下外套给她罩上，嘴里念叨着：“丫头，出门在外，多个熟人就多个照应，千万别跟我客气。”

话已至此，贺枝南也不好再出言拒绝人家的好意。她眼底含着水光，连说了好几声“谢谢”。

二人从镇上派出所出来时，已是凌晨三点。

根据民警从客栈搜出的证据，摄像头是昨天贺枝南不在客栈时安装的，庆幸的是发现得早，并未拍到什么裸露画面。

可男人的行为已然触犯法律，派出所对其处以拘留和罚款。

年轻的民警开车送她们回到客栈，张婶陪贺枝南回房间拿行李，说："这地方不能再住了，你今晚先去我那里凑合一下，明儿再作其他打算。"

二人无亲无故，张婶却帮自己这么多，贺枝南心存感激。特别是在派出所时，那男人用本地话骂她，张婶拍着桌子怒呛。

虽说贺枝南听不懂，可还是被她霸道的气势震慑了。

"张婶，今晚已经很麻烦您了，我想我还是……"

"这外头黑灯瞎火的，一个人影都瞧不着，你今晚想睡大街吗？"

贺枝南无言苦笑。

"听老人言，活万把年。"张婶说。

贺枝南被张婶正经的语气逗乐，也不再推托。

之后怎么打算，得慢慢想，首先得解决今晚的住宿问题。

街巷的路灯相隔甚远，灯光昏暗，却照亮了贺枝南晦暗的心。

张婶恐贺枝南害怕，始终紧紧牵着她的手不急不慢地往前走。

"今晚这件事情，是不是吓着你了？"张婶柔声问她。

贺枝南也诚实，说："有点儿。"

"我们这镇子说大不大，说小不小，民风淳朴，但也不代表没有坏人，没有那些上不了台面的勾当。"

贺枝南稍显讶异，侧头看向张婶。

张婶的眼眸很亮，说话时眉飞色舞："外人说的话，你不要放在心上。今晚的事情你做得很正确，也很勇敢，我老婆子打心底里支持你，用你们年轻人的话说，我给你点赞！"

贺枝南身处异乡，孤立无援，又经历了惊心动魄的一晚，如今丁点儿温暖都能撩动她的心。她感动地说："谢谢您。"

张婶看清她眼底氤氲的水雾，话锋一转："箱子重不，我帮你提？"

"不重，我自己可以。"

那条路并不长，二人你一言我一语地聊着天，倒真有几分夜游的舒适惬意。

“还没问，你是打哪里来的？”

“北城。”

“哦哟，那可是个大城市。”

贺枝南抿唇淡笑，仰头看向散着光晕的路灯，说：“铜窑也挺好，我来这里之后，内心平静了许多。”

张婶稍愣，转而投去疑惑的目光。

“因为我身体不太好，医生建议我换个安静的地方养病。”贺枝南解释道。

“那你来对地方了。”张婶爽朗大笑，说，“我们铜窑人钱虽不多，但都是喝着江南水长大的，身体倍儿好。你看我都五十多岁了，走起路来健步如飞。”

贺枝南笑而不语，脑中浮现出那天两人撞击之猛烈，她纤弱的小身板险些被撞飞的画面。

二人沉默了一阵，张婶不知想起什么往事，沉沉叹了一声，说：“大城市虽然繁华，但压力大，活着也累。我家两个孩子，大学毕业后都在城里安了家，这两年常给我打电话让我去城里享福。孩子们一片孝心我清楚，可在这小地方住久了，去外头不习惯。再说了，我好不容易拉扯他们长大，年纪大了还得给他们带孩子，我才不干呢。只是没想过躲得了初一，躲不了……”

“姨奶奶，你回来了！”

伴着大嗓门的童音，一个小胖墩儿从院里蹿出来，冷不丁一声吼，吓得张婶后退两步。张婶捂住胸口平复心跳，好半天才说：“半夜三更的，你想吓死我吗？”

她低声骂了一句，视线落回贺枝南身上，无奈至极地说：“你看，这就是‘十五’。”

小院外路灯明亮，站在贺枝南面前的小胖子不知偷吃了什么，嘴唇乌青发黑，看着跟中了毒似的。

虽说形象有差异，可贺枝南还是一眼就认出了他，笑意挂上嘴角，忍不住问：“你是那个……打架王？”

这不就是前两日清早，小河边那个霸气掀翻两个人的小胖子吗？

张齐齐呆若木鸡，心虚地瞄了一眼冲他横眉瞪眼的姨奶奶，小胖手无所适从地在衣服上擦拭，试图撇清自己：“姨奶奶，我我我……没打架。”

“你再给我惹事，就滚回自己家里住去。”

“我真是冤枉的。他们几个想群殴我，我被逼无奈才出手。”

张婶气得伸手拧他耳朵，小胖子满脸哭相，不停地嚷疼。

“待会儿再好好收拾你。”张婶强压着怒火，不情不愿地放过他，又突然话锋一转，指挥他去干活，“你整理出二楼那间空屋，今晚给这位姐姐住。”

“收到！”张齐齐很听张婶的话，接到命令转身就跑，可跑到楼梯口又狂奔回来，喘着粗气提醒，“姨奶奶，那间屋子上星期不是变成杂屋了吗？还是东叔给你搬的东西。”

“哦哟，还真是！”张婶一拍脑门，恍然想起，“你看我这记性。”

贺枝南见状忙说：“如果您不方便，我……”

“方便。”张婶打断她的话，想着自己都出手相助了，断然干不出大半夜让人提个箱子到处找住宿的事。

张婶想着要不自己今晚睡客厅，把屋子让出来，正欲开口之际，目光瞟到了隔壁黑漆漆的小院。她猛然忆起前天早上在这里撞见魏东的场景。

魏东退伍后一直保持晨练的习惯，每天早上五点多出门，雷打不动。

那天张婶去集市买菜回来，魏东刚准备进小院，转头瞧见张婶，出声叫住她：“您跟齐齐带个话，等我这次忙完回来，给他做糖醋排骨。”

“他胖得都快挪不动了，你还给他喂呢。”

魏东知道她嘴硬心软，顺手拎过她沉甸甸的菜篮，说：“小孩子长身体嘛。”

张婶没好气地瞪他，说：“都是你惯的他，越来越不听话了。”

魏东早习惯她的唠叨，一言不发地替她把菜篮放进厨房。

他刚锻炼完，运动衣裤全湿透，浑身冒着热汗，顺手从冰箱里拿了张齐齐珍藏的碎冰冰，掰断分一半给张婶。

张婶没接，逮着机会说他两句：“都要奔三的人了，还成天吃这些玩意儿。”

“就好这口，改不掉。”

“你小心点儿，那小胖子可记着数的。”

魏东眼珠子一转，恶劣地偏要多拿两根，说：“他在我家偷的可不止这么点儿。”

张婶被魏东时不时的幼稚行为气笑了。明明他长得牛高马大，看着也沉稳踏实，可骨子里自带的痞气，即使当了这么多年兵都改不掉。

魏东临走前，她顺嘴问了一句：“这次准备去几天？”

“四五天吧，牧洲那儿事情多，忙不过来，我去搭把手。”

“不管去哪里，注意安全。”

“好嘞。”魏东咬着碎冰冰，吊儿郎当地笑道，“这次又得麻烦您老帮我看家了。”

“少扯这些没用的，上次我跟你说的那件事情……”

“婶儿，我忙着呢，我们下次说。”魏东脸色一变，迅速消失在她面前。

张婶气绝，追在后头骂：“臭小子，要你相亲跟要你命似的，一大把年纪了，连个女朋友的影子都没见着，活该打一辈子光棍！”

凌晨四点多，小院内静默无声。初秋的夜风，冷得直往人骨头里钻。回过神的张婶缓缓侧目，冲着贺枝南温柔一笑，笑里藏着无尽深意。

“枝南。”

“嗯？”

“你往后住的地儿，妥了。”

傍晚时起了风，没多会儿，阴沉沉的天空下起了毛毛细雨，水乡小镇笼罩在虚幻雨雾里，似一幅泼墨的山水画卷。

夜里十点。

豆大的雨滴砸向车窗，前车灯在黑夜发出刺眼的光芒，一辆旧痕斑驳的老式皮卡车停进小院。

几秒后，驾驶座车门开了，一个穿深灰色衬衣的男人跳下车。

他的身形高大伟岸，有着同皮卡车相似的野性气息和力量感，他将嘴里的烟一口吸到尽头，扔进地上的小水坑。

魏东没撑伞，不过几步距离，衣服湿了大半。

客厅静悄悄的，没开灯，伸手不见五指，唯有隔壁院里的光亮透过窗户渗进来。

魏东习惯了安静，习惯了一个人的孤独。

自奶奶去世后，这个院子就他一个人住，他大部分时间都住在店里，偶尔会回来做顿饭，也会像之前那样喊奶奶吃饭。尽管无人回应，但那种温暖一直陪伴着他，从未离去。

牧洲的物流公司正处于上升期，每到周末忙得不可开交，魏东作为出钱投资的股东之一，理所当然要去帮忙，只是没想到事情解决得很顺利，比原定的时间早了一天回来。

冰箱里塞满了啤酒，魏东顺手拿了两瓶，咬开瓶盖猛灌了几口，转身时并未注意到摆放在桌上的新鲜水果。

魏东有嗜酒的毛病。当年因伤退伍回来后，他整夜失眠，日子过得浑浑噩噩，迷茫了很长一段时间。最后是张婶带着年幼的张齐齐冲进他家，屋外天寒地冻，她拎起一大桶冷水浇得人透心凉。

见他酒醉依然没醒，张婶怒气冲天地多补了两桶。软皮沙发似浸了水的海绵，他整个人泡在水中，纵使铁打的身子也生了场大病。

病好后，他的脑子逐渐清醒，人也慢慢回到正轨。

“砰砰。”

楼上传来细小的动静，似东西撞击的声响。

歪坐在沙发上喝酒的魏东脸色瞬变，他缓慢起身，将两个空酒瓶轻轻放在茶几上。他循着声音轻手轻脚上楼，黑瞳在黑暗里闪烁着锐利的冷光。

二楼有三间卧室，靠左的那间是他的，靠右的那间是奶奶以前住的，而发出声音的那间之前一直空置着。

魏东将耳朵贴在门上静静地听，可里头倏然没了动静。

魏东从不怀疑自己的判断，这屋里绝对有人。他嘴角微微上扬，心道，有意思，连他家都敢偷闯，这小贼怕是活腻了。

魏东解开领口的衣扣，挽起袖子，露出黝黑硬实的小臂，肌肉线条宛如雕刻，整个人处于高度戒备状态。门开了一条细缝，他屏住气息，迈进一只脚，以最小的动静推开门。

魏东缓慢进入屋内，屋里暗黑无光，乍一看房里没人，但屋外的光隐隐照亮小床。床单似乎有动过的痕迹，他伸手摸了一下，是热的。

“哧”的一声，一记闷棍重重地砸在魏东身上，令他猝不及防，微微皱眉。魏东满身腱子肉，那人纵然用了极大的力气，但也没伤到他分毫。

那人似乎吓坏了，打了一棍还怕不够，又要打第二棍，可砸落的棍子被他稳稳接住，又被顺手扔到床上。

那人还没回过神，手腕就被一股蛮横的力量扯住，利索地反扣在背后，身子被死死抵在墙上。

魏东的膝盖顺势顶过去，不承想触到一片细腻的柔软。

“嗯……疼！”

娇弱的女声低呼，魏东脑子发麻，下意识松了一点儿力气。

鼻翼间飘来一股熟悉的清香，他呆滞了半秒，无语得想骂人，还是个女贼？

“谁让你进来的？”魏东嗓音粗糙，一副审讯的口吻。

黑暗中，贺枝南眉眼微颤，只觉得这低沉的声音既陌生又熟悉，似乎在哪里听过。

“说话！”

魏东见她不吱声，还各种扭身反抗，烦躁地用手按住她的腰，拇指上的粗茧隔着薄纱抚过她后腰那片凸起的刺青图。

这才过几日，刺青还未完全消肿。

魏东眸色暗沉，抿唇顿了几秒，手上的蛮力撤去。他认出了她，并很快放开了她。

“啪。”

橘黄色的顶灯骤亮。

贺枝南动了动被掐麻的胳膊，转身时，眼底蒙着的湿气，水盈盈地泛着光。她紧咬嘴唇，不想在魏东面前露怯。

魏东刚刚出手没轻重，一拉一拽，套在贺枝南蕾丝睡裙外的薄纱下滑，露出一半香肩，挂在肩头的吊带也摇摇欲坠。

四目相对，二人皆慌了神。

魏东胸前的衣扣散开，健壮的胸肌夸张得要撑开衣料，那张脸轮廓分明，眼神犀利，可嘴角那抹若有似无的笑，为他添了几分惹人烦的痞气。

魏东的视线扫过贺枝南泛起水雾的杏眼，又顺着淡粉的唇滑过脖子，瞥了一眼遮拦不住的春光。他的喉头无意识地滚动了一下，吞咽的声响在静谧的房间显得格外清晰。

明明处于劣势，贺枝南不知哪根神经被触动，刚刚还柔弱似水，转而目光凶狠，清脆的巴掌狠狠地甩在魏东脸上，骂道："流氓！"

贺枝南尖厉的指甲在魏东的脸颊划开几道血痕，魏东感觉有些莫名其妙。他用指尖抹了脸上的血迹，垂眸一瞧，只觉好笑，说："贼喊捉贼，还是第一次见。"

"捉贼？"贺枝南愣住，她不确定地问，"这里……是你家？"

她思前想后，只有这个原因最靠谱，也最荒诞。

魏东居高临下地看着她，皮笑肉不笑道："不然呢？"

贺枝南猛然想起张婶口中无牵无挂的孤家寡人，张齐齐口中长得很凶的大好人。

"对不起，我不知道房主是你。"

虽说不知者不罪，但她误打误撞住了人家的屋子，现在又不分青红皂白地出手伤人，怎么说都不太礼貌。

"光说对不起，可抵不消你私闯民宅的罪。"魏东说。

"因为我这边发生了一些事情，所以张婶她……"贺枝南解释的声音越来越小，直到彻底消失。

男人高大的身影笼罩过来，他嘴里酒气稍重，同那日在刺青店里略显冷淡的模样不同，多了几分轻狂。

"名字？"魏东问。

贺枝南对上他的眼睛，他幽深的瞳孔仿佛有骇人的魄力。她不卑不亢地问："你在审犯人吗？"

魏东低头，呼吸间酒气熏人："你是犯人？"

"不是。"

"不是，你怕什么？"

贺枝南被他的三言两语绕得脑子发晕，她的手指微微收紧，报出了自己的名字："贺枝南。"

魏东沉默地看了她半晌，倏地直起身子，一言不发地扯过床上的薄被罩在她头顶，说："穿好衣服，下来。"

贺枝南憋着气扒拉下被子，绸缎般的黑发被折腾得无比凌乱，像个撒泼的小疯子。

她低低地骂了一句，心想，长得凶是真，大好人是假。

夜里十点多，小镇鸦雀无声，唯有一家灯火通明。

沙发上，张齐齐围着脸色黑沉的魏东左看右看，伸手摸了摸他脸上的伤口。

魏东不耐烦地打落张齐齐的手，另一只手撑着头，听张婶絮絮叨叨讲解事情的经过。

“你也知道，我们这小破镇子刚开发旅游业，连家正经住人的酒店都没有，来这里旅游的人哪个不是跑去隔壁镇住宿？你说人家枝南千里迢迢跑来这里，遇到这种晦气的事情不说，现在连个住的地方都没有，怪可怜的，你要是黑心肠把人赶出去，我第一个道德谴责你。”

张婶上来就扣下一顶高帽，措辞犀利。

魏东瞥了一眼安静地坐在沙发上的女人，轻叹一声，说：“我也没说不行，但您总得提前跟我吱个声儿。”

提及这件事情，张婶反倒来了脾气：“哦哟，你还好意思说！你那手机也不知道是不是模型，打过去不是关机就是不在服务区，我上哪里去通知你？”

男人自知理亏，干笑两声，道：“我这不是山上没信号吗。”

张婶瞪他一眼，转头笑眯眯地看向正在发呆的贺枝南：“对了，枝南，你昨天不是问我这附近有没有房子租吗？”

“嗯。”

“你觉得现在住的那间屋子怎么样？”

贺枝南还在发蒙，浑然不觉这问题有坑，诚实回答：“干净，也很安静。”

“行，那屋子租给你住，我老太婆做主。”

“张婶。”魏东弹了起来。

贺枝南瞪大眼睛：“我……”

“干什么？你有意见吗？”张婶斜眼看着魏东，字字戳心，“你忘了你奶奶去世前说的话吗？”

魏东这人一向重感情，听到这话瞬间哑火，他伸手揉了揉眉头，无可奈何地笑了一下。

他年幼时父亲因病去世，母亲隔年远嫁外省不知所终，这么多年连个消息都没有，跟人间蒸发了一样。他从小跟奶奶相依为命，十八岁那年入伍当兵，几年后，奶奶生了重病住院。

那时候魏东刚进特种部队，奶奶怕影响他的前程，一直隐瞒不说，作为邻居的张婶任劳任怨在医院照顾一年，直到老人家快撑不住，她才喊他回来见最后一面。

“以后你要好好孝顺莹香，她是比你亲妈还疼你的人。”

直到现在，魏东依然记得奶奶的这句话。

这些年张婶对自己跟奶奶的好，魏东看在眼里，也记在心里。张婶性子武断专横，说话粗声恶气，但很多时候都是为了他好，他心里明白。

“行。”魏东直起身，意味深长地看了一眼贺枝南，转头跟张婶说，“您的话是圣旨，我听。”

男人起身走向屋外，默默看戏的小胖墩儿心急地追了上去，问：“东叔，你脸上那伤怎么弄的？”

“野猫挠的。”

贺枝南心底轻哼，你才野猫呢。

客厅里剩下两个人。

贺枝南知道张婶热情善良，自己的确考虑过在镇上小住一段时间，也真心喜欢小院的整洁安静，可这一切来得太突然，让她猝不及防。

之前不知道还好，现在知道屋主原来是魏东，说不准病养不好，反倒越来越严重。

“张婶，我住在这里，是不是不太合适？”

张婶问话直接：“哪里不合适？”

贺枝南欲言又止，看向窗外靠着窗抽烟的男人。

雨似乎小了点儿。

张婶心领神会，笑着安抚她：“你别看他长得五大三粗，其实也是个软性子，就是嘴巴不利索，不咋跟女人打交道，但好歹是个退伍老兵，人品绝对没问题，我可以拍着胸脯给你保证。”

“可是……”贺枝南眉头轻皱，还在犹豫。

“你安心住着，这家伙大部分时间都在店里，要不就是出去瞎忙，屋子空着也是空着，你住进来，多少能带点儿烟火气。”

张婶见她软化，乘胜追击：“这里离我家近，出个啥事都能照应，闲暇时，我还能带你到处走走。”

贺枝南沉默很久，没再出言拒绝。

那晚的事，她跟朱妮娜通电话时一直守口如瓶。她清楚，如果让朱妮娜知道此事，那女人必会火速赶来把她带走。

可她还不想走，还想多待一段时间。

她喜欢这里的清晨和日落，喜欢悠然自得地四处瞎逛，喜欢看雨中追逐的小孩子，喜欢热闹喧嚣的集市，喜欢不合口味但又充满新奇的食物。

傍晚时分，夕阳的余晖倾洒在她身上。那一刻，她的灵魂与肉体才彻底合二为一，让她确定自己还活着，活在这个充满希望的世界上。

第三章 雨中漫步

夜里两点，沉寂的小镇似一潭死水。

贺枝南躺在床上翻来覆去睡不着，索性起床，麻着胆子敲响魏东的房门。

等了半晌，始终无人应答。

贺枝南锲而不舍地多敲了几下，依旧没动静。就在她准备放弃之际，沉重的木门倏然开了。

魏东上身光裸，强壮的肌肉线条分明，深色的裤头卡在精壮腰间，正单手不急不慢地系腰带。

“怎么了？”他问。

贺枝南个子不矮，可站在他面前还是被轻易碾压。她说：“等我找到合适的地方，我会立刻搬出去。”

魏东双手抱胸，懒洋洋地靠着门框。他前几日忙得昏天暗地，累得眼睛都睁不开。

过道灯光隐隐照亮他的侧脸。他的下颌角棱角分明，鼻梁高挺，两片饱满的嘴唇轻轻碰撞，说：“住着吧。”

“嗯？”贺枝南以为自己听错了。

“我说，你喜欢住就住着。”

贺枝南松了一口气，问：“要不……房租你说个数，我不还价。”

魏东脸色黑沉，似乎正因被人打扰美梦而烦闷无比，语气自然好不到哪里去：“你很有钱吗？”

贺枝南想到自己卡里可观的存款，微笑着点头道：“还行。”

魏东面无表情，语气认真道：“那先给个十万。”

“你……”贺枝南这次真忍不了了，给他几分颜色，他还真敢开染坊，“你就算黑心，也得有个底线吧。”

魏东闻言笑了，弯腰凑近贺枝南的脸，平视她清透的水眸，慢悠悠道：“没底线，专坑外地人。”

贺枝南强忍住骂人的冲动，问：“那房租……”

“张婶做主，你找她就是。”

魏东睡眼惺忪，转身就要进屋。

贺枝南忽地想起什么，鼓足勇气上前一步叫住他，不紧不慢地质问道：“你之前坑我的那一笔，是不是过分了？”

魏东壮实的背像座无法逾越的高山。他没回头，压低嗓音道：“我说不干，你非要加钱，一个愿打，一个愿挨，有什么想不通的？”

“黑商。”贺枝南当着他面骂，嗓音却柔得滴水。

魏东慢悠悠地转过身，粗壮的长臂随意按着门，冲她挑衅地扬了扬眉，问：“睡觉，还是进来？”

进……进来？

贺枝南稍愣了两秒，臊红了耳根。

“睡觉。”魏东粗声替她回答，反手关上门。

贺枝南盯着那扇紧闭的老式木门，抬手摸了摸滚烫的脸。

这个人的人品，真的没问题吗？

清晨六点多，天刚刚亮。

雨后的小镇雾霭朦胧，空气中弥漫着草木独特的清香，雨水浸染过的花朵开得娇艳夺目。张婶在自家院里剪了几枝绽放的玫瑰，指挥还没睡醒的张齐齐给贺枝南送去。

半梦半醒的张齐齐揉着眼睛走向隔壁，恰好撞上刚锻炼回来的魏东。

魏东的生物钟很变态，前一夜睡得再晚，依然能在第二天的五点准时清醒，出门晨跑。

“东叔，早。”张齐齐打招呼道。

“早。”魏东刚跑完十公里，贴身的短袖已被汗水浸透，完美勾勒出性感流畅的肌肉线条。他说：“等会儿过来吃面。”

张齐齐听到吃的秒醒，忙问：“牛肉还是排骨？”

“做什么吃什么，怎么那么多话？”魏东说。

张齐齐肉脸一垮，打着哈欠递上手里鲜艳的玫瑰花，说："东叔，这是姨奶奶送给贺姐姐的。"

魏东低头瞥了一眼，也不接，漫不经心道："怎么，想要我代劳？"

"我困死了。"张齐齐还没睡醒就被喊起来送花，现在站着都能睡着，他赶紧道，"东叔你人帅心善，洪福齐天……"

"闭嘴。"魏东担心被张齐齐乱七八糟的祝福请进棺材，低叹了一声，无可奈何地接过花，嘱咐道，"七点过来吃面。"

"遵命！"

小胖墩儿夸张地敬了个军礼，转身就溜。

昨晚又是不眠夜。

贺枝南辗转反侧至凌晨四点，勉强闭眼眯了一会儿，结果六点就转醒。

她带来的行李箱很大，款式各异的旗袍塞满了衣柜。她挑了一件黄底白花的新式旗袍，长发绾起，略施粉黛。天气转凉，她在旗袍外搭了一件轻薄的白色镂空披肩，整体气质温婉柔和。

屋子一如既往地安静，下楼时，她穿着张齐齐精心挑选的毛绒拖鞋，踩在地板上就像踩在棉花上似的。

拐过转角，她隐约听见沉重的喘息声，视线随脚步缓慢下移，只见客厅里，光着膀子的男人正在做俯卧撑，他沉浸其中，动作快而标准。

贺枝南呆站在台阶处，有些不知所措。

昨晚的事情似乎不是梦。

她刚来这里几日，什么都没摸清，甚至连给她思考的时间都没有，就莫名其妙地跟这个男人同居了。

同居？

她勾唇轻笑。

这要换作以前的贺枝南，百分之百是不可能的事情。

"看不够吗？"

耳边飘来戏谑的男声，贺枝南猛然回神，抬眼望去，恰好同男人幽深的眼神对上。

她呼吸轻颤，心跳有些错乱，只好假装若无其事地移开目光。

"早。"她硬着头皮开口。

魏东做完最后几个俯卧撑，径直起身，神色淡然地越过贺枝南往楼上走，也没有问好的意思。

他的眼神略显怪异，说不上多冷，可同昨晚那个喝了酒的男人完全不一样。昨晚的他就像个粗痞的老流氓，现在却又一副生人勿近的冷漠嘴脸。

奇怪的男人。贺枝南暗自腹诽。

"贺姐姐。"

十分钟后，屋外跑来个圆头圆脑的小胖子。

这两日，贺枝南已经同张齐齐混得很熟了。昨天下午她陪着张婶接张齐齐放学，路上给他买了杧果，他吃得满嘴都是，张婶骂了他一路，可他始终笑眯眯的，丝毫不影响胃口。

"你怎么来这么早？"贺枝南问。

"东叔说弄面条给我吃。"

贺枝南闻言，看向空无一人的楼梯处，有些意外。

黑商还会做饭？

小胖子伸手拉扯她的披肩，好奇地问："姐姐爱吃面条吗？"

"还行。"贺枝南饮食很自律，早上一杯黑咖啡足矣，日常偏"食草系"，晚上几乎不吃碳水。

朱妮娜不止一次严肃批判她不健康的饮食习惯，可这么多年她早已习惯清淡饮食，唯一的放纵便是甜品。当然，毫无疑问，自己亲手做的最美味。只可惜，这些天她绕着小镇转了几圈，别说是甜品店，连一家像样的面包坊都没瞧见。

"姐姐，我偷偷告诉你，东叔做的牛肉面特别香，一般人吃不到。"

"是吗？"

贺枝南浅浅微笑，也不说不信。

张齐齐点头如捣蒜，转身跑进厨房，拿了一根冒着寒气的碎冰冰走回来，熟练地掰成两半，递一半给贺枝南，夸赞道："乳酸菌味道的最好吃，你尝尝。"

贺枝南低头看着他神采奕奕的眼睛，一脸歉意地笑道："抱歉，我早晨不吃冰冷的东西。"

张齐齐被人拒绝略显难过，沮丧地收回手。

忽地，贺枝南身后伸出一条强健有力的长臂，接过张齐齐手上的东西。他似乎刚沐浴过，薄荷沐浴露的香气扑鼻而来，浓烈的男性气息瞬间包裹住贺枝南。

贺枝南心猛地一跳，转身时，肩头擦过魏东硬挺的胸肌。

两人相隔太近，魏东的脸近在咫尺。

过了一晚上的时间，他脸上的巴掌印虽然已经消退，可指甲划开的血痕尚存。

魏东嘴里咬着碎冰冰，沉静的目光从贺枝南脸上扫过，留下一句莫名其妙的话："不懂欣赏。"

贺枝南无言地看着男人离去的背影，身旁的张齐齐吸着甜水，含混不清地解释："乳酸菌是东叔的最爱。"

贺枝南没忍住，抿唇偷笑，说："他又不是小孩子。"

"姐姐，东叔人很好的，全世界第一好。"张齐齐无时无刻不在夸魏东，他眼珠子一转，四处张望，顺利找到被魏东扔在餐桌上的玫瑰花。

张齐齐稍稍整理几下，双手捧花送给贺枝南，说："东叔送你的，姐姐收下吧。"

贺枝南脑子发麻，既觉得不可思议又觉惊悚，她僵硬地接过花，难以置信道："他送的？"

"对对对。"张齐齐编故事的才能全是跟张婶学的，说得有鼻子有眼，"东叔这人比较害羞，摘了花又不好意思送给你。"

贺枝南还是将信将疑，低头看着嫣红的花束发呆。

厨房里的魏东突然探出头粗声叫人："张齐齐。"

"到！"张齐齐以为自己瞎编故事被人抓了个现行，惊得魂都快掉了。

"过来帮忙。"魏东又喊。

张齐齐长舒一口气，说："来了。"

餐桌上，张齐齐跟魏东相对而坐，一大一小专心吃面。

牛肉面热气腾腾，香气四溢，沙发上优雅喝咖啡的女人忍不住咽了一下口水，然后猛灌两口苦涩的热咖啡，极力抑制已然勾起的食欲。

魏东很快吃完，看了一眼时间，拿起车钥匙催促张齐齐："走了，快迟到了。"

皮卡车粗犷的引擎声响起，张齐齐狼吞虎咽地喝完最后那口汤，火急火燎地冲出去，没多久又原路返回，几步跑向沙发，附在贺枝南耳边说了句什么，再次离开。

车尾很快消失在小院。

贺枝南思绪放空，缓缓放下杯子，起身走向厨房。

料理台被抹得一尘不染，米白色的瓷砖亮得反光。

自她那晚住进来就知道，房主很爱干净，甚至连死角都寻不见一丁点儿灰尘，这对于有心理疾病的患者来说简直是完美的避风港。

灶台上放了个白底青瓷的大碗，清汤牛肉面，整间厨房都飘散着食物的香味。

“姐姐，其实东叔也煮了你的那份。”

张齐齐的话还在耳边回荡，贺枝南伫立良久，端起碗走回餐厅，坐在稍显年代的红木餐桌前。

面条在汤里泡得太久，已经坨了。贺枝南夹起两根细面塞进嘴里，轻轻咀嚼了几下，汤底浓香，的确是一碗色香味俱全的好面。

桌上的电话忽然响起，贺枝南低头一看，是朱妮娜。

“大小姐，你玩够了没，什么时候回来？”朱妮娜问。

贺枝南慢条斯理地咽下那口面，抬头看向窗外整洁的小院和茶几上娇艳的玫瑰花，然后夹起碗里切得厚薄均匀的牛肉片。

人生从来没有所谓的固定选项，即使错了，那也是她自己做的决定，她心甘情愿为此买单。

“妮娜，我想要待在这里。”贺枝南说。

“多久？”

“一个月，或是一辈子。”

那头沉默数秒，难以置信地憋出几个字：“你疯了？”

“嗯。”贺枝南嘴角带着笑意，“如果注定成不了正常人，那就当一个快乐的疯子。”

张婶家的院子不大，贴着外墙的那棵橘子树结满黄澄澄的硕果，沉甸甸地压弯了枝条。

金秋十月的桂花，十里飘香。贺枝南刚走进隔壁小院，倏地停步，静静感受凉风拂面，和飘来的提神醒脑的清新花香。

“枝南，你快来看我养的这株木芙蓉，说是双色花，金贵得要命，可花开时是真漂亮。”

贺枝南听见召唤，探头看向橘子树旁。

张婶穿着亮眼的花裙子，色泽艳丽却不显俗气，精心打理的小花园内，数盆绽放的鲜花千姿百态，争奇斗艳。

那株名贵的木芙蓉虽被摆放在角落，可在一众娇艳的花儿中鹤立鸡群，淡绿色的枝叶间，纯白与粉色的花朵竞相绽放着，雍容高洁，散发着淡淡的幽香。

“真好看。”贺枝南看得痴迷了，轻声感慨。

“好看的东西就是爱折腾，前段时间半夜暴雨，东子还跑过来把这花搬进屋里，他这人孝顺，知道我把这花当成宝贝看待。”

贺枝南安静地听着，没吱声，倒不是怀疑张婶这话的真实性，只是单纯看不懂这个男人。

“你要是喜欢花草，自己在院里也能种。”张婶好心提议。

贺枝南细想片刻，道：“其实比起花草，我更想学习种菜。”

“种菜？”张婶讶异的目光将贺枝南从头扫到脚。她这种气质淡如菊的姑娘，干什么都好，唯独种菜太违和，光想想都不可思议。

贺枝南娇羞地笑着给出理由：“自给自足，吃得比较放心。”

“那也行，当成农家乐，也是一种乐趣。”

“可是……”贺枝南欲言又止，想起自己现在还是寄人篱下。

她和魏东之间关系都还没处好，就想着如何折腾人家的小院，这想法太过自我，也不切实际，便道：“还是算了。”

张婶一眼看穿她的心思，出言安抚：“你尽管跟他提，他要敢说一个‘不’字，我出面收拾他。”

贺枝南被张婶的话逗笑，但还是第一时间打消了这个念头。

未来的事情还说不准，指不定哪天她就忽然离开了。所以，在她决定是否在此长住之前，任何奇怪的想法都要三思而后行。

那日的集市热闹非凡。

虽说张婶一直念叨不能喂猪似的养胖张齐齐，但贺枝南还是固执地买了一只香喷喷的烤鸡。

张齐齐放学回家，才到院门口便嗅到烤鸡独特的香味，顿时以百米冲刺的速度奔进厨房，也不理会张婶的怒斥，拽了个鸡腿拔腿就跑。

“小兔崽子，饿死鬼投胎呀你！”张婶气道。

屋外天色渐暗，张齐齐胖胖的身影消失在敞开的大门外，也不知他逃到哪个安全的地方去啃鸡腿了。

贺枝南坐在餐桌前认真地择青菜，好心替小孩儿辩解道：“小孩子长身体嘛。”

张婶听到这话先是愣住，然后从厨房探出头，笑得有几分暧昧：“这话东子也说过，一字不差。”

贺枝南垂眼，抿了抿唇。

说起来，这几天她都没见过魏东。

她一如既往地失眠，每天能眯上两三个小时已成奢望。夜里半梦半醒间，屋外隐约传来动静，魏东大概回来睡觉，但基本早出晚归，也从不与她打照面。

想到这里，她心里有些失落。

那么刻意地避开，就那么讨厌见她吗？

贺枝南当即决定，赶紧另外找合适的住所，然后补上这几日的住宿费，清清白白地离开。虽说魏东家整洁干净，很合她的意，可人家明显不乐意，她也没必要热脸贴冷屁股。

夕阳西下，天空浸染成橙红色。

张婶放下碗筷，看了一眼墙上的时间，利索地用保温盒装好饭菜，又装进从张齐齐手中抢来的烤鸡翅，用手提袋打包好，指挥吃饱犯懒的小胖子：“你东叔忙了一天，该饿了。”

“姨奶奶，我刚吃饱你就让我干活，就算是牛，也有休息时间吧？”张齐齐拍着浑圆的肚皮哀号。

张婶板起脸吼他：“你要是头牛，我都谢天谢地了！整天只知道吃吃喝喝，要你做点事就推三阻四，皮痒了你！”

“我不去，我累死了，你打死我吧。”张齐齐两手一摊，干脆破罐子破摔。

“哎，你个小家伙，能耐了你……”张婶捋起袖子，双眼喷火，眼看又是一场大战。

“我去吧。”贺枝南咽下最后一口黄瓜，优雅地起身示意。

张婶愣住，下意识拒绝：“那怎么行！怎么能让你……”

“今晚吃得太多，想出去走走消食，顺带给房东送饭，一举两得。”

张婶狐疑地瞧了一眼贺枝南，不吃米饭，不吃肉，那么一小碗黄瓜就吃撑了？

张婶思来想去，也不再出言阻拦，将东西递到贺枝南手里，柔声嘱咐："早去早回，路上小心。"

"好。"

贺枝南走后，刚才还在撒泼耍赖的张齐齐屁颠屁颠地凑过来，疑惑地问："姨奶奶，天都快黑了，贺姐姐一个人回来没问题吧？"

"谁说一个人？"

"嗯？"小孩儿没听懂。

张婶露出神秘的微笑，意味深长地说道："去的时候一个人，回来绝对成双。"

"为什么？"张齐齐不解。

张婶一脸得意地说："因为你东叔的性子随我，嘴很硬，但心肠软。"

屋外凉风习习，天边的晚霞早已被无边的夜色吞没。

贺枝南出门时，天空突然飘起小雨，细密的雨丝给小镇笼上一层轻薄面纱。

贺枝南撑起印满荷花的油纸伞，高跟鞋踩在被雨水打湿的青石板路上，看着水花在石板上四溅开来，似一颗颗珍珠。

这条路她已经很熟了。走出蜿蜒的小巷，右拐至临河小道，河边满是灰瓦白墙的老房子，斑驳的墙面上尽是岁月留下的沧桑痕迹。

桥头的两棵桂花树在风雨中摇摆，米粒大小的花朵被秋雨打落一地，淡雅的幽香渗进空气里，钻入贺枝南的鼻了。

贺枝南在树边站定，耳边除了沙沙的雨声，也有锅碗瓢盆奏响的俗世之声。桥那头，穿着校服的小男孩冒雨跑来，单手护住碗里的菜，送到桥这头的一户人家，回去时，手里端着一碗热腾腾的饼子，一边跑一边吃。明明在淋雨，小男孩却笑得无比满足。

真好，这治愈人心的烟火气。

到了这个点，临街的店铺几乎都关门了。东风刺青店门前还亮着灯，灯泡很旧，在湿漉漉的地面圈出小片黄色的光晕。

贺枝南收了伞，恰好被从屋檐坠落的大颗雨滴砸中额头。她抬手抹净雨水，顺便整理一下绾在脑后的乌黑长发。

魏东正在替人刺青，刚好忙完收尾工作。他听见脚步声，偏头瞧了一眼，顿了两秒。

暗淡的灯光下，贺枝南身穿浅绿色旗袍，细腻的真丝质地，立领斜襟，收腰款，高开衩的裙摆，彰显出贵气端庄的女人味。她的身形高挑纤细，瘦而不柴，胸前轮廓饱满，臀部圆润，曲线玲珑有致。

魏东微微眯起眼睛。那晚他亲眼见过，的确是个尤物。

“你怎么来了？”他粗声询问，还是不冷不热的语调。

贺枝南忽略他的不友好，抬步走进店内，将打包好的饭盒放在小桌上。她站在那面鲜红的国旗下，回身看他，说：“张婶怕你饿着，我来替她送饭。”

她的音色很特别，柔和又带着些倔强的硬气。

趴在美容床上的光头男闻声眼睛一亮，艰难地扭身看去，然后夸张地倒吸口凉气。他回头看向魏东，神情略显怪异，问：“东哥，这位是……嫂子？”

贺枝南瞪圆了眼睛，从脸到耳垂红透了。

“你瞎喊什么？”魏东皱眉，怒敲他的头。

光头男被揍了也不生气，嬉笑着爬起来，冲魏东挤眉弄眼道：“居然金屋藏娇，难怪那么多小姑娘你都看不上。”

魏东瞥了一眼一旁低头脸红的贺枝南，无语地揉了揉额头，长叹了一声，说：“她真不是，你别瞎说。”

光头男暧昧地挑下眉，坏笑道：“哥，我懂，我懂。”

“你……”魏东被弄了个措手不及，半晌才憋出一句，“你懂个屁。”

“我不打扰你们，我马上消失。”光头男笑嘻嘻地起身。

魏东瞪了他一眼。

“你放心，我绝对不会告诉牧洲哥，我这人出了名的口风紧。”

光头男连保鲜膜都等不及贴，胡乱套上衣服，一头扎进雨里。

魏东回过神想追出去，那人已经没影了。

雨滴噼里啪啦砸向屋檐，他看着外头渐大的雨势，良久，冷笑了一声。

口风紧？啧，哪个口风紧的人外号叫作“喇叭”？

屋外狂风骤雨，杂乱的雨声锁住了嘈杂的世界。

店里空间不大，十分宁静。

魏东调整好烦闷的心绪，转身回店里，看见贺枝南正背对着他，安静地伫立在国旗前。

“张婶怎么会让你来？”魏东问。

贺枝南凝视着国旗继续发呆，下意识道：“顺路。”

魏东侧头瞥了一眼窗外，笑了笑，没再接话。

到了这个点，他的确饿了。他将饭几口吃完，利索地收拾好所有的设备，等忙完这些再去看贺枝南，她仍保持着那个姿势一动不动。

魏东好奇什么东西让她变成了木头人，两步走到她身后，低声道：“看什么？”

“国旗。”

“没见过？”

“嗯，没见过刺青店里的国旗。”

魏东仰头看向那面鲜艳的五星红旗，过往的经历仿佛还历历在目，不管何时见到国旗，他胸口都会燃起一团火焰。

“国旗是信仰，刺青是生活。”魏东的嗓音低沉，不像是在解答贺枝南的疑惑，更像是在自言自语。

贺枝南明显愣住，悠悠转身。

魏东就站在她身后，身形魁梧得像一堵墙，落地灯散出的光芒被他遮得严严实实。

贺枝南看不清他的脸，只能瞧见那件单薄的黑色衬衣。她的目光扫过男人胸前被肌肉撑起的轮廓。成熟男人身上总有种被岁月磨砺过的沉稳感，让人无端生出想要一探究竟的冲动。

贺枝南放缓气息，轻轻眨眼，倏然抬手摸向魏东的胸口，谁知半路被人钳住手腕，控得死死的。

魏东的掌心炙热，虎口处的厚茧磨着手腕，几乎能融化贺枝南沁凉的肌肤。

“做什么？”男人胸腔微震，分明在压抑。

贺枝南一本正经道：“脱衣服。”

魏东怔了几秒，被她理直气壮的语调气笑了。

现如今，要流氓都这么光明正大了吗？

贺枝南神色淡然，微微挣开魏东的束缚，修长的指尖径直摸向他的衬衣前襟，第一颗衣扣很快解开。

她的动作停住，抬头对上他幽深的眼睛：“衣扣，扣错了。”

魏东不动声色地问：“所以呢？”

“我帮你。”贺枝南说。

魏东的面色发青，没出声。

贺枝南的眼睫轻颤，视线下移，手背温柔地蹭过魏东胸前单薄的衣料，说：“这次，换我问你了。”

贺枝南解开魏东一半衣扣，隐约瞧见他腰腹的肌肉线条。

顶着男人压迫感极强的注视，贺枝南气息平稳，由下往上替他重新扣好扣子，说：“名字？”

“嗯？”魏东没听清，低头凑近。

“你的名字。”贺枝南说。

魏东的眼底晃过一丝笑意，说：“魏东。”

“哦。”

“哦什么？”

“知道了。”

贺枝南将魏东最上面那颗衣扣扣好，长长地吐了一口气，心中那种抓心挠肺的感觉逐渐消退。

从进屋见到魏东的第一眼起，贺枝南便心痒地想上前修正魏东扣错了衣扣的衬衫，可碍于有外人在，她只能竭力忍住冲动，险些逼疯自己。

直到做完这些，她都没察觉这样的举动过分亲密。

贺枝南盯着魏东滚动的喉结，恍惚地眨了眨眼，下一刻，性感暧昧的吞咽声，让贺枝南瞬间清醒。

贺枝南踉跄着后退一步，有些不知所措。她刚才干了什么？

“我……我先回去。”

如果不知该如何面对，逃避永远是最有效的方法。

屋外下着瓢泼大雨，贺枝南撑起油纸伞，小小的伞面根本遮不住狂风骤雨，冷风裹挟着雨滴吹散她绾起的长发，发尾很快被雨水打湿。

她太慌了。从靠近魏东到上手解扣子、扣衣扣，任何一个环节她都没察觉出问题，稍一回想那尴尬的场景，她都想钻地缝装死。

她沿着街边屋檐疾步走着，一不留神，高跟鞋鞋跟踩中水洼中堆积的碎石，重心后仰，眼看就要变身湿美人，突然后腰处一热，一双强劲的手臂稳稳托住她，然后稍一用力，她便勉强站直了身体。

街边小店门前的灯泡亮着昏黄的光，照亮魏东硬朗的侧颜。

他站在贺枝南身后，没撑伞，似是一路跑来，衣服已经湿了一片。

“谢谢。”贺枝南面上平静，实则心脏狂跳不止。

“跑什么？”魏东皱眉，语气不耐烦，“弄得好像我怎么着你了似的。”

贺枝南面上发热，脖颈染上一片娇红。

魏东走到贺枝南跟前，伸手撩起伞沿，盯着她紧咬的唇，问：“被调戏的人是我，你跑那么快干什么？”

“我没有。”贺枝南心虚地反驳。

魏东挑挑眉，也不说不信，只是唇边勾起的那抹笑腼应人。

贺枝南稍微放松，说：“我只是……有一些强迫症。”

魏东明显愣住，问：“一些？”

贺枝南垂眼，眼神空洞，她沉默良久，避开魏东的视线，还是把话说了出来：“很严重。以前需要吃药缓解，现在已经好多了。”

魏东凝视着她，没再追问。关于强迫症，他了解得并不多，也不想妄加评论。

“走吧，先回去。”他低声道。

“嗯。”

贺枝南从没想过要隐瞒自己的病情，事实上，除了朱妮娜，就连她远在国外的父母也不知情。

当然，他们不知情的，又何止这一点。

贺枝南失魂落魄地朝前走了几步，听见身后紧跟的脚步声，好奇地回头，满眼疑惑。

“怎么，便宜让你占了，还不让我回家？”魏东说。

贺枝南的耳根发烫，心虚地解释：“我没想占你便宜，我只是不受控，以后不会了。”

魏东盯着她的眼睛，说：“你路上见人这样，也想冲过去吗？”

“心里会难受，但能控制住。”贺枝南说。

魏东嘴角一勾：“所以你的不受控，分人。”

贺枝南愣住。

这句话她居然无法反驳。

二人一前一后拐入幽静的小巷。

雨滴形成绵密的雨帘，巷内屋檐很窄，遮不住魏东魁梧的身形。贺枝南几番纠结，最终还是停步，硬着头皮转向他。

“你来撑伞。”贺枝南发出命令时的强势，同她外表的柔弱截然相反。

贺枝南甚至不给魏东反应的时间，直接将伞柄塞进他手里。除非他有胆扔，否则就只能乖乖撑伞。

他当然有胆，只是犹豫的那一秒，竟鬼使神差地着了她的道。

于是，二人就这么一言不发地肩并肩走了几十米。

“关于房租的事情，张婶说，屋子是你的，还得你自己决定。”贺枝南打破尴尬，主动找话题。只是开口后她才想起，自己来找魏东是想走，不是为了留下。

“我怎么知道？”魏东笑道，“我也是第一次当房东。”

贺枝南倏然停下步子，魏东察觉到了，侧身看向她。

她身后的窗户透出白炽灯，浅色旗袍被雨水洇出成片的水痕，似宣纸上晕染开的墨迹。

半湿的旗袍美人，悠然漫步在这江南小镇的秋雨中，有种如诗如画的美。

“你是真不知道，还是不想租给我？”贺枝南问得很直白。

魏东嘴唇微启，声音却哑在喉咙里。

“我想听实话。”贺枝南心急地补了句，语气难掩紧张。

魏东沉默了几秒，嘴里蹦出两字：“随便。”

贺枝南唇边绽开微微的笑意，往前走了两步，钻进高举的伞下。明明她有一张娇美温柔的脸，可仅从那坚毅的目光中，便能看出她骨子里的倔强跟偏执。

“我这两天跟张婶打听过，正常一个月房租是五百元，我付八百元，可以吗？”

魏东本就没当回事，说：“都行。”

这时，二人刚好拐出小巷，往前几十米就到家了。

雨势依旧很大，魏东将伞往贺枝南那侧倾斜，他反正已经湿透了，也不在乎多淋那点儿雨。

“我很喜欢。”

贺枝南没头没脑的一句话，把魏东听蒙了，他问：“嗯？”

贺枝南眼神柔和，说："我很喜欢你家，特别干净。"

魏东眉头轻蹙，说不出哪里不太舒服，他语气不悦道："合着你是看上了我家的房子？"

贺枝南愣了一瞬，软下声音问："不然是什么？"

"没什么。"魏东冷着脸把伞递还给她，冒着雨大步流星地往前走。

贺枝南不徐不疾地走回小院，魏东已经进屋了。她拉开小院的铁栅门，隐约察觉到火热的视线。

她凭直觉转身看去，瞧了半天，却什么都没发现。

等她进屋关上门，先前在二楼阳台偷瞄的张婶和张齐齐才重新探出头。

张婶露出胜利者的微笑，张齐齐则垮着一张胖脸，仿佛灵魂被掏空。

"我就说吧，回来一定成双。"张婶伸手揉了揉张齐齐的圆脑袋，无比嘚瑟地说，"愿赌服输，你这个月的鸡腿没了。"

张齐齐双眼呆滞，仰着头痛苦哀号。

自古英雄难过美人关，就连东叔也不例外！

秋高气爽的十月，微风沁凉。

清晨七点，天边逐渐褪去墨色，泛起如烟似雾的浅白。

小河边柳枝轻摇，空气里弥散着淡淡的桂花香，船夫站在船头唱起江南小调，歌声荡漾在水面上。

餐桌上，张齐齐用筷子戳穿大肉包，吃着香喷喷的内馅，嘴里含混不清地念叨："山明水净夜来霜，数树深红出浅黄……"

"食不言，寝不语。"魏东丢去一个冷眼，说，"好好吃饭。"

"哦。"张齐齐默默垂头。

那仿佛被全世界抛弃的小可怜样成功激发了贺枝南的善良。她柔声细语地问："怎么了，大早上就噘嘴？"

"我……"

"还能是什么？"不等张齐齐瞎编，魏东毫不留情地说，"八成睡醒了才想起来今早要默写课文，临时抱佛脚。"

"东叔。"张齐齐的嘴角做作地抽搐了两下，那双时刻有戏的眯眯眼挤出一点儿泪光，他用上昨晚电视剧里的经典台词，控诉道，

“你这个人，没有心。”

贺枝南被逗得抿嘴直笑，瞥见魏东那张本就阴沉的脸越发吓人，他还伸手夺过张齐齐的碗，没收肉包，换成了馒头。

“我的包子……”张齐齐悲号道。

魏东单手撑着头，笑容阴森：“我没心，包子也没有。”

张齐齐哑口无言，小胖手颤巍巍地捧着馒头，每一口都吃出了世界末日的悲凉感。

快迟到了，张齐齐脚踏风火轮似的冲出门去，屋子里只剩下贺枝南和魏东两人。

魏东几口吃完，收拾好桌上的东西，转身走进厨房。

用作隔断的推拉门没关，贺枝南品着咖啡，听着哗哗的流水声，欣赏他壮硕伟岸的背影。

平时衣着简单的人，这天居然破天荒穿了白衬衣和黑裤子，这样的一套穿在他身上不显突兀，反而有种禁忌感。严格来说，魏东肩宽腰窄，臀部极翘，完美的线条宛如名匠精心雕刻的人体艺术品，是超标准的男模身材，连她一个女人都觉得嫉妒。

嫉妒得忍不住想多看两眼。

贺枝南保持端杯的姿势，直到胳膊酸了，才察觉自己花痴一般地盯着人家看了很久。

她咽下口中的咖啡，翻出朱妮娜的微信，脑子还在思考该不该问，手指尖已不受控地打出一串信息，点击发送：“如果有个长得还行，但脾气很怪，偶尔会耍流氓的男人出现，该怎么相处比较好？在线等。”

这个时间点，正常人要不还在睡觉，要不刚醒，也只有同时开三本书的妮娜大大还在电脑前勤劳打字，尚未休息。

贺枝南抿了一口咖啡，刚放下杯子，那头就回了信息。

“没图没真相。”

照片吗？

贺枝南盯着魏东的背影，面露难色。

偷拍总让她有种上不了台面的犯罪感，更别说她这种名牌大学毕业的高才生，从小被男生们各式各样的情书包围，哪里需要自己上手干这些私生饭的事情？

“咔嚓！”

糟了，忘了关手机的声音。贺枝南脸色煞白，想死的心都有了。

快门声存在感巨强，强到世界仿佛顷刻间静止，强到灶台前忙碌的男人悠然回头。那眼神，透着说不出的玩味。

贺枝南回过神，故作镇定地收起手机。

魏东唇边含着笑，慢条斯理地擦干净手，径直朝她走来。

他停在贺枝南跟前，低头看见她的长睫毛慌乱扇动，裸露的脖颈染上一片诱人的薄红。

“手机给我。”魏东说。

“什么？”贺枝南装傻，心虚得不敢看他。

“慌什么？我又不告你。”

魏东倏然弯腰，一手撑在她的椅背上，一手按着桌角。这个半禁锢的姿势着实有些亲密。

“再说一遍，手机。”他的声音低沉，富有磁性，似陈年老酒般醇厚，入耳有很重的沙质感。

深秋清早的微风从半开的窗户吹进来，吹开老式的纱织窗帘，携来隔壁院里的花香，以及魏东身上淡淡的烟味。

贺枝南试探着抬眼，目光瞥向他紧扣的、随时有爆开风险的白衬衣，又滑过他的锁骨，瞧见他上下滚动的喉结。

吞咽声过于清晰，她也跟着咽了下口水。

贺枝南移开视线，将手机乖乖地递给他，只是动作有些僵硬。

魏东低低地笑了，有种扳回一局的愉悦感。他没找相册，直接点开相机，将镜头对准自己。

“咔嚓”一声后，魏东将手机放在桌上，顺便帮她把咖啡杯摆正，留下一句话：“看可以，不准舔屏。”

贺枝南的头皮都快要炸开了，目光愣怔地追随他的背影，直到那辆破得快报废的皮卡车拐出小院。

她暗自叹息，似吵架没发挥好那般懊恼。

半晌，她想起他刚才那张自拍照，郁郁寡欢地点开手机屏幕。那张脸，居然该死地好看，太诡异了。

这男人身上有种奇特的、独一无二的气质。似历经千帆的成熟，又似无欲无求的孤独。就像无意中找到一本魔法书，翻开首页后一发不可收拾，满脑子只想看完全部。

贺枝南不禁回想起那晚在刺青店里，光头男说过的话：“难怪那些小姑娘你看不上。”

这样的男人，的确很吸引涉世未深的小姑娘。

贺枝南死死盯着那张照片，喝完整杯咖啡，又给自己倒了一杯水。

十分钟后，照片最终还是发了过去，那头秒回。

“可睡。”

“噗——”

正在喝水的贺枝南一口水喷出来，红木餐桌上一片狼藉。她微微闭了闭眼，十分无语，又觉好笑。

现在是在讨论睡还是不睡的问题吗？

当然，如果非要认真探讨，有两点十分关键：第一，她“母胎单身”二十五年，没睡过男人；第二，如果真睡了，可能没命下床。

贺枝南思来想去，决定删除这条信息，眼不见为净。

她来这里是养病的，不是寻死的。

活着，比什么都重要。

那夜，时间刚过十一点。

窗外冷风呼啸，透过未关严的缝隙往屋里钻。贺枝南瞟了一眼漆黑无边的夜色，合上手里的书，起身关紧窗户。

床上的手机在振响，是朱妮娜发来的视频通话。

她整个人蜷缩在沙发里，昏暗的灯光遮掩不住那对骇人的黑眼圈。所有光鲜亮丽的背后，都是常人看不见的辛酸。

“我好累，我想休息一段时间。”她喝了酒，说话声断断续续。

贺枝南满眼心疼地看着她，问：“你几天没睡了？”

“不知道，忘了。”她仰头喝了一口酒，越想越苦闷，说，“南南，你说我这么拼命干吗？我就算什么也不干，我也是个富二代，钱多得花不完。现在写个破小说，每天一帮子人追在屁股后头催我，写得慢要骂，写得不合她们心意要骂，骂我厌男，微博私信诅咒我这辈子都找不到男人，注定孤独终老。我就算孤独终老也是个有钱的富婆，酸个屁！”

“嫉妒，这是赤裸裸的嫉妒。”她醉醺醺地擦干唇边残留的酒渍，亢奋地说，“雕虫小技还想班门弄斧。”

朱妮娜醉酒后话很多，絮絮叨叨地咒骂，贺枝南习惯了，安静地听着，鲜少发言。

她只是压力太大，需要一个树洞宣泄。

等她宣泄完毕，贺枝南适时转移话题："你妈最近催你相亲没？"

"别提了，前两天她来看我，被我这张脸吓个半死，趾高气扬地骂了我一个小时，然后传授了两个小时护肤宝典，离开时留下一句——没男人也行，一个人安静等死。"

贺枝南曾见识过朱妮娜那个贵妇妈咪的厉害，那个精致到头发丝的优雅女人，没被朱妮娜那副要死不活的样子吓到心脏病发作已是万幸。

"你妈也是担心你。"

"道理我都懂，但丝毫不影响我心里扎得痛。"

朱妮娜捏瘪易拉罐，起身去冰箱拿酒，目光瞟过贺枝南身上那件纯白的运动服。

运动服是带帽拉链款，拉链微微下拉，弯腰时春光撩人。

"哟，换风格了？"朱妮娜调侃。

"没。"

常年写小说的人，观察细致入微，一眼便能看出端倪。

"南南，你是不是有事情瞒我？"朱妮娜感觉不对劲。

"怎么会？"贺枝南心虚时从不看人眼睛，她说，"我对你一向坦诚。"

除了跟男人同居这件事之外，贺枝南对朱妮娜毫无隐瞒。

"是吗？"朱妮娜狐疑地凑近，追问，"那个长得还行的流氓呢？我还没来得及盘问……"

"咚咚"，外面冷不丁传来一阵敲门声。

"睡了吗？"

醇厚沙哑的男低音，在寂静的夜里宛如一道自带闪电的惊天巨雷。

贺枝南呼吸骤乱，慌乱得差点儿握不住手机。

"男人？"朱妮娜难掩讶异，手中的啤酒差点儿洒了一地，忙问，"什么情况？"

"我……我明天再打给你。"贺枝南慌慌张张道。

"喂，你不准挂！"

贺枝南果断掐断电话，立刻关机。

以她对朱妮娜的了解，今晚若不关机，手机必定会被她打爆。

沉重的木门拉开一道窄缝。走廊的昏暗灯光洒进屋内，在浅灰瓷砖上投下一片暖金色的光。

外出几日的魏东刚到家，身上还带着夜间冰凉的湿气。他身上的衣服换了，从离开时的白衬衣变成了严肃的黑衬衣。

“怎么了？”贺枝南单手扶着门，面上故作平静。

魏东看到她那副爱搭不理的冷淡样儿，敲门前那点儿紧张感瞬间烟消云散。

“我带了点儿烧烤，一个人吃不完，想问你……”他淡淡地说道，“算了，当我没说。”

撂下一句莫名其妙的话，他转身就要走。

“我……”贺枝南急了。

“嗯？”魏东回头，盯着那双闪烁不定的眼睛，低垂的手微微收紧。

“偶尔吃些，也无妨。”贺枝南挺直腰板，若无其事地关上门，径直越过他往楼下走。

魏东悠悠侧过身，盯着那抹窈窕纤细的背影。她穿着成套的白色运动装，同色系棉拖鞋，绸缎般的黑直发披散在脑后，步子急切，走路带风，发尾在空中荡起。

他抬手摸了摸嘴角，垂眸笑了，不枉他深更半夜赶回来。

客厅里很安静，餐桌上是刚出炉不久的烧烤，讲究地用保温锡纸里三层外三层地包裹着。这是从隔壁镇那家远近闻名的烧烤店带回来的，店主是魏东曾经的战友。

吊挂的顶灯很旧了，灯光是淡淡的暖色，很舒服。

贺枝南规矩地坐在餐桌前，小口喝水，乖乖等吃。

魏东从厨房玻璃柜里拿出盘子，用清水洗净擦干，摆上香气扑鼻的烤串，端到桌上说：“吃吧。”

他转身去冰箱拿啤酒，开盖前想了想又放下，拉开冷冻室最下面那层，好家伙，空空如也。

走之前他拿碎冰冰塞满冰箱，回来一根不剩，很好。

桌前的贺枝南正盯着牛肉串发呆，浑然没察觉男人略显不悦的脸色。

她已经很多年没吃过夜宵了，不知该从哪里下手，便象征性地拿了一串看着还算有眼缘的黄瓜片，见上面撒满孜然粉和辣椒粉，她这个怕辣星人瑟瑟发抖。

正纠结之际，魏东安然入座，也不吃东西，就坐在桌子对面一眨不眨地盯着她。

“怎么了？”贺枝南问，他灼热的注视想忽略都难。

魏东轻轻皱眉，说：“你再怎么……也得给我留一根。”

“什么？”

“碎冰冰。”

贺枝南一脸茫然。

“乳酸菌味的。”魏东轻声补了一句。

贺枝南越听越迷糊，先看看他，再看看冰箱，思前想后，终于把线索串联起来。她难以置信地问：“你认为是我吃了？”

魏东环顾四周，挑眉问：“这屋里还有第二个人？”

“不是我。”她压抑着满腔郁闷，义正词严道，“这两天放学张齐齐都有来，还带了一帮同学。”

她这么一说，魏东瞬间了然，勾了勾唇，说：“小东西，不掏空不罢休。”

“你自己吃吧，我饱了。”贺枝南放下黄瓜片，闷闷不乐地转身。

魏东手疾眼快地拽住她，问：“生气了？”

“没。”

贺枝南不是易怒的性子，朱妮娜不止一次说过她脾气太温柔，以后容易被人欺负。会不会被欺负她不知道，她只知道她现在被某个看似成熟，实则幼稚的男人气饱了。

魏东眼底漾开一丝笑意，宽厚的大手稍稍用力收拢，硌人的厚茧挤压着女人嫩滑如水的肌肤。他悠悠说道：“你调戏我上瘾，我不也没跟你计较？”

贺枝南不吱声，背影看似倔强，实则心乱如麻。

说是心虚也好，不敢面对也罢，他说的确是事实。就在他离开的前一晚，她再一次不受控制地对他做出了疑似骚扰的举动，基于画面太美，她至今不敢回想。

正因如此，那天清早她才会神志不清地交出手机，忍受他的言语调侃。

“我两天没合眼了，又开了几小时的车回来。”魏东的声音压得很低，带着一丝疲倦，“你陪我坐会儿，这要求不过分吧？”

他的语气突然柔和下来，神情分外真挚，让人有些招架不住。

今晚的他，似乎不太一样。

贺枝南不知道这几天他经历了什么，可他眼中那种怅然若失的悲凉感，很快击溃了她内心的防线。

最终，她还是坐下了。

十分钟后，烧烤一扫而空。

贺枝南艰难地咽下一片黄瓜，魏东见她辣得满脸通红，夺过剩下的消灭干净，两口喝完整罐可乐，起身收拾东西。

待整理完毕，他拿起车钥匙往外走，走到门口时停顿了几秒，转过身看向她，说：“去睡吧。”

“这么晚了，你还要出去吗？”贺枝南没忍住，多嘴问了一句。

“我去外头找一找，看有没有小店开门。”

贺枝南脱口而出：“碎冰冰？”

“嗯。”他倒也诚实，直言道，“以前酒是安眠药，现在换了，不吃那玩意儿睡不着。”

“那你开车小心。”

贺枝南飞快说完那句类似于关心的话，小步走到楼梯处，刚要抬脚上台阶，门口的男人叫住她：“哎。”

“什么？”贺枝南几乎秒回。

魏东懒洋洋地倚靠着门框，暖黄色的灯光照亮那张英气逼人的硬汉脸，瞳孔墨黑发亮。

“反正你也失眠，要不跟我一起？”他想了想，又补上一句，“今晚月色好，我带你去清水塘边钓鱼。”

魏东随口说出的一句话，在贺枝南心底掀起千层浪。

且不说他怎么知道她失眠这件事，半夜出去钓鱼，这是什么奇怪的约会？

在门口静静等候的魏东见贺枝南半天不吱声，也不强求，晃了晃指尖的车钥匙，说：“那行，早点儿睡。”

他顺手合上大门，走向院里那台锈迹斑驳的皮卡车。这车买来时就是二手车，开了几年，现在更是破烂不堪。两道耀目的车灯亮起，他启动引擎，刚从兜里摸出一根烟，副驾驶座的车门突然被人拉开。

贺枝南迅速上车，入座，动作一气呵成。她目视前方，浓郁的夜色下都能隐约瞧见她泛红的耳珠。

“睡不着，去看看也行。”她说。

魏东笑而不语，目光瞥向她柔美清秀的侧颜。少了旗袍、高跟鞋的装扮，温软美人秒变邻家女生，倒也不是冷傲到难以接近。

他收起还没点燃的烟，大半个身子倏然覆过去。

本就昏暗的视线被庞然大物遮盖严实，贺枝南大惊失色，死死地按住他绕过来的手。可他粗壮的小臂硬得像石头，怎么推都推不动。

“你干什么！”明明是质问的话，却是娇软的音调。

两人离得太近，魏东炙热的鼻息喷在贺枝南的鼻尖，宛如点燃枯木的那点儿火星，贺枝南呼吸一窒，心脏狂跳。

魏东近距离盯着贺枝南那双眼睛，清亮澄澈的杏眼波光粼粼，似掩映在流云里的星辰，比这晚的月色还美。

“吧嗒”一声，安全带扣紧。

起身时，魏东也不知哪来的坏心思，偏在贺枝南放松警惕时猛然凑近。她条件反射地闭眼，男人压抑的笑声在她耳边响起。

两秒后，包裹她的那团热气散开，她抑制住紧张的心情，缓慢睁眼，男人已然回到原处，手肘顶着车窗，手撑着额头，眼底那抹意味不明的笑看得人心烦。

“流氓。”贺枝南气不过，细声嘟囔。

“别急。”魏东收回视线，指尖在方向盘上有节奏地敲击，说，“还早呢，慢慢来。”

贺枝南咬住下唇，扭头看向窗外。

她一个字都听不懂，所以，脸红的原因全赖烧烤太辣。

静谧的秋夜，凉风习习，天地间氤氲着朦胧的雾气，缥缈如纱，一轮皎洁的明月悬挂在夜空，清辉洒满大地。

零点时分，皮卡车在空无一人的道路飞驰而过，停在铜窑镇与清水镇的分界处。坐在副驾驶座的贺枝南按下车窗，盯着小超市内正同店老板聊天谈笑的魏东，这种角度刚好看清他的侧脸。

他的嘴角微微上扬，眉目沾染着愉悦的笑意，黑衬衣解开了最上面的两粒扣子，结实的胸肌透过领口一览无余。

她那晚摸过，手感比想象中要好。

愣怔间，魏东已从超市出来，肩头扛着两个纸箱，贺枝南升起车窗，若无其事地目视前方。

魏东把沉甸甸的纸箱放进后备厢，手上晃着刚从冰箱里拿出的碎冰冰。上车后，他没急着出发，而是将碎冰冰掰成两半，递了一半给贺枝南，说："尝尝。"

贺枝南侧头看去，车内幽暗的灯光打在他高挺的鼻梁上，那双眼睛亮得出奇，就像小孩子跟朋友分享美食时那样，闪闪发光，透着期待。

她瞬间失神，拒绝的话哑在喉咙。

自律是为了约束自己，可她不是圣人，总有忍不住破例的时候。

贺枝南别扭地接过碎冰冰，放进嘴里。迅速融化在口腔里的冰甜水，大半夜被冻僵的手指，疯狂地刺激她的大脑皮层。

"你吃。"她把咬过一口的碎冰冰重新塞回他手里，戳了戳毫无知觉的手指，说，"好冷。"

魏东正咬着碎冰冰吸取精神养分，冷不丁遭人退货。他低头看着被咬扁的塑料口，扯了扯嘴角，意味深长地问："我接着吃，这算什么？"

贺枝南愣住，反应过来后，立刻红着脸抢回来，扔进垃圾袋。

魏东眉头紧蹙，认真地说："浪费可耻。"

贺枝南回嘴："大不了我赔给你。"

"一箱。"

狮子大开口？

"一根。"贺枝南坚持。

魏东板着脸严肃地说道："两箱。"

"我要下车。"贺枝南才不惯着这疯子。她转头看向伸手不见五指的车窗外，口风一转，"不，你送我回去。"

"行。"

他回答得倒是爽快，只是一脚油门踩下去，车子拐向了上山的路。

铜窑隔壁是清水镇，地广人稀，最出名的是坐落在半山腰的清水塘。传说到清水塘许愿很灵，山顶的日出亦是美不胜收。这些传闻贺枝南一半是听张婶说的，一半是听张齐齐说的。

只可惜，现实远比想象的残酷。

山上气温低，傍晚时下过一场雨，空气里弥漫着泥土和草木混杂的奇特气息，地面还是湿的。山道至清水塘有一段长长的窄路，皮卡车太大，开不进去，只能停靠在枯树旁。

“下车，得走一段路。”

魏东从后座拿了件深棕色的夹克，夜间山里湿冷，不做好御寒准备容易受凉感冒。他下了车，踩了满脚泥巴绕到副驾驶座那边，将车门拉开。

贺枝南瞥了一眼湿乎乎的地面，抬头看他，眼睛跟清水洗过一样，看上去楚楚可怜又委屈。

魏东瞧了一眼她身上纯白的运动套装，视线移到她的脚下。白色的棉拖鞋的确不适合在山野行走，特别是对有强迫症的人而言，一脚下去真能疯。

“这条路全是泥，你要是怕脏，可以在车上等我。”魏东说。

“不要。”贺枝南语速飞快，伸手拽他敞开的衣摆。

魏东本就是故意的。他嘴角含着笑，弯腰凑近贺枝南，问：“害怕？”

“你说呢？”贺枝南柔柔地瞪他。

魏东的恶趣味得到满足，声音压低了些，说：“鞋子脱下来。”

“嗯？”

“照我的话做。”他的强势中透着一丝不易察觉的温柔。

贺枝南不知他想干什么，斟酌片刻，脱下白色的棉拖鞋递给魏东，车内的灯光照得两只悬空晃动的脚白嫩如玉。

魏东单手拎起鞋，另一只手替她解开安全带，身子倏然压低。接下来的举动完全超乎贺枝南的预想。

“你……你放我下来！”贺枝南惊呼。

男女之间，不是背就是公主抱，哪有人会用扛的？就连猪八戒都知道背媳妇，怎么到了他这里画风差这么多？

且不说怜香惜玉，好歹把她当成人对待吧！她不是死猪，不是石块，那么自然的举动多少有点儿侮辱人。

贺枝南生气又无语，吊挂在他结实的后背，两只手死命捶他，可他一身腱子肉，拳头落在上面不痛不痒，反倒捶痛了自己的双手。

“别乱动。”魏东用力箍紧她乱踢的腿，还想伸手补一巴掌，可手抬至半路又生生收了回去。

若碰了那处，怕是又得挨一巴掌，顺带被贴上“老流氓”的标签。

山间夜凉如水。月亮藏进云层，月光蒙上一层浅灰；远处的灌木树丛在夜风中摇曳；风声嘶吼，犹如面目狰狞的野兽，听得人毛骨悚然。原本闹腾的贺枝南慢慢没了声音，两只手使劲拽紧魏东的衣服。他嘴角一扬，知道她害怕了。

“快了，就在前面。”魏东安抚道。

那条窄路很长，一眼看不到尽头，路上的泥水坑有深有浅。好不容易走到水塘边，魏东的鞋边已经全是黑泥，裤腿也沾满泥污。

清水塘面积不大，依山画了个圈，塘边有间茅草棚，顶上盖着厚重的茅草，里头不进雨，在潮湿的山间留下一小片干燥的空间。

草棚里放着一条年代感十足的长木凳，魏东把贺枝南放在凳子上，鞋子摆在脚下，忽略她略带怨气的注视，嗓音难得放软，说：“把鞋子穿好。”

贺枝南抿了抿唇，刚想说什么，就见他走到水塘边，弯着腰认真清洗脚下的泥污。

她光脚冻得直哆嗦，乖乖套上拖鞋。

不知何时，风止息了，月亮从云层里冒出头，倒映在水塘里，平静的水面犹如一面清透的镜子，映出魏东的身影。偶尔一阵微风吹过，水面泛起细碎的涟漪，波光粼粼。

山上跟山下温差大，贺枝南穿的运动服不厚，寒气蚀骨，冷得连头皮都在颤抖。

魏东返回小草棚时，平时优雅知性的贺枝南正毫无形象地缩在凳子上，嘴里哈着气。见状，他脱了外套，强势地罩在她身上，说：“穿着。”

“我不……”贺枝南还想嘴硬，谁知一开口，“阿嚏！阿嚏！阿嚏！”一连串的喷嚏把平时旗袍美人的美好形象毁得彻彻底底。

魏东看贺枝南缩在外套里，鼻尖都冻红了，忍不住戏谑地笑道：“身子那么软，嘴那么硬。”

贺枝南脸一热，没好气地说：“你那么清楚，你摸过吗？”

魏东想了想，点头道：“嗯，刚刚。”

她决定不再跟这个把她当成猪肉对待的流氓说话了。

五分钟后，魏东跟变戏法似的从水塘边的矮树下摸出一个鼓鼓囊囊的包，在朦胧的月光下捣鼓了一通，返回草棚时，手里拎着一根长长的钓竿。

他见贺枝南两眼放光，挑了挑眉，说："试试？"

贺枝南的确觉得新奇。她以前只听过、看过，但从没自己上手试过。从小到大，她的圈子里讨论的除了名牌就是网球、高尔夫，像这种类型的消遣娱乐，她还是第一次接触。

她起身凑近，从魏东手里接过钓竿，左看右看，不得其法，便问："这个怎么弄？"

贺枝南一脸的求知欲，魏东瞥了一眼她同水塘的距离，哼了一声，说："你站在这里甩竿，是准备钓青蛙吗？"

贺枝南想了想，试探着往前走了两步。

"再靠近些。"魏东说。

她又机械地小心翼翼挪了一步。

魏东闭了闭眼，似是被贺枝南打败。他上前揽过贺枝南的腰，带着她两步走到草棚的边缘。

前后不过两秒，贺枝南眼睛瞪圆，强劲的热度仿佛还停留在后腰处，灼烫那朵绚烂的彼岸花。

"看我做什么？甩。"魏东说。

贺枝南站着不动，无法理解这人是怎么做到这样理直气壮又若无其事的。

"得，我帮你。"

魏东倏然出现在她身后，身体仿佛燃着一团火，她只觉得呼吸困难，身体快要点着了。

贺枝南握竿的那只手被温暖的掌心包裹，手臂向后扬，然后往前一甩，鱼线抛出，"叮咚"一声，钓钩入水，浮漂一半沉入水中。

之后很长一段时间，没人开口说话。夜色苍茫，万物沉睡，此刻的静谧，有着安抚人心的魔力。

钓竿始终没有动静。

贺枝南怕惊到鱼儿，细声细气地问："你确定能钓着吗？"

魏东看着塘里倒映的那轮月亮，吐出三个字："看运气。"

问了个寂寞。

半山腰，茅草棚，静坐的二人似两尊大佛。

"贺枝南。"魏东突然开口。

贺枝南愣了一下，低低地“嗯”了一声。

魏东侧目看她，眸色幽深，问：“你失眠多久了？”

贺枝南刚要回答，猛地想起什么，反问：“你怎么会知道？”

“胖墩儿说的。”提起张齐齐，魏东的眉目都柔和了几分，“小胖子挺关心你的，现在他看你比看我都顺眼。”

贺枝南的嗓音细细的：“你的鸡腿喂得好。”

等不到她的回答，魏东叹了一声，道：“你要是不想说，当我没问。”

贺枝南一言不发。

“我……”魏东张了张嘴。

“睡着后，我会做噩梦。”贺枝南倏地出声，打断他的话。

“什么梦？”魏东问。

贺枝南看向前方的水塘，水面荡漾着细细的波纹。她咬住下唇，印出深深的齿痕。

“梦里很黑，前方照来一道光，我跟着光走，所到之处全是鲜红的血，有一双腐烂的手突然出现，它捂住我的眼睛，我动弹不得，身上的皮肤开始溃烂，生疮。”她看向魏东，一脸苦涩地说，“每次醒来，我都会恶心狂吐，厌恶自己。”

魏东眉头紧蹙，沉声问：“看过医生吗？”

“很多。”贺枝南的声音低了些，“多到我已经确定，自己无药可救。”

风拂起贺枝南鬓角的碎发，时不时地遮住那双泛起水光的眼睛。

魏东透过那双眼睛，仿佛看到对方那颗千疮百孔的心在往外淌血。

“下次试试碎冰冰，死马当活马医。”魏东说。

贺枝南眨眨眼，随即笑了。

魏东夺过她手里的鱼竿，目光随着细长的竿子延伸至水中：“房子你安心住着，有什么需要跟我说。”

贺枝南见他态度软化，趁热打铁道：“厨房跟小院，我能用吗？”

魏东听着好奇，问：“小院你要用来干什么？”

“种菜。”

他斜眼瞥她，问：“你会？”

“不会，但我可以学。”

“瞎折腾。”他冷哼。

贺枝南看到那轻蔑的眼神来了气，跳起来道：“你别瞧不起人！我想做的事情，没有做不好的。”

魏东仰头看她，痞痞地勾了一下唇，也不说不信。

他那张轮廓分明的脸被银色的月光照着，出众的五官似开了滤镜，看得贺枝南心脏猛跳。

魏东的视线缓缓下移，停留在贺枝南盈盈一握的腰上，悠悠地问了一句：“刺青还疼吗？”

“偶尔。”

“我看看。”

贺枝南没细想，侧过身就要撩衣服，好在理智及时恢复。她狐疑道：“你家的客人都带售后服务？”

魏东淡笑道：“住我家的客人，包售后。”

贺枝南哑口无言。这么多年，她在口舌之争上从未有过的好胜心，几乎全用在了他身上。

她小心翼翼地撩起上衣，露出后腰那片刺青。那朵妖媚的红花绽放在雪白的肌肤上，格外艳丽。

魏东慌忙移开视线。

“咯。”他咳了一声，哑声道，“还不错。”

贺枝南没注意到魏东略显怪异的神色，坐回他身侧，半晌，憋出一句赞美的话：“你的技术比我想象中的要好。”

魏东的呼吸一顿，明显会错意，握钓竿的那只手倏地青筋暴起，胸腔内火烧火燎，连呼吸都在喷火。

他把自己害惨了。

风摇动着树枝，奏响怪异奇特的催眠调。贺枝南缩着脖子，把自己裹进宽大的皮夹克中，挨着身侧的热源，缓慢地合上眼睛。

梦里依旧是那块空寂冰冷的无人之地，似阴森的铁笼，更像恐怖的地窖，释放面目狰狞的怪兽，扼制住她的咽喉。

远处似有一束光，破开黑暗。眼前是触目惊心的血红，翻涌的血浆似千层浪，犹如绽开的彼岸花，破碎的花瓣随风轻扬。

她一动也不能动，绝望地等候那双涂满鲜血的大手到来，宣判她的死亡。如预期的那般，眼睛很快被一双手蒙住，却不是她记忆中那般冰冷黏滑，让人反胃恶心。

那是一双温暖干燥的大手，似和煦的春风，轻抚过她的鼻尖、嘴唇、下巴，亲吻她泛红的耳垂。她眼前一片黑，那双手带领她往前走，走了很久很久，久到她累了，想要停下来。

然后，她睁开了眼睛。天光映入眼中，她身子微动，挤压、摩擦着座椅的皮革，发出细微的怪声。贺枝南猛然坐起，低头看到盖在自己身上的外套，随后环顾四周。

她居然在车上。

何时睡着的，她已经没了印象，只记得最后一幕。

清澈的塘水被微风吹起阵阵涟漪，木凳上，贺枝南缩成一团，魏东拿着鱼竿一动不动，鱼儿久久不上钩。

“你会唱歌吗？”她细声问。

“军歌。”

贺枝南一噎，问：“粤语歌会吗？”

魏东皱眉细想，说：“就一首。”

“什么？”

“《护花使者》。”

“唱来听听。”

贺枝南的眼皮直打架，在这深山水塘边，居然有了丁点儿困意。

魏东侧头看她，她缓慢眨眼，看似昏昏欲睡，头也开始一点一点。

魏东看着好笑，扳正她晃动的脑袋，将肩膀借给她靠。他看向前方，低声唱道：“这晚在街中偶遇心中的她，两脚决定不听叫唤跟她归家，深宵的冷风，不准吹去她，她那幽幽眼神快要对我说话，纤纤身影，飘飘身影，默默转来吧，对我说浪漫情人爱我吗……”

这首歌是清风的最爱，在部队时恨不得一天在他耳边哼一百遍，他听都听会了。

魏东唱到后面，歌词开始卡壳，唱得断断续续。

贺枝南嘴里嘟囔了一句什么，他没听清，凑近问：“什么？”

“发音不标准。”

他闻言笑了，问：“哪里不标准？”

这次无人回应。

她似乎睡着了。

贺枝南按下车窗，清晨沁凉的冷风吹进来，冻得她瑟缩了一下，只好又乖乖套上魏东的皮夹克。

下车时，天还没完全亮，朝阳把云层撕开一个个裂口，射出绯红色的光。魏东正站在山顶抽烟。他似乎不怕冷，这么低的温度，他还穿着单薄的衬衣，壮硕的背影似山一般伟岸。

浅白色的烟雾自修长的手指间蜿蜒向上，他深吸轻吐，一根烟很快到底。听见车门开关的声音，他眉眼一动，将烟头扔到脚下踩灭，回头就见贺枝南套着他的外套走了过来。二人的身高和身形差距很大，她像个偷穿大人衣服的小孩。

“醒了？”

“嗯。”

贺枝南停在他身侧，视线扫过他下巴那片乌青。才过一晚而已，黑色的胡茬更明显了。也不知他昨晚经历了什么，眼底布满血丝，黑衬衣也皱巴巴的。可即使落得这般颓靡邋遢样儿，那张脸依旧好看得要命。

“我怎么会在这里？”贺枝南问。

魏东漫不经心地回答道：“你睡着了，我扛回车里的。”

“扛……”贺枝南愤愤地瞪他，她就知道，这人举止粗暴，压根儿不懂“怜香惜玉”四个字怎么写。

“那你的衣服怎么弄成了这样？”贺枝南问。

魏东斜眼看她，似笑非笑道：“猫抓的。”

贺枝南听得一愣，四处张望，问：“山里有猫？”

“有。”魏东侧身面对她，解开最上面的两颗衣扣，让她看胸口那几条带血的抓痕，说，“爪子还贼锋利。”

说到这里，魏东眯了眯眼睛。他也没想到这个看着娇娇软软的女人，睡着后会变得张牙舞爪，攻击性极强。

他刚要靠近，熟睡的人伸手就是一爪，若不是他躲闪及时，脸上少说三道印，只是无奈胸口遭了殃，尖锐的指痕真像野猫挠的一样。

魏东意味深长的笑令人心里发毛，贺枝南低头偷瞄自己的指甲，尖厉的弧形，的确有当武器的潜力。

“你别忘了打狂犬疫苗。”

她将昨晚的记忆粉碎，拒绝承认罪行。

魏东抿唇笑道：“行。”

他转头看向天边一点点儿扩散的金光，没再继续这个话题。

金光很快铺满东方天际，那烟粉色的云渐渐变成玫瑰色。火红的太阳拨开云霞，灿烂的金光倾泻在大地上，温暖地包裹住他们。

这是贺枝南第一次看日出，心中十分震撼。

“没见过？”魏东盯着她被浅金色朝晖照射的绝美侧脸，失神了片刻。

“嗯，第一次。”贺枝南说。

魏东想了想，低声承诺：“想看日出，随时带你来。”

贺枝南轻轻眨眼。魏东随口的一句话，拨动了她的心弦。一瞬间的悸动，似药性巨强的迷药。

贺枝南悠悠地转身，迎着灿烂的朝阳，紧盯魏东的眼睛。

“怎么？”魏东微微蹙眉。

贺枝南不说话，伸手拉扯他垂在身侧的大粗臂，在他略显诧异的目光下，抬起他宽厚的手掌，捂住自己的眼睛。透过微张的指缝，看着他被金色阳光映照的俊脸。

梦里那股温润的清风，化作一把无形的钥匙，打开她心门那把锈迹斑斑的锁。

“那双手，是你的吗？”贺枝南轻声问。

“什么？”

没头没脑的一句话，令魏东很是不解。他低头正要询问，她突然往后退了一步，遮挡她眼睛的手自然垂落。

贺枝南神色复杂地看着他。良久，她淡粉的嘴唇轻启，吐出几个字：“我需要确定一下。”

魏东更蒙了，正欲开口询问，她忽然又向前一步，走到他身前。

她昂着头，目光坚定且柔软：“我……”

时间在那一秒静止。

贺枝南两只手揪紧魏东衬衣的前襟，踮起脚，下一秒，轻柔的吻落在他的喉结上。

温热的鼻息喷在脖子上，她的嘴唇很软，似羽毛般拂过，酥酥痒痒。

魏东屏住呼吸，喉结滚了滚。体内那燎原的火从昨晚灼烧至今，已然冲破那层不够坚定的屏障——他的极限到了。

返程的路上，车内安静得很诡异。

副驾驶座上的贺枝南缩进外套，懒洋洋地靠着座椅，身子偏向窗外发呆，从上车到现在一声不吭。

皮卡车经过隔壁镇的早市街，往前一百米全是琳琅满目的货品和美食。车窗开至一半，赶早的小镇居民啃着刚出锅的馒头，清新的面香飘进车窗，勾起人肚子里的馋虫。

“你饿不饿？”车子停靠在路边，魏东转头问贺枝南，“我去买点儿吃的？”

贺枝南保持原有的姿势不动，魏东看不到她的表情，只看见她藏进黑发的小耳朵红透了。

“不饿。”贺枝南说。

魏东垂眼笑了一声，没拆穿她拼命掩饰的羞涩，嘱咐她：“在车里等着我，别乱跑。”

撂下这话后，他转身下车。

贺枝南偷瞄了一眼，见他走向不远处卖煎饼的小摊，这才深深地吐了一口气，两只手捂住滚烫的脸。

她只要回想起山顶的那一幕，就想扯出体内那根不安分的神经，用剪刀一把剪断。

留着它，后患无穷。

正当贺枝南郁闷懊恼之际，小摊老板扯着破锣嗓子问：“要不要辣椒？”

魏东条件反射性地回头，贺枝南迅速别开视线，若无其事地看着窗外。

“不要。”

她听见魏东回答。昨晚那些撒满辣椒粉的烧烤，她只吃了一片黄瓜都辣得快喷火了，他居然能面不改色地一扫而光。

很快，魏东返回车上，手里拎着几个饼子，还有两杯热腾腾的豆浆。

他合上车门，随手递来一个香气四溢的煎饼：“尝尝，这边的特色。”

贺枝南低头看了一眼，犹豫了半晌，没接。她已经很久没吃过正常的早餐，靠一杯黑咖啡硬生生熬了几年，不知道还能不能适应正常的早餐。

“没放辣椒。”魏东明显会错意。

贺枝南缓慢眨眼，那根不受控的神经颤动得厉害，她鬼使神差地接过煎饼。

魏东将煎饼塞进嘴里咬了一大口，肉馅散发的香气扑鼻而来，却没有星点呛人的辣椒气味。

“你也没加辣？”贺枝南问。

“嗯。”

“为什么？”她疑惑地问，“你不是爱吃吗？”

魏东粗壮的手臂搭在车门上，衬衣面料被肌肉撑起，仿佛随时会被撑破。他侧头看她，几秒后，慢悠悠地将目光转向前方，说：“你闻不了那气味。”

贺枝南心中一暖，涌起一丝奇妙的甜腻。

昨晚她受不了呛鼻的辣椒，几次咳得差点断气，原来，他全记在心里了。贺枝南瞥了一眼手里的饼，送到嘴边，轻轻咬了一口。

“怎么样？”魏东问。

她慢慢咀嚼，咽下，给出评价：“很香。”

魏东勾唇一笑，将豆浆插好吸管递给她，嘱咐道：“慢些吃，少了还有。”

车子路过铜窑镇集市，贺枝南瞧见某个店面，喊魏东靠边停车。

“要买什么？”魏东问。

“烤鸡。”贺枝南解开安全带，兴奋地开门，说，“齐齐的最爱。”

魏东还想说什么，她已经跳下了车。难得见她这么欢快，脚步轻快得像个小精灵。

不过，说起那个小胖子，魏东不禁想起昨天傍晚时分接到的那个电话。

张齐齐拿张婶的手机，不由分说抱怨了他一通：“东叔，你对贺姐姐太过分了！她给我买了一大堆好吃的，良心大大地好。姨奶奶说你不惜福，这么漂亮的姑娘住在你家你还不上心，平时凶神恶煞就算了，一跑出去就是几天不着家，也不管她怕不怕黑，失眠症有没有好一些。”

听到这里，刚下车的魏东收起车钥匙，摆手让另外几人先进饭馆，低声问：“失眠？”

“我昨天偷听她们说话，姐姐说她失眠很长时间了，睡觉会做噩梦，吃多少药都不管用。”

魏东面色微沉。

细想他在家的那些天，半夜确实总能听见贺枝南开关门的声音，可他从没想过这会是一种病。

“知道了。”

“那你什么时候回来？”

“等我忙完。”

张齐齐火急火燎地打断他的话：“你别瞎忙了！姨奶奶说外头那些女人不及贺姐姐十分之一好看，你再不抓紧点儿，以后真成老光棍了。”

魏东听这孩子说起话来一套一套的，依稀还能听见细碎的女声。有人教，难怪底气那么足。他低头轻笑，说：“你跟张婶说，我今晚回。”

“好嘞。”张齐齐没意识到自己进了他的圈套，搓着小手期待地问，“叔，你能不能给我带只烤鸡，就镇上那家。”

不等魏东出声，电话那头，躲在暗处的张婶率先发飙，上来就是一顿吼：“吃吃吃你就知道吃，胖得跟头猪一样……”

魏东笑着摇头，挂断电话。他转身回到车上，过了前方那个路口，才给牧洲打去电话。

“东哥。”牧洲喊。

“后续的事交给你了，我先回去。”

“这么着急？”

“嗯。”

魏东勾了勾嘴角，说：“回家，当安眠药。”

这天是周六，可怜的张齐齐还没睡饱就被张婶拉起来打扫小院。

他无精打采地拿着扫帚在地上鬼画符，隐约听见熟悉的引擎声，探头看向院外，果然是那辆破破烂烂的皮卡车。

他刚想上前打招呼就瞧见坐在副驾驶座的女人。他惊讶地睁大眯缝眼，回过神后扔了扫帚，一路狂奔去厨房告诉张婶这个天大的好消息。

贺枝南回房洗过澡，换了一条浅粉色的新式旗袍，裙摆的薄纱给她增添了几分清纯气息。她这天不想盘发，吹干的黑发柔顺丝滑，别在耳后。耳垂上，珍珠耳钉散着淡雅的银光。

一小时前，他们刚刚下车就被张齐齐堵住，烤鸡被他抢走了，魏东也被硬拖去当劳动力。

贺枝南走进张婶家，正在厨房忙碌的张婶笑眯眯地跑出来，见她换了一种风格的旗袍，连夸几声好看。

“我去拖地吧。”贺枝南主动说。

“不用，你去客厅坐着。”张婶招呼她去休息，“那些粗活有人干。”

贺枝南在客厅静坐片刻，到处没见到魏东的身影，刚好瞧见从二楼飞奔下来的张齐齐，起身迎上去问：“你东叔呢？”

“他在二楼的杂物间。”

二楼有几间房，贺枝南一间间查看，依稀听见最里面那间传来动静。

她推开门，屋里没开灯，窗帘紧闭，昏黑一片，什么都瞧不见。她试探性地往里走了两步，手往墙上摸了半天都没摸到开关。

有人倏地拽住她的手，她踉跄了两步，后背靠上硬邦邦的墙壁。

“啪”的一声，灯开了，门也关上了。

贺枝南呼吸一窒，抬头看向赤裸着上半身、浑身直冒热汗的男人。

魏东的嗓音很粗，喘息声略重：“找我？”

杂物间很小，堆满大大小小的纸箱，逼仄的空间里，他身上的烟味混合着不难闻的汗气，充斥着她的感官。

“你关门干吗？”贺枝南的质问很软，撒娇似的。

魏东笑了一下，抬起滴汗的下颌，问：“要打开？”

“不。”

前面的质问是假的，现在的回答遵从心意。

头上的灯十分昏暗，魏东的脸看不太清。他黝黑的皮肤上挂着豆大的汗珠，一颗一颗顺着凹凸不平的肌肉缓慢下滑，流至箍紧的皮带下，消失于精壮的腰身处。

贺枝南轻咬下唇，提醒道：“你流了很多汗。”

“嗯。”魏东不由自主地逼近，失神地盯着她咬出牙印的嘴唇，嗓音干涩地说，“今天不帮我擦了吗？”

贺枝南脸颊绯红，瞬间回想起那晚，她打着强迫症的幌子，干着女流氓的事。

“不。”

“为什么？”魏东起了坏心思，故意追问。

贺枝南全身僵硬，她紧张地扭过头：“你继续忙，我出去。”

魏东本来只想逗她玩一会儿，之前自己被她调戏得够呛，怎么都得找回场子。可她今天穿得像朵清纯的小白花，那含羞的模样成功勾起了他的劣性。

她退，他进，步步紧逼。

“魏东。”

贺枝南这下知道怕了，后背撞上身后的纸箱，已经退无可退。

魏东直起身，灼热的目光深深地注视着她。然后，他抬手遮住她的眼睛。眼前一片漆黑，颈边倏然一热，滚烫的吻落下。魏东下巴处的胡须扎人，她怕疼，瑟缩了一下。

“这是还你的。”贺枝南耳边是他沉沉的笑声。

她的脸红到了脖子根，耳朵直发烫。

魏东说的“还”，指的是山顶的那个吻。

密闭的环境中，空气也燥热起来，魏东退开半步，贺枝南以为这样就结束了，没承想流氓忽然弯腰贴在她耳边道：“这是利息。”

他自那颗珍珠耳钉开始，沿着脖颈一下一下亲到贺枝南的锁骨。她的肌肤被他灼热的吻点燃，燥热难耐。

魏东慢慢撤开手，放贺枝南重见光明，却不给她逃跑的机会。他两只手禁锢在她身侧，将她圈在怀里。

“我只说一遍。”他紧盯她的眼睛，压抑着粗喘，沉声道，“再敢撩，我就吃了你。”

第四章 哄睡

大扫除忙活到傍晚才结束。

晚餐是魏东主厨，青菜炒得很嫩，红烧肉十里飘香。小胖墩儿张齐齐吃了三碗大米饭，张婶一边念叨一边给他夹油汪汪的肉块。

二人返回小院时，天已经完全黑了。

从昨晚到现在，算上外出的那几天，魏东已经很久没合眼了，今天又被拉去干了一天苦力，累得浑身散架，进屋后直接去了二楼洗手间沐浴。

临睡前他倒是跑来敲了敲贺枝南的房门，声音困倦得随时可能消失：“我睡了。”

她没吱声，隔着厚重的木门抿唇偷笑。

夜里十点。

贺枝南抱着被子坐在床上发呆，半小时一动不动。

她失魂地抬手，指尖从耳垂顺着肌肤滑到锁骨。明明过了那么久，上面似乎还留有余温。一片娇媚的红色被她的手指轻轻抚过，宛如后腰那朵彼岸花。

她深吸一口气，强迫自己不能再想了，否则这深更半夜，她头脑一热，指不定又干出什么奇怪的事来。贺枝南翻身下床，在柜子里拿书时，瞥了一眼安静躺在角落的手机。

天！她居然把这个忘得一干二净。

从昨晚失联到现在，依着朱妮娜的性子，怕是要翻天了。

开机后，数不清的电话信息跳出来，振动持续半分钟之久，贺枝南闭着眼睛都能想到那头人气小说作家朱妮娜狰狞的面目。

她小心翼翼地拨了电话过去。

果不其然，那头一接通就是一顿狮子吼："贺枝南，你居然敢关机！你知道我有多担心吗？你再晚一小时出现，我就要报警了！因为你，从昨晚到现在我一个字都没写，我的微博都炸了，人都被催麻了，你必须负责我的精神损失……"

"妮娜……"贺枝南低声说，"我吻了一个人。"

朱妮娜以为自己听错了，恨不得把头塞进听筒："吻？"

"严格来说，也不算。"贺枝南不疾不徐地陈述，"我亲了他的喉结，然后，又被他反亲了。"

"等会儿。"朱妮娜脑子一片混乱，平静下来后，认真梳理事件，"昨晚你屋里出现一个男人，然后你挂掉我的电话，关机，一整天销声匿迹，现在你跟我说你主动亲了一个男人的喉结。不是，喉结这玩意儿有什么好亲的？"

贺枝南被问得一愣，嘟囔着："对呀，有什么好亲的？"

"我在问你。"

"不知道。"贺枝南满脸无辜道，"就……好奇。"

朱妮娜狂翻白眼，猜到其中必有故事，且故事还不少，于是愤愤地说："你究竟瞒了我多少事情？趁我发火前，从实招来。"

"一定要吗？"

"一定。"

贺枝南叹了一声。她太熟悉这个女人，朱妮娜一旦嗅到任何蛛丝马迹都会追查到底，直到把人逼疯。

于是，她把来这里后发生的事一五一十全说了出来，那头刚开始还时不时提问，后来干脆没了声音。

"我说完了。"

"你想听我的意见吗？"朱妮娜冷静地问。

"不想。"贺枝南直接拒绝，"你会催我回去，可我还不想走。"

如此叛逆的贺枝南，朱妮娜还是第一次见。

她沉默片刻，转身去冰箱里拿了罐冰水，站在落地窗前俯瞰北城的夜景，说："南南，你着迷了。"

贺枝南没急着否认，眼睫低垂，道："或许吧。"

"你别嫌我说话直，一个小破镇的刺青师，他能给你什么？"

"你应该问，我想要什么。"

“你要什么？”

贺枝南走到窗边，推开一半窗户，看着外面的茫茫夜色，说：“爱，很多的爱，多到可以把我淹没的那种。”

“那他能给你吗？”

“我不确定，但可以试试。”

朱妮娜见平时谨小慎微的贺枝南变得如此洒脱，戏谑道：“贺小姐何时变得如此不谨慎了？”

贺枝南嫣然一笑，说：“男色误人。”

“呸，女色狼。”

贺枝南合上窗户，回到床上，整个人蜷缩着靠在床头，问：“我昨晚睡着了，梦里没有怪物，你说，这是不是预示我在变好？”

“你一直都很正常。”

“正常的人，不会自残。”

贺枝南低头苦笑，缓缓拉起衣袖，白皙纤细的小臂上印有几条灰色的划痕。她患得患失道：“如果，他接受不了我的病……”

“没有如果。”朱妮娜打断她的话，“南南，你记住，不管发生什么事情，我永远都是你的后盾。只要你一个电话，我马上飞来接你。”

贺枝南的眼眶湿润了，这女人总能戳到她的泪点。她说：“大大，我想对你表白。”

“不要。”朱妮娜一本正经地拒绝，“本小姐喜欢男人。”

凌晨一点，熟睡中的魏东被一阵敲门声吵醒。

他困得眼皮直打架，艰难地爬起来，慢悠悠地去开门。睡眠严重不足，他的脸色也好不到哪里去。

屋外的女人穿着白色的纯棉睡衣，黑发披肩，怀里抱着枕头，那双水润的杏眼静静地盯着他看。

“怎么？”

“我睡不着。”

听着这理直气壮的语气，他好笑地问：“所以呢？”

贺枝南穿旗袍时的气质温婉清冷，可私下穿什么都像邻家女孩，可爱起来连见多识广的朱妮娜都直呼受不了。

“我还想要确定一件事。”

“什么？”

“我睡着的前提，是不是身边要有你。”

魏东听完笑了，半夜被吵醒的火气烟消云散。他将房门拉开一些，就像同住的第一晚那样，浓眉一挑，痞气地问道：“睡觉，还是进来？”

贺枝南挺直腰板，大摇大摆地越过他进了屋：“进来睡觉。”

魏东关上门，转过身，见她径直走到床边，脱了棉拖鞋上床，先摆正歪斜的枕头，再把自己的枕头整齐地放好。

屋里很干净，家具再简单不过，所有的东西摆放整齐。

正常的双人床，两个人睡足够了，可对方若是个身形堪比巨兽的庞然大物，就另当别论了。即使他克制地侧躺着，依旧将贺枝南挤到了床边。

被子不厚，可魏东天生火气旺，稍稍靠近，贺枝南便热得冒汗。

魏东不说话，呼吸匀称，贺枝南耐心等了半晌，没忍住用手戳他硬实的脊骨，问：“你睡着了吗？”

“没。”

“其实我还有个问题，今晚必须问清楚。”

魏东又困又累，被子里多了一个让他上火的女人，本就忍得难受，她还不依不饶，大半夜抓着他答疑解惑。

他在心底长叹，真被她打败了。

旧床发出咯吱的声响，他艰难地转过身。

屋外月色清亮，月光透过窗户，洒在贺枝南那张如梦如幻的脸上。她的眼睛水盈盈地泛着光，让人无端生出很想欺负她，看她小声抽泣的冲动。

“你问。”魏东移开视线，尽量让自己想些纯洁的事情。

贺枝南板着脸，一本正经地问：“你那天离开时穿的是白衬衣，回来时为什么变成了黑的？你在哪里换的？为什么要换？”

一连串的问题直接把魏东问蒙了，他好半晌才蹦出一句话：“你这是一个问题？”

“统称一个。”

魏东坐起来，月光照亮他光裸黝黑的上半身。他侧头看向贺枝南的眼睛，意味深长道：“你知道这种问题一般该谁问吗？”

“谁？”

“老婆。”

“哦。”贺枝南面不改色，反问道，“所以我不能问吗？”

魏东完全摸不准她的脑回路。

这女人出门一个样，在家一个样，到现在为止，他都看不懂她。

“得。”他叹了一声，老老实实解释，“那天，我去医院看望一个战友的妈妈，老人家上午还好好的，下午突然病情恶化去世了，这几天我帮忙处理葬礼的事情，衣服是临时在镇上买的。”

贺枝南没吱声，眼睛一眨也不眨地盯着他。

“满意了？”

“还行。”

魏东重新滑入被子里，手背不小心触碰到她的身体，指尖猛地一颤，然后故作镇定地替她盖好被子，动作自然得不像第一次。

“可以睡觉了吗？”魏东问。

贺枝南嘴角的笑意未消，说：“可以。”

那一夜，二人之间什么事都没发生。

倒不是说魏东这人有多正人君子，而是因为还不等他胡思乱想什么，贺枝南已经抱着他的手臂睡着了。

长黑发滑落下来，遮住她的眼睛，她的两条细长的胳膊跟藤蔓似的将他缠紧。魏东低头看着贺枝南藏在发丝间的嘴唇，粉嫩柔软，看着就很可口。

他这一晚被折磨得够呛，前后去了三次厕所，脸色越来越差，可熟睡的女人还不知死活地往他身边凑，堂而皇之地缩在他怀里。

临近天亮，失眠的魏东眼睛布满血丝，毫无活力可言。

贺枝南的梦里大概有几万种美食，细碎的梦话时而清晰，时而模糊，念得他都饿了。

天刚蒙蒙亮，他便轻手轻脚地爬起床，开车出门买早餐。

贺枝南这一觉睡得格外绵长，梦里没有可怕的怪物出没，美好到让她舍不得醒来。

她迷迷糊糊地睁眼，伸手摸向身侧。是凉的，床上只有她一人。

窗帘不知何时被拉上，屋外刺眼的日光透不进来，被子内十分温暖。她翻了个身，又睡了过去。

等她彻底睡醒，已经是下午两点。她竟然睡了十多个小时。

睡饱后，她整个人精神焕发。她从衣柜里挑了一件月牙白的旗袍穿上，青丝绾起，露出修长白净的脖颈，气质清润淡雅。

客厅里，张齐齐正坐在沙发上看电视，见她走出来，忙喊：“贺姐姐，你醒了？”

贺枝南四处张望，脱口问道：“你东叔呢？”

“你怎么老问他？”张齐齐表示不开心，嘴噘得老高，“你都不关心我吗？”

贺枝南被逗笑，安抚似的去摸他的头，问：“那你吃饭了没？”

“早饭、中饭、零食都吃过了，坐等晚餐！”

说到这里，张齐齐恍然想起自己的使命。他拉着贺枝南的手走到餐桌前，上面满满当当摆了一桌子食物。

贺枝南诧异不已。桌上全是她昨晚梦里见到过的甜品，可镇上压根儿没有这些，魏东跑去哪里买来的？

“东叔说，我的任务是看着你吃下去。”

贺枝南下意识地拒绝：“我不……”

“他还说，如果你不吃，或者又去喝什么苦兮兮的饮料，就让我给他打电话，他回来监督你。”

张齐齐见贺枝南不说话，低声劝道：“贺姐姐，这些都是东叔一早开车去别的镇买到的，跑个来回都要一两个小时，你多少吃点儿，别让东叔白跑一趟。”

话都说到这个份上，贺枝南再拒绝就显得不近人情了，只能应下：“好。”

张齐齐笑圆了肉脸，跟着她坐下，顺便回答她最开始的问题：“东叔一早去店里了，今天店里生意好，估计得晚些时候回来。”

刺青店虽开在偏远小镇，生意却还算不错。干这一行虽发不了大财，但论收入，还是比平常人高出一大截。

门面是张婶家的，租金便宜得可以忽略不计。就现在的行价而言，最小的图四百元，大图便宜的一两千，贵的上万都有。

魏东技术高超，做事认真，朋友很多，从来不缺客源。如果非要说缺点，第一是真累，第二是行业不受主流待见。毕竟文身在追崇者眼中是一种精神寄托，而在大多数人眼中，不过是一种挑战世俗的罪过。

这天的两个客人都是牧洲介绍的，一个小图，一个满背，忙活近十个小时，收入六千元。

回家时，已是晚上八点。

魏东在楼上楼下找了一圈都没看见贺枝南的身影，急忙跑去张婶家。

张齐齐吃饱喝足，正坐在沙发上吃薯片。餐桌前，张婶正拉着贺枝南喝酒，瞥见魏东，张婶道："哟，东子回来了？"

贺枝南顺着张婶的视线慢慢转头。她眼前的东西全都在晃，可脑子依旧清醒。

"嘿。"她举手，友好地打招呼。

魏东见她双颊红扑扑的，瞥了一眼桌上的桂花酒，瞬间明了。

张婶的桂花酒有些名堂，就连他这种酒量好的喝完都会迷糊两天，这女人胆儿是真肥。

张婶忙给他使眼色，小声说："她一开心就喝多了，赶紧带她回去休息。"

"行。"

魏东弯腰靠近，声音难得放软："回家了。"

"还有……一杯……没喝完……"贺枝南说话很慢，也很认真。

魏东瞥了一眼，拿过杯子一饮而尽，然后抓住她的胳膊猛地拽起来。

张婶看着直骂："轻些轻些！你那手粗成那样，等会儿把人弄伤了。"

张婶开了口，魏东手上的力度只好轻了几分。

贺枝南还没醉到不省人事，踉踉跄跄地跟在魏东身后。魏东不放心，侧过身拉住贺枝南的小臂，走着走着，就变成了牵手。

二人刚走进小院，贺枝南突然停住。

魏东跟着停下，站到她身前，拇指轻轻摩挲她细软的手背，问："怎么了？"

她低头不语，在他再次低头询问时，冷不丁一掌拍在他胸前，委屈地说："你言而无信。"

"什么？"

贺枝南缓缓抬起头，明明一贯是个清冷美人，此刻控诉他的声线却不像话："你说，如果我再撩，你就……就那啥的……"

魏东嘴角一勾，笑出声来。

"是不是……我撩得还不够狠？"贺枝南满腔郁闷，晃晃悠悠地朝前走了一步，两只手揪住魏东的衣摆，仰头亲他的下巴，问，“这样呢？”

她眨眨眼睛，又吻了一下他的锁骨，说：“这样够吗？”

魏东没吱声，喘息声越压越沉，看贺枝南的眼神幽深得仿佛要吃人。他黑着脸绕过她，先关好小院的门，转身扛起她大步往屋里走。

魏东全程压着火，上到二楼，一脚踹开贺枝南的房门。

醉迷糊的人被用力扔在床上，魁梧的身躯沉沉压下，强势得让人毫无反抗之力。

“刺啦”一声，丝绸衣料被他轻松撕裂。

屋外的月光倾洒进来，恰好照着贺枝南洁白如玉的肌肤，还有那朵盛开的彼岸花。

她醒了些神，羞恼地骂：“浑蛋，这件旗袍很贵的。”

“我赔。”魏东的吻落下去，温柔似水道，“赔双倍。”

他看着贺枝南腰上那朵他亲手刺上去的彼岸花，神情专注，灼热的呼吸几乎要将它点燃。

“它现在属于我了。”魏东哑声说。

窗外月色如水，淡淡的月光似一匹银色轻纱覆在她身上。魏东垂眸看着贺枝南酡红的脸，她那双眼睛映着月光，似能吸魂夺魄。

魏东捏住她的下巴，盯着那张娇艳欲滴的小嘴，心跳渐渐失控。

“想清楚了，亲了就没有回头路。”魏东提醒。

这是一把钥匙，城门打开，他也不确定接下来会发生什么事情。

贺枝南娇媚地眨眨眼，哼道：“磨叽。”

这个道貌岸然的男人！都已经这样了，他还要说些冠冕堂皇的废话。她扭过身了，两只手用力地缠住他的脖子，闭眼吻了上去。

双唇碰撞，二人同时愣了一下。

她还不会换气，他也不会，二人皆憋红了脸，可那炽热的深吻一刻未停，她卖力索取，他欣然配合。

这个吻持续了太久，谁都不想分开。

魏东的呼吸沉重，微颤的手指不受控地向下摸索，她的哭腔逐渐明晰。

魏东愣了几秒，喘了两声，看她的眼神略显诧异，迟疑地说：“你……”

他之前从未想过这种可能，事实上，他也并不在乎她的曾经。

贺枝南委屈地咬住唇，别扭地偏头不看他。

魏东慢慢缩回手，月光下，那张硬朗帅气的糙汉脸似蒙上了一层模糊不清的滤镜。他嘴角一扬，笑得又痞又坏："好巧，我也是。"

贺枝南轻轻眨眼，面露困惑。

魏东弯腰亲了亲她的脸，说："今晚先这样。"

她听完蒙了，都这样了，不继续吗？

魏东粗糙的拇指滑过女人小小的耳郭，落在柔嫩的耳垂上细细摩挲，低笑道："这事得在你清醒时做，免得你吃饱喝足不认账。"

贺枝南十分无语。

闷骚的老男人。

那一夜，二人规规矩矩地相拥而眠。

贺枝南整个人蜷缩成小虾米，头枕着魏东壮硕的手臂，不安分的手指从他的胸前滑到轮廓明晰的腹肌，然后被人隔着被子死死按住。

她下意识地挣了几下，根本挣不开，抬头看去，发现那张硬朗的脸在银色的月光下柔和了几分。

"不睡觉，那就做些别的。"魏东开口就是流氓腔调。

贺枝南杏眼迷离，娇嗔地瞪他，趁他放松警惕时收回手，转而抱住他的腰，头顶轻轻蹭着他的下巴，喊："魏东。"

"嗯。"

"我没喝醉。"

"我知道。"

贺枝南诧异地仰头，问："那你还装正人君子？"

她都已经主动成那样了，他居然还能忍得住。

魏东的嘴角微微勾起，侧身把她抱在怀里，幽深的黑瞳紧盯着她，问："你很急吗？"

"嗯？"

"急着和我……"

"嗯。"贺枝南素来坦诚，包括这种事，"急。"

魏东苦涩地扯了一下唇，问："之后呢？"

"那是之后的事。"

魏东沉默片刻，声音压得很低沉："贺枝南，我这人从来只干有结果的事情，如果你只是单纯想找些乐子，也许我不适合你。"

这话很诚实，但也听得人很难受。

“你要不想，你可以推开我。”贺枝南说。

“推不开。”魏东抚摸着她单薄的后背，低头亲吻她的眼睛，重复道，“我推不开你。”

“你是不是认为我心血来潮,吃到你就跑了？”贺枝南好奇地问道。

魏东没有否认，只问：“那你会吗？”

“我不知道。”贺枝南的情绪逐渐颓下去，很用力地抱着他，恨不得把他勒坏，说，“我没有办法给你任何承诺，包括结果。”

那一瞬间，魏东感受到了她的依赖。她现在很需要他，不管出于何种原因。

贺枝南紧闭双眼，试图关住就要汹涌而出的泪水，道：“魏东，也许我没有你想象的那么好，也许我是一个很烂的人，也许……嗯嗯……”

他用唇堵住她的话。

双唇慢慢分开，他尝到了她咸涩的眼泪。那张泪流满面的脸，成功戳中他的软肋。

魏东低骂了一声，说：“算了，随你玩。”

贺枝南小声抽泣着，泪眼模糊地看着他，根本止不住奔涌的泪水。

魏东闭了闭眼，叹息一声，说：“你直接告诉我，你要什么？”

“爱。”

“好，给你。”魏东温柔地吻去她眼角的泪，承诺道，“你要多少，我都给。”

深秋的傍晚时分，水雾蒙蒙的铜窑小镇如幻似梦，丝丝细雨落在河面上，泛起一片绿色的涟漪，落在屋顶的雨水则汇聚成小溪，从屋檐成串滑落。

蜿蜒的青石板路行人寥寥，远处传来几声狗叫，夹杂着小孩子的嬉笑声，美好的一天就要结束了。

昏黄的路灯孤零零地伫在小河边，灯杆陈旧，像孤独的老人佝偻着腰，那丁点儿光芒照亮回家的路，刺青店里男人那颗心蠢蠢欲动。

“好了。”魏东替人贴上保鲜膜，又交代了几句注意事项。

“今天这么快？”客人是隔壁镇的老客户，同魏东混得很熟，见魏东低头看着手机乐，心直口快道，“怎么，老婆催着回家？”

“滚蛋。”魏东恢复了严肃，默默地收起手机，起身整理东西，下逐客令，“你没什么事情就赶紧回去，天黑下雨，开车不安全。”

那人满脸坏笑，套好衣服拎着伞就往外走，临走前不忘调侃一句：“那天听大光说你找了个洋气的老婆，我还不信。现在看来，情报属实。东哥，啥时候带给我们几个瞧瞧，开开眼界？”

“瞧什么瞧！赶紧滚！”

“哟，千年铁树难得开花，普天同庆。我下次给你弄一挂长鞭炮，从街头炸到街尾。”

魏东缓慢回身，脸色阴沉，那人见状，再也不敢造次，灰灰地赔着笑，转身跑进雨里。

魏东收拾完所有的东西，关店门时掏出手机，笑着回复刚才的微信。

“我的蛋糕都快做好了，你还要多久？”

“回来了。”

微信是亲密过后的次日清晨加上的。

屋外秋雨淅沥，被窝里十分温暖，贺枝南还没睡醒，迷迷糊糊地翻了个身，发现身边的人没了踪影。

魏东跑步回来刚洗完澡，进房就见贺枝南半坐在床头醒盹儿。他重新回到床上，贺枝南似乎感受到了他的气息，人也跟着滑下去，紧紧抱住他的腰，闭眼又睡了过去。

温热的吻落在她的额前、鼻尖，梦里被人含着唇亲吻，梦外亦是如此。

贺枝南睡觉被人打扰，烦躁地将头埋得更深，耳边是男人带笑的声音：“加个微信？”

贺枝南困得不行，翻身拿过床头柜上的手机，用力拍到他的胸口，嘟囔了一声：“你自己弄。”

她再醒来时房里没人，手机规规矩矩地放在床头。

她翻出微信，刚想跟朱妮娜分享昨晚的事情，意外地发现微信置顶从朱妮娜变成一个全黑的头像，微信名是句号，朋友圈是一条长长的横线，啥都没有。

正当她纳闷时，那头弹出一条信息：“店里有些事情，中午回。”

随即是一万元的转账，连句多余的话都没有，简单粗暴。

贺枝南愣了半晌，依稀忆起今早那模糊的片段，昨晚的事也一并记起。她的脸颊绯红似火烧，将头藏进被子里，冷静过后，掏出手机回复："旗袍三千元，你给多了。"

那头几乎秒回："赔双倍。"

"那剩下的？"

"下次。"

呸，禽兽。

贺枝南又羞又臊，两只手捂着脸傻笑。

酒醒过后,回想起昨晚过于疯狂的自己,有种既陌生又新奇的感觉。她并不讨厌，不管是勇敢的自己，还是不断沉溺的自己。

成年男女之间的感情很微妙，很多事不清不楚，关系扑朔迷离，但并不影响那颗糖的甜度持续加深。

紧密交缠的舌尖沁出蜜糖，甜腻无比，谁都想喂对方多吃一口。

半个月后，贺枝南的失眠症似乎治好了。

自那晚吃了人形的"安眠药"，药效惊人地好，她每天抱着硬邦邦的"枕头"睡到自然醒，气色红润，精神饱满，就连朱妮娜都在视频里夸她的美上升了一个高度，堪称仙女。

魏东的小院跟厨房也迎来了全新的面貌。

贺枝南一口气网购了蔬菜种植与烘焙相关的全部设备，原本摆设简单的厨房被各类烘焙工具塞满，光烤箱就有三个不同型号的。

那日，魏东从店里忙完回来已过了吃饭时间，刚准备进屋，隐约听见小院那头的动静。他循声看过去，只见院外的屋檐下挂着个硕大的灯泡，张婶正弯着腰讲解什么，她的身旁，贺枝南套着他的外套认真听讲，手上拿着小榔头卖力地扒拉泥土。

魏东站在原地，盯着贺枝南的背影抿唇傻笑。

仙女下凡，诱人的烟火气。

秋雨绵绵。魏东没打伞，飞速穿过一个接一个的屋檐，雨水滴滴答答地落在他的肩头。他的衣领湿透，挂在皮衣上的雨滴顺着衣摆坠入地上的水洼。

他推开小院的铁栅门，走到屋门前时，听见里头传来舒缓绵长的曲调，是粤语老歌，张国荣的《风继续吹》："风继续吹，不忍远离，心里亦有泪，不愿流泪望着你，过去多少快乐记忆，何妨与你一起去追……”

魏东抬手扫掉头顶的雨水，小心翼翼拉开半边门。厨房里，贺枝南没察觉门口的动静，还在沉浸地轻声哼唱。

她在家里没穿旗袍，而是穿了米黄色毛衣搭配白色毛绒裙。毛衣宽大柔软，弯腰时，衣领顺势下滑，露出她小半边白皙的香肩。

她乌黑丝滑的长发束在一侧，碎发垂落，她伸手别到耳后。她的手里拿着裱花袋，正认真地给刚出炉的蛋糕裱漂亮的花边。

魏东收回视线，抬手捂住胸口。听着狂乱的心跳声，他不得不承认一个事实——她的美会让他难以自控。

他还在挣扎什么？他早就输了。

自见她第一眼起，就输得明明白白。

冷风从窗户钻进屋内，贺枝南冷得一颤，缩了缩脖子，转身想去关窗，谁知刚回头，就见魏东站在自己身后。

她愣了一下。见他直勾勾地看着自己，又见他的衣服被雨水打湿，她几步走到他身前，踮起脚给他擦干脸上的雨水。

“这么大的雨，也不知道打把伞。”她埋怨着，听着就像小媳妇的嗔怪。

魏东笑着抓住贺枝南的手，目光深沉地瞧了她半晌，然后长臂一揽，直接把她抱到餐桌上。

瞬间贴近的身体，扑面而来的凉意，让贺枝南无所适从了一瞬。

他累了一天，只有这会儿才能放松下来。

“今天做的什么蛋糕？”魏东问。

“齐齐想吃杧果的，闹了我一天，不答应不肯走。”

魏东喜欢贺枝南眼底闪烁的光。只要聊起甜品或蛋糕，她整个人似被注入了活力，笑得明媚耀眼。

“你也别太惯他，这玩意儿吃多了长肉。”说起这个，魏东严肃地皱眉道，“过段时间我得带他减肥，太胖了影响身体健康。”

贺枝南轻轻眨眼，伸手拽着他的衣领将人往前拉，两腿顺势钩到他腰后，贴得很近，仰头就能亲到他。她轻柔地说道：“带上我一起，我也要减肥。”

“你减哪门子肥？”魏东嗤笑，“瘦得跟纸片人似的，我都不敢用力。”

“不是我瘦，是你太壮。”贺枝南笑着摸他后腰的肌肉，戏谑地笑道，“壮得跟牛似的。”

“别闹。”魏东眸光发暗，呼吸声明显不稳，他伸手拽住贺枝南摸到后背的手，死死地按在桌上，“这种事得谨慎，不能太随便。”

贺枝南失落地垂眸，闷声道：“哦，知道了。”

她用尽浑身解数撩拨，他始终稳如泰山，再难受也能坚守最后的底线。

魏东低沉地笑了起来，问：“生气了？”

“不敢。”贺枝南侧过头，嘴唇紧抿，越想越来气。

魏东刚开始以为贺枝南是个孤傲的清冷美人，后来关系熟络了些，二人之间唇枪舌剑，你来我往，打了个平手，再后来，不受控的情愫疯狂吞没二人，她慢慢展现出另一面。

思想上，她是个独立的女人，可在感情和生活上，她更像个稚气的小孩子。

魏东两只手撑在她身侧，身子压低，吻落在她的耳朵上，声调软了点儿：“行了，别气了。”

“我没生气。”贺枝南嘴硬不肯承认。

她转过头看他，近距离对上他的眼睛。

那双黑瞳在夜间格外迷人，深情且坚定，看得人不由得沉溺其中。

魏东的眼底滑过一丝笑意，道：“来，哄一下。”

不等贺枝南思索“哄”的深意，微凉的吻已经落下来。

魏东也不着急，只舔着嘴唇，听到她喉间细小的呜咽声，才微微侧头加深了吻。她主动张开嘴，男人坏笑着，故意不回应。

“魏东！”贺枝南怒了，柔柔地瞪他。

魏东心里憋着坏，就喜欢看她欲求不满的郁闷样。惹火了她，他才不急不慢地迎合那个炽热的吻，带着吞人的气势，直吻得她浑身发软。

“东叔！”

屋外忽然传来一声高呼，吻得难舍难分的二人神色大变，匆忙分开。

贺枝南面颊红透，见魏东的衣服被自己揪得皱巴巴的，抬手想替他整理，结果忘了手里还抓着裱花袋，稍一用力，喷溅出的奶油糊了他一脸。

冒雨跑来吃蛋糕的张齐齐刚进来就瞧见男人的惨状。他年纪小，不太关注男女之间暧昧的姿势，只关心被浪费的奶油。

他两手叉腰，高声怒吼："东叔，你赔我的奶油！"

魏东被奶油糊住脸，满腔郁闷却又无处发泄。

贺枝南抬头看他，发出压抑的笑声。后来她克制不住，笑得眉眼弯弯，无比放肆。扳回一局，她只觉得神清气爽。

晚上十一点，屋外的雨刚停，忽而狂风大作，吹得窗户哐哐响。

贺枝南将红枫叶当成书签放进书里，拿起手机，看到有一条朱妮娜刚才发来的微信：

"三垒？"

贺枝南回道："否。"

那头回了个敬佩的表情包。

贺枝南知道这不是发给自己的，抬头瞥了一眼未合上的木门，听着隔壁卫生间传来的清晰水声，垂眼笑了笑。

魏东洗完澡，裸着的上身水迹未干，毛巾随意搭在脖子上，下头套着宽松的长裤。他刚走出卫生间，还没走到自己房门前，贺枝南房间的门开了。

他回头细细打量着伫立在门前的女人。

贺枝南背靠门框，穿着浅灰色的蕾丝睡裙，这么冷的天也不穿鞋，双脚赤裸着，一只脚轻轻踩着另一只脚，屈起白嫩的脚趾摩擦脚背。

"今晚才几度，不穿鞋，你想干吗？"魏东粗声问道，皱起眉头，大步朝她走去。

贺枝南不说话，笑眯眯地等他靠近。

男人高大的身躯倏然罩过来，挡住身后暗淡的楼道灯光，她眼前忽地一暗，那双清润的杏眼藏在浓密的长睫毛下，似落满星光，既有少女的清纯，也有小女人的轻熟。

"回房间去。"

"不去。"

魏东这段时间已经把贺枝南的脾性摸准了七八分。她是那种看起来很软，实则固执又偏执的人，大多时候软硬不吃，全看心情好坏。

"踩在我脚上。"魏东妥协得很快。

毕竟他答应过她，要给她数不尽的爱，话已出口，自然要信守承诺。

“好。”贺枝南满意地笑了，冰冷的双脚踩在他的脚背上，好不容易站稳，仰着头认真问他，“会不会很重？”

魏东怕她跌倒，揽过她的腰，浓眉轻轻一挑，说：“再来三个你，我都接得住。”

“鬼才信。”贺枝南嗔道。

他刚从卫生间出来，浑身热气，未擦干的水滴从肩头、胸前顺着凹凸不平的肌肉下滑。她下意识想替他擦干，水珠滑得越快，她擦得越来劲。

魏东没动，低头看她专心致志地忙活，嘴角扬起，笑道：“擦身体这种活儿也会上瘾？”

“嗯？”

贺枝南愣了一下，刚开始没听懂，可抬头看到他耐人寻味的笑容，这段时间好不容易燃起的嚣张气焰瞬间哑火。她忽然忆起一些不愿面对的零散画面，脸色突变，羞愤地推开他，又一次落荒而逃。

准确来说，那是魏东外出办事的前夜发生的事。

那时候他还没暴露自己实战经验为零，痞气十足，随口几句话就撩得贺枝南面红耳赤。

那晚，他洗完澡从卫生间出来，撞上准备下楼喝水的贺枝南。

他没穿上衣，过分性感的肌肉看得她呼吸紊乱。于是，她化心动为愤怒，振振有词道：“屋里不止你一个人，你能不能穿件衣服？影响不好。”

魏东伸手抹掉身上的水滴，硬凸的肌肉看着更有型了。他随口道：“我在自己家，我想穿什么就穿什么。”

贺枝南脱口而出道：“那你有本事脱光。”

魏东闻言皱起眉头，似乎正在认真思索这件事的可行性，然后大步流星地朝贺枝南走来。她措手不及，直接被他逼得贴墙上。

“干什么？”她心跳如擂鼓。

“我认可你的建议。”魏东分外认真地说，随后低头开始解裤头上绑的活结。

贺枝南的脑子都要炸了，慌忙止住他的动作，难以置信道：“你疯了？”

魏东又痞又欠扁地笑了一下，说：“你到底想怎么样？又想我脱，又怕我脱。”

“我……”贺枝南的耳根红得发烫，她努力放缓呼吸，悄眯眯地抬眼瞄他。

二人的身高差距明显，她刚好能近距离看见他的喉结。那块软骨滚了几下，她也跟着吞咽了几声。贺枝南的目光顺着滑到喉结的水珠缓慢下移，不知是哪根神经接反了，又或许是强迫症作祟，她伸手替他擦干了挂在胸口的水珠。

魏东微微诧异，没有阻止，任她借着擦水的机会将他赤裸的上半身摸了个遍。直到男人的喘息声加重，直到空气里的燥热逐渐明显，自己的呼吸也越发急促，贺枝南才终于意识到自己在发疯，触电般地收回手。

她抬头对上他不怀好意的笑容，转身就要逃回房间，却被他伸手扯住手腕。

“跑什么？”魏东意味深长地笑道，“还没擦完呢。”

贺枝南只想给自己一拳。

“流氓。”

贺枝南弱弱地骂了一声，在鞋面上踩上一脚，推开他火速回房。

砰的一声巨响，房门关上了。

魏东盯着紧闭的房门，回想着刚才柔软温热的小手摸在身上的触感，揉了揉额头，无奈地笑了。

到底谁才是流氓?

夜里近零点，外面风声嘶吼。

魏东靠着床头闭目养神，时不时掏出手机瞧一眼。

零点刚到，他的房门准时被人推开，门口的女人用冷漠掩饰羞涩，大摇大摆地进入房间，大摇大摆地掀开被子爬上床。

魏东盯着身侧背对着他躺着的贺枝南，眼底漾开丝丝笑意，伸手关了灯，滑进被子里。

他在心里默念十个数，念到最后那个数时，身边微微一动，贺枝南一点点儿地凑过来，细长的胳膊环住他结实的腰身，用力收拢，下巴紧贴着他凸起的锁骨，轻声道：“我还想问你一个问题。”

魏东愣了一下，好奇地问道：“你哪里来的这么多问题？”

“那你要不要回答？”

“你问。”

“你身上为什么没有刺青？”

其实，见魏东第一眼时贺枝南就想问这个问题了。可那时候二人完全不熟，她只能逼迫自己忍住。

“我之前看手机，有些刺青师全身都是刺青。”贺枝南补充道。

魏东沉默了很久，久到贺枝南以为他睡着了。

贺枝南起身确认时，他用力按住她的腰，哑声开口：“做这行不是我的梦想，严格来说，也不是我的喜好。既然不是因为热爱，我就没有必要去追随这种信仰。”

“什么意思？”

似乎触碰到心中不愿提起的伤疤，他又沉默了一阵才轻轻地说：“以后再告诉你，现在不想说，可以吗？”

贺枝南很想刨根问底，但魏东的声音太过压抑，听得她隐隐心疼。她没再继续追问，若无其事地转移话题：“你有问题想问我吗？”

魏东细细一想，说：“没有。”

“你难道对我一点儿也不好奇？”

贺枝南真是服了这个男人。她现在对他的一切都在乎得不得了，可两人相处了这么一段时间，他竟从未开口问过她之前的事。

魏东一只手枕着头，另一只手抚摸着她的长发，缓缓道：“你想说，你会告诉我，你不想说，我就不问。”

“你不怕我之前离过婚，还有两个小孩？”贺枝南促狭地问道。

魏东闻言笑了，直言不讳道：“我的嘴唇告诉我，不可能。”

贺枝南听懂了这话，耳朵红透，害羞地低头咬他的脖子。他也不躲，任她咬出浅浅的牙印。随后，她埋在他颈边强烈要求：“你问一个问题，必须问。”

他拗不过她，思来想去，手指慢慢摸进她的衣摆，抚摸后腰那朵妖艳的花，问：“为什么要弄这个？”

贺枝南垂眼，很长时间都一言不发。

魏东以为自己触到了她的禁忌，刚要开口，她就闷闷地开口了：“我之前死过一次，差点儿没命了。”

魏东的身子猛颤了一下，气息也不稳了，问：“然后呢？”

“我想换一种活法。”

魏东沉默了几秒，悠悠地问："那现在的生活是你想要的吗？"

"目前是，但我还不能确定……"

"好。"

"好什么？"

魏东没说话，翻身把贺枝南压在身下。

黑暗中，他看不见她的脸，却能准确地吻到，说："那朵花是我刺上去的，所以，我有责任陪你走完后面的路。"

"你就不怕我把你带去沟里吗？"贺枝南问。

魏东无所谓地笑了笑，道："上了车，谁还会在乎去哪里？"

贺枝南心头一暖，两只手轻轻地捧着他的脸，送上自己柔软湿润的唇。他欣然迎合，大手揉着她的细腰，凶狠地啃咬。

一通深吻过后，贺枝南浑身发热，呼吸紊乱。魏东的胸脯起伏得厉害，却忍着没再继续，重新睡回她身边。

"就这样？"她的声音透着失落。

"还想干什么？"魏东压抑着喘息声，低声解释，"明天一早我要去朋友那里，这次得去两三天。"

"我也要去。"

"我过去办事，你跟着做什么？"

"我想去。"贺枝南低声重复，那执拗的脾气再次发作，"带上我一起，魏东。"

魏东轻轻闭眼，低叹了一声："行吧。"

贺枝南当即心满意足，搂着他的胳膊当抱枕，乖乖闭眼睡觉。

第五章 小别扭

晴朗一整日，傍晚时分，天空又飘起零星小雨。细小的雨滴洒落在车窗上，过了一会儿，玻璃覆上一片浅薄水汽，完美地隔绝了车外的世界。

副驾驶座上的女人还没睡醒，歪靠着座椅，身上盖着条灰色的薄毯。毛毯上面有阳光的气息，夹杂着清新的柠檬香，有催眠的功效。

贺枝南昨晚睡得极不安稳，醒醒睡睡无数次，困得眼睛都睁不开，不吃不喝一觉睡到下午，最后还是被魏东强拉起来的。

贺枝南慢吞吞地下楼，特意换了一身浅紫色的旗袍，黑发规矩地盘在脑后，用玉钗固定。

她刚走到门口，在外面等候多时的魏东深深地吸了最后一口烟，掐灭，转身看她时，眼神已从最初的灼热转为冷淡，他皱眉道：“你穿这个？”

贺枝南一愣，问：“很难看吗？”

“衣服不合适。”魏东瞥了一眼她脚下的高跟鞋，又道，“鞋也不合适，去换一下。”

自己精挑细选的装扮被人否认，贺枝南很是郁闷，刚想追问，魏东慢悠悠的一句堵住了她所有的话：“等会儿要去山坳里，你穿这个走不动道。”

贺枝南见他满脸严肃，便信以为真，乖乖回房换衣服。

上车后，魏东见贺枝南还是很困倦的样子，下车回房里拿了一条干净的薄毯替她盖好，叮嘱道：“开车得两个小时，你再睡会儿。”

贺枝南点点头，眼睛一闭，很快就沉沉睡去。

等贺枝南从梦里转醒时，耳边响起类似拉扯铁门的声音，生锈的轮子在地面滑动，那声音刺耳得很，听得人心里难受。

贺枝南半梦半醒地睁眼，视线瞥向窗外。雨似乎停了，前方灼目的灯光刺痛了她的眼睛。她刚想藏进薄毯里，身侧有人先一步伸出手，替她遮挡强光。

“醒了？”魏东问。

贺枝南呆看着那双手，低低地“嗯”了一声。

背着光都能看清他掌心的伤痕，骇人的刀疤自虎口往下划开几厘米，伤口很深，像是旧伤。

“这里怎么弄的？”贺枝南问。

车前站着几个人在指挥停车，魏东正单手开车，没听清她的问话。

皮卡车在仓库外的空地上停稳后，魏东侧过头看贺枝南，嗓音压低：“刚才问什么？没听清楚。”

“我说……”

“东哥！”车外中气十足的一声吼打断了贺枝南的话。

驾驶座的车门被人猛地拉开，探进来一个流里流气的光头。那人见到副驾驶座的贺枝南，先愣了两秒，而后摸着光溜溜的脑袋道：“哟，嫂子也来了。”

光头不怀好意的笑容有些眼熟，等贺枝南记起这人她之前在刺青店见过时，魏东已经迅速下了车，将车门狠狠摔上，怒声骂：“你别瞎喊。”

话说得没错，可贺枝南的心却猛地沉了一下，说不出口地烦闷。

这时，前方矮房里钻出几个人，其中有个高高瘦瘦的男人，衣着休闲，黑色卫衣配浅灰色卫裤，长着一张猜不出年纪的娃娃脸。

光头一路小跑开，确定魏东踢不着他后，冲着刚来的娃娃脸男人高声嚷嚷：“牧洲，我就说我们东哥有女人，你还不信我，今儿打脸了吧？”

“真的假的？你小子说话一向跑火车。”

“你自己去看，铁证如山。”

娃娃脸听了来了好奇心，径直朝副驾驶座走去。

他刚走到车前，魏东突然出现，出手推了他一把，挡住去路，抬起下巴恶声恶气地说：“看什么看！动物园参观吗？”

牧洲瞧见他那副不自然的神色，暧昧地笑道："哥，你紧张什么？"

"我紧张什么？"魏东耳朵泛红，粗声骂他，"滚一边去。"

牧洲难得见他这副模样，扯着嗓子大喊"嫂子"，身后几人也跟着瞎起哄。

车里的贺枝南捂着发烫的脸偷笑，随后掀开毯子，整齐折好。她刚推开车门，魏东就出现在眼前。

皮卡车底盘高，上下车很麻烦，贺枝南瞥了一眼地面，试探性地伸出脚，下一秒，魏东的手就环住了她的腰，亲密地抱她下车，嘴里还说："他们就爱瞎闹，你别当真。"

贺枝南心里憋着一口气，抬头看他，很想问他："我不可以当真吗？"可话还未出口，看戏的几人就迅速围了上来。

牧洲探头瞄，瞧见魏东怀中黑长发披肩的清纯女人。她穿着简单的毛衣、细腿裤，皮肤很白，水润的杏眼波光流转。

大光那家伙这次倒没扯淡，的确是让人一眼惊艳的尤物。

"嫂子好！欢迎嫂子！"几人迅速喊道。

魏东挡在贺枝南面前，隔绝那些豺狼虎豹的注视，沉着脸重复之前的话："我说了不是，别乱喊。"

牧洲嘴角抽搐，懒得当面拆穿他。如果他刚才抱她下车的动作不那么自然，牧洲或许会考虑一两秒钟再做决定。

气氛僵持间，魏东身后一直沉默的女人走出来，朝牧洲友好地伸手，自我介绍道："你好，我叫贺枝南。"

牧洲见她憋红了脸，想来是被魏东刚才的语气吓到了。他摇头笑了笑，伸手与她相握。他长着娃娃脸，声线温柔细腻："牧洲，东哥以前的战友，也是他的铁哥们儿。"

贺枝南点头表示了解，转而问道："厕所在哪里？"

"哦，就在前面那栋楼的一楼。"

被忽略的魏东还没意识到她在生气，低声道："我带你去。"

"不用。"贺枝南的脾气硬起来跟石头似的，语气更是生硬，"我自己会走。"

刚往前走了两步，先前跑远的光头又回来了，牧洲连忙指挥他带路，他欣然接下这个活儿，说："嫂子，这边请。"

魏东伫立在原地，目送着二人渐行渐远。他转身关门锁车，想了想，还是不放心，抬脚便往那边走。

牧洲紧跟在他身后，见他脸色不大好，淡声问了一句：“哥，这位真不是嫂子？”

魏东侧头看着他，一板一眼道：“还不是。”

“啥意思？”牧洲听迷糊了。

魏东叹了一口气，刚被人无视，心情十分阴郁，低声说：“在追。”

“我去！你这话非得断开了说吗？你刚才一口气说完多好。”

魏东眉头紧蹙，问：“我刚说什么了？”

牧洲一口气差点儿没上来，猛然想起这男人以前拒绝女人时各种气死人的骚操作。

果然，出来混迟早都要还的。过去的三十年，魏东习惯了被女人们追着跑，现在也要感受一下追女人的苦闷。不扎扎实实吃点儿苦头，哪里会懂什么叫作珍惜？

“没什么。”牧洲个子也高，只比魏东矮个几厘米，他伸手拍了拍魏东的肩，语重心长道，“任重而道远，加油。”

“滚蛋。”

魏东脸一沉，抬脚飞踹过去，牧洲早就跑远了。

贺枝南在厕所待了十分钟，一眨不眨地盯着镜子里的自己看。

她想不明白自己在生什么气。魏东的话说得没错，他们现在还不是男女朋友。虽然她已经习惯了他的照顾，习惯了他温暖的怀抱，习惯了抱着他入睡，甚至习惯了他唇舌的热度，习惯他动情时咬着她的耳朵粗喘。

可那些归根结底都是肉体层面的关系，至于他心里怎么想的，他不说，她也不敢猜，害怕结果会让自己难过。

朱妮娜总说，她这样的人看着清醒，一旦陷入感情就理智全无，容易被伤得体无完肤。

可她并不这么认为。如果对方是魏东，即使他们最后的结局不美好，他也不会伤她分毫。他是个善良的人，正因为太善良，所以才不忍心推开她。

她现在很需要他，他知道，她也清楚。

正因如此，她不确定自己的主动是不是在一定程度上造成了他的困扰。又或者，一段纯粹的肉体关系，满足自己，也满足对方，他并没有拒绝的必要。

厕所的窗户玻璃破了个洞，冷风狂啸着灌进来。贺枝南从小包里翻出一瓶药，默默看了几秒，成功扼杀掉之前所有的胡思乱想。

如果有一天，她被那些邪恶的梦魇重新拉进深渊，她会决然地推开他，独自去面对，放任自己游荡在无边黑夜里，自生自灭。

贺枝南走出厕所时，牧洲已在外头等候多时。

"嫂子。"牧洲两步迎上来，笑得很真诚，"东哥说你还没吃东西，去厨房给你弄吃的去了，我带你过去。"

作为一个物流公司的老板，牧洲虽然长得不成熟，为人处世却极其老练。他之前谈过几个女朋友，光洞察女人心思这一块，就强过魏东太多。

贺枝南一旦陷入郁闷的情绪里，就很久都抽不出来，便拒绝了："我不饿。"

言下之意，让他别瞎忙活了。

牧洲见状，赶忙帮兄弟说好话："嫂子，东哥这人特简单，平时看着厉害吧，其实在男女之事上特别迟钝，有时候说错啥话他都不知道，你别跟他计较。"

贺枝南没吱声，咬了咬唇。她现在并不是在生他的气，更多的是在气自己。

"其实换个角度看，这也证明他不是啥情场老手，大白纸一张的老男人，你多担待。"牧洲意有所指。

说起这个，贺枝南无端生出了些好奇心，试探着问道："那他以前……"

牧洲笑了笑，刚要回答，那头突然有人挥着手喊他，似乎有什么事找他去处理。

"嫂子，我那头有事情忙，我们晚些时候聊。"他一边跑一边扬声道，"你往前走，一楼开灯的那间就是厨房。"

仓库外的风很大，吹起贺枝南的毛衣一角。浅米色毛衣质地柔软，在冷风中荡开波浪般的优美弧形。

贺枝南慢慢走到亮着灯的那间房，透过窗户往里看。屋里厨具简陋，硕大的灯泡光芒暗淡，魏东壮硕的背影在灯光下晃动。

她深吸一口气，好使自己现在看起来正常一些。

刚准备入内，她忽然听到里头传来矫揉造作的女声："东哥，那女人真是你女朋友？"

贺枝南轻手轻脚地靠近，从敞开的木门瞧见吊儿郎当坐在长凳上的女人。对比小镇女人，她穿得还算时尚，嘴里嚼着口香糖，看着年纪不大。

魏东沉默了半晌，憋出一句："跟你没关系。"

"怎么没关系？"女人矫情地哼了一声，起身走到他跟前，两只手撑着灶台，倾身靠向他说，"我从十八岁跟你表白，一年一次，每年都被你拒绝，买卖不成仁义在，我连问你一句实话的权利都没有吗？"

魏东厌恶地往后仰，粗声粗气地驱人："你出去，别在这里。"

"我不走。"那女人也执着，明知道他不爽快还偏要凑近耍赖道，"你不给句准话，我还就在这里扎根了。"

魏东的脸色极为难看，懒得搭理她，端起刚煮好的面条准备走。

转身时，这女人竟从后面抱住他的腰："东哥，我有话对你说。"

他一只手端着面不好挣脱，另一只手粗暴地扯开她环上来的手臂，声音发狠："放手。"

"你别这么凶嘛，我真的很喜欢你。从十八岁到现在，我每天做梦都想当你的老婆。"她带着哭腔道，"我知道我没有你带来的女人漂亮，可她真的不适合你，看模样就是大城市里来的娇小姐，就她手里拎的那个名牌包，最便宜都是几万起，你养不起她的，我不想看到你以后那么累……"

魏东面色毫无波澜，使了些蛮力把她扯开，碗里的面汤洒了大半，娇小的女人也被甩到地上。

他的忍耐已到了极限，脸黑得没法看，烦躁得想骂人。"吧嗒"一声，屋外，贺枝南那个价值几万的名牌包直直地掉到了地上。

魏东一脸错愕地回头，对上贺枝南那双失神恍惚的眼睛。她的呼吸停滞了两秒，眼眉低垂，往后退了两步，转身就往外跑。

魏东下意识想去追，跌坐在地上的女人死死地拽住他的胳膊，哭得梨花带雨："东哥……"

"放开！"

"不要去……"

魏东奋力挣脱，女人不依不饶地缠上来。他费了九牛二虎之力才摆脱掉女人，疾步追出去时，仓库外面空荡荡的，贺枝南已经没影了。

深秋的夜晚，冷飕飕的狂风呼啸着卷起碎石，扑向仓库门，那宛如鬼哭狼嚎般的噪声，令贺枝南听得头皮发麻。

她穿着薄毛衣，在寒风中瑟瑟发抖，手脚都冻麻了。

四周是一眼望不到头的工厂和仓库，沿路只有几盏残破的路灯，昏暗的灯光被黑灰的灯罩遮挡，能见度极低。

贺枝南没头没脑地在夜色中狂奔，穿梭于各个仓库之间，直到喘不上气才停下来休息。她环顾四周，只有阴森森的黑夜，一个人影都瞧不见。她跑得太急，包掉在厨房外都忘了去捡，手机和钱包都在里面。左顾右盼，没有人指引，她根本找不到回去的路。

仓库与仓库之间距离很近，外观雷同，看久了就跟进了迷宫一样。贺枝南两只手抱着胳膊摩擦手臂，夜晚气温不超过八摄氏度，她那轻薄得随手能扯烂的衣服根本不御寒。

不知走了多久，毫无方向感的贺枝南渐渐地放缓脚步。风吹得她头昏脑涨，那一瞬间，无力感和恐惧感似小虫，成群结队地往她血肉里钻。

她为什么要跑？她想不明白。

或许是因为魏东严词厉色地否认了他们的关系，或许是因为那女人孤注一掷的表白刺激了她，又或许是因为那女人说的某句话刺痛了她。

她很想冲过去霸气反驳，即便她是大城市里来的娇小姐，拎的一个包的确几万，可她从没想过让魏东拼命赚钱养她。

她外表看上去光鲜亮丽，那颗满目疮痍的心，却并非是金钱能够填满的。她需要的是力量，是很多很多，源源不断的，能支撑她好好活下去的爱。所以，锦衣玉食算什么？若能遇到那个人，她宁愿粗茶淡饭，相伴到老。

前提是，她变回正常人，不再缩进乌龟壳，封闭自己。

“嘀嘀。”

伴着两道强光，身后传来刺耳的鸣笛声。

贺枝南的心跳得很快，怀着些许期待缓缓转身，呼吸随即一紧，差点儿窒息。

不是他的车。贺枝南意识到不对劲，转身疾步往前走。

那辆车刚开始慢慢跟着她，过了前方转弯处，突然一脚油门，从她身侧超过，随后放慢速度，慢得她能看清黑色小车内两个男人的影子。

驾驶座车窗落下一半，贺枝南紧张得屏住了呼吸，假装没看见，若无其事地往前走。

“美女，这么晚了要去哪里？”司机长了个四方脸，脖子上有大片文身，看着凶神恶煞般，不像好人，笑起来色眯眯的，他的声音十分油腻，“我们顺路捎你一段？”

副驾驶座是个胖子，一双眯眯眼猥琐至极。他探头过来瞄贺枝南，附和司机：“这地方很大，你要不知道路，走一晚上都走不出去。”

“就是，只要你上车，你想去哪里我们都陪着你。”

贺枝南脸色煞白，指甲深深地掐进肉里，声音颤得厉害：“不用，谢谢。”

四方脸司机淫笑着上下打量她，摸了摸嘴角说：“行，那你慢慢绕。”

黑车很快开走，消失在贺枝南眼前。她长长地舒了一口气，后背一片冰凉。四周黑灯瞎火，空无一人，她要是真被二人强拉进车里，后果无法想象。

贺枝南看向前面的路灯，循着光亮前行。她好不容易松了一口气，那辆消失的车倏然出现，这次是迎面朝她开来。

这辆车的前车灯已关闭，快速从路灯下驶过，她看得一清二楚。她顾不上害怕，试探着往后退了几步，转身往回跑。车里的男人一脚油门踩下去，逼近狂奔的贺枝南。

两条腿自然比不上四个轮子的速度，拐过前方路口，贺枝南一点儿力气都没了，她绝望地朝前踉跄了两步，噪耳的引擎声越发清晰，直到声音完全消失。

她知道，他们已经追上来了。

车子熄了火，车里的两个男人正美美盘算着待会儿把她带去哪个角落折腾。

这时，两道明亮的强光伴着熟悉的引擎声由远及近，贺枝南这才慢慢找回呼吸，两腿骤然酸软，差点儿跌倒在地上。

皮卡车停在离贺枝南几米的位置，那强光刺痛了她的眼睛。她用手遮挡，透过微微张开的指缝看见身穿黑衣的男人现身于炫目的白光后。

再浓郁的夜色也遮不住魏东身上散发的凛然之气。他身形高大，眸光深沉且坚定，他走进光里，一步一步走向贺枝南。似乎只要有他在，再多的艰难险阻皆成泡沫，一碰即碎。

魏东看着眼前毫发无伤的贺枝南，那颗悬着的心终于落了回去，她没事就好。他走到她身前，低头看着她因惊吓过度而变得惨白的脸色。她的眼眶红了，肩膀一颤一颤的，显然吓得不轻。

魏东冷厉的目光扫向她身后那辆黑车。车牌很眼熟，似乎在哪里见过。他脱下外套盖在贺枝南身上。外套上还带着他的体温，将贺枝南冰凉的身体包裹住。

直到心跳声归于正常，贺枝南才有了从噩梦里成功逃脱的真实感。

“回车上去。”魏东的面色阴沉得可怕，眸光阴鸷，燃着无法遏制的怒火，他严肃地说，“不准下车。”

贺枝南第一次见他这样，再多的话都不敢现在说。她裹紧身上的外套，快步朝车子走去。

黑车内的两个男人似乎认出了魏东。眼见魏东气势汹汹地朝他们这边走来，每一步都带着沉重的压迫感，副驾驶座的胖子胆怯得狂咽口水，他拉了拉四方脸司机的衣服，四方脸司机神色大变，难掩慌乱。

牛高马大的魏东停下来，抬手敲了两下驾驶座那边的车窗玻璃。

四方脸司机目视前方，手脚僵硬，一动也不敢动。

“砰”，玻璃爆裂的声音震耳欲聋。两个男人猛地一颤，受惊的胖子转身想逃下车，但又没那个胆。

皮卡车里的贺枝南看得目瞪口呆，魏东居然一拳头砸破车窗玻璃，尖锐的玻璃碎片溅了满地。

四方脸司机不复之前挑逗女人时的嚣张样，透过破开大洞的车窗，挤出一丝笑，讨好道：“东哥，好久不见。”

魏东没应声，面无表情地伸手进去解开车锁，拉开车门。他的五指抓着门边，弯腰看向车里，眼神冷得跟利刃似的，看得人心惊肉跳。

“陈诚的小弟？”魏东问。

“对，对。”副驾驶座的胖子点头如捣蒜，堆起谄媚的笑容道，

"东哥，那次要不是你出手帮忙，那些破事没那么容易解决，你的恩德我们都记在心里。"

"是吗？"魏东冷笑了一声，阴狠的眸子盯着吓得直哆嗦的胖子，"所以你们报答的方式，就是吓唬我老婆？"

四方脸司机跟胖子面面相觑，后背直冒冷汗。

今晚要真把这女人怎么了，他们都不知道自己明天是怎么死的。

"原来是嫂子，我就说这鬼地方哪里来的这么漂亮的女人。"四方脸司机面色发白，笑着打哈哈道，"东哥，我们有眼无珠，你大人大量，千万别跟我哥……啊——"他未说完的话直接转为惨叫声。

魏东一拳头砸下去，砸得他眼冒金星。

胖子直接吓尿，紧靠车门蜷缩成一团，眼睁睁看着四方脸司机被魏东揍得满脸是血。

魏东明显收了力气，但几拳下去，冲击力还是不小，等他收回手，四方脸司机已瘫软在椅子上，奄奄一息了。

魏东当然清楚这些人脑子里面想的是什么龌龊东西。四方脸司机是他朋友收的小弟，以前坐过牢，出狱后依然不思悔改，成天带着胖子四处游荡，专干些偷鸡摸狗的事。

刚才他若没有及时赶到，后果不堪设想。魏东俯身从车里拿出抽纸，淡然地擦掉手背上渗出的血，然后从裤口袋摸出烟盒，抖出一根烟咬在嘴里，弯腰直视胖子。

"东……东哥……"胖子都要哭了。

魏东含混不清地吐字："火。"

胖子哆哆嗦嗦从口袋里掏出打火机，上半身越过驾驶座，点燃魏东嘴里的烟。

魏东单手撑着车门，不紧不慢地吞云吐雾。那根烟很快抽到底了。他从口袋里掏出一叠纸币，朝车里扔进一张红票子，轻飘飘地说："玻璃钱。"

说罢转身，胖子捂住胸口大喘了一口气，可男人突然一回头，胖子又屏住了呼吸。

这次，魏东阴沉着脸扔了两张钞票："医药费。"

皮卡车沿着仓库那条路走到底，右拐至大路，在空无一人的街道上开了近二十分钟，最后停在一间商务酒店门口。

酒店装潢看着有些年头，可方圆十几里，数这里的住宿条件最好。魏东先下车，脸上怒气未消，来的路上全程保持沉默，副驾驶座的贺枝南也不说话，缩在他的外套里侧头看窗外，下唇都快咬破了，眼眶红了又红。

魏东绕到副驾驶座，开门前，深深地吸了一口气，不想翻涌的暴戾情绪影响到贺枝南。拉开车门，他垂眸瞧见贺枝南紧咬着嘴唇，长发凌乱地遮住她泛红的眼睛，就知道她惊魂未定。可他心中的那团火从她消失的那一瞬一直烧到现在，刚才用拳头发泄了一半，而剩下的那一半，怎么都压不下去。

“吓到了？”魏东明明想温柔些，可这蕴含着怒气的声音，听着更像质问。

贺枝南还没完全缓过神，既生他的气，又生自己的气，沉默着不回答，掀开衣服，塞进他怀里。

她伸手推开魏东要下车，他却用力拽住她的手腕，压抑许久的怒气终于爆发了：“你有脾气就冲我撒，在这种鸟不拉屎的地方玩失踪，我要是找不到你怎么办？”

“不用你管。”贺枝南鼻子一酸，说不出的委屈。

“我不管谁管？”魏东回想起刚才开着车到处找她时的慌张，烦闷得想发火，“贺枝南，不管我们之间是什么关系，我带你出来，就必须保证你的人身安全，懂吗？”

“我不懂。”“关系”二字，明显触碰到了贺枝南某根敏感的神经。她红着眼睛看他，眼泪在眼眶里打转，“不用你提醒，我也知道我们之间没有关系，所以请你不要有任何心理负担，是我死皮赖脸非要跟着出来的，我是死是活都跟你无关！”

魏东快要被她气炸了，闭了闭眼睛，隐忍地说道：“别说气话。”

贺枝南正在气头上，什么话都听不进去，用尽全力推开他，大喊：“让开！”

魏东被推得往后退了两步，贺枝南迅速蹿下车，躲开想拽住她的胳膊，脚下生风，一溜烟跑进酒店。

等魏东火急火燎地追上去，就看到贺枝南一脸呆滞地站在前台，大概是开房间时才想起自己的包落在了车里，此时一没钱，二没手机，穷光蛋一个。

魏东疾步走向她，将小包塞进她怀里。她倔强地扭过头不看他。

前台小姑娘左看右看，不确定地问："请问需要几间房？"

"一间。"

"两间。"

前一句是魏东说的，后一句是贺枝南说的。

二人意见不统一，前台小姑娘拿不定主意，只得看向魏东寻求答案。

魏东侧头看见贺枝南一副拒绝沟通的冷漠态度，显然还在生气。他知道逼得太紧会适得其反，沉默片刻后，淡声道："那就两间吧。"

话音才落，贺枝南回头怒瞪着他，脸颊涨红，气呼呼地说："两间就两间。"

魏东无奈叹息，他又做错了什么？

从酒店前台到电梯再到房间门口，贺枝南直接把魏东当透明人，他说什么她都不搭理。到了房间门口，她强盗似的抢过他手里的房卡。

魏东措手不及，眼看着她进了房间："我……"

"砰"的一声，房门关上，堵住他的话。

商务酒店的装修大同小异，谈不上多豪华，但比旅馆要整洁。房里没开空调，贺枝南蜷缩成一团，双膝缩进宽大的毛衣里，神色木然地坐在硬邦邦的大床上。也不知坐了多久，直到她的手脚冷得没知觉了，她才从包里掏出手机，走到窗前，拨通朱妮娜的电话。

朱妮娜正将键盘敲得啪啪响，听见贺枝南有气无力的声音，猜到她肯定是哪根神经搭错，便道："长话短说，忙。"

"没什么事。"

朱妮娜对贺枝南太了解，故意激她："没什么事我挂了。"

"哎——"

贺枝南眼睫低垂，沮丧地看着窗外。

她十分反感自己的多愁善感。以前那样清清冷冷，无欲无求多好，哪像现在，轻易被魏东影响了情绪，净说些口不对心的话。

"我说。"

然后，她尽可能把今晚发生的事详细叙述出来。说到最后，她的情绪低沉道："就这些，完了。"

朱妮娜认真听完，身子向后仰，两腿相叠，架在电脑桌上，问：

“所以，你想问我什么？”

贺枝南的呼吸声很轻，小声问：“我是不是很矫情？”

“要听实话？”

“算了，别说。”贺枝南才问出口就已经猜到她的答案，喃喃道，“我其实也不是生他的气，我就是气自己，嘴上说不能负责，心里却总想要更进一步。”

朱妮娜抿唇一笑，慢悠悠地问：“那你对他到底是什么感觉？走肾还是走心？”

“有区别吗？”

“当然有。”朱妮娜服了这个傻女人，解释道，“如果走肾，这事你矫情；如果走心，那你矫情得还不够。”

“问题是，我都要气疯了，他却跟没事人一样，什么都不懂。”贺枝南苦恼地说道。

“嗐，大部分男人都这样，某些事开窍贼快，生活中就是根木头，你踹一脚，他动一下。”

贺枝南不知所措地问：“那该怎么办？”

“南南，任何关系要想长久，良性的沟通永远是第一位的，他不懂你气什么，你就算自燃了也白搭，不如把话说清楚，行就行，不行就散。”

“嗯。”

贺枝南将朱妮娜的话听了进去，又听她碎碎念了几句，挂断电话，看着窗外，又站了很久很久。

直到空空如也的肚子发出一声长鸣，贺枝南才想起自己还没吃晚饭。然后她的思绪转到了那碗洒了汤的面，顺便又想起那个抱着魏东的女人。

明明一用力就能挣开那人，也不知魏东是不是心里暗爽，享受被女人追求的愉悦。这男人，真让人生气。

贺枝南躺在床上发愣，翻来覆去睡不着。这段时间，她不正常的饮食习惯已经被魏东强行调整过来了。她习惯了晚上吃点儿简单的主食，所以这会儿饿得头昏脑涨。反正睡不着，她索性打算下楼去前台问问附近有什么吃饭的小店。

房门打开，贺枝南刚转过身，迈出的步子就顿在半空。

魏东正慵懒地靠着墙抽烟，手中的烟灰缸里的烟头已然堆成小山，也不知在这里站了多久。

昏暗的楼道灯光斜斜地打在他身上，他英俊的侧颜陷在阴影里，长睫低垂，下颌线轮廓分明，喉结轻轻滚动。

听见动静，魏东第一时间掐灭手里的烟，侧头看她，声音低沉且富有磁性："饿不饿？"

贺枝南抿了抿唇，再硬的心也软得不成样。她不作了，心想先骂他一顿解气，再好好抱着他睡觉。她低头走近，停在他面前，伸手拽了拽他的外套。

魏东眼底漾开一丝笑意，冲她敞开外套。

她将两条胳膊伸进去，抱住他的腰，头靠在他的胸口，听着强劲有力的心跳声。

二人安安静静地抱了一会儿，谁都没说话。

魏东用外套紧紧包裹住她，把她抱在怀里，他的下巴刚好抵着她乌黑的头顶。

"我哪里做错了，你告诉我，我又不是不会改。你说，你这么跑出去，要真出点什么事，我要怎么办？"他长叹了一声，直到现在还心有余悸，"我刚才真急疯了，不是故意想凶你，也不是真想让你一个人睡。"

贺枝南还在记仇，嗓音闷闷的："那你还开两间房？"

"另一间是开着玩的。"魏东垂下眼眸，满腹委屈地说，"你不让我进屋，我只能在外头罚站。"

"活该。"贺枝南从他怀里仰起头，软绵绵地骂，"浑蛋。"

魏东坏笑着用胡茬扎她的脸，她疼得扭身要躲，他用力控住，低头亲了一下她的小嘴，说："还是流氓比较好听。"

"我……嗯……"

房卡被魏东抢走，他强壮的双臂将她腾空抱起，一边亲吻一边往屋里走。

"我还没……嗯……吃东西……"

魏东气息不稳，喘得厉害，说："先吃我，管饱。"

夜里两点，商务酒店内静谧无声。

大床上，二人紧密相拥。

魏东的肌肤滚烫似火，全方位包裹住贺枝南。她的手脚被困住，只用白嫩的脚趾撩拨他小腿上茂盛的汗毛。

魏东任她闹，只微微侧身，紧了紧环在她后背的长臂，轻声问：“还生气吗？”

“嗯。”

魏东笑着按住贺枝南在自己胸前画圈的手，无奈轻叹：“严肃一些好不好？”

“不好。”她吃饱喝足，想起还有账没找他算。

“有什么不满就说出来，好歹让我死个明白。”

贺枝南沉默半晌，微微挣开禁锢，转过身子，趴到他身边安稳睡好。

他体壮如牛，她轻盈如花瓣，这样的睡姿除了甜蜜加倍，谁都不会有任何不适感。

贺枝南埋在魏东颈边，贴着他的耳朵轻声嘟囔：“别人喊我嫂子，你反驳，我生气；别人跟你表白，吃你豆腐，你不躲，我生气；想不通自己为什么生气，我生气。”

魏东听完愣了几秒，嘴角扬起好看的弧度。他郁闷了一整晚，这会儿才豁然开朗。

“你笑什么？”贺枝南问。

“没笑。”魏东的眼底藏不住笑意，他伸手摸了摸贺枝南柔顺的黑发，平静地解释，“那姑娘是牧洲的亲妹妹，平时喜欢瞎闹，我从没当回事。今天我也不是故意不躲，我只是想护住那碗面，结果汤还是洒了。”

“给我做的面？”贺枝南的耳根微微发热。

魏东挑眉反问：“不然呢？”

贺枝南抿了抿唇，干巴巴地说：“哦。”

魏东戏谑地问：“你喜欢听别人喊你嫂子？”

“喀。”贺枝南吞吞吐吐地回答，“不……不讨厌。”

“我不是反驳，我是觉得我们还没确定关系，他们这样乱喊，我怕你不开心。”

听了魏东的直男发言，贺枝南十分无语，她咬牙切齿地问：“那你认为怎样才算确定关系？”

魏东思索片刻，学她说话的方式，一本正经地回答：“我追你，你同意，在一起。你不同意，我继续追，追到你同意。”

“你……在追我？”贺枝南的心甜得直冒泡。

魏东一脸无语地问：“你不知道？”

这段时间他掏心窝子地对她好，不就是在追她？结果她毫不知情，这话说出口又好笑又悲伤。

贺枝南拼命憋笑。她想不明白这人是怎么做到既成熟又幼稚，既流氓又纯洁的。“不知道。”她冷淡地回答，低头蹭了蹭他的颈窝，寻了个舒服的位置，说，“睡觉。”

魏东弄不懂她的意思，无奈地揉了揉额头，低声道：“给句准话行吗？”

贺枝南笑得眉眼弯弯，热气呼在他的脖子上：“你继续追，我好好感受。”

傍晚时分，小雨悄然落下。

仓库新来了几车货，必须赶在大雨前全部卸进仓库，十个男人上阵卸货，忙了两个小时才整理完不到一半。

魏东把贺枝南安置在牧洲的办公室，隔着窗户能看见他在细雨中忙碌的身影。

贺枝南喝着牧洲让人送来的茶，站在窗口看外面。好几个男人都光着膀子干活，怕将衣服弄湿，搬完两箱货再回来，上衣已经不见了。

魏东体格健壮，皮肤黝黑，肌肉线条十分优美。细雨落在他的头顶，一颗颗小水珠滑过强壮的背脊，隐入腰带处，有种说不出的野性美，看得贺枝南脸红心跳。

“嫂子。”木门推开，牧洲出现在门口，手里端着一个冒着热气的杯子，对她说，“今天降温，东哥怕你着凉，吩咐我给你弄碗姜汤驱寒。”

贺枝南轻轻眨眼，嘴角上扬，笑道：“谢谢。”

从酒店出来时，屋外温度骤降，贺枝南穿的衣服不御寒，顶着湿冷的风连打了数个喷嚏，魏东立刻脱了外套包裹她，面上难掩担忧。

这男人除了偶尔脑子不在线，心倒是很细。

牧洲递过姜汤，见贺枝南眼巴巴地盯着窗外，笑了一下，也跟着站在她身边。对比魏东的熟男装扮，牧洲的日常穿搭很休闲，基本都是卫衣卫裤，对谁都是笑容满面，看着像个亲和力极强的阳光大男孩。

“嫂子不是这边的人吧？”他冷不丁冒出一句。

“嗯？”贺枝南恍惚回神，转头看向他说，“北城人。”

“来自大城市呀，我就说看你这气质也不像我们这种小地方的人。”牧洲面带微笑，意有所指，“上次大光回来说东哥有女人，还是个穿旗袍的漂亮女人，我们哥几个都不信。东哥这铁树是八百年不开花，别说张婶，我明里暗里给他介绍那么多对象，他从来没拿正眼瞧过。我以为他这辈子准备孤独终老了，现在看来，他也不是真的对女人没兴趣，而是人不对。”

贺枝南垂下眼睫，沉默了几秒，问：“他之前……没有过吗？”

“有个屁。”牧洲爽朗地大笑，当着魏东的面不敢调侃，只能私下揭老底，“他当兵时一门心思扑在部队，活脱脱的女性绝缘体。我记得有一次我们去市里搞训练，训练营旁边是个女校，只要他出现在操场，围墙旁一圈的人头，全都是看他的。也不怪那些小姑娘，东哥年轻时那张脸确实让人嫉妒，只是这些年发生了很多事，看着是蹉跎了点儿，可人家的底子在那里，丝毫也不影响他的魅力。”

贺枝南听得心里泛酸，闷声道：“有那么厉害吗？”

“你还别不信，就去年，他有次跑长途去一个镇上送货，在那里待了两天，听说附近十几户乡民找他说亲，那场面着实可观。

“还有上半年，他帮我去隔壁市的酒吧送货，有个年轻漂亮的富婆开玛萨拉蒂追了他几条街，就想要个电话号码，他直接拒绝了。啧啧，你说，他是不是个活唐僧？”

贺枝南听着只觉得心口堵得慌。

在她看来，魏东只有刚开始冷漠点儿，后来被她强撩，慢慢地越来越上道，耍流氓时一套一套的，哪里像牧洲口中的活唐僧？

牧洲见贺枝南沉默不语，以为自己说错话了，笑着转移话题：“嫂子怎么认识东哥的？”

“刺青。”

牧洲明显愣了一下，重复了一遍：“刺青？”

“有问题吗？”贺枝南看清了他眼底的诧异。

牧洲微微皱眉，不太确定地问：“东哥，帮你刺青？”

“嗯，镇上只有一家刺青店。”

牧洲听完沉默了很久，而后了然一笑，说：“看来破例这种事情，还得分人。”

“什么意思？”

牧洲侧头看着贺枝南困惑的脸，低声说：“两年前那件事后，东哥从此不再接女客，没想到遇上你，果然是英雄难过美人关。”

贺枝南一听这话就知道有故事，她心跳加快，转身时，手里的姜汤险些洒了。她道：“你说清楚一点儿。”

“其实这种事还是东哥告诉你好一些，但以他的个性，烂在心里都不会说。他就是这么个人，心太好，专吃哑巴亏。”

这事当时闹得很大，牧洲打心眼里为他抱不平。

“两年前，东哥的刺青店刚弄好，隔壁镇的一个小姑娘跑来刺青，刺在小臂上，是一个很小的图案，没想到完事后姑娘就缠上东哥，天天啥事不干，就跑到东哥店外蹲守，或者去东哥家外头晃荡。那姑娘的父母赶来，不分青红皂白把店砸了，骂东哥骂得很难听。本想着这事过了就算了，结果没过几天，那姑娘居然在家自杀了，割腕死的，说是本身就有啥精神上的病。这一闹，镇上全是闲言碎语，她父母还硬把账算在东哥头上，派出所也说这事跟东哥无关，可她父母就是不依不饶的，最后东哥赔了十万。派出所的人都说他傻，你猜他怎么说？”

“他说什么？”

“他说，逝者已逝，如果钱能抚慰人心，也算积功德。”

贺枝南抿紧嘴唇，没来由地觉得难受。

虽然很离谱，但这种事确实是他干得出来的，一点儿都不奇怪。

牧洲透过窗户看着男人在雨中忙碌的背影，既无语又心疼：“东哥虽然看着五大三粗，但心地很善良，讲义气，三观也很正，就是……唉……命运多舛。”

贺枝南轻声问：“为什么这么说？”

“他年幼时，爸爸去世，妈妈很快改嫁，这么多年从没回来过，是奶奶一手带大了他，所以他特别孝顺，休假期间哪里也不去，成天守在家里陪奶奶。”

说起这个，牧洲就回想起老人慈祥的笑脸。每次他们去玩，老人都会笑眯眯地留他们多住两天。

“我退伍退得早，东哥后来进了特种部队，东奔西跑地执行任务，很久才能回来一次。就前几年，奶奶生病住院，不让张婶告诉东哥，直到离世前，他才回来看老人家最后一眼。”话说到这里，牧洲忍不住湿了眼眶，声音也哑了，“除去那个不负责任的妈，他在这个世上已经没有别的亲人了。”

贺枝南呆看着雨中指挥卸货的魏东，心疼得喘不上气。可她还没心疼两分钟，就敏锐地瞧见了货车旁那个撑着伞直勾勾盯着他看的女人。

那双眼睛好似钉在魏东身上，光着膀子的男人却一点儿都没有察觉，看得贺枝南怒火中烧。“当”的一声，杯子重重地放在桌面上。

牧洲微微诧异，刚想问什么，就见贺枝南面色铁青，也不顾屋外的风雨，冲了出去。

屋外风大雨小，悬挂在空地四周的大灯照亮硕大的货车。

牧橙隔着两三步的距离，目光炽热地注视着魏东，毫不掩饰自己对他的迷恋。她从十八岁那年在牧洲的生日会上见到魏东后就疯狂爱上了他，当场表白被拒也不气馁。这些年她对他花式表白过很多次，但这男人跟尊佛似的，任她使尽浑身解数仍然不为所动。

昨天知道魏东会来，牧橙早早等在这里，没想到等来了两个人。

魏东嘴上虽否认那个女人的身份，可眼神骗不了人，那不符合他气质的温柔深情，令牧橙很受伤，但她又不甘心。看着就不好伺候的漂亮女人，以后指不定会怎么折腾魏东。

牧橙越想越愤怒，抬脚刚要走向魏东，身边迅速闪过一个纤细的身影，擦肩而过时，那个女人看了她一眼，随后径直停在魏东身前。

魏东刚拧开矿泉水瓶盖往嘴里灌水，余光就瞥到贺枝南憋红的小脸。

“哥哥。”她的声音又娇又软，似棉花糖一样甜。

“噗——”

魏东将水喷得上半身都是，随后剧烈地咳嗽起来，低头看着秒变小娇妻的贺枝南。她那双眼睛湿润清澈，在雨中有种脆弱的美。

魏东勾唇笑了一下，视线扫过旁边傻了眼的牧橙，伸出一手给贺枝南挡雨，另一只手拽住她的手腕，道：“你跟我过来。”

他拉着她，一直走到矮楼的屋檐下才停住。

魏东回想起她刚才那声呼唤，耳朵泛红，问：“你刚叫我什么？”

“哥哥。”

“大庭广众的，别瞎喊。”魏东皱着眉，神色不自然道。

贺枝南失落地哼了一声，问："你不喜欢？"

"喜欢，只是……"魏东凑到她耳边，声音低哑，"你叫得那么软，我上瘾了怎么办？"

贺枝南抿唇偷笑，就知道这人三句话摆脱不了流氓气质。她抬头看见他裸露的上半身还在滴水，想起那女人灼热的眼神，越想越气，说："你要不要穿件衣服？"

"怎么了？"

"天冷，怕着凉。"贺枝南找了一个冠冕堂皇的理由。

魏东当然不信，坏笑着逼近她。她的后腰撞向桌子，魏东俯身压下来，两只手撑在她身侧，那双蕴含笑意的眼睛紧盯着她，嗓音低沉道："我要句实话。"

近距离看魏东，五官深邃立体，黑发干净利落，浑身散发着荷尔蒙气息，贺枝南突然理解了牧洲说的那些夸张事。因为不知从何时开始，只要靠近他，她就情不自禁想要亲吻他。

"不想别人看。"贺枝南移开视线，脸上发热道。

魏东笑了一声，捏着她的下巴强迫她看自己，哄道："行，以后我注意，只脱给你看。"

贺枝南被他的气息蛊惑，心跳加速，突然喊他："魏东。"

"嗯？"

"我们什么时候回家？"

魏东愣了一下，问："这么着急？"

"嗯。"

"急什么？"

贺枝南踮脚凑近，偷吻他的嘴角，轻声说："回家，办正事。"

深夜一点，皮卡车行驶在黑漆漆的大路上，路上一辆车都没有。

雨还在淅淅沥沥地下，从出仓库到现在，雨势时小时大，车窗玻璃上留下道道水痕。车内电台正放着歌，是周杰伦的《她的睫毛》："我将不该犯的错都默背好，仔细观察她的喜好，而我紧绷的外表，像上紧后的发条，等她的答案揭晓……"

贺枝南侧头看魏东，车窗外时不时晃过的路灯照亮他严肃的俊脸，他目视前方，下颌绷紧，整个人好似憋着一口气。

原定三天的行程，魏东愣是忙完今晚就决定回去。牧洲好奇他急着回家干吗，他眉头紧蹙，说："有事。"

从上车到现在，他一不看她，二不说话，油门都快踩烂了，破皮卡在雨夜疯狂飙车，车速快得令人咋舌。

莫名其妙的男人，莫名其妙地变脸。贺枝南扭头看窗外，暗暗生闷气。

皮卡车拐进铜窑镇的小道，车速慢慢降了下来。

"她的睫毛，弯的嘴角，无预警地对我笑，没有预兆，出乎预料，竟然先对我示好，她的睫毛，弯的嘴角，用眼神对我拍照，我戒不掉她的微笑，洋溢幸福的味道……"

魏东听清歌词的含义，只觉得这歌无比应景。车子右转时，他瞄了一眼贺枝南倔强的后脑勺，嘴角漾开丝丝笑意。

她的答案和她，他都要。

小镇寂静无声。破烂的皮卡车停进小院，雨势突然变大，魏东本想先去屋里拿了伞再接贺枝南，车子刚停稳，憋了满肚子委屈的贺枝南就解开安全带火速下了车。

她走到门前，从包里翻出钥匙。夜里的凉气侵袭皮肤，她手指冰凉，磨蹭了半天才打开门。刚迈出一步，有人从身后拽住她的手。她被一股蛮力拽进怀里，下意识抬头，还没看清魏东的脸，他的吻便急急落下，舌头长驱直入，瞬间搅乱了她的呼吸。

"砰"的一声，门关了，她被重重地按在门后，男人掐住她的细腰，另一手摸到她的后颈，她被迫仰着头承受他吃人般的攻势。

自上车到现在，魏东一直避免看贺枝南，避免说话。因为他清楚，身上的欲火已然烧到顶峰，此时丁点儿的刺激都可能令他失控。

他俯身压上去，失神地盯着她的眼睛，问："确定吗？"

贺枝南的目光坚定无畏，说："确定。"

魏东喉头滑动，侧头用力吻住她，抱她上楼："我当真了，今晚你别想逃。"

那晚下了一夜的雨。

贺枝南的脑子浑浑噩噩，摸索着窝进魏东的怀里，寻了一个舒服的姿势昏昏欲睡。

深睡前，魏东炽热的胳膊揽过她的腰，她忽地惊醒，想起遗忘的事。

魏东藏进被子里的手被贺枝南握住。他低头看去，问："怎么了？”

“这里是怎么弄的？”贺枝南的指尖滑过他伤痕累累的手心，那道长长的疤痕让她隐隐心疼。

魏东侧身抱住她，低声道：“当兵那么多年，总有些磕磕碰碰的小伤。”

贺枝南听着心底五味杂陈，闭着眼睛都能想到他受伤时浑不在意的样子。

“魏东，你能不能答应我一件事？”

“说。”

“以后没我的批准，你不可以受伤。”

魏东愣了两秒，笑道：“好，遵命。”

贺枝南得到满意的答案，心情似乎好了许多，她伸手抱住他。二人紧紧相拥，静默了好一会儿，魏东沉声开口：“你能不能也答应我一件事？”

“嗯？”屋外天光渐明，贺枝南仰头，看着他深沉的眼睛。

“如果哪天你想离开这里，不要突然消失，提前告诉我，我……”

贺枝南伸手捂住魏东的嘴。虽不知后面的话是什么，但大概率是她不爱听的那些。

魏东无奈地勾唇，拉开她的手，深情地盯着她说：“如果那时候你还没厌倦我，还需要我，你想去哪里，我都陪你去。”

贺枝南微微怔住，眼眶骤然湿热，她惊慌地低头遮掩，抑制即将决堤的泪意。

“傻不傻？”她低喃，下唇咬紧。

魏东没听清，低头问：“什么？”

贺枝南缩进他怀里，收紧环在他腰间的细胳膊，贴着他的胸腔，听着强劲有力的心跳声。

“魏东。”

“嗯？”

“你不是一个人。”

魏东的呼吸一颤。

“张婶在这里，齐齐在这里，牧洲在这里，我也在这里。”贺枝南鼻子发酸，忍不住掉泪，泪水打湿了魏东的胸口，她温柔地说，“以后，我们当你的亲人，你再也不会孤独。”

初冬的清晨，阳光透过窗户懒懒地洒进来，窗外被白霜覆盖，宛如下过一场小雪。低矮的屋檐、河道、地面皆覆着浓霜，水面的薄冰慢慢融化在冬日暖阳的柔光里。

贺枝南在温暖的棉被里翻身，摸了摸身侧，空的。她往魏东睡过的那侧蹭了蹭，蹭到他的枕头上，很快又睡得很沉。

等她再醒来，已是日上三竿。

冬天单穿旗袍不御寒，可贺枝南又不爱雍容华贵的皮草，便搭了一件手感厚实温暖的短款羊绒披肩，看起来温婉迷人，妥妥的民国复古气质。

下楼时，在沙发上看电视的张齐齐已经抱着薯片袋子睡着了，发出细细的鼾声，还时不时说两句梦话。

贺枝南抿唇轻笑。

这天是周六，某个没人性的男人铁定大清早就拉着张齐齐跑步减肥，把他累瘫了，再做一顿好吃的早餐犒劳他。

最终结果就是，张齐齐睡得天昏地暗，减肥还减了个寂寞。

贺枝南轻手轻脚地走进厨房，微波炉里果然放着做好的饭菜，虽已冷却，但那扑鼻的香气成功唤醒了她饥肠辘辘的胃。

“贺姐姐，你醒了？”沙发上的张齐齐听见动静醒了过来，一边揉着眯缝眼狂打哈欠，一边迈着小短腿朝她走来。

贺枝南问他：“今天跑了多久？”

“半小时。”张齐齐郁闷地吐槽，“东叔说我跑起来像一坨移动的肉球，我觉得我的人格被侮辱了，我要去学一句他听不懂的外国话骂他。”

说着，他熟练地用微波炉加热饭菜，然后从冰箱里拿了一根碎冰冰，掰断，递给贺枝南一半。

她伸手接过，吸着冰凉的甜水，一本正经地教他：“那我教你一个德语词汇——Galgenstrick（流氓）。”

小胖子困惑地挠挠头，问：“这什么意思？”

“文雅的问候语，他听不懂，你可以一天说十遍。”

张齐齐的眯缝眼闪烁着亮光，情绪高昂道：“好！我学！”

餐桌上，一大一小相对而坐。

贺枝南小口小口地咽下米饭，青菜吃光了，剩下几块排骨一口也没动。她抬头看了一眼张齐齐，发现小胖子正眼巴巴地注视着她。

她笑了一下，刚想开口，桌上的手机突然响了，是微信提示音。她拿过来看了一眼，不禁倒吸一口凉气，惊愕地四处张望。

魏东就听见说："排骨全吃光，不准给齐齐吃。"

这男人，该不会在家里装了摄像头吧！她的一举一动都被他摸得一清二楚，太诡异了。

吐槽归吐槽，贺枝南近期还是很听话，不敢招惹魏东。在绝对力量面前，任何的反抗都像以卵击石，他多的是法子折腾她。她越想越来气，将排骨软骨嚼得咔咔响。一口气全部吃完后，她抬头看向一脸失落的张齐齐："他说，不准给你吃。"

张齐齐瞬间了然，二人对视一眼，默契地低声骂道："Galgenstrick（流氓）！"

傍晚时分，河面被冷风吹得泛起层层涟漪，路边矮树的叶子几乎掉完了，光秃秃地立在那儿，十分萧条。

魏东走过沿河小道，左拐右拐到了家门口。客厅亮着灯，走近铁栅门能隐约听见细碎的交流声。

"贺姐姐，这白菜是不是长好了？能吃了吗？"

"商家说二十天左右就可以了。"

"太好了！今晚让东叔炒蒜蓉小白菜，我一个人能吃一大盆。"

"嗯，今晚吃了它。"

魏东隔着铁栅门看向小院的菜地。

客厅窗户外，靠墙的位置，张齐齐穿着薄棉衣蹲成一个球，身侧的贺枝南穿着深紫色的旗袍，外头罩着魏东的冲锋衣，看着不伦不类，却意外很搭。

魏东停在原地，看着小声说话的二人，唇边勾起一抹浅笑。刺青店近期生意很好，牧洲在外人脉很广，给他拉了不少业务。他以前不太在意钱赚多赚少，够用就行，可现在不一样，身边多了个人，也就多了一份动力和冲劲儿。

当年退伍时，魏东拿了一笔可观的退伍费，这些钱全拿来开店和做投资了。牧洲的物流公司，另外两个战友的网吧和烧烤店他均有入股。

三间店经营得都不错，分红虽说不算大钱，可加上魏东自己赚的，一个月算下来也有不少。魏东以前觉得足够了，现在却觉得远远不够。

不管贺枝南愿意陪在他身边多久，他都不想她为了自己，降低生活品质。也许，他并不是最好的选择，可他会竭尽全力给她最好的生活，即使当个备选，他也要力争最优。

“今晚吃炒白菜？”

身后倏地冒出男声，正热烈讨论如何处理小白菜的二人同时回头。张齐齐率先站起身，两手叉腰，气势汹汹地冲魏东叫嚣：“Galgenstrick（流氓）！”

魏东听得一头雾水，不禁皱了皱眉。

张齐齐爽快地发泄完，瞧见魏东黑沉着脸，瞬间㞞了，说了句“姨奶奶好像在叫我”，迅速逃走。

魏东盯着他肥硕的背影，回头问贺枝南：“他说的那是什么玩意儿？”

“夸你长得好看。”

贺枝南憋不住笑，转身回厨房拿菜篮子，准备去扯自己亲手种的小白菜。

谁知她才进厨房，厨房的推拉门就被合上。她正要转身，身后的魏东俯身压过来，张开两条长胳膊把她圈在怀里，毫不掩饰满满的占有欲。

“我去扯菜，你让开。”贺枝南嫌弃地说。

“不让。”魏东痞痞地笑，不要脸地说，“亲一口再走。”

初冬的天已经挺冷了，魏东却只穿着简单的黑背心加深色牛仔外套，再搭配那张硬朗的糙汉脸，放荡不羁。他笑起来眼角有淡淡的细纹，不难看，倒有种说不出的成熟韵味。

贺枝南知道这人不达目的誓不罢休，不敢硬来，只能轻言细语地哄。“你别闹。”她用手指戳他的肩膀，撒娇般说软话，“齐齐等会儿就来了。”

“叫声好听的，我考虑一下。”魏东不放手。

贺枝南柔柔地瞪他一眼，这人还真是蹬鼻子上脸，说他胖还真喘。

“哥哥。”

不想死，她就得屈服。

魏东笑意渐深，粗粝的手指顺着她的肩头，沿着妖娆的身体曲线下滑，探进外套，摸上她的后腰。熟悉的触感令贺枝南的身体一颤，他的手隔着布料灼烧着贺枝南的身体。她的呼吸有些不稳，看他的眼神也变得恍惚起来，喃喃道："你放我出去……"

魏东弓着腰，忍不住亲她的嘴角，笑言："平时我要出去，你不是也不肯吗？"

"喂。"

贺枝南耳根发烫，羞恼得脸都红了。

她穿着高跟鞋还矮他大半个头，这身高差实在太适合亲热。

魏东低头，温柔地亲了一下她的唇，她羞涩地回应，他微微侧过头，换了个方便深吻的姿势。

"东叔！"屋外，张齐齐扯着嗓子一声吼，厨房内的二人顿时各种慌乱。

厨房门被推开，张齐齐困惑地看着贴近的二人，魏东的表情看上去凶神恶煞般。张齐齐二话不说跑向小院，拎了一根长长的棒子。

那是贺枝南刚住进来时魏东送的"防身棒"，后来成了守护小菜地的"狼牙棒"。

张齐齐护人心切，抡起前端还残留着菜地黑土的棒子猛地在魏东背上砸了两下，一边砸一边叫嚷："要你欺负人！要你欺负人！"

魏东哭笑不得，硬着头皮挨了两下，随后伸手抓过棒子扔到地上。他回头瞄了一眼后背，全是泥土，实在是无话可说。

"东叔，你下次再欺负贺姐姐，我找姨奶奶一起来道德谴责你！"张齐齐义正词严地说。

憋了满肚子欲火的魏东气得一句话都不想说，转头一瞧，刚才在他身上作恶的小妖精笑得眼泪都出来了，还一脸无辜地看着他，说："齐齐说得对，欺负人可耻。"

魏东盯着愤怒的张齐齐，再回头看着贺枝南那双水润的杏眼，深吸了一口气，撂下狠话："你有种今晚别睡。"

第六章 流浪汉

听了那句狠话，怕死的贺枝南硬拉着张齐齐在客厅看了一夜的动画片。

魏东整晚睡不着，半夜下来喝了三次水。隔着半个客厅的距离，那阴森森的眼神能把沙发上的贺枝南生吞活剥了。

好不容易熬到次日清晨，张齐齐撑不住，回家补觉去了。

彻夜未眠的魏东终于在卫生间逮到洗漱完的贺枝南，急不可耐地按着她一通猛亲消火。

“怎么？”魏东小心翼翼地看着她微皱的眉眼。

“来那个了。”贺枝南撩他本是无心，没承想会遇上这事儿，她略显心虚地撒娇，“早上来的。”

魏东闻言松了手，他直起身，微微皱眉道：“提前了两天。气血不足，我晚些时候给你炖乌鸡汤调理一下。”

贺枝南诧异地问：“你怎么知道这些？”

“上次刷手机时恰巧翻到，就记住了。”

魏东瞬间从饿狼扑食转变为温柔大狼狗，没了刚才那吃人喝血的欲望，满眼都是担心。他宽厚的掌心贴着她的小腹抚摸，低声问：“疼不疼？”

“不疼。”贺枝南为了躲他，硬撑了一夜，现在眼皮打架，软软地靠在他怀里说，“就是困。”

魏东又气又心疼，道：“能耐了你，现在都学会熬夜了。”

“我害怕嘛。”

“怕什么？”

“怕你记仇，怕被你吃得连渣都不剩。”

魏东笑了一下，她倒挺有自知之明。

低头见贺枝南那张毫无血色的脸，魏东摇头轻叹，横抱起她往房里走。放上床后，给她盖好被子，他也脱了衣服进来。

“你今天……”

“陪你。”魏东侧身抱住她，手摸向她的后腰，轻轻按摩，“现在不疼，保不住晚些时候会疼。你上个月疼得死去活来，我要是不在，你还准备自己硬扛？”

贺枝南没吱声，原想说以前每次都是硬扛，可又觉得这话说出来，除了让他心疼之外没有任何意义。她想他心疼，又不舍得让他心疼。

经期的身子特别娇弱，她又困又累，抱着他很快进入梦乡。

贺枝南一直睡不踏实，半梦半醒间被魏东灌了一碗红糖水。他炽热的手心始终在她的小腹处慢慢转圈，让她隐隐作痛的小腹舒服了一些。

他的手温温热热，软软柔柔，似羽毛般轻盈拂过她的身体。被爱治愈的人，无所畏惧，疼痛又算得了什么？

睡醒时，已是傍晚。

厨房里，魏东正在灶台前忙碌，头顶的灯光照着他粗硬的短发。再简单不过的背心和长裤，勾勒出他满分的好身材。

他的腰上倏地一热，被两只细长的胳膊用力圈紧。贺枝南的侧脸贴着他的背，感受着他火热的体温。

“饿了吗？”魏东手上切菜的动作没停。

“嗯。”贺枝南浑身无力，靠着他取暖，随口问，“今晚吃什么？”

“葱油鳊鱼、桂花糯米藕、笋干烧肉，还有你心心念念的小白菜。”

贺枝南听完菜名，肚子更饿了，她舔舔嘴唇，从他的胳膊下方探出头，细声问他：“新出的白菜，齐齐不来吃吗？”

“他？正忙着呢。”

贺枝南一愣，问：“忙什么？”

魏东放下刀，洗干净手，缓缓转身，保持着半抱的暧昧姿势，低头看她还未完全清醒的眼睛，说：“这事一两句话说不清，吃饭时再告诉你。”

“好。”贺枝南也听话，不急着追问，只盯着他幽深的眼睛。

“怎么？”魏东问。

“我只是好奇，你这样会不会难受？”贺枝南促狭地说道。

魏东扬起嘴角，说：“你不难受，我就不难受。”

贺枝南愣住，似懂非懂地眨了下眼。

魏东伸手将遮住她眼睛的黑发别到耳后，捏了一下她柔软的耳垂，说：“你不疼，我就不疼。”

贺枝南听懂了，垂眼看向别处，羞涩地嘟囔：“花言巧语。”

魏东说完也有些不好意思，故作淡定地轻拍她的后腰，朝客厅抬抬下巴，道：“去沙发上等着。”

吃饭时，平时总掐着饭点跑来的张齐齐居然没出现，贺枝南越想越好奇，菜刚上桌就忍不住追问。

魏东把盛满米饭的碗递给她，顺便给她夹了一大块鱼肉，这才说道：“张婶说，明晚齐齐的爸妈会来这里看他。”

贺枝南之前断断续续听张婶说过张齐齐家里的事，但没细问过。她想了想，不确定地开口：“他们要接他回去吗？”

“不是。”魏东的语气倏然生硬。

“你怎么知道？”

“一年才来看一次孩子的人，你觉得他们会承担起做父母的责任吗？”魏东冷淡地说道。

贺枝南咽下鱼肉，又吃了一口米饭，越发觉得不对劲，最终还是决定问清楚：“齐齐跟张婶，到底是什么样的关系？”

魏东是个不爱掩饰的人，大概这几年是真把齐齐当自己孩子看待，在心底为他抱不平，说话亦是直白：“齐齐在白城出生，上幼儿园之前过得不错，后来他爸妈生了二胎，是个弟弟，这个弟弟自出生起就开始生病，具体什么病我不清楚，只知道这病费钱费力，他爸妈全身心扑在弟弟身上，年幼的齐齐根本没人管。齐齐外婆死得早，奶奶身体不好，要不是张婶看孩子可怜，接过来，他父母都准备把他送给别人了。”

贺枝南难以置信，怒上心头：“怎么会有这样的父母？”

魏东微微闭了闭眼，叹了一声：“这个世界上，不是所有的父母都清楚自己的责任。又或者，他们其实清楚，而孩子，不过是他们取舍过后选择抛弃的那部分。”

贺枝南看着他落寞的眉眼，耳边回想起牧洲说过的那些话。她不愿去碰他心底那根刺，笑着往他碗里夹了一块糯米藕，问：“那齐齐知道吗？”

“知道。”魏东沉默片刻，艰难开口，“前年他爸妈来看他，特意支开他找张婶谈话，他们说，帮齐齐在城里找了一户好人家，那家承诺，会给一笔不小的资金给弟弟治病。”

“这不是明目张胆地卖孩子吗？”贺枝南跳起来猛拍桌子。

魏东抬头看她，一脸苦涩，道：“这些话，齐齐都听见了，一字不漏。”

贺枝南只觉得头昏脑涨，两只手强撑着桌沿。她脑海里都是张齐齐那张和善的笑脸，不管她做什么，他都会笑呵呵地陪着她。

魏东跟张婶不在时，他们手忙脚乱地学着做红烧肉，结果差点儿把房子点着，最后翻出一包泡面，二人分着吃完。阳光温暖的午后，他们蹲在菜地前看着小白菜，交流乱七八糟的种菜心得。贺枝南的胸口堵得难受，眼眶很快就湿润了。

“贺姐姐！”

张齐齐热烈的呼唤自院外传来。他小跑过来，下巴的肥肉一晃一晃。

他丝毫没察觉到屋里的气氛略显诡异，激动地跑到贺枝南面前。他身上穿着不合身的小礼服，看着就是强套上去的，里头的白衬衣都快被撑爆了，他略带羞涩地问：“姐姐，你看我这身衣服好看吗？”

魏东别过头，眼圈也红了。

这是去年张齐齐爸妈来看他时，魏东带他去镇上买的，他穿过一次便小心翼翼地收起来。这一年他长高了，也胖了不少，已经穿不下了。

贺枝南看着他打得乱七八糟的领带，还有那张笑容洋溢的脸，心疼得快要碎了。她强忍泪意，伸手替他整理好领带，低声吐槽道：“谁给你挑的破衣服？完全配不上你的气质。”

小胖子如实回答：“东叔选的。”

“他眼光差，平时自己穿得都像个流浪汉。”贺枝南吐槽道，“要不是靠他那张脸撑着，出门拿个碗都能当乞丐了。”

魏东看了她一眼，不说话。

张齐齐拍着肚皮哈哈大笑。

“明早让你东叔载我们去镇上，我给你挑几件好看的。”贺枝南说。

张齐齐点头如捣蒜，瞥了一眼桌上的好菜，嘴馋得狂咽口水。

“你还没吃饭吧？”贺枝南温柔地笑道，“坐下来一起吃。”

“不了。”张齐齐摸了摸圆滚滚的肚皮，满脸沮丧地说，“今晚我要绝食，看明天能不能瘦两斤，不然好看的衣服我都穿不上。”

贺枝南转身走进厨房，从冰箱里拿了一根碎冰冰出来，掰成两半，递一半给他，说：“吃这个，不长肉。”

刚才还情绪低落的小家伙瞬间被哄好，接过碎冰冰咬在嘴里，兴高采烈地往外跑。

张齐齐离开后，贺枝南站在门口发呆。魏东走过来从身后抱住她，低声安慰：“别担心了，他比你想象的要坚强。”

贺枝南侧过身抱住他的腰，心里还是十分悲伤：“我晚些时候给他做点儿小蛋糕，他最爱吃那个。”

“你怎么不问我最爱吃什么？”魏东愤愤地咬她的鼻尖。

贺枝南抬头，笑着吻他的下巴，说：“我知道你最爱吃什么。”

魏东挑了下眉，用眼神询问。

贺枝南做了个口型，他心领神会，低头笑出声来。

“嗯。”魏东将她抱得更紧了，沉声叹息，“掐指一算，得吃素几天了。”

“其实……望梅止渴也不错。”

“那你就喊得好听点儿。”他一副好商量的口吻，热气全呼进她耳朵里，“哥哥不够，得喊老公。”

铜窑镇的集市很热闹，不过百来米的街道被赶集的人群挤得水泄不通。

贺枝南选了一间童装店给齐齐挑衣服，魏东陪着挑了一会儿，手机倏然响了。接完电话，他跟贺枝南说附近有个朋友找他，他去去就回。

可这一去，半小时不见人影。张齐齐把小店里能试的衣服试了个遍，最后贺枝南选了三套她满意的，直接买下走人。

她先把张齐齐送上车，然后转身去找某个不接电话且不知所踪的男人。魏东的战友在镇上开了一家网吧，当年筹备时他投了一笔钱，算半个股东。

镇上的娱乐场所少，网吧成了小镇青年钟爱的休闲场所，每到周末人满为患。战友远远瞧见魏东的车，喊他过来叙旧。谁知刚聊没两句，二楼网络信号出了问题，战友便让魏东暂时顶替前台。

没承想魏东这一站岗，惹得网吧内的小镇女青年各种春心荡漾，上前要微信和联系方式的人络绎不绝。

“帅哥，留个微信呗，认识一下也不碍事。”

“你喜欢健身吗？肌肉练得真好。”

“我有个前男友跟你长得好像……”

短短二十分钟，网吧里稍微年轻些的姑娘都跑来前台遛弯儿。

魏东始终面无表情，能沉默就沉默，问烦了就是一句话：“我有老婆，外加三个孩子。”

这话恰好被修好网络下楼的战友听见。等那些女人败兴离开，他悄悄靠近，戏谑地笑道：“东哥，你这拒绝人的理由越来越离谱了。还老婆呢，这镇子里谁不知道你是个黑脸大光棍？”

魏动瞥了战友一眼，没吱声。无意义的反驳就是在浪费时间。他收拾好乱七八糟的柜台，转身看着战友，说：“我还有事，先走了。”

“别着急。”

战友外号叫虎子，个子不高，瘦瘦的，当义务兵时跟魏东一个队，很早退伍，脑子没牧洲灵光，大买卖做不了，小买卖倒干得挺利索。

“上次我跟你说的我表妹那事，你怎么想的？”战友问。

魏东笑了，说：“我想什么？”

“东哥，你今年满三十岁了吧？这镇上跟你差不多年纪的，孩子都几岁了，你再这么单下去，以后不好找。”虎子试图动之以情，晓之以理，“我知道你要求高，但我们做人还是得现实一些，那些大城市的漂亮姑娘也看不上这破地方，更别说你干的那活儿，说出去大家都不理解。还有，上次那件事，闹得镇上的人说你什么的都有……”

魏东无所谓地笑了笑。他要在意别人的眼光，早八百年就离开了。

“我那表妹好歹也是大专毕业，在镇上卫生院当护士，工作好，长得也不错，身材那简直……”话未说完，虎子忽然噤声，盯着推门而入的美人看傻了眼。

那女人穿着白色小洋装，戴着黑色贝雷帽，长发披肩，妆容清丽，气质优雅。她手上拎着格纹的名牌包，虎子之前在大城市见过，表妹说那种标识的包最便宜十万起，是穷人的梦想，有钱人的玩具。

贺枝南在外头将二人的对话听得一清二楚，进屋后隐忍不发，径直走到前台，直视着魏东。

男人心里偷着乐，面上却十分严肃：“要上网吗？”

贺枝南站得笔直，一板一眼道：“买你多少钱？”

“太贵了，你买不起。”

贺枝南冷冷一笑，从小包里翻出钱包，掏出奢华的黑卡拍在桌子上，问：“够吗？”

“不够。”魏东低声笑，拿起黑卡塞进她的钱包，隔着柜台探身，大手摸到她的后颈，在她的唇上印下一个吻，道，“我要的是这个。”

虎子目瞪口呆。

魏东绕出前台，几步走到贺枝南身边，伸手环住她的肩，嘚瑟地冲虎子挑眉。

贺枝南娇滴滴地依在他怀里，朝仍在发蒙的男人伸出手，道：“你好，我是魏东的女朋友。”

回家的路上，魏东根本控制不住愉悦的心情，时不时笑两声，惹得后座专心啃烤肠的张齐齐好奇地问：“东叔，你得失心疯了？”

副驾驶座的贺枝南满脸潮红。虽说她是怒从心头起，可做法幼稚得让她不愿回想。她嗔怒道：“你不要再笑了好不好？”

魏东侧头瞥她：“怎么了？我想起些开心的事也不可以吗？”

“不可以。”贺枝南愤愤道。

魏东没再接话，只是那笑声越发放肆。贺枝南喝他：“魏东！”

“行，不笑。”魏东伸手去捏她的脸，说，“女朋友不让，我啥都不干。”

贺枝南此刻简直无地自容。

后排的张齐齐左看看，右看看，一脸蒙，却不耽误他一口气吃完三根烤肠。

皮卡车慢慢拐进小院。

魏东上午有生意，安顿好他们后就回店里去了。

贺枝南送张齐齐回隔壁，从买的几套衣服里面挑了一套最合适的让他换上，亲自替他打好领结。

张齐齐在镜子前各种打量，看着大肚子发愁，幽怨地问：“贺姐姐，我是不是胖得很难看？”

“不难看，你这叫福气。”贺枝南笑眯眯地说。

张齐齐的头低垂下来，似泄了气的皮球，低声说：“妈妈去年见我时，说我胖得像头猪，长得不如弟弟一半好看。”

“那是她的眼光有问题。”贺枝南平时很少生气。但作为知情人，她忍不住为齐齐抱不平，“你相信我，你就是这个世界上最可爱的小胖子。”

张齐齐年纪小，几句话就哄得心花怒放，肉脸洋溢着笑容，连照镜子都变得更自信了。

上午十一点多，原本在家陪齐齐等候的张婶突然冲进魏东家。贺枝南正在厨房尝试新创的甜品，听见动静连忙放下东西走出来，见她涨红了脸，一副怒气冲冲的模样，连忙问：“婶，发生什么事了？”

“那两个臭不要脸的狗东西！我从来没见过如此厚颜无耻的人，生而不养，枉为父母！”

张婶给自己倒了一杯温水，一口气喝光。要不是怕声音太大，会被张齐齐听见，她都想破口大骂。

“人都已经到附近了，刚才又给我打电话，说什么如果我不拿五万块给他们，他们就不见齐齐，直接原路返回。”

贺枝南震惊极了，她把所有的剧情都设想了一遍，唯独没想过会是这样。她问：“他们凭什么？”

张婶跌坐在椅子上，长叹了一声，道：“这次是我喊他们来的，我知道齐齐想他们了。”

她愤愤地说：“一年到头一个电话都没有，每年就见那么一次，他们还推三阻四。小儿子是宝，大儿子是草。再怎么样，也不能偏心成这样吧！”

贺枝南两手握拳，气得全身发抖。她问：“齐齐知道吗？”

“嗐，别提这个，这小胖子还坐在沙发上傻傻地等，每隔几分钟就问我一次来了没，我都不知道怎么回他。”

贺枝南沉默良久，紧握的拳头倏地松开，问：“他们在哪里？”

“就你之前住的那个客栈二楼。两个狗东西，隔这么近还有脸跟我讲条件，也不怕以后折寿。”

“我去吧。”贺枝南挺直腰板，眸光坚定道。

张婶惊讶地看着她：“枝南……”

“齐齐虽然不是我的亲弟弟，但他叫我一声姐姐，我一定会竭尽全力地保护他。”贺枝南垂眼苦笑了一声，“毕竟也只有他，愿意陪我看一下午的蚂蚁搬家。”

十分钟后，贺枝南站在云来客栈二楼最里头的房间门口。她敲响房门，屋里传来男女说话的声音，几秒后，门开了。

男人衣着朴素，看着三十多岁的样子，圆脸，长相同张齐齐有七八分相似，女人坐在床上玩手机，抬头看见贺枝南，一脸疑惑地问：“请问你是……”

贺枝南神情淡漠，两只手拎着包放到身前，彰显出高雅的淑女气质，她开门见山道：“贺枝南，张齐齐现在的姐姐，也是他未来的监护人。”

魏东接到张婶的电话后，马不停蹄地赶去了客栈。

上楼时，他恰好撞见下楼的贺枝南。她一副打了胜仗的得意样儿，笑嘻嘻地扑进他怀里，满是笑意的眼睛看着他，说：“夸我。”

魏东见她平安无事，长长地舒了一口气，可转念一想，又忍不住皱眉数落道：“给我打个电话能掉你块肉吗？”

“我是来谈判的，带着你性质就变了，怎么看都像来寻仇的。”贺枝南小声嘟囔。

魏东又好气又好笑，扒拉开她缠着他的手，一脸严肃地说：“以后这种事必须第一时间通知我，听见没？”

“哦。”

“回话！”

贺枝南最怕他冷脸，柔柔地撒娇：“知道了。”

魏东低叹了一声。她来这套，他是真的一点儿招都没有，只好黑着脸牵她离开客栈。

二人刚走进小院，张齐齐突然从隔壁蹦出来，胖嘟嘟的肉脸上堆积着灿烂的笑容，冲贺枝南喊：“贺姐姐！”

“什么事这么开心？”

“妈妈刚给我打电话，说下午要带我去隔壁镇上玩。”

贺枝南故作惊喜地说：“真好。”

“我……我去准备一下，我得挑个好看点儿的书包。”张齐齐出来报过喜又屁颠屁颠地往屋里跑。

张婶神色复杂地站在屋门口，贺枝南冲她轻轻点头，她瞬间了然，嘴上笑着，心里却在叹息。

魏东拉着贺枝南进屋，进了厨房，把她堵在冰箱前，凝视着她道：“不打算跟我说说？”

贺枝南丝毫不慌，抿唇笑了一下，轻声问他：“如果我说，我想当齐齐的监护人，你会支持吗？”

魏东没吱声儿，定定地看着她，用拇指拨了拨她软嫩泛红的耳垂，说：“如果今天张婶先找的人是我，监护人就得易主了。”

贺枝南听懂了，莞尔一笑。

晚饭都吃完了，隔壁小院始终没动静。

贺枝南坐在沙发上看电视，魏东在一旁安静地削苹果，他将苹果切成方便入口的小块，安慰道：“别担心了，齐齐今天一定很开心。”

贺枝南自然也希望如此，可一颗心就是七上八下。她倏然起身，说：“不行，我还是得去看看。”

魏东拉不住，只能追着她出去，二人一前一后走进隔壁敞开的大门。

客厅里光线暗淡，只开了一盏小灯，张婶坐在沙发上唉声叹气，抬头看到二人，摇了摇头，担心地说：“齐齐把自己锁在屋里头，怎么叫他都不开门。”

贺枝南闻言脸色大变，叫停欲跟上来的魏东，执意独自上楼。

半个小时过后，她失魂落魄地下了楼。

魏东见状赶忙迎上去。她脸色煞白，整个人像游魂似的，恍恍惚惚地往外走。返回自家小院，贺枝南一头扎进厨房开始翻箱倒柜。

魏东没出声，小心翼翼跟在她身后护着。

贺枝南蹲在柜门前，双臂环抱着腿，顺滑的黑发垂落，带着哭腔说：“你知道……可可粉在哪里吗？”

魏东跟着蹲下，温柔地撩起她耳边的长发，瞧见从她眼中滴落的大颗眼泪。

他心头一颤，喊了声：“南南……”

听到呼唤，贺枝南仿佛从另一个世界回来，缓缓转头。她眼眶通红，早已泪流满面。

小院门窗紧闭，呼啸的寒风透不进来。

魏东靠坐在沙发上，情绪崩溃的贺枝南坐在他腿上，也不说话，头埋在他颈边哭得一抽一抽的。

魏东没急着询问，因为他清楚，必然是什么事触及她的“软肋”，她才会哭得这么委屈巴巴，像个被人抛弃的小孩子。

“这个世界真的很不公平。”贺枝南呜咽道，肩膀颤抖得厉害，“父母总说自己不是天生的父母，那孩子就该是天生的孩子吗？为什么他们的借口永远那么多？为什么就是不肯承认自己生而不养的无耻行径？孩子毫无保留地爱着父母，可到头来换不到半分偏爱，反被他们看作垃圾，急于想扔掉。”

魏东安慰似的摸她的头，说：“没有父母，我们也能活得很好。”

“不是每个人的内心都能像你一样强大。”贺枝南仰起头，泪眼婆娑地盯着他深邃的眼睛，“我们只是普通人，我们也需要父母的认可与关心，哪怕是一个眼神，一句问候，也比视而不见要好，比狠心抛弃要强。”

魏东张了张嘴，声音沙哑道：“没关系，你有我，我抛弃不了你，只会被你抛弃。”

贺枝南愣了一下，破涕为笑，嗔道：“臭石头。”

贺枝南一边笑一边擦眼泪，压抑的情绪似乎得到疏解，泪汪汪的眼底有了光。她换了个更舒服的姿势坐在魏东身上，絮絮叨叨地跟他讲刚才发生的事。

张齐齐把自己锁在屋里，一点儿动静都没有。

贺枝南耐心地敲门，许久之后，门打开了。屋里是黑的，她摸到墙边想按开电灯，一个圆滚滚的肉团猛然扑过来，抱着她的腰号啕大哭。

贺枝南自打认识张齐齐以来，见得最多的就是他快乐的笑容，如今见他哭得撕心裂肺，她也忍不住湿了眼眶。

“怎么哭了？”她安抚地轻拍他的背，问，“今天不是出去玩了吗？”

“不好玩，一点儿都不好玩。”张齐齐哭得上气不接下气，“他们一路上都在跟弟弟打视频，陪他聊天，根本就不理我。我饿了想吃根烤肠，他们说我胖得恶心，只会浪费钱；我想玩蹦床，他们嘲笑我这么多肉蹦不起来。可我最喜欢玩蹦床了，我可以蹦起来的……呜呜……”

这短短几小时遭受的语言暴力他可能需要一辈子去化解，张齐齐越说越委屈："我很久没看见弟弟，想跟他说说话，可爸爸妈妈不让，说如果弟弟知道他们来看我会生气，难道就没人在乎我心里会不会难受吗？"

他擦了一把眼泪，歪过头说："姐姐，我真的好羡慕弟弟。是不是只有生病住院，才能让爸爸妈妈多看我一眼？"

贺枝南既心疼又愤怒，想起自己去客栈找他们谈张齐齐的抚养权，他们连她的身份背景都不问一下，开口就谈钱，仿佛把孩子当成了一件急于售出的商品。

张齐齐还穿着出门时的衣服。他低头看着白衬衣上的星点污秽，难过地说："姐姐，对不起。"

"怎么了？"

"衣服，弄脏了。"他垂眼，自责地说，"你好心给我买的新衣服，我连保持整洁都做不到，我是个废物，难怪他们都不喜欢我。"

他的脸上布满干涸的泪痕，大概一个人默默哭了很长时间。

贺枝南微微仰头，抑制住眼泪，安慰他："你没做错什么，是他们不懂珍惜，看不见齐齐的好。"

张齐齐抹干眼泪，强行扯出一抹笑意，说："东叔说过，人再难也得活下去。姐姐别担心，我不会被轻易打倒的。"

贺枝南笑着捏捏他的胖脸，问："你想吃什么吗？"

"巧克力蛋糕。"

"好，我给你做。"

哄好张齐齐，贺枝南精神恍惚，不知自己是怎么离开房间的。

二楼的走廊光线暗淡，她往前走了两步，心突然绞痛得厉害。她单手撑着冰冷的墙面，人慢慢滑下去，随后眼前一黑，脑子有几秒完全空白。

从同魏东共眠那晚至今，她已经停药一段时间了。她能明显感受到枯萎的身体在一团炽热的火焰中拼命汲取能量，她的血液在流动，心跳强而有力。

魏东是她的药，也是她新生的勇气。可那些可怕的梦魇并不打算放过她，它们徘徊在最龌龊的黑雾当中，趁她软弱的瞬间，瞅准机会侵入她的身体，侵占她的精神世界。

贺枝南单手捂着胸口，呼吸逐渐困难，仿佛从云端直直坠入那片无垠的黑暗。她爬起来，游魂似的回了家，径直去厨房翻找，可怎么都找不到她想要的东西，压抑许久的泪水终于奔涌而出。

那间刷着白墙的房子，她藏在柜子里，逐渐逼近的脚步声，乍然出现的红眼睛，狰狞恐怖的笑声……强烈的窒息感令她无法呼吸，就好像有一只魔爪掐紧了她的喉咙。她在摇摇欲坠的悬崖边被一双手拽住，黑暗中，她听清来人的声音，温柔醇厚，引导她一步步脱离深渊。她回到现实，大口喘气，后背已被冷汗完全浸湿。

"魏东。"贺枝南泪流不止，失神地看着他，问，"我还活着吗？"

魏东弯腰抱起她，看着怀里哭得梨花带雨的人儿，笑着亲了下她的眼睛，说："活得好好的。"

贺枝南只讲了前半段，选择性隐瞒了后半段。

她并非不信任魏东，她只是还不想把破碎不堪的自己摊开来给他看。也许，再久一些，久到他已经非她不可，久到她甘愿把灵魂交给他，那些就可以说出口了。

翌日清晨，阳光冲破白雾，照亮张齐齐房间的那扇窗户。

他哭着睡着，醒来时，那双本就不大的眼睛已然肿得像个核桃。他的鼻子对食物尤为敏感，一路嗅着味儿走到书桌前，只见上面放着一个精致的巧克力蛋糕，小小的，刚好够他一人吃。

张齐齐还未完全清醒，牙也没刷，但肚子里的馋虫作祟，他顾不上那么多，立刻坐在书桌前大快朵颐。

张婶在门外等了半天，耳朵贴在门板上，认真地听着里头的动静。

半晌，门打开了。她往前一栽，差点儿没站稳，连忙轻咳两声，装模作样地挺直腰板，说："吃东西前要先刷牙，我跟你说过几万遍……"

话未说完，张婶突然收声。满嘴巧克力奶油的小胖子轻轻地环住她的腰，难得用正经语气说话："姨奶奶，我爱您。"

张婶险些被这一句话惹得老泪纵横。她缓了几秒，拍了拍他的肩膀轻声安慰："你以后就安心住在这里，努力读书，想出去就出去，不想出去也没关系，我跟你表叔他们说好了，这间老屋子，还有临河那三间商铺都留给你，保证饿不死。"

小胖子抽抽搭搭地哭着说："姨奶奶，我不要这些，我就想好好陪着您，给您养老送终。我以后一定听话，再也不气您了。"

张婶笑了笑，泪水却落了下来，轻声骂："臭小子，我还这么年轻就想着给我送终。"

"您能活一千岁。"

"那是妖怪。"张婶低头替张齐齐擦干眼泪，顺便抹掉他唇边残留的奶油，难得和蔼地说，"快去刷牙，我做了你最爱吃的肉饼。"

张齐齐听见有吃的，立马喜笑颜开，跟在她屁股后头叽叽喳喳地说话。阳光照进屋里，带来一室的温暖，书桌上的蛋糕已然被消灭，唯留一张张齐齐的笑脸，散发着巧克力酱的香甜味儿。

一周后的傍晚，牧洲给魏东打电话，说凌晨会到一批货，他正在外地，天明才能赶回来，想让魏东过去主持大局。

当时魏东正在吃饭，贺枝南隐隐听见电话内容，随即放下碗筷，一声不吭地往楼上走。

他摸不准她的意思，起身收拾碗筷，整理好厨房，刚准备上楼，手机倏然振了两下，掏出一看，是她发来的微信消息："车上等我，很快。"

魏东勾了勾唇。自从上次有人跟自己表白被她撞见，这个小黏人精就看他看得很紧，他走到哪儿都要跟着。

车外冷风飕飕，车里暖气很足，魏东脱了外套，只留一件单薄的黑色衬衣，袖口挽起，露出黝黑强壮的小臂。他耐心等了片刻，将窗户半开，掏出一根烟，刚点燃吸了一口，副驾驶座的门开了。他不经意地一瞥，差点儿没被他那口烟呛死。

贺枝南坐得笔直，目视前方，穿着白衬衣加粉色小背心，外搭深色西装外套，格子百褶裙配黑丝袜，微卷的黑发披肩，戴了一顶少女心十足的八角帽，帽檐微微遮住眼睛，长睫毛卷翘浓密。

贺枝南也是第一次尝试这种类型的打扮。

自从确定她的地址，朱妮娜这个有钱任性的大富婆便时不时寄一些最新款的衣服给她，美其名曰自己没时间穿，希望她能穿个够。

贺枝南前一天恰好翻出这套学院风的JK（日本女高中生）制服，这天正好可以试一下。

"你盯着我干什么？"魏东的目光太过灼热，贺枝南想忽略都难。

魏东把烟头扔出窗外，意味深长地笑道："你今晚……很不一样。”

“不好看吗？”

“好看。”他如狼似虎地盯着她，带来吓人的压迫感。

贺枝南顿时脸颊羞红，平时耍流氓格外起劲的她居然不敢再跟魏东对视。

铜窑镇靠近北方，虽属江南，但冬季下雪较早。

皮卡车刚刚驶离小道，天空倏然下起雪来，米粒大小的雪粒落在车窗玻璃上，很快被热气融化。贺枝南看着稀奇，按下窗户伸出手去接，小小的雪粒落在掌心，顷刻化作星点凉意。

魏东瞥过去，她收回手，转头看他，嘴角勾起好看的弧度，竟有几分天真无邪的少女感。魏东抬手解开一颗衣扣，喉结上下滚动，试图将那股燥热压下去。路过清水镇，原本该向右拐，可他方向盘向左一打，一脚油门径直开向山路。

贺枝南正低头给朱妮娜发微信，分享穿 JK 的感受。

颠簸的山路严重影响了她的打字效率，等她终于发完那条信息，抬头看前方时，车子已然开上山顶。

“我们来这里做什么？”她侧头诧异地问魏东。

魏东不敢看她，只盯着前方说：“看雪。”

夜里跑到山顶看雪，大概也只有他这样的奇葩才干得出这种事。贺枝南见魏东脸色阴沉，以为他哪里不舒服，靠近他伸手去触碰他的下巴，可谁知手忽然被钳在半空。

“魏……嗯嗯……”

男人俯身压下来，粗暴地咬住她的唇，摘下她的帽子扔到后座，一边吻她，一边解开自己的衬衣，袒露的腰腹肌肉硬邦邦的。

他半个身子压过来，越吻越狠，贺枝南有些猝不及防，仰头承受着他的吻。她呼吸不过来，伸手想推他，掌心摸到性感的肌肉时，两只手顿时一软，转而圈住他的脖子……

车窗外，雪粒不知何时转成了雪花，密密麻麻的雪花飞舞着落下，模糊了天地的界线，世界静谧而安详。

事后贺枝南又困又累，窝在魏东怀里不肯下来。

魏东喜欢这片刻的安静，拎过外套盖在她身上，看着窗外飞扬的雪花发呆。

车里的音乐电台放着几年前的老歌——《平凡之路》，旋律平淡悠扬，歌词直击心灵深处："我曾经跨过山和大海，也穿过人山人海，我曾经拥有着的一切，转眼都飘散如烟，我曾经失落失望，失掉所有方向，直到看见平凡，才是唯一的答案……我曾经毁了我的一切，只想永远地离开，我曾经堕入无边黑暗，想挣扎无法自拔……"

眼眶湿润的那一秒，连魏东都有些猝不及防。

贺枝南看见他眼底的湿意，在他颈窝处蹭了蹭，假装不经意地问："怎么了？"

魏东沉默良久，目光看着车窗外，低声道："想起了一个朋友。"

贺枝南明显感受到他的忧伤，抿了抿唇，小心翼翼地问："他还在吗？"

"不在。"

贺枝南没再说话，伸手摸进他敞开的衬衣，点了点心脏的位置，说："他没离开，永远在这里。"

魏东垂眼轻笑，他盯着贺枝南明亮的眼睛说："他是我的发小，也是我的战友，人很善良，还是个文艺青年。这首歌出来前他已经去世了，否则我又得受他摧残，天天听这歌听到吐。"

"你怎么知道他会喜欢？"

"他生前的梦想是退伍后走遍祖国的山山水水，最后回到小镇，找个平凡的女人，过平凡的生活。"

贺枝南闻言直起身，两只手捧住他的脸，认真地问："魏东，你的梦想是什么？"

"认识你以前，没有。"

"那现在呢？"

魏东拉起贺枝南的手，吻了吻柔软的掌心，说："陪着你，实现你的梦想。"

她眼中含笑，脱口而出道："我的梦想是天天陪你看月亮。"

魏东微微蹙眉，若有所思地看着她。

那严肃的表情把贺枝南看蒙了。她刚要开口说话，他慢悠悠地说："月亮没你好看。"

贺枝南怔住，娇嗔道："油腔滑调。"

"谁？"

"你。"

魏东也不反驳，安安静静地抱着贺枝南说："今晚别跟了，我先送你回去。"

"不要。"

"南南。"

"你是不是想甩开我，跑去温暖别人？"

"我温暖谁？"

"那些想被你温暖的女人排着长队，我一个不留神，你就被抓走了。"

魏东无奈又好笑，说："除了你，谁还有胆抓我？"

"我不管，我好不容易抢到手的鸡腿，别人想闻闻味都不行。"

魏东不知道说什么好。

得，鸡腿就鸡腿，她爱吃就行。

那晚，牧洲的追命电话打来时，魏东怀里的贺枝南刚刚睡着。

魏东瞥了一眼手机，轻手轻脚地下床，接通后也不等那头说话，直截了当说道："今晚有事来不了，你让大光顶上。"

"东哥——"

魏东沉声打断道："还有，以后晚上的活儿别找我，忙。"

"你忙啥呢？"

魏东微微一笑，说："陪媳妇睡觉。"

牧洲面目扭曲。

这波狗粮真够味，嗝，饱了。

江南小镇的冬天沉寂素雅，纷纷扬扬的雪花如跳舞的小精灵，玲珑剔透，小河边排排垂柳枝上覆满薄雪。雪越下越大，越积越厚，青石板路被积雪覆盖，踩上去咯吱作响。

贺枝南在北方长大，极少体验渗透力极强的湿冷，果断放弃优雅，戴着张婶手织的毛线帽和张齐齐在手工课上学织的丑围巾，日常把自己包成粽子。出门更是被魏东里三层外三层地裹紧，只露出一双水灵清透的杏眼。

那日，漫天飞雪从早下到晚。

贺枝南接到朱妮娜的电话时，正穿着魏东的军大衣带着张齐齐在院子里的小菜地忙活。她的纤纤玉手冻得通红，哆哆嗦嗦地把手机贴到耳边，说：“有话快说，冷。”

朱妮娜的嫌弃隔着听筒都能感受到：“什么破地方？暖气都没有！”

“这里是……南方。”

“行吧。”朱妮娜站在窗边，扭动着僵硬的脖子，问，“圣诞节怎么过？你回来吗？”

“不。”

朱妮娜一听这话就炸：“你差不多得了，那小破镇子你还准备待一辈子？玩玩就好，人总得回归现实的。”

“喂？”贺枝南最近学会装傻了，演技一流，“信号不好。”

“你不准挂！”朱妮娜声嘶力竭地吼道，“贺枝南，圣诞节你要是不回，我给你送个炸弹过去！”

贺枝南嫣然一笑：“随时恭候。”

电话挂断了。

朱妮娜努力深呼吸，恨不得摔烂手机解气。

贺枝南学坏了。以前那个柔弱的小公主不见了，小猫咪变身狡猾的狐狸，气死人不偿命。

飘洒的小雪花落在贺枝南的帽子上，很快积了薄薄一层。张齐齐见状，小胖手帅气一挥，好心想替她打落，结果下盘不稳，人形肉球一屁股跌坐在地上。

贺枝南伸手去拉他，可二人体重悬殊，非但没能拉起他，反而被他拉得跪坐在地上，姿态丑陋且狼狈。恰逢此时，魏东从店里回来。看着小院里跌在地上的二人，他的嘴角上扬，恶劣地想要拍照留念。

谁知他刚掏出手机，贺枝南就似乎猜准他的心思，以最快的速度爬起，随手从地上抓了一把雪揉成团，羞恼地朝他脸上扔去。

魏东没躲，雪团直直地打在他的胸口，打散在光滑的皮衣上。

击中目标，贺枝南开心得像个稚气的孩童，拉着好不容易爬起的张齐齐开启双人进攻模式。双方你来我往，玩得不亦乐乎。天色昏暗，屋门外吊挂的灯泡无力地照着三张纯粹的笑脸。

饭后，张齐齐吃饱喝足拍拍屁股回家了。

魏东在厨房洗碗，贺枝南脱了厚外套，坐在客厅里看无聊的电视节目。手机振了几下，她拿过来一看，嘴角的笑意瞬间凝固。

电话反复响了很多遍，伴随着烦人的振动音，她呆看着不断亮起的屏幕。

来电人，是妈妈。

贺枝南关掉手机，全世界都安静了。

魏东正在清理灶台，身后忽然伸出一双手，柔柔地圈住他的腰。屋里虽没暖气，但客厅开了空调，温度舒适。贺枝南侧头靠着魏东硬实的后背，也不吱声。

魏东停下手中的活儿，洗干净手，两只手撑在水池边缘，没急着回头，压低嗓音问："困了？"

贺枝南很轻地摇头，精致的下颌抵着魏东凸起的脊骨，说："我可以过圣诞节吗？"

"可以。"魏东长到快三十岁都没过过这种洋节，可这并不妨碍他无条件满足她的心愿，"你告诉我需要什么东西，我去准备。"

"一棵挂满装饰品的圣诞树，还有，圣诞礼物。"

"好。"魏东满口答应，转身低头看她，问，"圣诞是哪天？"

贺枝南十分震惊，用看怪物的眼神看着魏东。连隔壁的张婶都知道圣诞节，他怕不是个活化石，生活在恐龙时代。

"二十五号。"

"十二月二十五……"魏东嘴里默念两遍，倏然忆起什么，深黑的瞳孔闪着光，几番欲言又止。

"怎么了？"

"没事。"他勾唇一笑，拍拍她的后腰，说，"这事我记住了，你先去客厅，我收拾完就过来。"

贺枝南达到目的，也不再多留，离开前踮脚去亲魏东，欲撤离时被他用力按住腰，一个深吻吻得她两腿发软。

走出厨房时，她的呼吸仍不稳。

圣诞节前一周，小镇连下了几场大雪，银装素裹，分外美好。

那天正是周六，张婶两天前去了隔壁镇的亲戚家做客，张齐齐理所当然地跑来魏东家蹭吃蹭喝。

单纯的小家伙并不知道自己十八岁前的监护权已被父母以十万块私下"卖"给贺枝南，贺枝南也不想声张此事，私下跟张婶通过气，表示如果可以，张齐齐最好一辈子不知道。

她并不心疼那点儿钱，对她而言，那不过九牛一毛。她只是心疼张齐齐。不管被轻视多少次，哪怕被无情地抛弃，哪怕心被伤，他依然对父母怀着赤诚的爱。

“锅里还有包子，不够吃再加。”

“嗯……好……”张齐齐塞了满口食物，说话含混不清。

贺枝南抽出纸巾给张齐齐擦嘴，起身走进厨房。

魏东见她脸色不好，紧跟其后。走到张齐齐看不见的地方，魏东抬手摸了摸贺枝南的头，以示安抚。

“都过去了，以后他会好好的。”

贺枝南忍住眼泪，额头抵着魏东的胸口，平复着情绪。

“贺姐姐，你的手机响了。”张齐齐高声呼唤。

贺枝南走近看了一眼，是个陌生的国际电话。她思来想去，最终选择挂断。

越洋诈骗电话越来越多，魏东说，人多点儿警惕心总是好的。

那天魏东没去店里，陪着他们在家里玩幼稚的大富翁。

贺枝南的游戏角色宣告破产后，非赖当银行的魏东跟自己八字不合，买哪块地都赔。魏东笑而不语，转身去冰箱拿碎冰冰排解心头的委屈。

贺枝南像个幽怨的小媳妇似的跟在后头絮絮叨叨，直到掰开的碎冰冰塞进她嘴里，她才暂时放弃追究他的责任，一边冻得搓手，一边笑眯眯地吸着甜水。

张齐齐原本想回隔壁拿飞行棋，结果刚开门就定住了。

不远处，铁栅栏前站着个冻得瑟瑟发抖的男人。大雪天，那个人穿着一袭正红色的西装，比张齐齐之前看过的鬼片里的人物还要夸张、瘆人。

“东叔，外面有个奇怪的人。”他喊。

魏东闻言走向门口，贺枝南咬着碎冰冰探头去看。

当她看清西装男的身形轮廓，还有那张阴柔妖孽的俊脸后，难以置信地开口：“Mark（马克）？”

那人脸色发青，在冰天雪地里冻得牙齿直打架，他幽怨地说：“小乖，我终于找到你了。”

那一瞬，贺枝南猛然记起朱妮娜放下的狠话，那个空运“炸弹”。

她的嘴角隐隐抽搐，朱妮娜，你好狠的心！

第七章 小秘密

客厅里。

男人坐在沙发上，捧着张齐齐递来的水杯暖手，顺便忍受小胖子略带嫌弃的打量。且不说他这身穿得正不正经，光那张脸就精致得雌雄不分。

“大哥哥，请问你是男的吗？”张齐齐托着下巴好奇地问。

那男人一开口就是一长串英文脏话。骂完后见小胖子一副听不懂的样子，他傲娇地放下杯子，撩了撩被风吹乱的头发，说：“我，纯爷们。”

张齐齐凑近看了看，又摇了摇头，道：“看着不像……”

“你……”

贺枝南从厨房出来时恰好撞见这一幕，难得看到平日里傲慢无礼的男人吃瘪，她忍不住笑出声。

男人冷哼道：“小乖，你把我折腾得这么惨，还有脸笑我？”

贺枝南笑盈盈地把甜品盘放在桌上，里面是她昨晚做的巴斯克蛋糕，刚出锅就差点儿被张齐齐一扫空，好不容易才留下两块，正好拿来待客。

“齐齐，你先去楼上玩会儿。”

爱看热闹的张齐齐各种不情不愿，却还是乖乖上楼了。

“你跑来这里做什么？”贺枝南疑惑地问。

男人高傲地哼了一声，说：“某人答应我今年去法国过圣诞节，居然敢放我鸽子，我自然要来看看，到底是什么鬼地方，好得让你舍不得离开。”

贺枝南闻言笑了笑，转头看了一眼正在厨房切水果的魏东，心中暖暖的。她说：“我喜欢这里，很自在。”

“那你就准备在这里待一辈子？”

“不好吗？”

男人沉默几秒，目光扫过贺枝南略显随性的穿搭。以往那个精致到头发丝的优雅美人，现在竟穿着普通的黑毛衣和牛仔裤，气质直降几个档次。

“我前段时间去英国，跟叔叔阿姨见了一面。”他说。

贺枝南微微垂眼，睫毛轻轻颤动，没说话。

他早就猜到她的反应，这些年，一提起这两人她就像变了个人。他好言相劝：“以前的事都过去了，他们虽有错，但是不是也应该有一次被原谅的机会？”

“不原谅！”贺枝南突然情绪激动起来，她涨红了脸，眼眶也红了，“我凭什么要原谅他们？还有，你凭什么替我原谅？”

“小乖……”

“你是特意跑来当说客的吗？如果是，你现在可以离开了，我不需要那些虚假的亲情，没有他们也没关系，我没死，我现在活得很好！”贺枝南崩溃地吼叫，引得厨房里的魏东往这边走过来。

瞧见魏东壮硕的身影，她几乎条件反射性地跑向他，像鸵鸟一样将头埋进他怀里。

魏东不知所措，但看眼下这架势，不像是多愉快的交谈。

男人缓缓起身，面色阴沉，冷眼看着缩在魏东怀里的女人：“那你躲在这里，自以为安全，难道不是在逃避？”

男人盯着面露不善的魏东，论身形、气场，魏东大概可以打十个他，可他丝毫不畏惧，反问：“还是，你是因为他不愿离开？”

贺枝南没出声，算是默认。

“一个不值一提的小镇青年，怕是连红酒品牌都叫不出两个，他去过外面吗？知道你想要什么样的生活吗？他拼死拼活挣的那点儿钱，能买得起你那些名牌包的十分之一吗？”男人阴柔地笑道，“你不过是把他当成暂时的庇护所，那他清楚自己的作用吗？还是可笑地以为你真的爱上了他，心甘情愿在这里陪他玩过家家的游戏？”

“苏明越！”贺枝南知道这人毒舌，说话向来一针见血，不戳死人不罢休。

“你走！现在就走！”贺枝南怕他再说出什么过激的话，或是现在她还不想让魏东知道的事，伸手去拉他的行李箱。

苏明越伸手按住她的手，仿佛看穿了她的心思，穷追不舍道：“他知道吗，真实的你是什么样？”

贺枝南面色煞白，仿佛被他一脚踹进深渊，那些刻意屏蔽的痛苦记忆一股脑涌入脑海。她直觉得呼吸困难，握行李箱扶手的手指用力到泛白。

这时，熟悉的温度紧紧包裹住贺枝南，魏东出现在她身后。他的掌心覆住她青筋暴起的手背，给她以力量。

苏明越的个子矮魏东几厘米。魏东垂眸直视苏明越道：“她不想说的事，我没兴趣知道。还有，我是自愿当她的庇护所的，不需要，也不奢望她会爱上我。在我这里，她是自由的，随时都可以离开。”

贺枝南回了神，转头泪眼婆娑地看向魏东。

说完，魏东很体面地驱客：“镇上有家客栈是我朋友开的，报我的名字能给你打七折，要我送你过去吗？”

“谢谢，不需要。”苏明越用力拽回自己的行李箱，妖娆地转身，像一只开屏的花孔雀，转身走进纷飞的大雪中。

他从表妹朱妮娜那里听说了贺枝南来这里后发生的事，千里迢迢追来，自然不会就此罢休。他是混时尚圈的人，这些年在那些两面三刀的小人堆里都没吃过败仗，又怎么会输给一个小镇上的穷小子？

所以，在圣诞节之前，他一定会带贺枝南回法国，度过最浪漫的圣诞夜。

对于这天的不速之客，不管是这个人还是他说的话，魏东权当失忆，只字不提。

晚饭时，贺枝南整个人不在状态，爱吃的狮子头只勉强吃了半个，都被张齐齐狼吞虎咽地吃光。

平时到了睡觉的时间，贺枝南洗完澡会自然地走进魏东的房间，有时候听会儿歌，有时候看看书，困了就抱着他睡觉。但今晚洗完澡，她回到自己房间，呆呆地坐在床上。

魏东洗完澡回房，发现贺枝南不在，心一沉。他在她的房间找到她时，她正装模作样地捧着一本书在看。

魏东抿了抿唇，什么也没说，转身去楼下弄了杯热牛奶，放在床头柜上，说："喝完牛奶早点儿睡。"

说完转身就走。贺枝南叫他，他没回头，只听见她用细弱的声音说："没有晚安吻吗？"

魏东看着自己投在墙上的影子，轻轻叹了一声，转身走到床边，弯腰吻了一下她的唇。

他的嘴唇冰凉，毫无暖意。然后，他很快离开，贴心地替她关上门。

那晚，贺枝南毫不意外地失眠了。直至凌晨两点，她还睁着眼睛看着天花板发愣。

确定自己离开魏东无法入睡后，贺枝南反倒觉得有种说不出的爽快和轻松。她起身下床，在质地柔软的棉质睡衣外罩上毛线披肩。

魏东不在房间，被子折成工工整整的方块，床单摸起来冰冷，像在寒潭浸过那般刺骨。

贺枝南轻手轻脚下了楼，果然在客厅沙发上发现了正在抽烟的男人。

魏东听见脚步声，连忙熄了烟，朝空中吹了几口气，吹散口里残留的烟味儿，见了她也不觉意外："醒了？"

这话把贺枝南问笑了。她很想回答"没醒"，因为她压根儿没睡着。

贺枝南走向沙发，在魏东跟前停留两秒，然后极其自然地跨坐在他腿上，这姿势是她近期的最爱。

"你为什么不问我，那个人是谁？"

"你想说吗？"

贺枝南皱眉思索了一会儿，说："不想。"

"那就不说。"魏东挑起浓眉，坦然道，"老实说，我也不好奇。"

贺枝南闻言十分诧异。她以为他会借此机会把她的过往了解得清清楚楚，可他居然轻描淡写地选择略过，放任她继续缩在龟壳里。

"魏东，今晚我抛弃你，你不生气吗？"贺枝南附在他的耳边，很小声地问，"跟你相比，我真的好坏，坏到……不值得你那么喜欢。"

魏东伸手拢住她的腰，把她抱得更紧。比起生气，他心里更多的是郁闷和失落，那种不被需要的失落感让他很难受，可他又能理解她这么做的原因。

“你只是想确认，你是不是真的需要我？”

“嗯。”贺枝南诚实地点点头。

苏明越这人虽然有时候很讨厌，但说的话总是能直击人的灵魂。她这段时间在蜜罐里泡得太久，逐渐迷失了自我。她也很好奇，自己对魏东究竟是身体上的依赖，还是心理上的依赖，抑或者二者皆有。

“有结果了吗？”

“结果是，我现在抱着你，随时都能睡着。”贺枝南笑眯眯地说。

魏东勾唇笑了，大手伸进她的衣摆，抚摸她后腰那朵绽放的娇媚花朵。如果她没下楼，他大概会在沙发上坐一晚上。在贺枝南没出现前，他失眠已成常态，很多个夜里都睡不着，或者睡着了也会在噩梦中惊醒，要靠酒精麻痹自我才能入睡。

以前的他，只是活着。

屋外天寒地冻，沙发上相拥的二人肌肤相贴，滚烫似火。

“我可以问你一个问题吗？”贺枝南突然想起了什么。

“问。”

“我听牧洲说，在我之前，你已经很久不接女客了，那你为什么不拒绝我？”

“我怕拒绝了，你会哭。”

魏东回想起那日，贺枝南站在小店门前，那双清润的眼睛隐隐泛起水汽，好似他多说一个拒绝的字，她就能当场哭给他看。

魏东轻拍贺枝南的背，笑着说：“我想了想，你还是在床上哭比较好看。”

“呸，流氓。”她娇声骂，两只手紧紧地环住他，沉默了很长时间才神神秘秘地开口，“我想告诉你一个秘密。”

“嗯？”

贺枝南用手拢住他的耳朵，像说悄悄话那样道：“那晚，你把我当成贼按在墙上审问时，我的心跳得很快。”

魏东浑身一震，头皮隐隐发麻。

“我脑子里只有一句话。”

魏东的嗓子哑了，问：“什么？”

贺枝南娇羞地抿唇，说话时热气直往魏东的耳道里跑：“好想和他在一起。”

江南少见的大雪，下了整整一天一夜。清晨，温暖的阳光穿透层层云雾，映照在积雪上。院内的树枝上积满雪，向外延伸的枯枝承受不住重力，“咔嚓”一声，折断下坠。

贺枝南是被电话铃声吵醒的。她浑身酸痛，裸露的细胳膊上全是深浅不一的指痕，翻身拿手机仿佛都要费九牛二虎之力。

仔细回想，昨晚又是不可描述的激情一夜。

“贺枝南，你有没有听我说话！”

电话那头，女人的吼叫声震耳欲聋，贺枝南猛然惊醒，意识到自己在乱想什么后，羞涩地摸了摸耳朵，说：“我不喜欢苏明越，你一直都知道。”

“你知，我知，他也知，可那又怎样？他这人从小就是变态，看中什么就非得抢到手。”

贺枝南翻身下床，拎过魏东提前准备的毛绒外套盖在身上，看着屋外静美的雪景，语调缓慢地说：“我不是他的玩具，他对我的认知还停留在小时候那个怯弱胆小的小孩，可我已经长大了，不需要他所谓的保护。”

“你是不需要他，还是不需要任何人？”

“我知道你想说什么。”贺枝南笑道，“如果你见过魏东，你就会明白我为什么离不开他。”

朱妮娜知道她脾气倔，也只能站在朋友的角度理性劝她：“南南，他终究不是现实。”

“没错，他不是现实。”贺枝南推开小窗，屋外的冷风钻进来，她却丝毫不觉得冷，笑盈盈道，“可他是我做过的，最美好的梦。”

苏明越是朱妮娜的表哥，大她们三岁，等同于青梅竹马。他初中去了国外留学，后来连国籍都换了，现在是法国人。

贺枝南十八岁那年，苏明越跟她表白，她委婉拒绝。

可这个傲慢的家伙自认为贺枝南只是因为女孩子的矜持才拒绝他的，俗称欲拒还迎，之后隔三岔五就对她说些让人无语的情话，更喜欢远程参与她的生活。

尽管贺枝南无数次表示自己不喜欢，甚至讨厌这种做法，但好赖话听在他耳朵里，直接被转换成他所认为的意思。他依旧跟疯狗似的穷追不舍，妄想她哪天被感动，甘愿成为他的掌中之物。

因为熟悉这家伙的做派，所以当苏明越再次西装革履地出现在小院门前时，贺枝南丝毫不惊讶，冷静地喊小胖子出门驱客。

“姐姐，那只花蝴蝶飞走了。”

“姐姐，那只绿王八又来了。”

“姐姐，那个蓝水桶赖着不走，被我骂走了。”

贺枝南优雅地端着咖啡杯，笑眯眯地竖起大拇指。

苏明越是个偏执狂，清楚贺枝南容易心软，一天跑来好几次。

第三天下午，贺枝南开始反思自己的做法是不是有些过分。再怎么说苏明越也是大老远从法国跑来这里的，已经算是给她面子了。

贺枝南让张齐齐去开门。张齐齐对这人没好感，开铁栅门时全程翻白眼，二人擦肩而过时张齐齐还不忘叫住苏明越，说：“我最近学了《木兰诗》，其中有一句很适合你。”

他双手抱胸，高傲地抬起肥嘟嘟的下巴，娓娓道来：“双兔傍地走，安能辨我是雄雌。”

苏明越在国外待久了，早忘了小时候学过的古诗词。

张齐齐见他听不懂，笑圆了胖脸，说：“夸你长得奇怪，不男不女。”

“哎，你……”

小胖子嘚瑟地吐了下舌头，不等苏明越发作，迅速跑远。

苏明越走进屋，贺枝南正悠然自得地坐在沙发上看电视。屋里很暖和，空调二十四小时开着，只因之前她受凉感冒，魏东怕她的身子骨扛不住南方的湿冷，规定家里的空调不准关。

贺枝南穿着柔软的灰色毛衣，黑色毛呢长裙，小猫式样的棉拖鞋，柔顺的黑发松松绾起，露出修长的脖颈。她的脸上无妆，虽素面朝天，但皮肤状态极好，白里透粉，吹弹可破。

“小乖。”

贺枝南起身相迎，冲他微微一笑，淡淡地说道：“叫我名字就好了，小时候的称呼，现在听着不自在。”

苏明越眸光深沉，悠悠地问道：“如果是那个邋里邋遢的男人这么叫你，你会抗拒吗？”

“如果是他，我不会。”贺枝南在离他一米的距离停下，抬头看他，说，“苏明越，我不喜欢你用叫小猫小狗的语气叫我。还有，仅通过外貌和浅显的认知来评价一个人，不是绅士行为。”

苏明越愣了一下，惊讶地打量眼前这个目光坚定的女人。她变得有力量了，不像以前那般柔弱，仿佛一阵风都能吹走。

苏明越上一次见贺枝南是大半年前。她病情加重，自残被朱妮娜发现，在病房待了半个月。当时她憔悴得只剩一把骨头，仿佛随手可捏碎，看他的眼神绝望空洞，让人生出无限怜爱。

现在贺枝南变了。

苏明越把带来的红酒放在餐桌上，回头冲她笑道：“你之前最爱的木桐，希望你现在依旧喜欢。”

随手拿出价格上万的酒，这位公子哥儿还真是眼睛都不眨。

贺枝南见他笑得诚恳，不禁暗自思索自己刚才的话是否太过冷漠。她问：“大风大雪的，你跑来这里，只是为了给我送酒？”

“我只想看看你，没想找你吵架。”苏明越说。

贺枝南是个很容易心软的人，到底是从小到大的朋友，不看僧面也看佛面，她放软了语气：“你不说我男朋友坏话，我也犯不着跟你翻脸。”

“说真的，他哪里都比不上我……”见贺枝南脸一沉，苏明越只好笑了笑，说，“但只要你喜欢，做哥哥的必须支持。”

贺枝南胸腔内的那股浊气瞬间消散，她问：“真的吗？”

“当然。”苏明越伸手摸了摸红酒瓶，说，“圣诞节不陪我过，酒总能陪我喝两口吧？”

“话说清楚，我可从没答应过要去法国陪你过圣诞节。”

“我知道，是我一厢情愿。”

苏明越突然变得这么好说话，反倒让冷言冷语的贺枝南觉得不好意思了。

她看了一眼时间，想着没多久魏东就要回家了，安全上没问题。于是，她转身去厨房拿开瓶器和红酒杯，想着赶紧喝完酒，尽快送走这个定时炸弹。

可没承想，她高估了自己的酒量。

魏东这几天特别忙，这天接近傍晚七点，他才扎完最后一个大图。

刚进小院，他就隐约觉得不对劲，平时灯火通明的屋子今天黑灯瞎火的，走进客厅才能隐约瞧见一点儿微光。

沙发上，西装男安静地坐着，他身侧的贺枝南已然醉了，两只手抱着他的胳膊，靠着他的肩。魏东无法形容那瞬间的心情，酸涩、苦闷、愤怒，各种情绪交织。

“回来了？”

苏明越是个精通心术的男人，朱妮娜叫他假面笑佛。失态是偶然事件，现在才是他的本来面目。

魏东压制住焦躁的情绪，淡淡地问：“她喝醉了？”

“小乖的酒量一向不好，今天非吵着要跟我喝，没两杯就醉了。”苏明越语带宠溺，侧头瞧了一眼，说，“喝醉后喜欢抱着我睡的这个毛病，到现在都改不掉。”

魏东眸光骤冷，他伸手将巴着苏明越的贺枝南扯进自己怀里，抱起她往楼上走。

等他安顿好酒醉的贺枝南，下楼时，西装笔挺的苏明越还坐在那里。

魏东走到餐桌边倒了一杯水，一口喝光，视线轻飘飘地扫过去，问：“找我有事？”

“有。”苏明越起身走向魏东，然后停在距他一步之遥的地方，直截了当地问，“作为她青梅竹马的哥哥，我想知道，你对她了解多少？”

“关你屁事。”魏东冷笑道，“我为什么非得打探这些？”

“是你不问，还是她不想说？或者，打从一开始她就没打算让你进入她的圈子，因为她清楚，那是你根本融不进去的。”

魏东眉头紧蹙，冷声道：“有话直说！绕来绕去，你不嫌烦，我都嫌烦。”

“我跟她一起长大，我清楚她所有的喜好。她小时候特别可爱，追在我身后一个劲地喊我哥哥。读书时有男生追她，她就拿我当挡箭牌，说她的男朋友在国外，而我每次从国外回来，都会带回她喜欢的包，不贵，够买好几栋这样的破房子。”苏明越的语气极其傲慢，“半年前，她吃安眠药送去医院抢救，后来数次因为酒精中毒休克，手腕上还有自残时留下的刀疤，这些，你也不在乎？”

魏东怔住，心仿佛被什么揪住，疼得差点儿窒息。

贺枝南手腕上的伤痕他不是没问过，可她每次都很抗拒这个话题，久而久之，他便不再提及。

苏明越捕捉到他的微表情，轻声笑道：“我当时在医院陪了她半个月，她对我很依赖，只有牵着我的手才能入睡。”

魏东目光沉静，问：“你到底想说什么？”

“她不告诉你这些，是因为你没有那么重要。”

“所以？”

“所以，她不属于这里。”

“她很早之前就确定会去法国学做甜品，当甜点师是她的梦想，你认为她还会在你身上浪费多少时间？”苏明越语气轻蔑，“说句难听的，你不过是她人生中随时可能被抹去的一小块污渍。”

魏东在客厅坐了一夜，烟灰缸里的烟头堆积如山。快天亮时，他躺在沙发上勉强眯了一会儿。

不知过了多久，耳边隐隐传来脚步声，可他太困了，半天都睁不开眼睛，直到温软的身体钻进怀里，他才条件反射地紧紧抱住。

可很快，缠绕他的长臂慢慢失了力，他头昏脑涨地坐起身，低头不语。

贺枝南见他不发一言，伸手扯了扯他的衣袖，问：“怎么不回床上睡？”她酒醒后发现魏东不在，赶忙跑去卫生间洗了个澡，确定酒味消了才下楼找他。

魏东深呼吸几次，努力调整情绪，转头看她时，嘴角扯出一丝笑意，问：“早餐想吃什么？”

他自动忽略她的问题。他不想回答，怕答了就忍不住追问，而且问了她也不一定想说，那还不如当作没听见。

贺枝南敏锐地察觉到他的异样，盯着他的眼睛问：“发生什么事了？”

魏东垂眼，嗓音低沉地说：“没。”

说完，他起身往厨房走。

他不知道该怎么跟她谈论这个问题，或许从一开始就是一个死结。他觉得自己有病，既想多了解她一些，又怕会不小心触碰到她的某个伤口。

所以，那些纯粹的喜欢都是假的。他只会慢慢奢求更多，想自私地占有她，禁锢她，妄想把她绑在自己身边。

魏东打开冰箱，身后伸出一双手，温柔地抱住他的腰，说：“哥哥，你生气了吗？”

贺枝南思来想去，如果不是苏明越惹了他，那就是她昨天喝醉酒干了什么糊涂事。

“没有。”

魏东盯着冰箱上她贴的花花绿绿的便利贴，满脑子都是她小时候叫别人哥哥时娇气的样子。他很羡慕，也很嫉妒。

“你先出去，我忙完叫你。”

“我不去。”贺枝南再傻都能察觉到他的不对劲。

魏东叹了一声，转过身看她，眼睛里满是疲惫。他说：“其实，我也没有那么不可替代，对吗？”

贺枝南被他莫名其妙的问题问蒙了。她总觉得他眼里的光在消失，下意识拽住他的衣服往前一步，想靠得更近，可他伸手按着她的肩，不让她动。魏东低着头，她看不见他的眼神，唯见纤长而浓密的睫毛缓慢扇动。他的五指扣住她的肩，一点点儿地收紧，再一点点儿地松开。

“去客厅吧。”魏东嗓音沙哑，说出口的每个字都仿佛用尽了全力。

他用尽全力克制着，不质问，不发火，不委屈，用尽全力自己消化情绪，当作什么事都没发生过。

其实，她又有什么错？

从一开始她就说过给不了他承诺，是他在不知不觉中忘了自己说过的话。他逐渐变得贪婪，自私地想要拥有她的全部。

那天，魏东没去刺青店，原本跟人约好的时间也改了。

到了中午，浓雾散尽，明媚的阳光洒落进来，温暖而美好。

接连几日大雪险些毁了贺枝南悉心看护的小菜地，魏东在小院给贺枝南种植的蔬菜搭建遮雨棚，她则穿着白色羽绒服，戴着柔软的米色毛线帽，脚穿雪地靴，围着他叽叽喳喳地说话。

魏东的话很少，大多数时候沉默，偶尔附和两句。他一直不是一个善于沟通的人，但凡有过感情经历，也不至于活到快三十岁，还完全不懂怎么跟女人相处。

他的脑子里没有“冷战”这个词，觉得无底线疼女朋友才是爷们该干的事，所以他舍不得冲她发火，更不懂有效沟通的重要性。

“魏东，你在听我说话吗？”

他走神太久，缓慢转头看过去，只见贺枝南包得像个糯米团，脸颊红扑扑的，看他的眼神有气又有怨。

“你刚才说什么？”魏东问。

贺枝南一听这话就知道刚才自己是冲着空气念叨了半天，顿时气不打一处来。恰逢此时，院外出现一个高挑的男人身影，隔着铁栅栏都能瞧见他不可一世的高傲嘴脸。

贺枝南看见了，魏东也看见了。

她回头看魏东，轻声解释：“我昨天答应他，今天带他去附近走走。”

魏东垂下眼眸，说：“你去吧。”

“你是不是不开心？”贺枝南小心翼翼地问。

她当时醉了，清醒时肠子都悔青了。

“没有。”魏东整理好刚弄好的遮雨棚，缓缓起身，低头看着她，扯开嘴角笑了一下，说，“同频的磁场，或许会让你更舒服一些。”

“你……”

魏东转身往屋里走，路过铁栅栏时回头看了一眼，两个男人的视线对上了。苏明越露出胜利者的嘴脸，光看着就让人想用拳头好好伺候。

魏东从口袋里掏出一根烟，点燃后猛吸了一口，吐着烟圈往屋里走。再生气也犯不着对这种人动粗，他怕脏了自己的手。

魏东刚进厨房就听见外头尖厉的惨叫声，他听着耳熟，闻声赶到门口。

趾高气扬的苏明越被人迎面砸了一箩筐臭鸡蛋，浑身散发着恶心的腥臭味，一旁的贺枝南震惊得合不拢嘴。

肇事者张齐齐两手叉腰，下巴高昂，一副替天行道的正义模样，说：“滚回你自己的地方去！你个不男不女的臭鸡蛋！Galgenstrick（流氓）！Galgenstrick（流氓）！”

苏明越顾不上衣服上的恶臭味儿，难以置信地回头看着贺枝南，问：“小土包子怎么会这个词？”

贺枝南挑眉嘚瑟地说：“我教的。”

这词魏东听着耳熟，似乎自己以前被这一大一小对着说过，这么看来，不是什么好话。

贺枝南作为主人，又是张齐齐现在的监护人，自然要替这孩子道歉，并亲自送苏明越回客栈换衣服。

魏东撤得早，没见到她捂住鼻子，满脸遮不住的笑意，临走前她冲张齐齐偷偷竖起大拇指。

贺枝南回家时，已是傍晚。

冬日天黑得早，院外新装的小灯照亮了回家的路。魏东正在厨房准备晚餐，贺枝南脱下厚厚的羽绒服，刚想去厨房找他说说话，路过餐厅时，发现餐桌上的手机一直在响。

她看了一眼，不是陌生骚扰电话，备注就三个字——孤儿院。

贺枝南本想拿手机给他，可手指误点到接听，那头立马蹦出清脆的女声：“魏叔叔，你终于肯接我的电话了！”

贺枝南的长睫闪了闪，问：“你是哪位？”

那头静了两秒，疑惑地问：“女的？”

然后是脱口而出的英文脏话，贺枝南每个字都听得清清楚楚。

“有没有搞错？他身边怎么可能有女人？我明明说了等我回国，我就马上去找他，老男人就是耐不住寂寞，呸！”

贺枝南胸口冒火，刚想一鼓作气骂回去，手机突然被人抢走了。

魏东面无表情地直接按了挂断。电话很快又打过来，他看了一眼，这次选择关机。

“这种电话以后不要接。”他的外表看不出什么情绪，撂下电话就准备回厨房。

贺枝南压抑着满肚子酸气叫住他：“你没有什么要跟我说的吗？”

魏东看着她，声音沙沙的：“你想听什么？”

“刚才那是谁的电话？”

“一个无关紧要的人。”魏东面无表情地回答。

“那她说的话是什么意思？她说让你等她，你们之前是什么关系？”贺枝南不敢细想，想多了头昏脑热，喘不上气。

“如果我说都没有，你会信我吗？”魏东直率地问。

贺枝南没出声，下唇都要咬破了。

魏东这一下午憋着一肚子怨气和怒火无处发泄，好不容易自我排解一些，现在又被贺枝南质疑，老实说，那滋味不好受。

贺枝南刚从屋外进来，耳朵、鼻尖冻得通红。

魏东低头看着她湿润的眼睛，沉沉叹了一声，到底还是心软了。他走过去想抱抱她，她却抗拒地用力推开：“你不要碰我。”

“南南……”

贺枝南咬住下唇，半晌，她说："魏东，我问你，你是不是一开始就想好我会离开这里，所以你才总说我是自由的，其实你是害怕我会纠缠，其实你早就给自己想好了退路！"

话一出口，她就后悔了，她看到了魏东受伤的眼神。

魏东勾唇笑了笑，问她："你是这么认为的吗？"

贺枝南垂眼，不敢吱声。

"我这段时间对你的好全是假的？我一直在等你离开，然后把其他女人接到家里，就像对你那样无微不至、掏心掏肺地去照顾她们？"

"我……"贺枝南知道自己说错了话，可是，她的情绪不受控。她重复道，"我只是想听一句实话。"

"那我想听的实话，你会告诉我多少？"魏东沉着脸逼近，贺枝南仓皇后退，腰撞在餐桌上。魏东逼上来，把她圈在两臂之间，眼睛满含忧郁。

"我从没谈过恋爱，我以为只要足够疼你，满足你的所有愿望，你就能明白我对你的感情。可事实是，我一直就像个局外人一样被排除在你的保护壳之外，我越想了解你，越怕会伤害到你……"魏东的呼吸暂停两秒，心似被利器用力割开，疼得无以复加，可他最终还是问出了那个问题，"我们这样一直飘在空中，是对的吗？"

贺枝南感受到他深深的忧伤，两只手死死地揪着他的衣服。

魏东苦涩地笑着抬手摸了摸她的脸，说："不怪你。我知道你总有一天会离开这里，可我还是爱上了你，这是我自己的选择，你没有错。"

他说完这些，感觉身体被掏空了，疼得麻木了。

他转身想往外走，贺枝南着急地拉住他的衣服，喊："哥哥……"

魏东背对着她，看向屋外漆黑的夜，微微勾唇，感慨道："哥哥叫得真好听。"

魏东离开家时，外面下起了小雪。

贺枝南蜷缩在沙发上，满脑子都是他们从初识到相知，再到最后在一起时的画面，眼泪决堤而出。她从来没想过真正隐瞒他什么，对于她所拥有的那些背景或财富，她并不觉得幸运，更不会有什么所谓的优越感。

她只是在等，等她病情稳定，不会像之前那样突然失控，不会歇斯底里，变成疯子，不会再自残，更不会失手伤到他。

她想要遮掩那些丑陋的伤疤，她希望他眼中的自己永远如初见般美好。贺枝南抬手擦去眼角的泪，结果越擦越多，完全停不下来。

魏东这么好，有那么多小姑娘前仆后继想当他的老婆，她们不像自己这么矫情难伺候，她们年轻，简单，健康。

她很嫉妒，嫉妒得要疯了。

夜里，时针指向十二点，屋外的铁栅门隐隐传来动静。浑身酒气的魏东推门而入，沙发上的贺枝南一跃而起，激动得忘了穿棉鞋，赤脚踩在冰冷的瓷砖地上，飞奔到他面前。

魏东以前有酗酒的毛病，贺枝南出现之后才慢慢改了。

从昨晚到今天，他一直烦闷不已，便跑去镇上一个朋友的夜宵店喝闷酒。朋友问起他的漂亮女友，说是虎子把她的容貌吹上天了。

魏东不说话，抿唇笑了笑，一瓶酒很快下肚。

他今晚喝了很多，但没醉，还能自己慢慢走回来，还能看清站在他面前的女人那副低眉顺眼的求和模样。

“不穿鞋？”

魏东心头郁气难消，本想晾她一下，可本能的反应最致命。见她不说话，他直接扛起她放到沙发上，单膝跪地，拿起棉拖鞋给她穿上。

贺枝南嗅到他身上的酒气，小声问：“你喝酒了？”

“嗯。”他低低地应道，缓慢直起身，皮衣上的雪被室温融化，在衣服上留下一道道水痕。

魏东回头看了看厨房和餐厅，跟他离开时一模一样。他叹了一声，问：“吃饭没？”

贺枝南轻轻摇头，见他转身准备去厨房，立刻起身从后面抱住他的腰，箍得紧紧的，问：“魏东，你还生我的气吗？”

魏东沉默了几秒，倒也坦然：“有点儿。”

“我应该怎么做，才能让你开心一些？”

魏东闭了闭眼睛，静默良久，伸手扯开她的胳膊，没回头，只说：“我想起你做的那些，我会心疼。”

他轻轻推开她，径直朝厨房走。

贺枝南的胃口很差，勉强吃了一些东西。

吃完饭，她自告奋勇要去洗碗，魏东拦住她，淡淡地说：“很晚了，早些去睡。”

贺枝南错愕地站在原地，呆呆看着他站在水池前的高大背影，很长时间一动不动。

等她转身离开厨房，魏东两只手撑着水池边缘，酒精上头，快要把他烧化了。闹别扭不是小孩子爱干的事情吗？

他真的无聊又幼稚。

二楼的走廊开着灯。贺枝南坐在床上，听见由远及近的脚步声，紧张得心脏都要蹦出来了。

脚步声停在门口。她以为魏东会进来，可等了半晌后，脚步声再次响起，渐行渐远，接着，走廊的灯也关上了。

贺枝南双臂抱着腿，心中沮丧又失落。他真的生气了，否则在明知她会失眠的情况下，他不会放任她一个人睁眼到天亮。

魏东今晚没醉，只是头晕，洗完澡后，酒已经醒了大半。纯白色床单，浅绿色棉被，怎么看都不是大老爷们的喜好，可他陪着贺枝南睡久了，现在看着它们已经毫无违和感。

他上身赤裸，粗硬的短发还没完全干，两只手枕在脑后，失神地盯着天花板发呆。

“咚咚”，门口突然传来一阵很轻的敲门声。

魏东知道是谁。可不知是酒后的脑子短路，还是心中堆积的怨气使他丧失了大半的理智，他并未回应。

他翻身关了灯，屋外的敲门声也随即停止了。

屋里很黑，棉被里全是贺枝南身上的香气，魏东用力闭眼。不知过了多久，他在黑暗中长叹了一声，掀开棉被坐起身。他这别别扭扭的样子，倒真像小孩子闹脾气，非得做些让她难受的事心里才勉强平衡。

可问题在于，她难受了，他真的能好过？

到头来折磨她不成，反倒把自己心疼坏了。

魏东走到门口，按开灯。他打开木门，脚抬到一半，猛地顿住，倒抽了一口凉气。

贺枝南穿着单薄的睡衣蹲在地上，整个人缩成一团，脑袋埋在膝间上，长发垂落到地面上，像深山老林间，一朵孤单的小蘑菇。

魏东顿时心软了，再重的怨气也烟消云散。

他也蹲下来，“蘑菇”听见动静，额头轻轻地蹭了两下膝盖，缓缓抬起头，说："我以为，我得数满五千只羊，你才会出来找我。"

魏东没出声，他伸手撩开挡在她眼前的碎发，将之别到耳后，又摸了摸她冰凉的耳垂，心疼地说："冻成这样，也不知道穿件外套。"

贺枝南闻言，眼眶瞬间湿润，带着哭腔说："魏东，我知道你还在生气，还讨厌我，也不想看见我，但你可不可以不要让我一个人睡？"最后，她抽泣着说："我离不开你。"

魏东盯着她泪汪汪的眼睛，心痛得厉害。

这世上总会有那么一个人，她什么都不用做，只站在那里冲你笑一下，你就愿意为之付出一切。

他无条件向她投降。

夜里两点，魏东接了个电话。

电话那头杂乱的背景音夹着尖厉的人声，吵醒了他怀里刚刚睡着的贺枝南。

挂断电话后，魏东利索地起身穿衣，贺枝南睡意全无，恍恍惚惚地追着他到楼下，问："出什么事了吗？"

"朋友那里有点儿事，我得过去一趟。"魏东面色凝重，眉目间是少见的冷峻。

转身见贺枝南还穿着薄睡衣，他叹了一声，上前温柔地抱了抱她，哄道："先去睡觉，我到了给你打电话。"

"我也……"

"这次不行。"魏东知道她想说什么，下意识皱眉拒绝。

平时可以带她到处溜达，就当作旅游，可一旦有风险，他势必把她封锁在安全区域内。

贺枝南也是第一次见他如此严肃，沉思两秒，小声说："那你早些回家，注意安全。"

"好。"魏东低头在她唇上亲了一下，向她承诺，"圣诞节之前，我一定回来。"

破旧的皮卡车很快驶离小院，引擎声逐渐消失在茫茫夜色里。

贺枝南这一夜如此折腾，又累又困，遂乖乖回到房间，回到暖烘烘的被窝中，睡着魏东的枕头，上面还残留着他的气息，让她觉得安心。

她很快就睡着了，一觉睡到天亮。

附近乡镇的山丘融雪后突发泥石流，山体滑坡，目前已造成几幢房屋倒塌，死伤不明。魏东的某个战友在镇里当小官，因为这个镇的位置偏远，专业救援人员需要一定时间才能赶到，可抢险救灾又是争分夺秒的事，于是战友给魏东打了电话。

魏东在赶去的路上将此事告知虎子，虎子又拉上几车健壮的小镇青年，一行人风风火火赶去参与救援。

贺枝南接到魏东的电话时，已是下午了。

他不眠不休地忙活一夜加一个上午，声音沙哑，透着疲倦："我没事，放心。"他灰头土脸地靠着墙壁喝了一口水，平静地转移话题："你吃饭了没？"

贺枝南沉默了几秒，轻声说："我看见新闻了。"

言下之意，那边是什么情况她已知晓一二，让他说话前多掂量一下。

魏东咧开干涩的嘴巴笑了，坦然承认："救援人员已经来了，目前救援工作进展得很顺利，不出意外我明天就能回去。"

"嗯。"贺枝南垂眼，语气难掩担心。

"牧洲下午会送东西过来，你别到处乱跑。"

"什么东西？"

魏东笑了一下，说："到时候就知道了。"

"好，我等你回家。"

魏东的目光看向前方，看着参与救援工作的乡民，一边抹去脸上的泥土往前走，一边叮嘱她："我先去忙，你记得按时吃饭。"

"嗯，你要小……"

电话已然挂断。

贺枝南失神地坐在沙发上，两只手握着手机，看着电视机屏幕上的人影发愣。回想昨晚的小别扭，他们现在算是和好了吗？后天就是圣诞节，她不在乎过不过节，只希望他能平安回家。

嗡嗡，手机再次振动，是朱妮娜打来了电话。电话接通后，她大大咧咧地说："苏明越说你不接他的电话。"

贺枝南的语气淡淡的："我为什么要接？"

"你昨天不是陪他到处溜达吗？"朱妮娜困惑地摸摸头，说，"我以为你们和好了。"

“我是主人，他是远道而来的客人，再不济也有这么多年的交情，我不至于冷血到连那点儿面子都不给他。”

“可我听苏明越嚣张嘚瑟的语气，好像吃定了你会跟他回去。”

贺枝南起身，面无表情地往小院走，不冷不热道：“他嚣张也不是一两天了，你还没习惯吗？”

朱妮娜顿了几秒，试探着问：“你到底是怎么想的？”

贺枝南神秘一笑，说：“圣诞节那天你就知道了。”

“你的意思是……”

“没什么意思。”

屋外的暖阳照在贺枝南脸上，温温的，很舒服。

隔着电话，朱妮娜看不见她的神情，只隐约察觉到她情绪不佳，遂识趣地换了其他话题。

朱妮娜最近被那些黑粉闹得头昏脑涨，愣是一个脏字不带地问候了那群人的祖宗十八代半个小时。贺枝南喜欢听她阴阳怪气的腔调，时不时笑着安抚她几句，顺手把被张齐齐拨乱的花盆摆正。

她在魏东身边待久了，逐渐习惯了他将任何东西摆放规整的习惯，作为强迫症患者，她甚至连挑刺的机会都没有。

久而久之，她甚至产生了一种自己是正常人的错觉。

不知过了多久，门外传来汽车的引擎声。

贺枝南下意识以为是魏东回来了，趿着棉拖鞋狂奔到门口，一眼瞧见从货车上跳下来的牧洲。

他还是那副阳光少年郎的爽朗模样，白色卫衣配黑色棒球服，皮肤很白，眼睛明亮，让人羡慕的娃娃脸满是胶原蛋白。

“嘿，嫂子。”他很爱笑，笑得无比真诚，“好久不见。”

贺枝南还没吱声，电话那头的朱妮娜敏锐地听见了，道：“男人？”

“我这边还有事，先挂了。”

“哎，别呀！听声音还不错，长得帅不帅？身材怎么样？好不好睡？”

朱妮娜那疯婆子的声音本来就尖厉，一激动就更不得了了，也不知那么娇小的个子爆发出的能量怎会如此之大，贺枝南的耳膜都快要穿孔了。

走近的牧洲亦是听得一清二楚，贺枝南尴尬不已，赶忙说道：“别闹，挂了。”

“贺枝南！”

“嘟嘟嘟……”

全世界都安静了。

贺枝南默默收好手机，满脸窘态地冲牧洲笑了笑。

牧洲笑眼迷人，毫不在意地同她打趣：“嫂子的朋友挺有意思。”

“不好意思，她有些人来疯。”

“没关系，真性情的姑娘遭人稀罕。”

贺枝南假笑附和，不再搭话，引导他往屋里走。

牧洲冲车上几人打个手势，他们便开始拆卸货车上的东西，黑布罩得严严实实，看着挺庞大。

贺枝南站在院里看着牧洲指挥时专注的神情，猛然回想起魏东之前说过的话。

那次他们从物流公司出来，她随口向魏东问起牧洲的事。

她平时不爱八卦，只因那天恰好撞见一个年轻女人跑来公司，同牧洲拉拉扯扯，抱住牧洲不放。

魏东听后沉默了片刻，低声解释：“他之前被人伤过，后来对感情就不认真了，开始游戏人生。”

“渣男？”

“那倒不是。”魏东不知道怎么跟贺枝南解释这种行为，思索了很久才说出口，“只负责开心，不负责其他。”

“哦。”贺枝南尾音上扬，转头见他脸红不自在的样子，忍不住上前捏他的脸。

纯情又可爱的家伙。

不过，被爱情伤害过便开始游戏人间的，又何止牧洲一个。

网红小说作家“妮娜大大”，私下是北城夜场一姐，座右铭却是“吃光抹净不负责”。

愣神间，屋外几人已经把东西搬进客厅。

黑布包裹的东西神神秘秘地伫立在那里，看着比牧洲还高。

屋里很暖和，牧洲脱了外套，接过贺枝南递来的热茶，细品两口茶香，然后吹了吹，一口气喝光，笑道：“嫂子，谢谢招待，公司那边还有事，我就不多留了。”

“那这个……”贺枝南指了指一人多高的不明物体，听着里头丁零当啷的声音，无端觉得耳熟。

牧洲站起身，拎着外套走到她面前，说："东哥之前订的，东西全是他一个人准备的，说是送你的礼物。"

贺枝南轻轻眨眼，似乎想到什么。

"提前祝你圣诞节快乐！"牧洲微微弯腰，在她耳边低声说了一句什么，随即笑眯眯地往外走。

屋里只剩下贺枝南一人。她几步走到黑布前，拽着薄薄的布料用力往下一拉，黑布滑落，一棵挂满精美装饰品的高大圣诞树映入眼帘。

她抬头看着树顶的白胡子圣诞老人，愣了几秒，然后两只手捂着发烫的脸，傻呵呵地笑。

她想要的，他都会倾尽所有地满足她；他想要的，她也一定不会让他失望。

这次乡镇山体滑坡灾情比较严重，几十号人前后忙活了两三天，直到圣诞节那天傍晚，救援才算告一段落。

魏东的手机在抢险时砸坏了，山里信号时强时弱，他整天联系不上贺枝南。糊在脸上的黑泥已然干了，他整个人像从泥沼里捞出来的，狼狈不堪，外套直接报废。他回家前特意跑去战友家冲了个澡，换上不合身的白衬衣和黑裤子。

魏东用战友的手机给贺枝南打电话，接连拨了几个都无人接听，打给张婶，同样无人应答。他越想越不对劲，越想越心慌意乱。

回家路上，油门都要被他踩烂了。他人在路上，心早就飞到家中了。他脑子里混乱不堪，想着来势汹汹的情敌还待在镇里，这两天也不知会不会跑到贺枝南面前瞎晃，贺枝南有没有可能被说服，然后就像他担心的那样，一声不吭地离开这里。

那一瞬间，无数种猜测充斥着魏东的大脑，搅得他心乱如麻。离小镇越接近，他的心跳得越快，似要冲破胸腔。

到家时，已是晚上八点。

皮卡车缓慢驶过小院外墙，魏东紧张地瞥了一眼房子，黑灯瞎火，半点儿光亮都没有。车都没停稳，他便火急火燎地下了车，没熄火，没关车门，一路小跑着往屋里赶。

客厅里黑漆漆的，魏东甚至都没看一眼招摇的圣诞树，径直跑向二楼。他推开贺枝南房间的门，按开灯，里面收拾得干干净净，正如她刚住进来时一样。

他呆在原地，胸口发麻，身体僵硬得动弹不得。随后，他缓缓拉开衣柜门，心一沉。行李箱不见了，她离开了。

时间仿佛静止了。

也不知道在冷冰冰的屋里待了多久，魏东才失魂落魄地走出房间，下了楼。路过客厅的圣诞树时，他停了下来，瞥了它一眼，嘲讽似的勾唇笑了笑。

这时，厨房里隐隐传来细小的动静。

他觉得奇怪，抬脚走过去，伸手推开推拉门。

“咔嚓”一声，小小的打火机，点燃小小的蜡烛。跳跃的烛光里，魏东隐隐瞧见一张被烛光映红的笑脸。

贺枝南两只手端着小蛋糕，身上罩着毛茸茸的圣诞斗篷，头上戴着可爱的小鹿角，长黑发扎成两股，笑盈盈地对他说：“生日快乐，魏东。”

魏东微微怔住，心跳漏了一拍。

妈妈离开的那天正是他的生日，自那之后，他再也不过生日，更不许别人提起。

微弱的烛光照亮贺枝南黑白明澈的双眸，她笑容明媚，说道：“从今往后，每一年的今天我都会陪在你身边。圣诞节不重要，重要的是你，我希望你开心。”

魏东还在愣神儿，毫无反应。

“闭眼，许愿。”贺枝南提醒他。

魏东像是活在梦里，周遭的一切都不真实。他听话地乖乖闭上眼。他空洞的脑子里没有愿望，只有她。

“吹蜡烛。”

魏东缓缓睁开眼睛，眼里闪烁着泪花。过生日，吹蜡烛，许愿，这些似乎离他太遥远了。

那年的生日，奶奶一早买了个奶油蛋糕回来，他满心欢喜去房里找妈妈，却见妈妈拎着行李箱急匆匆下楼来，屋外有辆面包车来接她。

他像是知道妈妈要走，死死拽着她的手哭得撕心裂肺，手却被妈妈决然地甩开，他又抱上去，再次被狠狠甩开。他跌坐在地上，看着车子渐行渐远。随后，他哭着追上去，追了好久好久，直追到筋疲力尽，彻底绝望。

回到家后，他第一时间把蛋糕砸了个稀巴烂，然后躲在房间里号啕大哭。从此之后，生日便成了他的禁忌。

轻轻一吹，蜡烛被吹灭了。

贺枝南放下蛋糕，上前温柔地抱住魏东的腰，感受到他的身体在克制不住地颤抖。

“对不起，我没准备礼物。”她贴着他的胸口轻蹭。

“没关系。”魏东的声音已经哑得不像话了。

“所以，我只能把自己当作礼物送给你。”

魏东失神地看着贺枝南，有几秒脑子完全空白。

你拆过礼物吗？

那是一件专属于你的，满眼都是你的“礼物”。

时过多年，魏东早已记不起年幼时拆礼物的喜悦，此刻，他的指尖颤抖不已，心跳过速，甚至不敢眨眼。

他害怕这只是个虚构的幻境，怕她下一秒就会从眼前消失。

贺枝南仰头看他，下巴抵着他的胸口，眼中含笑：“你收下了，以后不能退货。”

“好。”魏东应道。

贺枝南踮脚吻了一下魏东的喉结，然后退开半步，看着他湿润的眼睛说：“魏东，我就是你的礼物。”

快天亮时，小别胜新婚的二人终于得以安歇。

困倦的贺枝南钻进蓬松的棉被，闭着眼睛低呼：“冷。”

她挨到魏东身边，埋在他怀里，刚被吹干的黑发铺在他的胸前，像个披头散发的小疯子。

“魏东？”

“嗯。”

“我有话……跟你说，”贺枝南困得睁不开眼睛，语速很慢，“可是，我好累……”

魏东笑着吻了一下她的头顶，温柔地说道：“睡醒再说。”

他呆看着被天光逐渐照亮的天花板，毫无睡意。

她似是不舒服，皱起眉，嘴里喃喃地说些什么。

魏东觉得好奇，凑近去听。

“不要了，老公……”

魏东被她迷糊的梦话哄得眉开眼笑，忍不住亲了亲她的脸。

这份生日礼物，他很喜欢。

往后的每一年，他都会用心地再拆一遍。

如果“哥哥”不再是他的专属，那么“老公”必定是独一无二的。

贺枝南醒时已是午后。她摸向身侧，指尖触到一片清凉。

半睡半醒间，她嘴角笑意未消，整个人藏进温暖的被窝里，回想昨晚发生的一切，脸颊乃至全身都泛红了，像只煮熟的小虾米。

小院中隐隐传来张齐齐的号叫声。贺枝南立刻下床，拉开窗帘。

屋外白雪皑皑，她抹开窗户上的水雾，看到魏东正指挥包成粽子的张齐齐打扫院子里的积雪，张齐齐不情不愿，叫苦连天。

贺枝南忍不住笑出声，转身走向衣柜，换了一身舒适的居家服，心情愉悦地下楼。

客厅和餐厅打扫得一尘不染，魏东正弓着腰在厨房忙碌，看那架势，大概率是在进行每周一次的大扫除。

“需要我帮忙吗？”轻柔的声音从身后冒出来，他没回头，因为有人轻轻抱住了他的腰。

魏东放下手里的抹布，洗干净手，回身看贺枝南，幽深的黑瞳闪着光，问：“还难受吗？”

贺枝南脸上红扑扑的，娇娇地瞪他：“你能不能说得委婉一点儿？”

“行。”魏东满眼皆是笑意，他问，“身体还难受吗？”

轻描淡写的一句话，瞬间勾起贺枝南许多回忆。

“我走了，不理你。”贺枝南羞涩地转身想逃，被魏东扣住后腰带进怀里。她也不吱声，安静地让他抱了一会儿。

“我出去……看看齐齐。”

贺枝南生怕小胖子突然冲进来，倒不是想刻意隐瞒什么，小孩子跟前总得注意些，尤其是有些画面少儿不宜。

“外头下雪了，穿个外套再出去。”

“好。”

贺枝南轻轻推开魏东，转身时又被他叫住：“等会儿。”

“嗯？”

下一秒，一个用白纸折叠的帽子放在她的头顶。

贺枝南抬手摸了摸，像小时候幼儿园老师教过的手工纸帽，笑着问："你弄的？"

"嗯。"

"你那手看着粗，还挺巧。"

魏东挑起浓眉，吊儿郎当地笑道："谢谢夸奖。"

看到他意味深长的目光，贺枝南反应过来，羞恼地掐他腰上的肌肉，掐了半天掐不动，只好气急败坏地踢他一脚，愤然离开。

屋外，扫雪的张齐齐都快冻成冰棍了。贺枝南见状，赶忙让他回屋里暖和暖和。

恰逢此时，张婶在隔壁高声呼唤张齐齐，小家伙如释重负，将扫雪的工具递给贺枝南，屁颠屁颠地跑了。

贺枝南看着张齐齐远去的肥硕身影，笑得有几分宠溺。口袋里的手机突然响了，她掏出一看，是朱妮娜打来的视频通话。

接通后，屏幕上突然蹦出朱妮娜巴掌大小的脸蛋。她那双漂亮的小猫眼，清澈明亮，看人时总是含情脉脉，是桃花眼。

她坐在电脑前，穿着低胸款白色小吊带，问："有没有觉得……我有些不一样？"

贺枝南眨巴着眼睛，愣愣地说："你整胸了？"

"呸，你这女人会不会说话？"朱妮娜气得坐直身体，由上至下拍给她看，"我可是纯原装，天生丽质，就是最近玩得疯了点儿。人一舒坦，身体就开始膨胀。"

贺枝南抿唇笑了笑，她早已习惯听朱妮娜讲各种乱七八糟的情史。

屋外，雪越下越大，飞絮般的雪花落在贺枝南的鼻尖，触肤即化。

"对了，说正事。"视频画面颠簸了一阵子，最后定格在窗边，朱妮娜熟练地夹着烟吞云吐雾道，"苏明越昨天回来了。"

"我知道。"

"南南，你够狠！我认识他这么多年，从没见过他的脸绿成那样。你是不知道，昨晚我去机场接他，他拎着那个空箱子，那脸臭得我感觉他都快原地自燃了。"

贺枝南轻哼一声，说："那是他活该，谁让他在我男朋友面前乱说话？"

朱妮娜看着那头戴着纸帽子，傻呵呵的小女人，悠悠地吐了一口烟，揶揄道：“哟，护着你男朋友呢。”

“那当然。”

“所以，你决定留下来了吗？”

“嗯。”

朱妮娜太久没谈感情了。曾经的真情全部错付，后来直接将心封闭，她认为这是保护自己最好的方式。

“他就那么好？让你着迷成这样。”

“他……”

贺枝南后面的话还未说出口，镜头里突然出现一个高大壮硕的男人。他穿着最简单的深色夹克，那张轮廓分明的脸分外冷峻，男人味十足。他似乎没有注意到贺枝南在打视频，伸手替她摘了纸帽子，换了一顶柔软的白色毛线帽，温柔地叮嘱：“雪下大了，别在外头待太久，容易感冒。”

“好。”贺枝南乖巧地应道。

在他面前，她不用伪装，可以随意做自己，冷漠也好，温柔也罢。他不在乎她戴着哪副面具，因为他总能透过那层虚假的外壳，看清她需要保护和温暖的内心。

魏东很快离开，贺枝南回头再看朱妮娜，只见娇小可人的朱妮娜蜷缩在沙发里，坏笑着看着贺枝南娇羞脸红的样子调侃：“南南，你变了。”

贺枝南眼眉弯弯，承认道：“我也觉得。”

“他给了你很多很多的爱？”

“是。”贺枝南的语气十分确定。

“好吧，你觉得好就行。”朱妮娜整张脸凑近镜头，神秘得像说悄悄话，“对了，我写完手头上的书刚好快春节了，我妈非给我弄个跨国相亲，我才不去。到时候我跑去你那里逃难，顺便舒舒服服放个长假。”

“那我就在这里恭候您的大驾。”贺枝南笑道。

“哎，你那里……有没有适合我吃的菜？”朱妮娜生怕她听不懂，小声补充，“我说的是那种菜……”

贺枝南居然第一时间想到了牧洲。

可是，朱妮娜是她这辈子见过的最嚣张跋扈外加古灵精怪的人，虽说牧洲看着热情，好打交道，但据魏东说的话来看，貌似也不是个善茬儿。

火星撞地球，必定爆炸。

“你现在不嫌这小地方破了？”贺枝南笑眯眯地问。

“吃多了海产，山珍也别有一番滋味。”朱妮娜提醒道，“话先说清楚，埋单可以，绝不打包。”

贺枝南十分无语，小声骂了一句：“坏女人。”

“谢谢夸奖。”朱妮娜在沙发上肆意翻滚，摆了个妖娆做作的姿势，笑道，“我定不负所望，争取坏到骨子里。”

视频电话挂断，贺枝南没有立刻进屋。

漫天飞雪飘落在屋檐、地面、树枝上，整个世界一片纯白。

她仰头看着天，寒风轻轻吹过耳边，雪花落在脸上，凉凉的。那一瞬间，天地间宁静得仿佛只有她一人。

昨天上午，她拎着空行李箱，盛装打扮去见苏明越。

苏明越万分欣喜，甚至还有几分胜利者的轻狂。他主动要求帮她提行李箱，结果一拎，竟是个空箱子。

“你……”苏明越微微诧异。

“我知道你这人固执，总得带些什么回去才肯罢休，所以，这箱子送给你，反正我以后也不需要。”贺枝南客套且疏离地说。

苏明越的表情逐渐阴冷，拽住行李箱扶手的手青筋凸起，他咬牙道：“你想好了，确定要为了这种人拒绝我？如果叔叔阿姨知道这件事，他们……”

“他们怎么想，我一点儿都不关心。”贺枝南的目光分外冷漠，“你但凡对我了解多一些，都不会蠢到想利用他们来牵制我。我上一次见他们还是五年前，如果他们对我真的有那么重要，还会需要你从中当传话人吗？当然，如果你觉得干这种事不会掉价，你尽管去打小报告好了，我根本不在乎。”

“枝南。”苏明越的声音放轻了。

“我今天来这里，完全是基于东道主送客的礼貌。顺便再告诉你，爱情并不是一桩生意，不是你用多少诡计就能轻易得逞的，没有任何人能够胜券在握，包括你。”离开前，贺枝南背对着苏明越，看着那条悠长的窄巷子，手心攥紧，她说，“苏明越，你的世界很大，只容得下你一个人。他的世界很小，只看得见我一个人。”

“这是我最后一次警告你，不要惹他。”傲慢自大的苏明越干算万算，就是没算到那天他在魏东家说的那番话，恰好被跑来送东西的张齐齐听个正着。

所以，他才会被为魏东抱不平的张齐齐砸了一筐臭鸡蛋，活该。

贺枝南从不认为自己是个勇敢无畏的人，可在维护魏东这件事上，她毫不迟疑。爱是相互的，她欣然接受他的保护，她也会毫不犹豫地维护他。

那晚，魏东临时出去了一趟，帮朋友处理事情，回来时已过十一点。他以为这个点贺枝南已经睡了，谁知洗漱完回房，她还窝在床上看书。

“还不睡？”

“等你。”贺枝南轻轻合上书，把自己藏进被子里，只露出头，眼睛直勾勾地盯着他，“你今晚不让我跟，是不是有花花心思了？”

“我疼你一个都来不及，哪里有那个闲工夫？”魏东笑着，掀开被子上床，自然地把她搂过来抱在怀里，摸了摸她的头，问，“怎么，有话跟我说？”

贺枝南轻轻点头，仰头看着他黑亮的眼睛，一本正经地问：“魏东，我是不是不可以喊你哥哥了？”

魏东微微怔住。

他想了想，最后诚实地回答：“可以，但我不爱听。”

“因为苏明越？”

“咯。”他假咳一声，别过脸，轻声道，“嗯。”

她见他愿意沟通，不像之前那般各种装深沉，假装不经意地问：“你吃醋？”

魏东垂眼，耳根红了，说：“有点儿。”

“就一点儿？”

“很多，行了吧？”

贺枝南笑得前仰后合，娇滴滴地用手指在他胸口画圈，说：“你别那么小气嘛。小时候的事我哪里记得？只记得比自己大的人都喊哥哥，又不是他一个人的专属称呼。”

“我知道。”

可知道归知道，魏东还是幼稚地想争个独一无二。

贺枝南看出他淡然外表下的羞涩，故意凑到他耳边，娇声问：“那我喊你老公，你爱听吗？”

魏东心头狂喜，差点儿憋不住笑，面上却假装淡定："还行。"

"可是'老公'这种称呼，容易引人误会。"

魏东明显上套了，想了想，微微皱眉，说："的确不合适，得领证了才能叫。"

贺枝南倏地坐起身，两只手捧着他的脸，一本正经地说："要不，我们领证吧？"

魏东怔住了，目光呆滞地看着她，好半天才憋出两个字："不行。"

"为什么？"

"什么为什么？"魏东脑中一片混乱，完全不知道自己在说什么，"你认识我才多久？万一我之前是装的呢？万一我有不良嗜好，万一我违法乱纪，万一我……我……"

贺枝南盯着他泛红的脸，憋着笑说："还有什么？你一次性说完。"

"等会儿，我出去抽根烟缓缓。"魏东大脑充血，掀开被子就要往外走。

贺枝南一下蹦到他背上，死皮赖脸地当人形挂件，还恶劣地在他耳边吹热气，可怜兮兮地问："你不喜欢我吗？"

"喜欢。"

"那为什么不可以？"

"太草率了。你应该再多考察我一下，确定我是合适的……"

"我确定，特别确定。"贺枝南重复道。

魏东拗不过她，微微闭了闭眼，心跳乱了节奏，他说："你先下来，我去抽根烟。"

"我陪你去。"

"南南。"魏东赶忙叫住她，人都要炸了。

贺枝南笑着咬他发烫的耳垂，问："你是不是害羞了？"

"怎……怎么可能？"

"那你脸红什么？"

"我那是黑。"

"可是，耳朵也红了。"贺枝南笑眯眯地拨弄魏东滚烫的耳朵，小手摸到他胸前，感受他狂乱的心跳，真诚地说，"魏东，我没开玩笑，也不是逗你玩，我是经过深思熟虑的。"

魏东静静地看着紧闭的木门，没吱声。

“我想过了，如果我们都没有安全感，干脆就用这种方式捆绑在一起。这样，你不用担心我会突然离开，我也不担心你会抛弃我。”

魏东沉默了很久。

贺枝南有些心慌意乱，她张了张嘴，还想说什么，魏东突然将她放在床上，俯身压下来，两条粗壮的胳膊强势地撑在她的身体两侧，直视她的眼睛，说：“南南，不管发生什么事，我都不会抛下你。”

贺枝南脑中闪过一些破碎的片段，她迟疑地问：“万一我突然性情大变呢？万一我伤害了你，万一……”

魏东用嘴堵住她的话，吻很轻，唇很烫。

“没有万一。”魏东伸手抱她入怀，温柔地抚摸她的背，“捅在你胸口的那些刀，你拔出来，全插在我身上，我皮糙肉厚，扛得住。”

“魏东……”

“我已经收到了全世界最好的礼物，我很知足。”魏东轻轻笑了一声，低声哄道，“别着急，我迟早都会是你的。”

几日风雪过后的周六，是少见的晴天。

温暖的阳光普照大地，积雪开始融化，空气冰寒彻骨。贺枝南穿着厚厚的棉大衣，帽子、围巾一应俱全，包得只剩一双清亮的杏眼露在外面。

开车的魏东侧头瞥她，笑道：“让你在家休息你不听，化雪时最冷，非要跟出来。”

贺枝南摘掉手套，倔强地说道：“我偏要。”

“得。”魏东拿她无可奈何，妥协道，“你是活祖宗。”

“我得时刻看着，免得老公跟别人跑了。”贺枝南说。

魏东闻言冷哼：“我还能逃得出你的五指山？”

“说不好。”那晚求婚被拒，贺枝南还在记他的仇，想起来就忍不住阴阳怪气一下，“你都不肯跟我领证，十有八九存着异心。”

魏东被噎住了，闭嘴不吱声了。

谁说他不想？

他时时想，日日想，做梦都在想。

但这毕竟是一辈子的事，保持谨慎的态度是对的，他尽可能在最短的时间内，让她对自己了解得更多一些，等时机成熟，他会化被动为主动，给她一个绝对完美的婚姻体验。

他们从铜窑镇前往宁水市孤儿院，开了足足三个小时的车。

贺枝南昨晚睡得有些晚，这天被迫早早起床，上车后没多久便昏昏睡去。转醒时，她睡眼惺忪地看向车窗外，原来已经到达了目的地。

魏东没在车上，正同车前方那群孩子玩闹。

贺枝南下车时，明亮的阳光刺得她眼睛发疼，她用手遮挡，还未完全清醒。

“醒了？”魏东朝她走来，见她一脸迷糊地打着哈欠，好心替她遮光，“要不再去睡会儿？”

“不了。”贺枝南懒洋洋道，很自然地把手塞进他宽厚粗糙的掌心。

他的手温暖干燥，像是暖炉。

魏东牵着她往院里走，这里的小孩子似乎都认识他，一窝蜂拥上来把他们团团围住。

孩子们真诚且单纯，像一群小麻雀，叽叽喳喳说个不停。

他们说的是本地话，贺枝南听不懂，向魏东投去求助的眼神。

“他们夸我眼光好，找了个漂亮老婆。”魏东痞笑道。

贺枝南略带娇羞地瞪他：“你少给自己脸上贴金。”

魏东只是笑，带着她走到一楼尽头的办公室。

他敲了两下门，屋里一个中气十足的女声应道：“进来。”

魏东推开门，牵着贺枝南走进办公室，笑道：“吴院长，好久不见。”

“魏东来了。”院长是个六十岁出头的女人，高挑纤瘦，气质很好。

她戴上眼镜，注意到他身边的女人，稍微讶异一瞬，神情很快恢复如常，笑眯眯地朝魏东走来，问：“这位是……”

“我女朋友，贺枝南。”

“女朋友？”吴凤千好奇地看着贺枝南。这姑娘亭亭玉立，肤白貌美，衣着品味也很好，看着不像这边的人。

她不禁想起自家那个闹腾的小女儿，在心底轻叹了一声。

不让人省心的小丫头，这下总该死心了吧？

吴凤千友好地朝贺枝南伸出手，自我介绍道：“我是孤儿院的院长，姓吴。”

“吴院长，您好。”

二人寒暄了几句，吴院长招呼他们坐下，又让人倒了两杯热茶进来，很快进入正题。

“我今天找你来，主要想商量一下元旦晚会的事。前两年准备的小蛋糕，孩子们都不爱吃。你也知道我们的预算不多，好的店不愿赔本接单，便宜的味道又不行，你说你有认识的甜品师，我想了解一下情况，如果合适的话，可以试试。”

魏东的视线转向身边的贺枝南，低声道：“预算您不用担心，超支的部分我来补，算是我对孩子们的一份心意。”

“那怎么能行？这些年你已经帮得够多了。”

“这次不同，我有个要求。”

院长愣了一下，扶了扶眼镜道：“你说。”

“关于甜点这块，我想让我的女朋友来负责。”

贺枝南震惊地看着魏东，呼吸放缓，嘴唇轻张。

魏东知道她想说什么，抢先一步对院长说：“她的水平不低于任何专业的甜点师，如果您信任我的为人，也请相信我的判断。”

二人离开办公室时，贺枝南还有些难以置信。

直到走到车子边，魏东拉开副驾驶座的门想抱贺枝南上去，她突然用力揪住他的衣服，急切地问道：“你怎么都不跟我商量一下？吓死我了！”

魏东勾了勾嘴角：“现在不是在商量吗？”

“你这叫先斩后奏，一点儿都不民主！”

“如果你想拒绝，现在还来得及。”

“我……”贺枝南的声音顿住，缓缓转身，看向不远处的铁栅栏后，给他们送行的孩子们露出的一张张稚气的笑脸。

魏东抱着贺枝南上车，系安全带时，贺枝南轻轻扯住魏东的衣摆，不自信地问：“魏东，我真的可以吗？”

“可以。”

“我平时就是做着玩的，也没系统地学习过，万一翻车了怎么办？孩子们会不会很失望？”

“不会。”魏东认真地看着她说，“你说过的，只要是你想做的事，没有做不好的。”

“可是……”贺枝南不知道要说什么，脑子十分混乱。

“我相信你，你也要相信自己，你远比你自以为的优秀得多。”

贺枝南慌乱的心在魏东低声细语的安抚下逐渐平静下来。当初她辞职时，朱妮娜就曾提议她开间甜品店，反正她也不差钱，就当是给自己找点儿乐子。

“那我……试试看？”贺枝南犹豫着说道。

魏东莞尔一笑，亲了亲她的脸，说：“你放开了做，好坏都有我兜底。”

贺枝南抿唇一笑，忍不住小声揶揄：“魏老板比我还要财大气粗。”

魏东挑了下眉，一本正经道：“同小富婆待久了，难掩贵气。”

“呸，不要脸。”

魏东最受不了她娇嗲脸红的样子，真想按着她猛亲一通。

可不远处，孩子们正眼巴巴地盯着这边，现在做这种少儿不宜的事不合适。

“回家再收拾你。”魏东只好咬牙切齿地放狠话。

车子刚驶离孤儿院，魏东就接到牧洲的电话，说今晚吃烤肉，让他顺路过去一趟。魏东下意识看向贺枝南，征询她的意见，直到她点头，他才应约。

难得来市里，贺枝南不想那么快离开，找了几家人气高的面包店，买了几大袋的甜食，想着回家让张齐齐细细品尝，选出最适合孩子口味的小蛋糕。二人到达物流公司时，天差不多黑了。

大光正在货车前指挥人卸货，冲魏东指了指二楼办公室，说牧洲正在忙。

魏东没看懂他暧昧的表情，牵着贺枝南径直往楼上走。二人走上楼梯，刚要转过拐角，贺枝南猛地拉住他。

“怎么？”魏东轻轻皱眉。

“嘘——”

贺枝南好像听见什么奇怪的声音，魏东却好像耳聋了似的，径直往前冲。

贺枝南好奇地微微探头，看见牧洲正和一个女人在亲昵。高挑的女人被牧洲按在墙上，他附在她耳边说话。他还是那张含笑的娃娃脸，可嗓音远比平时沙哑：“规矩就是用来遵守的，你这样找过来，我很为难。”

"那看在我这么远跑来的份上，不可以破例吗？"

牧洲笑弯了眼睛，声音却冷冷的："不可以。"

"牧洲……"

"你知道……人与人之间最重要的是什么吗？"

"什么？"

"诚信。"牧洲嘴唇轻启，"我说过了，不会再有第二次。"

听到这里，贺枝南诧异得张大了嘴巴。

男版朱妮娜，没错了。

她刚要转身去看魏东，余光冷不丁扫到一张不友善的脸。

牧橙穿着白色的长棉袄，头发染黑拉直了，脸上的粉扑得略厚，看着有些惨白，就像索命的孤魂野鬼。

"麻烦让一让。"

牧橙大摇大摆地挤开二人，翻着大白眼走过去，拉开她那个不争气的哥哥，冲着远道而来的女人道："这位漂亮的姐姐，你看着也不是情窦初开的年纪了，有必要千里迢迢跑来找他吗？全世界的男人都死光了？你看清楚一点儿，这个看似纯良无害的男人，实际上是个纯种大渣男，你要是跟他在一起，你头上的绿帽子多得能把你压死。我劝你还是悬崖勒马，不要在他身上浪费时间！"

说完，牧橙回头恶狠狠地瞪了一眼若无其事的牧洲。

他两只手反撑着护栏，微微仰头，整个人慵懒至极，白色卫衣的领口下滑，袒露的肌肤十分白皙，再加上挂在嘴边的那抹笑，说他是零污染的纯洁好少年都有人信。

那女人脸色稍变，几步走到牧洲跟前，抱着最后一丝希望问他："你那晚说喜欢我，只是为了那个？"

牧洲想了想，坦然点头。

"啪！"

女人反手就是一巴掌，气急败坏地骂道："渣男！"

牧洲淡然地摸了摸被扇红的脸，看着女人远去的背影，随后视线转至牧橙身上，微微一笑："谢了。"

"谢你个大头鬼！你能不能管好你那些女人！三天两头跑来这里闹，再这么下去，公司都成你的收留所了。"

"我有什么办法？"牧洲满脸委屈地说，"我都被你骂得快从良了，跑远了玩也不行，要怪只能怪你老哥魅力太大，让人无法忘怀。”

“你闭嘴！你还是给自己留点儿脸吧！”牧橙的白眼都快翻到天上去了，她拍拍他的肩，说，“快点儿，给我转钱。”

“昨天给你转了那么多，还不够？”

“我家大大写文那么辛苦，作为铁粉当然要重重打赏。”牧橙烦躁地横他一眼，“算了，说了你也不懂，麻溜点儿给我劳务费。”

“我劝你少看点儿脑残小说，也不知跟谁学的，现在骂人一套一套的，哪里还有女孩子的样子！”

“我家大大说，这世上就是像你这样的渣男太多了，所以才有那么多受到伤害的女性不相信爱情。这要放在旧社会，你这种不守男德的男人是要浸猪笼的。”

牧洲说不过牧橙。自从她迷上网络小说，便彻底被女权思想洗脑，牙尖嘴利更甚于从前。牧洲掏出手机转了一笔钱，牧橙看了一眼，还算满意，临走前不忘狠踢他一脚。

造孽。

牧洲仰天长叹，慢悠悠走到楼梯处，一眼撞见站在楼梯间面露尴尬的魏东和贺枝南。

“哟，东哥跟嫂子来了。”他很快恢复阳光爽朗的笑颜，仿佛刚才什么事也没发生过。

魏东盯了他几秒，低头笑出声来，伸手拍了拍他的肩，沉声道：“你悠着点儿，小心玩出麻烦。”

“你放心。”牧洲笑得分外欠扁，自信地说道，“安全措施管够。”

元旦节前几天，试吃员张齐齐放学回家后第一时间跑来小院报到，眼巴巴地等着小蛋糕新鲜出炉。

接连试吃两天后，贺枝南最终决定，元旦晚会的甜点主打纸杯蛋糕和甜甜圈。她担心不够吃，预备再多做几款千层蛋糕，外加一大堆方便储存的小面包。

她烘焙时全然忘我，熬第一晚时，魏东没说什么，安安静静地在厨房陪了一夜，第二天夜里她还想熬夜，被魏东直接打包扔到床上。

“喂，我还没弄完呢。”被强行塞进被子里，贺枝南连忙露出头，撒娇道，“我不想睡觉。”

“不想睡也得睡。”魏东站在床前，一板一眼地说，“身体永远是排第一位的。”

“哦。”迫于他的威严，贺枝南不情不愿地服软，可心里还憋着气，扯过被子遮住头不看他。

没过多久，她隐约听见铃铛声，接着，脚那头的被子被掀开，脚踝上似乎被魏东戴上了什么。她好奇地动了动，听到了悦耳的撞击声。

她坐起身，低头一瞧，竟是一条缀着铃铛的脚链，纯金的脚链上镶嵌着温润的和田玉配件，挂着做工精美的铃铛。

“这个是……”

“圣诞节礼物。”魏东脱了上衣，掀开被子上床，伸手把贺枝南拢进怀里，笑着亲她的脸，说，“脚链铸上，你跑不了了。”

贺枝南愣了半晌，无语地瞪他：“圣诞节都过了。”

“要怪只怪那晚你太撩人，给我整迷糊了，压根儿忘了这茬儿。”

魏东说话毫无本地口音，牧洲也是，他们明明是土生土长的南方人，出口却是标准的北方话。

“你的口音听起来好怪，是在北方待过吗？”

“算是吧，之前一直在北方当兵，身边都是东北汉子，自然入乡随俗。”

“那也好。”

“好什么？”

贺枝南抿唇窃笑，揶揄道：“我想象不出你这样的人说一口软软的南方话的样子，估计有趣。”

“有趣……”

魏东脸一沉，把被子拉起，盖过两人头顶，在黑暗中搜寻着贺枝南的嘴唇，粗糙的手掌覆上女人柔软的手背，十指相扣。

“还有趣吗？”魏东亲着她的耳朵。

“不……”

二人交缠的双脚撞出一长串的响铃声……

元旦那天，忽降大雪，雪纷纷扬扬落了一整天。孤儿院的元旦晚会定在晚上八点。

牧洲一大早就带着牧橙过来帮忙。

经过之前那件事，牧橙面对魏东和贺枝南还是会不自在。但她本身也不是冥顽不灵的人，私下里牧洲也跟她说了很多，是以见面后态度虽说不上多热情，可好歹能够正常沟通。

所有的甜品全是现做的，贺枝南紧张得夜不能寐，天不亮就拉着魏东起床准备。魏东喜欢贺枝南那股热情劲儿，平时她对什么事都兴趣不大，唯有烘焙时，脸上能看见发自肺腑的喜悦和惊喜。

牧洲尝了一口小蛋糕，甜而不腻，入口即化。他连连称赞："嫂子这手艺可以呀，开个小店完全没问题。"

他说着，往专心打包的牧橙嘴里塞了一口蛋糕，小姑娘咀嚼了两下，眸光发亮，却嘴硬不肯给好评，只说："还行吧。"

"啧，臭脾气，狗嘴里吐不出象牙。"

牧洲偷了一个裹满糖霜的甜甜圈，边嚼边往厨房走，试探着问贺枝南："嫂子有开店的想法吗？"

贺枝南忙得晕头转向，可还是认真回答道："以前有个朋友提过，可我还没想好。"

"还有什么可想的？依我看，这小破镇子就缺个面包店。镇上都是一群土包子，总得让他们开开眼界，多尝尝新鲜玩意儿。退一步说，铜窑镇春、夏两季是旅游旺季，一年就算只干两季都保准不亏，即使有亏，不是还有东哥兜着吗，你尽管压榨他，他乐呵着呢，绝无二话。"

贺枝南这次居然没反驳，低头陷入沉思。

牧洲心领神会，给魏东使了一个眼神。魏东勾唇笑了一下，心里有了底。

下午两点，所有打包好的甜点装车运走，经过三个小时的车程，两台车前后开进孤儿院内。

魏东先下车，黑皮衣，黑长裤，单手撑起黑伞，刚绕到副驾驶座准备开门，就听见身后一阵急促的踏雪声。他下意识地转身，在女人扑上来的那一刻敏捷地躲开。

"东叔，你躲什么呀？"是矫揉造作的女声。

那人大雪天穿着吊带露脐装，化着夸张的欧美妆，华贵的皮草妖娆地搭在肩头，刻意露出小半个香肩。

她身后跟了两个略带混血感的男生，年纪不大，从头到脚一身名牌，一看就是轻狂嚣张的二世祖。

魏东面无表情地看着她，问："什么时候回来的？"

“圣诞节前，我本来想去找你，可你连我的电话都不接，太过分了！”说着，她似乎想起了什么，音量忽地拔高，“对了，我记得上次接你电话的是个女人，她……”

话未说完，副驾驶座的贺枝南推开车门下来了。她今晚刻意穿得随意些，黑色的长款棉衣遮到小腿，短款雪地靴，脚链就藏在雪地靴的绒毛里。

贺枝南站在魏东身边，目光平静地看着于梦婷，问：“你说的‘她’，是指我吗？”

于梦婷稍稍愣住，不太友好地上下打量面前这个面容姣好，气质清冷的女人。

魏东揽过贺枝南的腰，亲密地将她搂进怀中，淡淡瞥了于梦婷一眼，严肃地说：“介绍一下，这是我女朋友，也是我未来的老婆。”

于梦婷极力掩饰眼底的那抹阴冷神情，假笑道：“东叔的女朋友，假包仿得还挺真。”

贺枝南轻笑，晃了晃手里的限量款包包说：“这个包，你连假的都买不着。”

“你……”于梦婷被噎住，那口闷气堵在胸腔出不去。

贺枝南柔声指挥魏东把后备厢打包好的甜点搬出来，恰在此时，牧洲跟牧橙下车朝这边走来，牧洲很有眼力见儿地帮魏东搬东西，牧橙则冷着脸缓缓走近。

“嘿，牧橙。”于梦婷见了她，摆了摆手，客套道，“好久不见了。”

牧橙刚刚在车上，不用看人，听见那噪耳的声音就知道是谁。她抬起头，冷淡地回应：“我跟你很熟吗？”

于梦婷脸色骤变，碍于同学在场，不好发作，遂娇声娇气地说：“好歹同学一场，你怎么这么快就把我忘了？”

牧橙虽说有些恋爱脑，但还算明事理，也有几分正义感。

当年读书时，被于梦婷霸凌的女孩子数不胜数，其中还有两个因此自杀，可这种事最后被学校压了下来。于梦婷上高中时被送出国读书，听说出去后亦是屡教不改，在外国也拉帮结派，专门欺负华人留学生。

有些人就是天生的坏人，跟年龄无关。

想到这些，牧橙生出了冲上去撕于梦婷脸皮的冲动。她忍了又忍，转身问贺枝南：“有什么要我帮忙的吗？”

贺枝南见外头雪大，连忙说：“暂时没有，你先进去吧。”

牧橙点头往里走，于梦婷阴魂不散地跟上来，故意在牧橙耳边阴阳怪气道：“你不是也喜欢东叔吗？怎么对待情敌这么友好？难不成，你想当个二房？”

“她再讨厌，都比你好上一百倍。”牧橙厌恶道。

“牧橙。”于梦婷做出一副受伤的表情。

牧橙停下来，转身看她，问：“你难道不知道，当年被你逼到自杀的女生中，有一个是我的好朋友吗？”

于梦婷心虚地移开视线，喃喃道：“是她们自己想不通，关我什么事？”

“坏人必有即时报，你好自为之。”牧橙说完扬长而去。

于梦婷盯着牧橙的背影冷笑，回头看向两个男生，指着车旁同魏东亲昵低语的贺枝南说：“我不喜欢她。”

两个男生秒懂，眼里露出兴奋的光，仿佛看见了新鲜玩物，异口同声道：“明白。”

元旦晚会准点开始。

台下，孩子们围坐在摆成弧形的桌子前，开心地品尝贺枝南精心准备的小甜品。

贺枝南紧张地站在角落，心里七上八下的。直到孩子们竖起大拇指，用稚嫩的童音高呼“好吃”，她才如释重负。

魏东走到她身后，抱她入怀，嘴唇贴了贴她的耳朵，问：“开心吗？”

“嗯。”贺枝南眉眼带笑，“你说得对，我比自己想的更厉害。”

“喜欢就坚持下去，你做什么我都支持你。”

贺枝南被哄得脸颊泛红，羞涩地从魏东怀里转身，伸手摸摸他的下巴，说：“对了，我问你，刚在外面的那个女生是谁？”

魏东早就做好接受审问的准备，对答如流道：“院长的小女儿，一个让人头疼的存在。”

“上次那个电话是她打的？”

“嗯。”魏东小心翼翼地观察贺枝南的微表情，问，“你没生气吧？”

“不生气。”贺枝南微微抬起下巴，气场八尺高，问，“你懂什么叫正室范儿吗？”

她想起朱妮娜最爱挂在嘴边的话，有样学样道：“雕虫小技还想班门弄斧，幼稚。”

“当我的媳妇就得这样霸气。”魏东赶紧夸。

“还没领证呢，别乱叫。”

魏东笑着低头吻了一下她的唇，喊：“老婆。”

“别闹。”贺枝南惊慌地看了一眼周围，确定没人看见，娇嗔地捶他的胸口，“你以前不这样的，可单纯了。”

“单纯的老男人被你带坏了，你不仅不负责，还倒打一耙，我多委屈。”

“呸。”

魏东笑容满面，趁人不备，又偷亲了贺枝南一下。

“我去一趟院长那儿，你别乱跑，我等会儿就回来。”魏东叮嘱道。

“知道了。”

魏东很快离开，贺枝南往前走了几步，看着台上放声歌唱的孩子们，嘴角弯成好看的弧度。

有个小朋友疯跑过来，纸杯蛋糕上的奶油恰好擦在她的棉袄上，小孩儿惊慌失措地说：“对不起，阿姨。”

贺枝南轻轻拍了拍他的肩，温柔地笑道：“没关系，去玩吧。”

几乎所有人都聚集在礼堂，走廊里光线昏暗，贺枝南跟着标识一路寻到走廊尽头的厕所。

她站在厕所门前，里头黑灯瞎火的，她隐隐觉得有些害怕，准备掏手机给魏东打电话。谁知电话还没拨过去，厕所对面的门突然打开，她诧异地回头，还没看清来人，便被什么东西罩住了头。

她眼前一片黑，耳边传来男女得意的笑声。

“啊——”贺枝南的尖叫声被人用手粗暴制止，两个男生轻松地把她拖进房间，用绳子绑住她的双手双脚。她动弹不得，毫无抵抗之力，隐约听见拉开木柜的噪声，接着，她被人强行塞进木柜，柜门被对方用木棍卡住。

眼前一片黑，周遭冷得似冰窖。

贺枝南浑身颤抖得厉害，她本能地挣扎了几下，手脚被勒得钻心地疼。

掉落在地上的小包被于梦婷捡起。她打开随意翻了几下，竟意外寻到一个白色的药瓶。

“哎，你们过来看这个。”她像发现了新大陆一般，晃了晃手里的小瓶子说，“我们班那个臭哑巴是不是也吃这个？”

黄毛男生撩起头发笑道：“我记得，专治脑子有病的药。”

“哟，原来还是个疯婆子。”

两个男生互看一眼，找到了更新鲜的玩法，一左一右近乎癫狂地摇晃着那个木柜。贺枝南在柜子里惊恐地叫喊，求救声被剧烈的晃动声盖住。

于梦婷喝了酒，面颊绯红，大笑道：“疯女人，背着限量款的包包又怎样？骨子里不还是个神经病？吃多少药都救不了你的病，你嘚瑟什么？活该一辈子没男人要，被男人抛弃。东叔也不过是玩玩你而已，他如果知道你有病，早八百年就把你甩开了！疯子！神经病！”

那些话就像尖刀利刃似的刺穿贺枝南的头皮，灌进她脑子里。那一瞬间，太多被封锁的记忆碎片翻涌上来，她被罩住了头，仿佛回到了当年那一天。

惊悚恐怖的面具，梦魇般可怕的笑声，贴在门缝的血红眼睛……

他在笑，不停地，疯狂地大笑。

“我看见你了。”

“我抓到你了。”

“你逃不掉的。”

持续不断的摇晃声中，贺枝南彻底崩溃，身体瘫软，失魂落魄般靠向冰凉的柜子。小包里的手机响个不停，于梦婷看着屏幕上魏东的来电显示，心虚地挂断。

片刻后，她像是突然醒了酒，上前拉开还在晃动木柜的男生，道：“别玩了，走了。”

“Why（为什么）？”黄头发男生不知吃了什么，神志不清，一副很难受的样子，他用力推开于梦婷的手，“真扫兴。Linda（琳达），我们给这女人拍裸照怎么样？她的身材那么好，不玩浪费了。”

“我说了不玩了，走！”于梦婷这时才意识到自己玩脱了。她只不过想教训这个女人一下，完全没想过被魏东知道后的后果。

于梦婷越想越后怕，上前去拽黄头发男生。

谁知这个二世祖的脾气一上来，大手一挥，直接把于梦婷甩到墙上。

另一个男生立马扶起于梦婷，黄头发男生则淫笑着准备去开柜门。

“砰！”

一声巨响，反锁的房门被人踹开了，魏东魁梧的身影出现在门口。他嘴巴紧抿，下颌紧绷，目光冷得让人心头发颤。

牧洲和牧橙也跟了过来，见到屋里这一幕，又惊又怒。

“东……东叔。”于梦婷躲在男生身后。

魏东没说话，他步步逼近，停在两人跟前，声音压抑，情绪随时会爆发：“她人呢？”

于梦婷吓得不敢吱声，那男生也怵了，肩膀微微颤抖，指了指那个被木棍卡死的柜子。

魏东努力克制住想杀人的冲动，转身时，于梦婷心有不甘地把小药瓶递到他面前，说：“东叔，你看，这药就是给脑子有问题的人吃的，她有病你知不知道？她就是个神经……”

“啪！”

于梦婷手上的药瓶被人一掌拍到墙上，而后砸在地面上滚了几圈。

“你别以为我不打女人。”魏东回身看她，眼神凶得恨不得把她撕烂，他狠狠地说，“她要是有任何事，我第一个不放过你。”

于梦婷吓得瑟瑟发抖，可嚣张的黄头发男生毫无忌惮。他家在国外有钱有势，平时更是谁都不放在眼里。

他比魏东矮了大半个头，仰着头，说话极其猖狂：“说实话，就她这种货色，我花一万块能陪我睡一个月。”

他见魏东不说话，越发来劲，摇摇晃晃去上前揪住魏东的衣领：“哟，你不服气呀？不服气你敢动手吗？你动我一下，我保证让你……啊！”

魏东出拳很快，一拳过去黄头发男生就被打得眼冒金星。黄头发男生甩甩头，还没站稳，又被魏东死死揪住衣服，照着同一个地方又揍了几拳狠的，没多久便失去了意识。

牧洲知道魏东出手有多狠，怕他失控打死人，上前去扯他：“东哥。”

“你给老子滚！”魏东揍红了眼，把黄头发男生揪起来，又用力挥了两拳。

牧洲冷静地劝道："你先去看嫂子，这些人我来处理。"

这话果然有效，他扔下奄奄一息的黄头发男生，牧洲将人拖出房间，于梦婷紧随其后。

牧橙和于梦婷擦身而过时，恶狠狠地骂了于梦婷一句："垃圾。"

破烂不堪的木柜靠墙立着，略显诡异。魏东很难形容此时的心情，像被人死死揪住心脏，每一次呼吸都如同凌迟般疼痛。

他伸手扯开木棍，原本就合不拢的柜门一下子打开。柜子里，贺枝南蜷缩在角落，全身止不住地战栗。

魏东伸向她的手抖个不停，扯下黑布袋的那一秒，她抬手挡住哭得通红的双眼，瑟缩着往后躲。

魏东几乎无法呼吸，胸腔仿佛被人狠戾地撕扯开，冷风毫不留情地往里灌。他心疼地喊："南南……"

贺枝南惊恐地侧过头不看他，只想把自己藏起来，薄薄的眼皮垂下，嘴里不知在念叨什么。魏东心疼地解开捆绑她手脚的细绳，下意识想去拥抱她。

贺枝南猛地扇出一巴掌，尖厉的指甲划破他的下巴，留下清晰的三道血痕。魏东丝毫不在意，微微起身，伸手想把她抱出柜子。

"啊！啊！你不要碰我！走开！你走开！"

贺枝南宛如受惊的小兽，撕心裂肺地大叫，两只手用力拍打魏东的头和脸，魏东一声不吭地受着。

贺枝南发泄完，人也慢慢平静下来后，小心翼翼地睁开眼，看到被自己打得满脸伤痕的魏东，那一刻，她的眼泪再也止不住。

"对不起。"她的神志清醒了一些，伸手抚摸着魏东脸上的巴掌印，泣不成声道，"对不起，我不是真的想伤害你，对不起，魏东。"

贺枝南心如刀割，哭得一抽一抽的。

"没关系。"魏东很用力地抱住她，温柔地抚摸她的背，安慰道，"我不疼，一点儿都不疼。"

贺枝南紧紧靠在魏东的胸口，那熟悉的心跳声强劲有力，仿佛有着抚慰人心的魔力。

可她脑海里那根紧绷的弦倏地断开了。

她最担心的事，还是发生了。

第八章 不原谅

雪停后下起了雨，积雪被雨水融化，湿冷交加。

脚链上的铃铛偶尔发出响声，床上的贺枝南两只手抱腿，侧脸贴着膝盖，呆滞地看着窗外那个朦胧的世界。

贺枝南已经三天没说话了。

她不吃，不喝，不睡，全靠营养针吊着最后一口气，瘦得很厉害。她面色苍白，眼神空洞，灵魂仿佛游离到了另一个世界。

四人病房里只有两个病人。

靠门的床位上是个三十岁出头的成熟女人，终日捧着一本书，目光时不时会被进出的魏东吸引，可眉宇间皆是轻蔑的笑意。

贺枝南不肯吃东西，魏东每天变着花样弄来吃的。

市里好吃的店他都跑遍了，为了能让贺枝南张嘴，他使尽浑身解数。高大的糙汉子变身美食家，整日絮絮叨叨，却没人回应他的话。

“这牛肉面在市里排名第一，老板说他家的面有说法，哑巴吃了都能开口说话。”

“你尝尝桂花糕，甜而不腻，卖糕的老婆婆八十岁了，精神头特别好。”

“冰激凌泡芙是限量的，我刚刚抢的时候差点儿被几个小孩子撞飞。”

贺枝南纹丝不动，毫无反应，甚至连眨眼的频率也越来越慢，像是一个没有灵魂的木头人。

魏东放下手里的东西，转而用棉签蘸了温水，轻轻润湿她干燥的嘴唇。

“齐齐说，镇上一直在下雪，也不知道什么时候能停。”

他用被子包住贺枝南，把她包成白色的雪球，陪着她坐在床边，指尖撩起她垂在颊边的发丝别到耳后，捂住她冰凉的耳垂：“南南，你种的白萝卜可以吃了，拔出来白白胖胖一个，煮进火锅里，小胖子能一口气吃三碗饭。”

魏东顺着贺枝南的目光看向窗外，唇边挂着很浅的笑意，说：“冬天再冷，总会过去，春天很美，也很暖。”

病房外，牧洲、牧橙安安静静地坐在长椅上等待着。

大约过了半个小时，魏东推门出来，姐弟俩关切地迎上去。他微微摇头。

牧洲低声问：“医生怎么说？”

“她一直不愿配合。怕她有轻生的念头，医生说现在不要刺激她，等她情绪稳定，再研究后续治疗方案。”

“那报警的事，还是先缓一缓。”牧洲这两天找关系调查到了很多事，他说，“那两个畜生都是外国籍，在国内定罪比较麻烦，再加上立案需要录口供，嫂子现在这个情况，怕受到二次伤害。”

魏东也曾想过这个问题，他眉头微皱，沉思起来。

“那按你的意思，就这么放过他们？”牧橙沉不住气，用尽全力控制自己不在医院吼叫，“哥，这就是杀人，你是准备放过杀人犯吗？”

“你别激动，你听我……”

“我不听。”牧橙急了眼，愤怒地瞪向哥哥，说，“爷爷跟爸爸都是军人，你也是，怎么到你这里就㞞了？”

“你做事情能不能长点儿脑子？”牧洲斜眼看过去，忍不住伸手敲她的头，“一条路行不通，那就换条路。”

“什么意思？”

牧洲没搭理她，抬头看向魏东，说：“东哥，你安心陪嫂子，这件事情交给我，我多的是路子让他们付出代价。”

关于牧洲所说的“路子”，魏东没细问。因为他知道这个看似不靠谱的男人，实则心思缜密，做人做事滴水不漏。

可他没想到的是，翌日下午，吴院长就带着她不争气的小女儿前来医院探望了。她们捧着花，买了一堆昂贵的营养品，却被魏东冷漠地挡在病房外。

“魏东，这次是她做错了，我这个当妈的没教育好，我难辞其咎。她年纪还小，未来日子那么长，如果留下案底，她这一辈子就真毁了。”

吴院长身边的于梦婷衣着朴素，没有化妆，毫无那日的嚣张跋扈样儿，低眉顺眼，看着真像在忏悔似的。

“东叔，你能不能看在这么多年的交情上，放我一马？”于梦婷回避着魏东冰冷的眼神，小心翼翼地说，“我那两个朋友昨晚在酒吧被抓，现在人还在公安局，警察说他们有犯罪史，大概率会被判刑，我……我害怕……我不想去坐牢……”

闻言，魏东瞬间了然。

牧洲办事向来雷厉风行，只是他没想到会如此迅速。这姑娘大概是收到风声，怕得像只惊弓之鸟，担心下一个出事的人是她，所以前来求受害者谅解。

“从那晚到现在，已经过去了好几日，你今天才意识到自己做错了吗？”魏东冷冷地问。

“我……”于梦婷哑口无言，眼神慌乱地四处瞟。

“纵容是所有罪恶的源头。”魏东阴冷的目光从吴院长脸上缓缓扫向她，冷漠道，“你踩到了我的底线，怎么还有脸来求我宽容？”

“东叔。”

“这件事没完。”魏东面色铁青，冷声道，“南南受了多少罪，你都得给我还回来。不和解，更不原谅。”

入院的第六天。

贺枝南在床上坐腻了，终于愿意下床走动了，可行动范围仅限于床和窗户之间。她站在床边，面无表情地看着窗外发呆，从清晨站到傍晚。

魏东静静地陪着她罚站，几个小时一动不动。偶尔她会偏头看他，空洞无神的双眼比阴天的天空还要暗淡。

床头柜的手机不停地响，在异常安静的空间里存在感很足。魏东拿过手机看了一眼，侧身塞进贺枝南的手心。

她刚开始没反应，不知振响了多久，她才终于低头看来电提示，纤长的睫毛轻轻扇动，大颗眼泪砸在手背上，顺着虎口滑进掌心。

是朱妮娜的电话。

那个小妖女说要闭关几日码字，现在大概是刚刚出关。

贺枝南肩膀轻颤，压抑着抽泣声。可屋里太静了，细弱的哭声十分明显。魏东伸手揽过她的肩，靠近她。她没动，也没推开他。

贺枝南始终低着头，没有声嘶力竭地哭喊，可无声的眼泪最刺痛人心。电话被她挂断，她翻出微信，一边哭一边打字，眼中滴落的泪水越来越多，屏幕也被泪水弄得模糊不清。

贺枝南脑子是空的，她机械地回复，直到彻底打消朱妮娜的担心，才松了一口气。

贺枝南把手机塞回给魏东，转身爬上床，掀开被子把自己藏进去。她想朱妮娜，此时此刻，好想好想。她好想扑进那个小妖女的怀里，靠着那瘦弱却充满力量的肩膀。

在魏东没出现之前，朱妮娜是贺枝南唯一的精神支柱。

自那件事后，她便生了病，随后休学养病一年，朱妮娜也跟着休学陪了她一年。贺枝南的病情时好时坏，朱妮娜始终陪伴在她身边，平静地面对她每一次不受控的应激反应。

朱妮娜的脸曾被她的指甲抓伤，胳膊上也全是她用重物砸出的瘀青。

大二那年的平安夜，社团的两个学长搞恶作剧，把贺枝南关进小仓库，时隔几年，她又发了病。她蜷缩在角落的大纸箱里，披头散发，狂叫不止，闻声赶来的朱妮娜心疼得要窒息了，一时失控用剪刀弄伤了学长的手臂。

因为这件事，朱妮娜险些被学校开除。

最严重的那次是半年前，贺枝南在家中突然发病，把自己锁进浴室里，拿尖刀割破手腕，大半个身子泡在浴缸中，眼睁睁地看着鲜血慢慢流失。

如果不是朱妮娜寻来灭火器砸烂紧锁的门，或许那一天，就成了贺枝南在这世界上的最后一天。

朱妮娜净身高只有一米五五，身形偏瘦，娇小得跟猫似的。谁也不知道那天她究竟怎么会爆发出那样大的力气，只知道门被打开的时候，她满手都是血。

贺枝南并不想让朱妮娜知道这件事，至少现在不想。

年底是朱妮娜最忙的时候，如果让她察觉到丁点儿蛛丝马迹，她会不顾一切，立刻跑来这里。

贺枝南已经拖累她够多，不愿也不舍得往她纤瘦的肩膀上再压重担。

先是朱妮娜，后是魏东，贺枝南觉得自己就像被亡灵诅咒了，凡是靠近她的人，全被她伤得很重。

所以，她凭什么奢望幸福？幸福可以属于任何人，只有她不配。

傍晚，落了一天的雨停了。

魏东站在床边，吹凉瓷勺里的南瓜粥，刚要伸到贺枝南嘴边，沉默了几天的人微微张唇，终于开口说话了："我们分手吧。"

她太久没开口，哑得近乎失声。

魏东面不改色，甚至眼皮都没抬一下，自说自话："粥太烫了吗？我再吹凉一些。"

"我不喜欢你，我要分手。"贺枝南道。

魏东坐在床边的凳子上，坚决地说："我还喜欢你，不分。"

"你听不懂人话吗？"贺枝南气急败坏。

魏东微微一笑，心平气和地说："我十八岁当兵，高中文凭，'没文化'三个字需要刻在脑门上？"

"你……"贺枝南郁闷地瞪他。

"南瓜粥又香又甜，你尝尝，一小口就好。"魏东低声哄着，手里端着碗，将白色瓷勺递到她嘴边。

"我不吃！"

贺枝南的情绪突然激动起来，手臂用力一挥，冒着热气的粥全泼洒在魏东的外套上，瓷碗落地破碎了，黏糊糊的南瓜粥顺着魏东的衣服滑落，弄脏了他的鞋。

贺枝南轻咬下唇，盯着魏东的眉眼看了几秒，决然地转身背对他。

"我忘了，你不爱吃南瓜。"魏东一边说，一边弯腰拾起地上的瓷碗碎片，温柔地笑道，"我去外头找找有没有小米粥，那玩意儿养胃。"

他很快收拾完残局，出门前还不忘给贺枝南倒杯温水。

窗外，天已经黑了，病房内静得听不到丁点儿声音。

暖色的床头灯照亮贺枝南的小半张脸。她细细嗅着散在空气里的香甜味道，空空如也的肚子有了些许饥饿感。

这时，另一张病床上的女人突然合上书，闭眼仰靠着身后的枕头，似在对贺枝南说，又像在对空气说："刚开始都是这样的，各种嘘寒问暖，无微不至。他会说，你不要害怕，我会一直在你身边，再难我都会陪你。"

女人的声音逐渐低沉："过一段时间，他不再天天来医院，再过一段时间，电话也少了，经常找不到人。也许不用太久，你就会收到一条信息，他说，我只是个普通人，希望你理解我。"

贺枝南沉默地听着，五指拽紧枕头角。有那么一刻，她很想出言反驳这个女人，她想说魏东不是这样的人。

可连她自己也不敢确定，她日复一日地徘徊在悬崖边缘，强拉着魏东下坠，这算不算一种罪过？

"我说这些不是想泼你冷水，我只是作为过来人好心提醒你，情绪病最消磨心智，也最考验人性，如果你不想受伤，就不要把自己全部托付给一个男人，因为他们说不爱的时候，远比说爱你时要坚定。"那女人轻轻地说。

正常人听到这些话，大概率会开始怀疑人生。

可贺枝南不属于正常人。

这话并不刺耳，在她耳中反倒转换成另外的意思：在他不爱你之前，好好记住他爱你时的样子。

半小时后，魏东提着打包好的小米粥回到病房。他靠着墙，用汤匙迅速翻搅热粥，小口小口地吹着。

床上，贺枝南屈膝靠在床头，一眨不眨地盯着他，眼神呆滞。

那件弄脏的外套不见了，他穿着蓝黑色衬衣，身形挺拔，健壮的肌肉撑起薄薄的衣料，下颌线凌厉分明，鼻梁高挺，眼窝很深，长睫浓黑卷翘，全身上下透着熟男气息。

魏东这几天一直围着贺枝南打转，忙得都没时间刮胡子，下巴连着腮帮子一片乌青。可即使他蓬头垢面，不修边幅，那张脸依然好看。

贺枝南盯着他略长的胡茬，歪头眨了眨眼，倏地轻笑了一声。

魏东见了，心里松了一大口气。他坐到床边，大手小心翼翼抚开她额前的碎发，温声询问："饿不饿？"

贺枝南静默片刻，点了点头。

"你断食了几天，医生说，现在只能吃些流食。"魏东把勺子递到她唇边，轻声细语地哄，"让胃适应一下，我再给你买好吃的。"

贺枝南微微张嘴，散发着米香的粥滑进口中。米粒煮得软烂，不用咀嚼便可咽下。她小口小口地喝，没多久，大半碗已经下肚。

“还喝吗？”

贺枝南摇头，示意自己已经饱了。

“要不要躺一会儿？”

“嗯。”

魏东扶贺枝南躺下，替她盖好被子。欲抽身离开时，她轻轻地拽了拽他的衬衣。

魏东低头看她，她那双暗淡了好几天的杏眼似乎有了光泽，眼神也不似之前那般游离涣散。他侧躺到床上，隔着被子把她抱进怀里。

她不合眼，他便陪着熬，实在困得不行，就坐在床边的木凳上打一下瞌睡，不敢沉睡。只要她有任何风吹草动，他便会条件反射般地惊醒。

另一个病床的女人不知去了哪里，寂静的病房里只有紧密挨着的两个人。

“魏东。”贺枝南哑着嗓子轻声呼唤。

魏东垂眼看她，强忍住吻她的冲动，怕过分亲密的举动会刺激到她敏感的神经。他声音低哑地问：“怎么？”

“我们可以分手吗？”

“不可以。”魏东答得斩钉截铁，微微皱眉道，“你想都别想，你逃到天涯海角我都会追过去。”

“可你说过，我是自由的。”

“自由的前提是你健康，快乐。”魏东伸手摸了摸贺枝南的脸，这些天她的下巴都变尖了，“等你完全好了，你想走，我不拦着。”

贺枝南气闷地垂眼，说：“大傻子。”

“这里是精神科，最不缺的就是傻子。”

贺枝南说不过魏东，索性藏进他怀里。

她想在他怀里入睡，明明只有几日，却仿佛过了一个世纪。他身上的气味很独特，似有奇妙的催眠作用。

半梦半醒间，贺枝南听到有人在说话。

“你想听秘密吗？”

她困得不行，敷衍地点头。

分不清是现实还是梦境，她只知道飘进耳朵的声音似羽毛般撩拨她，酥酥痒痒。

“那晚在牧洲那里，你生气跑出去，药瓶从包里滚了出来，后来我查过，知道了那是什么药。”

有很多个瞬间，魏东想过问清楚，可他还是不舍得。他知道那个伤疤一定很深，撕开的皮肉会连着筋骨。苏明越出现后，魏东也曾想过，贺枝南去国外会不会更好，那里兴许有更权威的医生能治好她的病。

可最后，她为了他选择留下来，他却没有保护好她。

魏东不确定贺枝南是不是睡着了，可他还是忍不住想告诉她：“南南，我知道你撑得很辛苦，医生说，这是个不断自虐的过程，你会耗光全部力气，直到把自己解救出来。”

“也许我能为你做的并不多，我也无法成为你的救世主，但我可以给你力量，你尽管索取。”他眸底满是柔情和疼惜，轻声说，“我会把自己掏空，把你灌满。”

寒冬腊月，风雪呼啸，窗户上结满晶莹的冰霜。

医院里弥漫着消毒水的气息。

贺枝南讨厌医院，讨厌医生，更讨厌毫无生气的白色病房以及冰冷的气氛。

吃过早饭，魏东看着贺枝南把药吞下去，皱紧的眉头舒展开来。

“雪快停了，想不想下楼走走？”

魏东抽空回了一趟小镇，给贺枝南带了换洗衣服。可她不爱穿自己的外套，非要罩着他的蓝色冲锋衣。还好，衣服很长，衣摆刚好遮住她的大腿。

“我能去吗？”

“我问了医生，就在院里溜达，问题不大。”

“好。”

贺枝南掐指一算，自己已经十天没离开病房了。

时间走得很慢，仿佛过了一个世纪那么久。

前几天，她在无尽的发呆中度过；后几天，她开始走上正轨，吃东西，吃药，在床上装蘑菇，抱着他睡觉。

魏东是个做事很认真的人，在照顾她这件事上尤其细致入微。

哪怕是她一个微微皱眉，他都会面露担忧地询问，生怕她有一丁点儿的不舒服。

“等会儿。”

魏东拉住转身的贺枝南，从包里掏出一顶正红色的毛线帽。那是略带乡土气息的款式，可戴在她头上意外地好看。果然，气质好的人，穿戴什么都有自己的韵味。

“张婶给你织的，说暖和。”魏东拉过贺枝南的手，塞进幼稚的小粉兔皮手套里，说，“齐齐的零花钱掏空了，就为了给你买这个。”

“他的小金猪……”贺枝南略显诧异。

“砸了。”

贺枝南垂眼，突然很想那个肥嘟嘟的小胖子。她说：“那是他好不容易存起来的。”

“他说，钱没了可以再存，但贺姐姐只有一个。”魏东说。

贺枝南抿唇轻笑，视线移到别处，眼角泛起湿意。

魏东牵着贺枝南走出病房。她不愿坐电梯，他便带着她走楼梯。

病房在十楼，走到七楼时她停下，耍赖说累了。

魏东勾唇笑了笑，往下走两个台阶，背对着她：“上来，我背。”

贺枝南站在阶梯上，盯着他宽阔结实的背，突然她想起年幼时的场景。那时候她还小，爸爸的生意也没做大，更不会经常去国外出差，每天都会在家里陪着她疯玩。她喜欢趴在爸爸背上，让爸爸背着她四处乱跑，洒下一串串银铃般的笑声。

只可惜，无止境的欲望最终吞没了爸爸，更冲散了二人亲密无间的父女情。当爸爸口中说出“不追究”三个字时，她的心便死了，堆积成山的金钱也修补不好百孔千疮的身体。

“南南？”

贺枝南跑偏的思绪被呼唤声拉了回来，她下意识用微笑掩饰险些涌出的泪。她扑到魏东背上，身体轻得像团棉花。

“瘦了不少。”魏东掂了一下，感觉贺枝南好似一副空架子。他说，“等出了院，我给你弄好吃的，把肉养回来。”

“胖了难看。”贺枝南凑到他耳边，轻声说，“再说，这样你抱我时，能节省一点儿体力。”

轻飘飘的一句话，让禁不住撩拨的老男人立即心跳加速。他一动不动地站着，满脸无奈地低头瞄了一眼。

“怎么了？”贺枝南“点了火”，却毫不知情。

男人苦笑道：“没什么。”

所谓修行，大概就是，爱那个人，却要克制所有的欲望。

大雪从昨晚一直落到现在，地面积雪足足有半米高。

南方很少会下这么大的雪，赶巧被贺枝南撞上了。

贺枝南的毛绒雪地靴与屋外的雪同色。她牵着魏东的手，沿着住院部小花园的小路走着，印上一个一个脚印。

魏东像个孤独深沉的老者，安静地陪在她身侧，目光自始至终盯在贺枝南身上。

他的判断有误，原本转小的雪势逐渐变大，鹅毛般的雪团落在贺枝南的帽子上。他伸手替她打落，收手时被人拽住小臂。

贺枝南脱了手套，将暖和的小手轻轻塞进魏东的掌心，然后往前走了一步，踮起脚，仰头亲吻他的喉结。

她的唇温热，亲一下不够，又多亲了两下。

魏东眉眼柔和，问：“就那么有意思？”

“你不低头，我亲不到嘛。”贺枝南羞恼地瞪他。

这人平时耍流氓一流，关键时刻竟然掉链子。

魏东愣了两秒，终于听懂她的意思，然后微微弯腰，笑着碰了碰她的嘴角。她的耳朵红了，乖乖站着不动。

炙热的吻印在她唇上，温柔得让人招架不住。末了，魏东终于放开了贺枝南。贺枝南已经呼吸紊乱，脸颊绯红。

“我先回病房。”她笑眯眯地转身，被扔下的魏东无语凝噎，咬牙切齿地在后头追。

“哎，你慢些。”他一路追着，终于在楼梯间逮住她。

无人的楼道，远比户外更适合亲热。

魏东刚摆出一副要将人生吞活剥的样子，贺枝南率先一步搂着他的脖子亲上去。

他皱眉闷哼，头皮仿佛瞬间炸开，然后近乎粗暴地把贺枝南按在安全门后亲。

身体瞬间灼烧起来，呼吸和心跳全乱了。

“先欠着。”魏东隐忍地撤回手，埋在她颈边，呼出的热气喷在她的肩膀上，“出院了我再好好找你算账。”

住院半个月后，在魏东的悉心照料下，贺枝南逐渐恢复稳定的情绪和充足的睡眠。

之后的几天，魏东说家里有事要处理，每天早出晚归。可即使再忙，他也会赶回来陪贺枝南吃晚餐，再抱着她入睡。

周六傍晚，窗外倏地下起瓢泼大雨。

过了晚上八点，魏东仍不见踪影，护士姐姐送来的晚餐贺枝南一口都没动，窝在床上装蘑菇。

她将手机来回转动，犹豫着要不要给魏东打电话。

良久，她咬紧下唇，将手机塞到枕头下。她选择相信他。

两个小时很快过去。

漆黑的夜空电闪雷鸣，雨水打在窗户玻璃上，啪啪作响。

贺枝南缩在被子里，忍了又忍，还是从枕头下摸出手机，拨了电话。

“嘟——”那头传来机械的女声，“对不起，您拨打的电话已关机，请您……”

贺枝南的心瞬间揪起，脑海里生出无数个猜测。她指尖颤抖着反复重拨，连续打了几十个，那头始终是关机状态。

正当她急得想要下床时，门口病床上一直沉默的女人出声了：“别打了，他不会回来的。”

那女人的话宛如一把利剑，扎破她心中那些期望的泡沫。她面色苍白，双腿一软，重新跌坐回床上。

“魏东不是那样的人。”她是在对那个女人说，也是在对自己说。

女人收起书，轻叹了一声：“当初我也很自信，直到我再也等不到他。”

贺枝南没再反驳，她好不容易愈合的创伤，正裂开细口。

这几天魏东医院家中两头跑，她试探着问过，可他总是含糊其词地转移话题，这很不像他。

他们从认识到现在，魏东在她面前坦诚得就像一张白纸，他包容她的所有，给足她安全感。

可他总归是个人。

精神类的病反复无常，也许他扛不住，有了其他想法。

这算不上罪过，顶多是人性使然。

贺枝南抱紧自己，静默地坐在床头。她的眼中没有泪，只有心在滴血。

晚上十一点，医院病房熄灯了。

贺枝南怕黑，魏东特意给她买了床头灯，上面是丑丑萌萌的兔子图案，彰显了他超凡脱俗的直男审美。

她侧身对着小小的台灯，伸手按灭，又打开，再按灭，再打开，不知重复了多少次，直到她终于失望了，病房的门倏地被推开。

魏东是跑过来的，停在床边时还在大口喘气。

贺枝南微微抬头，憋了太久的眼泪在看到他的那一刻，再也止不住。她吸了吸鼻子，剔透的泪珠就滚落下来。

眼前的男人全身湿透，粗黑的短发也在往下滴水。

“对不起，南南，我回来晚了。”魏东担心了一路，见她安然无恙，悬着的心才平稳落地。他解释道，“回来时雨太大，高速路上几车相撞，我绕进村里走远路，车子又在路上抛锚，手机一直没信号，后来又没电关机了，我弃车跑回来的，路上耽误了很多时间，我……”

魏东的声音顿住，泪流满面的贺枝南冷不丁跳到他身上，双手双脚将他缠紧，似乎用尽了全部力气。

“是不是吓坏了？”

他知道她肯定害怕。

魏东在雨里跑了太久，脑子也进了水，一门心思只知道跑快些回来见她，却忘记了该想办法找人借手机给她打电话报平安。

“你从哪里跑回来的？”贺枝南带着哭腔问，心疼坏了。

魏东轻声说：“车还在云县的乡下。”

贺枝南知道那个地方，之前路过时他提了一嘴，说那里有家店的烧鸡很好吃。那地方开车过来都要两个小时，此时外头风雨交加，他顶风冒雨跑回来有多艰难，她想都不敢想。

“你是个傻子吗？”贺枝南越想越难过，气恼地打他，数落道，“室外气温才几度，还下着雨，你不要命了是不是？”

“我没想那么多。”魏东叹息一声，冻僵的手想抚摸她的头，却犹豫地停住了动作。他担心手太凉，冻着她了。

魏东温柔地说：“下次不会了，我保证。”

贺枝南缓缓抬头，泪眼婆娑地盯着他冻得乌青的嘴唇，伸手摸他的下巴。

她为自己刚才怀疑他，感到羞愧和自责。

这样全心全意爱着她的男人，她理应全然信任他。

“我身上湿了，你先下来，怕你会感冒。”

“我不。”贺枝南轻声抽泣，两只手捧着他的脸，委屈巴巴地说，“我以为你不要我了。”

“说什么胡话！”魏东脸上冰冰凉凉，那双黑瞳深情依旧。他说，“哪里有老公不要老婆的？那还是个爷们吗？”

“可是，我们还没领证呢。”

魏东抹开眼角的水渍，微微勾唇道：“如果你觉得领证能给你安全感，我随时都可以。”

贺枝南吸了吸鼻子，笑着掉下眼泪：“魏东，我想回家了。”

“好。”魏东眉目温柔，说，“老公带你回家。”

贺枝南出院那天，阳光明媚，万里无云。

她站在窗边向外眺望，欣赏着暖阳下闪闪发亮的世间万物，嘴角笑意加深。她的心重新愈合，充满了力量，好像有什么破土而出了，那欣欣向荣的势头，给了她一种别样的感觉，那叫作重生。

魏东知道贺枝南怕冷，出门前里三层外三层地把她包裹严实。

他拉开房门，身后的人突然停步，用戴着皮手套的小手轻轻戳他。

“怎么？”

“你在外面等我。”

魏东面露不解，目光从她身上慢悠悠移至另一张病床。那个终日捧着书的女人，静得好似一尊雕像。

魏东什么都没说，乖乖照贺枝南说的做。

病房里很快只剩两个人。

贺枝南住院的这半个多月，同这个女人的交流很少。二人之间寥寥的几次沟通，女人均是带着怨念和轻蔑发言，精准地往贺枝南的心口扎针。

贺枝南转身正对病床，沉迷看书的女人似乎察觉到了她的注视，五指微微收紧，却没放下书。

“我男朋友说，这个世界上没人能成为你的救世主，能解救你的只有你自己。”贺枝南说。

女人没说话，眼睛低垂。

贺枝南深吸一口气，缓缓说出最后一句话：“只有期待破晓，才能逃脱黑暗，祝你好运。”

贺枝南离开病房后，病床上的女人缓缓合上书，神色复杂地看向窗外。

人在深陷低谷时，总会不自觉产生一种邪恶的想法：自己不幸福，那么身边的所有人都该不幸。如此才能慰藉那颗被人戳烂的心。

她以为所有人都逃不过卑劣的人性，可现在看来并非如此。

爱没有对错，只有爱错。

皮卡车被弃在狂风暴雨里一夜，第二天牧洲带人找到车时，车子脏得仿佛在泥水里滚了几圈。好在车子跟主人一样皮糙肉厚，经造。

贺枝南出院那天，车子已修理好，开到了医院。

自这件事后，贺枝南对魏东的依赖略显病态，视线范围内没有他的身影就会心慌意乱。

魏东感受到她对自己的依赖，自始至终紧紧牵着她的手。

二人出了医院，牧洲和牧橙已在路边等候多时。

“嫂子好。”牧洲爱笑，笑起来少年感很足，他的情商也高，“今儿天气真好，怕不是连老天爷都在庆祝你健康归来。”

贺枝南点头微笑，算是回应。

这时，牧橙从牧洲身后走出来，扭扭捏捏地靠近，不好意思看她的眼睛，嘴唇张了几次都说不出话。

“叫人。”牧洲皱眉催促。

“嫂子。”牧橙低着头，为之前自己无知的举动感到歉疚和羞愧，她将拎在手上的精美纸袋递到贺枝南跟前，说，“这家甜品店很出名，我顺手买了些，不知道你喜不喜欢。”

贺枝南侧头看了一眼魏东。他轻轻地拍了拍贺枝南的后腰，说：“她特意去城南给你买的，收下吧。”

“谢谢你。”

贺枝南礼貌地接过纸袋，牧橙如释重负，笑容真诚而温暖。

返程回家要三个小时。

一路上，贺枝南把纸袋里想吃的面包拆开，一样尝一口，剩下的全给了魏东。他仿佛有八个胃，喂他吃什么他都塞得进去。

二人回到家时，恰是午饭时间，饭菜香从车窗留的缝隙飘进来，贺枝南摸了摸扁下去的肚子，感觉饿了。

车慢慢开进小院，听见动静的张婶跟张齐齐从屋里跑出来。红木餐桌上已经摆满了香喷喷的饭菜，小胖子还特别正式地穿了她之前买的小礼服。

有一段时间不见，他似乎瘦了不少，白衬衣刚好合身，圆脸隐隐能看出几分下巴的轮廓。

“贺姐姐，我想死你了。”张齐齐冲上去就是一个拥抱。

他身后的张婶见贺枝南安然无恙，浅浅松了一口气，满眼爱怜地说：“回来就好。”

贺枝南面对张齐齐的热情既感动又有些惊慌，但她又不想心里冒出的奇怪情绪伤了小胖子的心。

茫然无措之际，魏东看出她的不自在，上前拉走张齐齐，将话题自然地引到张婶那头：“今天做了什么好菜？”

“都是南南爱吃的。”张婶亲昵地拉着贺枝南的手，眉目慈祥地说，“你看你，瘦得脸上都没肉了。这两天我给你炖些汤，好好补补身子。”

张婶拉着贺枝南进屋，埋怨魏东没把贺枝南照顾好，最后不忘冲小胖子吼一嗓子。

张齐齐傻呵呵地笑着跑去厨房拿碗筷。

饭桌上，四个人如之前那般其乐融融。

绝大部分时间张齐齐都在同张婶斗智斗勇，为了一块红烧肉他使尽浑身解数，屋子里头闹哄哄的。

贺枝南话不多，她小口吃着饭，感受着这熟悉的场景。张齐齐的哭闹极具喜感，好几次她都憋不住笑出声来。

魏东给她盛了一碗热汤，见她目不转睛地看戏，笑着摸她的头说：“喝碗汤，暖胃。”

贺枝南眨眨眼，小声提要求：“我晚上想吃东坡肉。”

魏东点头应允：“好，给你做。”

她得到满意的回答，眉眼皆是笑意，道：“还是家里好。”

“为什么？”

“因为我想吃什么都有。”贺枝南停顿了一下，凑近魏东耳边，娇声说，“包括你。”

魏东僵住，热血上涌。他假装不经意地垂眸一看，顿时呼吸灼烫，每个毛孔都在喷火。

他郁闷地闭了闭眼，啧，没完没了了。

往后的日子平淡且温馨，贺枝南的状态肉眼可见地转好。

年底文身的客人扎堆，预约电话接连不断，魏东几乎全推了。

贺枝南知晓后，为了能让魏东安心干活，她提出陪他一起去店里。

里面的小房间收拾出来后焕然一新，落地灯光线柔和，屋里还换了一张干净舒服的软皮沙发。

魏东工作的时候，贺枝南就在房间里戴着耳机看书，安安静静地等他。

新装的空调很暖和，贺枝南近期极度嗜睡，经常看着看着书就睡着了。魏东进来给她盖好毯子，在她的额头上落下一个吻。

她在睡梦中感受到他的气息，不自觉地伸手抱住他脖子，他笑着咬她的唇。陷在梦里的她远比现实中的她更大胆，柔软的舌头伸进他嘴里，他的呼吸一窒，眸光一暗，按着她的腰加深了这个吻。

贺枝南被人粗暴地吻醒，她偏头躲避，一脸茫然地与那双幽深的墨瞳对视上。

“你又欺负我。”贺枝南杏眼迷离，装无辜一流。

“谁欺负谁？”魏东挑眉，用力按住她作恶的手，粗声道，“别闹。”

外头还有事没忙完，图腾刚扎了一半，客人还在等着。

这时，屋外的熟客小心翼翼地喊：“东哥？”

“来了。”

魏东平复好呼吸准备出去，手指刚摸上门把扶手，贺枝南笑盈盈地小声问他：“你怕了吗？”

魏东背着光，默然片刻，隔着门冷静地对屋外的人说道：“你去找地方吃些东西，吃什么都行，我埋单，一小时，不，两小时后再回来。”

那人愣了半晌，笑道：“好嘞。”

“还有，”魏东手指一转，门已锁死，“帮我把店门关上。”

很快，外面传来拉防盗门的声音。

贺枝南终于意识到玩过火了。她故作镇定地起身，笑容无比僵硬，睁眼编瞎话：“时间不早了，我还得给齐齐辅导作业呢，我先回去，你早些回家。”

魏东不吱声，幽深的目光锁住她。

贺枝南心跳如擂鼓，壮着胆子想去拉门把手，被他炙热的手掌死死按住。

“我……我错了。”贺枝南不傻，识时务者为俊杰。

“你没错。”

贺枝南欲哭无泪：“魏东……”

“南南。”他吻了吻她的唇，温柔地说，“今晚月色真好。”

贺枝南浑浑噩噩地昏睡过去，再醒来时，穿着干净的睡衣躺在松软的大床上，身子无比清爽。

屋外，天已经黑了，她打着哈欠起身，穿着拖鞋下楼，肚子饿得咕咕叫。刚出房门，睡衣口袋里的手机响了，她掏出来一看，是朱妮娜打来的视频通话。

接通后，贺枝南看到视频那头的女人正泡在浴缸里，水汽升腾，堆积的白色泡泡在她脸上画出一串胡子。

“你穿的这是什么？”朱妮娜凑近镜头，歪头疑惑地问道，“睡衣？”

“嗯。”

朱妮娜唇边勾起坏笑，调侃道：“这个点睡觉？”

“我……我困嘛。”贺枝南有些心虚。

“别装了。”朱妮娜的眼睛很大，笑起来却像偷腥的小老鼠。她直接戳穿，“你脖子上的吻痕已经出卖了你。”

贺枝南脸颊羞红，娇声说：“你别乱讲。”

“行，知道你是三好青年，比白纸还纯洁。”

“喂。”

“好了，我们说正事。”

朱妮娜从浴缸里坐起身，胸脯半掩，配上那张纯真无邪的娃娃脸，让人忍不住想要多看两眼。她说：“如果我妈等会儿给你打电话，你别接，或者接了就说联系不到我。”

贺枝南一听就有猫腻，忙问：“出什么事了？”

“也不是什么大事。”朱妮娜单手托起下巴，轻描淡写道，“今晚她骗我说去吃大餐，结果是万年不变的相亲局。乖乖，你是不知道她给我找了个什么人间极品，又矮又瘦，还猥琐，还装斯文戴个眼镜，别说其他的，看着这人我连食欲都没有了。”

贺枝南很喜欢听朱妮娜说奇葩的相亲故事，笑着追问：“然后呢？”

“从入座到我妈离开，短短半个小时，他提了他的限量款跑车八百遍，乱七八糟的国际大牌无数遍。说真的，我觉得他完全不像油田大佬的儿子，倒像个专柜的服务员，那眉飞色舞的样子，生怕别人不知道他是个暴发户似的。”

“你妈现在口味怎么越来越重了？”

朱妮娜耸肩表示无语：“因为我外公身体不好，大舅又成天搞事，我妈自然想让我找个多金男，以此来巩固她的家庭地位。”

贺枝南沉思片刻，问道：“你会结婚吗？”

“一个人自由自在没烦恼，何必找个人来给你添堵？”朱妮娜漫不经心道。

贺枝南一想，也对，她那脾气跟行事做派，绝大部分男人都吃不消。

“何况我喜欢真小人，讨厌伪君子，宁愿那人渣得明明白白，也别假得奇形怪状，只可惜，世界上百分之九十九的男人都是后者。”说到这里，朱妮娜嗤笑了一声，说，“就像今天这个，我妈前脚刚走，后脚他就对我动手动脚，并且承诺说，如果我能乖巧点儿，他就给我买条街。”

贺枝南深知她的个性，淡声问：“你把他怎么了？”

“我非常克制，只赏了他一个碗外加红酒瓶。”

贺枝南无语极了，问：“你不怕被你妈追杀？”

“怕，所以我准备在酒店躲几天，等她气消了再出现。”

“妮娜。”

“我知道，你别骂我。”朱妮娜缩进浴缸里，垂头丧气地嘴硬道，“做都做了，我才不后悔。”

贺枝南当然舍不得骂朱妮娜，毕竟，妮娜是这世界上最疼她的女人。她换了个话题，问道：“你还来我这里吗？”

朱妮娜色笑着道：“当然。”

贺枝南直接将电话挂断。

朱妮娜的话最多两句正经，第三句必然犯规。

客厅里的电视正放着无聊的肥皂剧，贺枝南轻手轻脚地走到餐厅，瞥见厨房里做饭的魏东戴着耳机，嘴里不知在哼什么，似乎陶醉其中。

她没急着走近，两只手扶着餐椅，一眨不眨地盯着他的背影。

他长得高大魁梧，宽肩窄腰加翘臀，即使穿着最普通不过的黑色上衣和迷彩裤，也难掩他的好身材。从后面看他，更是让人赏心悦目。

贺枝南刚往前走了两步，张齐齐突然跑到门口吼了一嗓子："东叔，二楼的柜子倒了，你快来看看。"

魏东闻声回头，见到身后的贺枝南时略显诧异。他摘下耳机，出门前不忘提醒她："你别跟来，外头冷，我去去就回。"

眨眼工夫，一大一小就不见了踪影。

贺枝南拿起放在料理台上的耳机，贴在耳朵上听了起来。歌曲听着有些耳熟，但还不确定。她瞄了一眼屋外，见没人注意到她，立刻好奇地滑开魏东的手机屏保。下一瞬，她怔住了。

手机屏保竟是她的文身照。

掐指一算，那还是二人第一次见面时她要求拍的，魏东不仅偷偷保留下来，还很闷骚地设置成了屏保。

贺枝南抿唇偷乐，将耳机戴上。

音乐旋律轻快，情意绵绵，是一首粤语老歌——《初恋》："我一夜失眠，影子心里现，问为何共他见一面，美丽印象似初恋……分分钟都盼望跟他见面，默默地守候亦从来没怨，分分钟都渴望与他相见，在路上碰着亦乐上几天……"

她听得入迷，舍不得取下耳机，脑子里全是魏东磕磕绊绊学粤语歌的画面。

他的爱直白且炙热，始终毫无保留地为她付出。

因为他的缘故，她开始学着爱自己。

直到现在，她才确信自己不是烂人。她值得拥有魏东，拥有尘世间最美好的爱情。

魏东进屋时，贺枝南正穿着睡衣在厨房里洗青菜。

"厨房是你该待的地方吗？"他轻蹙眉头，严肃地下驱逐令，"你去餐厅等着，饭很快就好了。"

贺枝南也不吱声，眉目含笑地看着他，然后很乖地撤到一旁站着。等魏东接手择菜工作后，贺枝南从后面轻轻抱住他。

“怎么了？”

“想说一句腻人的话。”

“比如？”

贺枝南的右脸贴着他的后背，声音很轻，柔似羽毛拂面：“我爱你。”

魏东的动作停了，心跳明显加快，却只克制地说了一个字：“嗯。”

贺枝南愣了一下，这跟她想象中的剧情不一样。

他不该回头抱着她一通猛亲，各种情话加承诺，再趁机求婚之类的吗？

果然是根大木头，不解风情！

贺枝南憋着满腔怨气转身走了。

等她离开，魏东两只手用力地撑着水池，低着头不断深呼吸，紊乱的心跳撞得他胸口咚咚作响。

他忍了半晌没忍住，嘴角快咧到了后脑勺。

他的初恋，跟他表白了。

第九章

他的保护伞

临近期末考，张齐齐在贺枝南的悉心辅导下，成绩直线上升。

前几次小考他均得了一百分，他美滋滋地拿着考卷去找魏东兑现糖醋排骨。

魏东一面兑现，一面担忧地说道：“再这么胖下去，你真快成弥勒佛了。”

贺枝南笑着拍拍张齐齐的肉肚皮，轻声细语打消魏东的顾虑：“正是长身体的年纪，哪有什么胖不胖的？”

张齐齐狂点头：“就是，就是。”

“你就惯吧。”魏东无奈叹息，伸手捏捏小胖子的肉脸，说，“等猪肉涨价了，我第一个把你卖了。”

“我的肉都是肥肉，卖不了好价钱。”齐齐冲他做鬼脸，嘚瑟地哼了一声，又道，“再说了，贺姐姐一定会把我赎回来的。”

魏东眉头紧皱，道：“我怎么觉得你叛变了？你以前不是说我是天下第一好人吗？”

张齐齐摇摇头，语重心长道：“东叔，人要识时务，要往高处走。最近你给我买好吃的次数越来越少，我早就投向贺姐姐了，贺姐姐人美心善还大方，是全宇宙第一大好人。”

这嚣张的言论不知触碰到了魏东哪根幼稚的神经，他伸手揪住张齐齐的衣领，将其扔出门外，锁上门。

“东叔！东叔！”屋外人急吼吼地狂敲门。

魏东丝毫不为所动，听着张齐齐的大叫声，笑得无比欢乐。

贺枝南翻起了一个白眼，问：“你幼不幼稚？”

“幼稚？”魏东拽过她的手，将她扯进怀里，强壮的手臂搂紧她，盯着她含笑的眼睛说，“他十岁，我三十岁，差了没多少，喊你一声姐姐不过分吧？”

贺枝南愣了两秒，笑出声：“神经病。”

“你再说。”

贺枝南看着魏东贴近的大黑脸，舔了舔唇，求饶道：“不敢了。”

“乖。”魏东勾唇笑道，“亲一下？”

贺枝南略带羞涩地点点头，魏东低头靠近她，呼出的热气喷洒在她的嘴角，弄得她有些痒。

魏东轻轻地吻住她，她呼吸微颤，搂住他的脖子热情回应。

二人很快吻得难舍难分，浑然忘却屋外还在哭喊的小胖子。

“魏东……”

“不管他。”魏东气息不稳道，“我们回房。”

那日是周五，张齐齐期末考试的日子，张婶有事出门了，贺枝南自告奋勇去接他放学。

屋外下起了毛毛细雨，如烟似雾。贺枝南撑着油纸伞走过湿润的青石板路。临近年关，家家户户张灯结彩，年味很浓。

张齐齐一见到贺枝南便放出豪言壮语：“如果这次没考全班第一，我半个月不吃肉。”

贺枝南悠悠地问了一句：“真的？”

“假的。”张齐齐秒变脸，挠了挠圆脑袋，迅速转移话题，“姐姐，我可以吃烤肠吗？”

“三根够不够？”

张齐齐认真地想了想，说：“五根最好。”

“我给你买六根。”

“好。”

张齐齐肉嘟嘟的小胖脸笑成一朵花。

十五分钟后，贺枝南撑着伞带着张齐齐走过古老的石桥，右拐进沿河小路。

她穿着枣红色的丝绒刺绣旗袍，踩着十厘米高的细高跟鞋，搭着深色羊绒披肩，拎着限量款的复古小包，走到哪里都是一道亮丽的风景线。

张齐齐举着烤肠左一口，右一口，很快消灭两根。他正犹豫着要不要给东叔留一些，前方突然跑来一个小孩儿。

这个小孩儿看着跟张齐齐差不多大，他停在二人面前大口喘息，说："张齐齐，你家东叔的店有人在闹事。"

张齐齐还没回过神，听见这话的贺枝南瞬间失了理智。她将伞塞给张齐齐，迅速脱了高跟鞋，两只手拎着鞋子，赤脚在凹凸不平的地面上狂奔，全然不顾往日的优雅形象，恨不得直接飞过去。张齐齐在她身后追，一边追一边喊："贺姐姐，你等等我。"

东风刺青店外，看热闹的人围得水泄不通，里头时不时传来砸东西的响声和刺耳的叫嚷声。

贺枝南站在人群外，不断深呼吸调整情绪。她穿好鞋，整理好仪容，带着追上来的张齐齐挤进人群，硬是挤到了最前面。

原本整洁的小店内一片狼藉，柜子里的刺青工具全被人扔到了地上。魏东面无表情地站在门口，一对面露凶相的中年夫妇死死揪着他衣服，还有个打扮时髦的年轻女孩子在一旁叫嚣。

"你们干什么！"

贺枝南高声呵斥，屋内屋外瞬间安静下来。

见着有人欺负魏东，她上前拼命的心都有了。

闹事的三个人闻声回头，见贺枝南衣着华丽，眼神犀利，气势八尺高，那对夫妇便收了手，那个年轻女孩子阴阳怪气地问："你是什么人？关你什么事？"

"我是他老婆，你说关不关我的事？"

三个人愣住，面面相觑了几秒。

他们每年跑来闹一次，大概没想到今年会杀出个"程咬金"。

魏东的衬衣被揪成了麻花，他抬手整理了一下，偏头看向别处，嘴角的笑意憋不住。

"南南。"

他本想上前安抚她的情绪，可他一动，面色冷峻的贺枝南就厉声叫道："你给我站在那里！"

魏东蒙了两秒，真不敢动了。

贺枝南掏出手机递给张齐齐，傲慢地朝前走了两步，扬声道："齐齐，录像，把他们全给我录下来。"

年轻女孩听见这话立马慌了，忙说："你……你什么意思？"

“留证据，报警。”高跟鞋重重地踩在瓷砖地，那声音听得人耳朵刺痛。

贺枝南冷冷地问：“你们不是砸得挺欢吗？怎么，不敢了？”

齐齐很会来事地举着手机走位，镜头差点儿戳到他们脸上。

年轻女孩被这架势吓住了，往后退了两步，退到那对夫妇身边。她看了一眼魏东，虚张声势地朝贺枝南吼：“就是你老公把我表姐害死的，这笔账不能就这么算了，他必须赔钱，不然我们天天来闹！”

贺枝南闻言，立刻回想起牧洲曾说过的话，大概清楚了这些人的目的——他们钱花完了，又想跑来讹钱。

“你是说，我老公害死了你的表姐？”贺枝南问。

“没错！”女孩故意冲着人群大喊，“我表姐就是为了他才自杀的，整个镇上的人都知道他干的那些不要脸的事情！”

“你有证据可以证明，你表姐的死是他直接或者间接造成的吗？”

“我……”

“你说得那么肯定，为什么不去找警察抓他呢？”

女孩被噎住。

“也是，一没证据，二没道理，你也不好直白地告诉警察你们想讹钱，所以只能像疯狗一样跑来这里撒野。”贺枝南微微一笑，声音冷下去，“我老公善良，不跟你们计较，可是不好意思，我不善良。我如果想追究到底，当年他给你们的那笔钱也得给我吐出来！”

“你少吓唬我们！”年轻女孩瞥了一眼她的名牌包，知道价格不菲，于是愤愤地说，“有几个臭钱了不起？”

贺枝南笑道：“你都看出我是富婆了，那就应该明白，只要我想，我可以花大把钱找律师来追究你们的刑事责任。寻衅滋事，破坏他人财物，外加恐吓勒索，不说关上几年，十天半个月是绝对没问题的。只是这天寒地冻，你确定两位老人受得了吗？”

“你！”

“还不走？”贺枝南冷冷地瞥她，转头对齐齐说，“报警，让警察把他们全都抓进去。”

这时，站在角落，一直沉默不语的男人扯了扯女孩的衣服，说了一句贺枝南听不懂的本地话。看那表情，大概是劝人走。

人群里，不知谁喊了一句：“滚！”

围观的人纷纷附和，一声接一声地驱赶他们。

很快，闹事的三个人灰溜溜地走了，人群也逐渐散开，店里安静下来。

魏东几步走过来，从张齐齐手里拿过手机，替他撑开伞，说：“你先回去，告诉张婶，我们很快回来。”

张齐齐瞄了一眼还没缓过来的贺枝南，乖巧地点点头，很快消失在暮色中。

魏东停在贺枝南面前，低头看着她扇动的长睫毛和垂在身体两侧，紧握着的拳头。

她全身紧绷，呼吸轻得听不见。

魏东笑了一下，问她：“心跳得快吗？”

“快。”她娇嗔地瞪着魏东，“我吓死了。”

魏东眉眼含笑，眸子闪着光。

“你还有脸笑！”贺枝南气恼地捶他。

魏东把她扯进怀里，感受着她杂乱的心跳，说：“我突然有种被富婆包养的错觉，感觉比想象中的要好。”

“呸。”贺枝南气不打一处来，一边骂一边掐他后腰的肌肉，“你是根木头吗？被人欺负也不知道还手,还傻呵呵地站在那里笑，气死我了！”

“那两夫妻加起来一百多岁了，我还能动手不成？”魏东沉沉叹息，“要真进了派出所，这么冷的天，他们不一定扛得住。”

“我都不知道该说你单纯还是傻。”

“傻人有傻福，我有老婆护着，足够了。”

贺枝南轻轻推开魏东，替他整理被弄皱的衬衣，郁闷地嘀咕：“我就是看不得你被人欺负，除了我，谁都不可以。”

“嗯，我任你欺负。”

贺枝南的脸一红，不敢看魏东那双漆黑深邃的眼睛。

“以后如果再有这种事，你必须第一时间给我打电话。”她强调道。

“嗯。”

“说话！”

“知道了。”

等二人收拾好东西走出店门，雨已经停了。

魏东牵着贺枝南漫步在江南水乡的冬夜，他偏头看着贺枝南柔美精致的侧颜，很难想象她刚才在店里为他出头时会那样冷静，霸气。他嘴边带着笑意，低声称赞："刚才台词说得不错，情绪饱满，一气呵成。"

"我跟朋友学的。"

"你那个好朋友？"

"嗯，她的小说里这类台词太多了，信手拈来。"

魏东若有所思地点下头，说："有机会见识一下。"

二人悠哉悠哉地晃到隔壁小院，今晚是在张婶家吃饭。

魏东推开铁栅门往前走了两步，倏地被贺枝南拉住，她喊："魏东。"

魏东回头，英俊的侧脸被院外的灯光照亮，他问："怎么了？"

贺枝南不吱声，静静地盯着他的脸，欲言又止了几次，终于说出了口："吃完饭，我们早些回家。"

魏东痞痞地挑眉，问："你想干什么？"

贺枝南深深吸了一口气，缓声道："我想跟你讲一个故事。"

"关于你？"

"关于我。"

魏东胸腔微震，静默半晌，伸手揽贺枝南入怀，双唇碰了碰她的额头，说："如果故事很长，你慢慢讲，我不着急，我会用一辈子的时间听你说完。"

深夜，小镇忽然下起了雪。

北风呼啸，纷飞的雪花似漫天的花瓣，又似洁白无瑕的绒毛，扑向窗户玻璃。走廊里的脚步声由远及近，魏东推门而入。他刚洗完澡，上半身还在滴水。

坐在床边看着窗外发呆的贺枝南收回思绪，在魏东凑近时，突然从床上爬起，扯过他脖子上的干毛巾，替他擦拭头顶的湿发。

魏东一动不动地站着军姿，在她面前乖得像一只大狼狗。

"怎么不说话？"贺枝南问。他突然变得沉默，她有些不习惯。

"我在找感觉。"

"感觉？"

魏东意味深长道："被小富婆包养后，我应该温柔斯文一些。"

贺枝南先是一愣，转而看到他含笑的眼睛，瞬间了然。她的耳根泛红，将头埋在他的胸口，羞恼地打他："魏东！"

魏东盯着她脸颊的红晕，问："困不困？"

他强迫自己想些纯洁的东西。

"嗯。"贺枝南咬唇应声，转身关掉床头灯，在被子里伸手戳他的背，说，"你背过去。"

"怎么？"

"背过去。"她重复道。

魏东倒没多想，听话地侧身背对她。

棉被里窸窸窣窣了一会儿，他后背一软，有人从身后抱住他的腰。

"南南？"

"你不要说话，你听着，听着就好。"贺枝南蹭了蹭魏东宽厚的后背，沉默几秒，低声道，"我怕我今天不说，以后再没勇气说了。"

魏东紧抿着唇，从现在开始，直到故事结束，他可以不发一言，甚至连呼吸声都压至最低，专心当个可以容纳一切的树洞，接受贺枝南的所有。

没人提问，没人接话，她可以尽情自言自语。

贺枝南用力抱着魏东，感受他灼热的体温，心被暖流一遍又一遍地冲刷着。他毫无保留的、炽热的爱，足以支撑她坦然面对并击败那些可怕的梦魇。

"十二岁以前，我一直生活在爸妈身边，那时候他们的事业还在上升期，虽然很忙，但总会忙里偷闲带我去各种地方玩，那时的我很幸福，也很知足。后来，爸爸的公司越做越大，开始国外国内两头跑，我见他的次数越来越少。他们为了生意，开始常驻国外，我不想出国，就被送去了奶奶身边。奶奶是个很精致、很温柔的老人，她有一间很大的屋子，里面摆放着各式各样的旗袍。受她的影响，我也慢慢地爱上了旗袍，只是那时我还小，穿的都是她找专人为我量身定做的，是这世间独一无二的。"

贺枝南说话很慢，娓娓道来。谈及奶奶时，她话音带笑，语调轻快上扬。愉悦的经历总能让人在回忆时如沐春风，仿佛置身于时空隧道之间，可以站在这头，凝望那头的欢乐。

"初中毕业那年暑假，我独自一人跑去国外看望父母。那天阴雨绵绵，我穿了一件月牙白的旗袍，是我最喜欢的那件。妈妈来接我，她让人送我回别墅，车在路上遭遇车祸，司机被人打晕，我看见一个戴红色面具的男人，之后就没有意识了。”

贺枝南顿住，很长时间没有再说话。

魏东也不催促，静静地等着。

那些不堪的回忆宛如一把沾满毒液的利刃，每一次忆起都要承受凌迟般的折磨，然后眼睁睁看着自己在炼狱中被焚烧，接着灵魂升空，化为灰烬。

良久，贺枝南声音发颤，继续说道：“我醒来时，发现自己被人关在黑屋子里。”

她记得房间窗户被木板钉死，不见天日。

“我缩到桌子底下，听见屋外铁链拖地的声音，接着，门打开了，我看见一双黑色的皮鞋靠近，那人突然弯腰，脸上就戴着那个面具。他光看着我笑，不停地笑。”

缠在魏东腰间的手倏地收紧，贺枝南拳头紧握，呼吸声断断续续，好几次都喘不上气来。

那段被封锁的记忆，每个细节她都记得清清楚楚。她记得那人蹩脚的中文，令人毛骨悚然的狞笑声，夹杂着铁链拖地的噪声，一刻不停地撕扯她的头皮。

“我不会伤害你。”男人说，“你陪我玩个游戏，要是你赢了，我就放你走。”

她瑟瑟发抖地问：“什么……游戏？”

“这间屋里有很多柜子，你藏起来，我打开五个柜门，如果都没找到你，我就让你走。如果我找到了你，你就输了，要接受惩罚。”

贺枝南没敢问惩罚的内容。她虽然年纪小，但很冷静，清楚自己是被动的那方，生死皆掌握在“魔鬼”的手里。

游戏开始后，她藏进倒数第二个柜子。

柜子里的气味很难闻，似发酵或发霉过后的腐烂气息。贺枝南忍着反胃呕吐的冲动，两只手紧紧地捂住嘴。

房门打开，男人拖着铁链步步逼近，贺枝南听见开柜门的声音，扑空后，柜门被人愤怒地摔上。接着脚步声越来越近，很快停在她藏身的柜子前。

她吓得不敢动，从柜子的门缝隐约可以看见晃动的人影，接着脚步声倏地转左，她以为自己顺利过关，对方忽然一个回身，她看到那个阴森恐怖的面具，一双眼睛透过门缝紧盯着她，那人的声音响起："抓到你了。"

贺枝南全身发抖，直接吓哭。

柜门并没有打开，外头的人倏然诡异大笑，抡起粗大的铁链狂甩向柜门。撞击声沉重又聒噪，贺枝南捂着耳朵尖叫起来，那叫声越发刺激了男人的变态心理，摇摇欲坠的门很快被铁链砸烂。

"哐当"！柜门轰然落地，男人停下来，微微弯腰，伸手摸向贺枝南。贺枝南瑟缩地往后躲，却被男人恶狠狠地掐住下巴。

那人对她说："输了的人，没有资格吃饭。"

贺枝南在极度恐惧和饥饿中度过了漫长的一夜。

往后的几日，他每天都会过来找她，玩同样的游戏。

施暴的工具从斧头到电锯，他总能轻易找到贺枝南藏身的地方，再用各种残暴的方式弄烂柜门。

他并没有伤害她，他不过是在享受亲手摧毁她灵魂的过程，看着她从最初的恐惧一步步走向绝望。

贺枝南好多天粒米未进，只靠着他施舍的那点儿水强撑着最后一口气。

这样的日子不知持续了多久，直到某次游戏过程中贺枝南被吓晕过去。

醒来时，她居然是在医院。

妈妈守在病床前，见她苏醒了，摸着她的头轻声安抚："人已经抓到了，你很安全。"

安全?

她心里暗笑，哪来的安全?

她在哪里，地狱就在哪里。

她的意志早被毁得一干二净。

她不哭不闹，眼神空洞呆滞；她吃不下东西，吃什么吐什么；她夜里无法入睡，梦里全是骇人的恐怖场景。

心理医生说，这是创伤后应激障碍，需要进行心理干预。

妈妈把贺枝南带回别墅休养。

自那天起，妈妈便再没出现过。

贺枝南终日把自己关在房间里惶惶度日。

十五岁的少女瘦成皮包骨，头发大把大把地掉，一点儿风吹草动都能触到她敏感的神经。

每天来给她送饭的阿姨说，是那个人把她送到医院门口的。被警察抓到时，那人一直在笑，但关进去没满二十四小时就被保释出去了。

他是当地某个商业大亨的儿子，不是第一次干这种事，受害者家庭拿了钱便息事宁人。

贺枝南是未成年人，又只有很微小的身体损伤，只要父母不坚持立案，这件事很快就会不了了之。

贺枝南心存期待，坚信父母不会为了这点儿钱把她卖掉。

直到那天，她克服心理障碍跑去公司找父母。她站在办公室外，听见一直未出现的爸爸在打电话。

他说："不追究。"

当天晚上，妈妈突然回来了。

妈妈兴高采烈地告诉贺枝南，自家濒临倒闭的公司起死回生，爸爸很快就会抽空回来。

她笑不出来，背过身泪如雨下。

她知道那意味着什么。

贺枝南毅然决然地回国，之后将近两年时间不接父母的电话。

回来后，她的状态一直很差，断断续续看医生，病情反反复复。

奶奶心生怀疑，不知道从哪里听说了这件事，勃然大怒。那么优雅的老人在电话里破口大骂，扬言要跟冷血无情的儿子断绝关系。

贺枝南二十岁那年，奶奶因病离世，遗嘱上只写了贺枝南一个人的名字。

年纪轻轻继承千万家产，她成了实打实的小富婆。

可是，钱再多又有什么用？那颗被掏空的心，神仙都填不满。

屋外风声嘈杂，雪落大了，玻璃上蒙上浅白雾气。

从贺枝南轻柔的声音中隐隐能听出几分哽咽："我的故事，说完了。"

魏东拉过她紧握的手，打开她的手掌，抚摸她掌心的指甲印。

"我可以抱你吗？"他嗓音温柔，小心翼翼地询问。

明明是再平常不过的问话，疼惜的语气却深深触动了贺枝南的心。她的鼻子一酸，潸然泪下。

魏东听到她隐忍的哭声，心如刀割。他转过身抱她入怀，任她埋在他胸前放肆大哭。

魏东赤裸的胸口被眼泪鼻涕打湿，贺枝南哭得一抽一抽的，像个受了委屈的小孩子，在魏东面前尽情宣泄。良久，她哭够了，泪眼模糊地仰头看他，问："关于我，你还有想知道的吗？"

魏东眉头轻蹙，问："医生说，这次病发很大原因是你擅自停药，为什么要这样做？"

贺枝南抽泣着说："我想以正常人的身份去爱你。"

魏东深深吸了一口气，心痛得简直要窒息了。他说："你本来就是正常人。"

"我不是！"贺枝南垂下眼帘，"我有强迫症，狂躁，抑郁，偏执，我还会失控伤人，我……"

魏东用唇堵住她的后话，在她唇边道："南南，以后你在哪里，我就在哪里。"

他替她擦干眼泪，紧紧抱住她，低头吻她的额头，认真地说："那些伤害过你的人，都将受到应有的惩罚。"

临近年关，铜窑镇下了整整一星期的雨。

傍晚，窗外，蒙蒙细雨。

贺枝南穿着魏东的绿色军大衣，撑着大黑伞，带着张齐齐在院里的小菜地查看自己种的小白菜。

"齐齐，你去厨房拿个菜篮。"

"好嘞。"

张齐齐很听贺枝南的话，转身小跑进屋。

朱妮娜从昨天开始突然玩消失，电话、微信一概不回，贺枝南十分担忧，生怕这疯女人被外星人抓去当成标本研究。

雨越下越大，黑伞被豆大的雨滴砸得啪啪响，贺枝南看了一眼雨势，想着先回屋，等魏东买菜回来再去扯白菜。

"贺姐姐！"

拿着菜篮的张齐齐站在门口大喊，成功吸引了贺枝南的注意力。

她缓慢回身，看向张齐齐，然后顺着他惊奇的目光看向铁栅门。

门外赫然出现一个撑着蕾丝花边伞的女人。

雨中，灯泡的光线很暗，人影模糊不清。

贺枝南疑惑地朝前走了两步，等看清伞下那人的脸时，讶异地叫道："妮娜？"

朱妮娜愣了两秒，激动得扔下伞朝贺枝南狂奔过去，一下扑进贺枝南怀里，高兴地喊："南南！我的南南！我可算找到你了！"

贺枝南身娇体弱，险些被她撞倒。

朱妮娜初来此地，人生地不熟，一心想要给贺枝南惊喜，凭借人畜无害的童颜，外加三寸不烂之舌，一路打听，终于赶在天黑前找到这里。

"你……你怎么突然跑来了？"贺枝南难掩激动道。

"这才有意思，你知道我这个人喜欢惊喜。"

贺枝南笑道："妮娜大大造访，真是蓬荜生辉。"

"你少捧杀我，本小姐不吃这套。"

朱妮娜个子比贺枝南矮近十厘米，小巧玲珑。她打量着贺枝南，被其怪异的造型惊吓到，眉头紧皱，略带嫌弃地说："你这穿的是什么东西？东北大棉袄？"

"你别光说我，你穿得才奇怪。"贺枝南看着朱妮娜的装扮，不解地问，"这不是我们高中的校服吗？"

朱妮娜留着一头雾蓝色的长卷发，束起高马尾，穿着深蓝与纯白相间的秋冬款校服，黑色棉袄，白色板鞋，虽是素面朝天，但皮肤很好，白皙红润，细腻光滑。她是天生的黑瞳，那双漂亮的眼睛在灯下熠熠生辉。

贺枝南曾说她是猫咪脸，绵羊声，老虎心，完美对应国外恐怖电影里的萝莉杀手。

"你以为我乐意？穿成这样别扭死我了。"提及此事朱妮娜就郁闷，"编辑说现在不流行霸总文学了，让我写些校园文，我哪里还记得读书时发生的那些破事？所以就翻出校服找找感觉咯。"

"找到了吗？"

"没。"朱妮娜两手叉腰，气呼呼道，"刚刚在路上遇到几个高中生，居然敢跑来问姐姐要微信，真是吃了豹子胆了。我直接跳起来打爆他们的头，小小年纪不学好。"

贺枝南想象得出，那画面既血腥又搞笑。她邀朱妮娜进屋："你的衣服湿了，先进屋里暖和暖和。"

"你不说我都忘了。"朱妮娜瞬间收起生气的表情，撒娇似的抱着贺枝南的胳膊抱怨，“这破地方冷死我了！你看，我的手都冻僵了，好可怜的。”

“我等下帮你暖一暖。”

朱妮娜看着贺枝南温柔舒展的眉眼，调笑道：“你真的变了。”

“变好了？”

“你一直都很好。”

贺枝南柔声笑道：“以后会更好。”

两姐妹一前一后进屋，看戏的张齐齐还在屋外瑟瑟发抖。

“齐齐，快进来，外头冷。”贺枝南喊他。

张齐齐搓了搓胖手，缩着脖子关门进屋。

贺枝南想吃排骨，魏东下午忙完便开车去买菜了，返回小院时，已是暮色降临。

魏东走到门口听见里头有人说话，是软绵绵的陌生女声，隔着门都能想象那人说话时眉飞色舞的样子。

他推开门，坐在沙发上认真听故事的贺枝南连忙起身，快速走到他跟前，压低声音道：“我朋友来了。”

魏东愣了一下，很快明白这个“朋友”是指谁。

他侧头看去，恰好跟朱妮娜略带审视的目光对上。他瞥了一眼她身上的校服，不免纳闷，小声问：“你这是……忘年交？”

贺枝南微怔，侧过头低低地笑，然后牵着一脸蒙的魏东走到沙发前，介绍道：“我唯一的好朋友，朱妮娜。”

魏东友好地打招呼，说：“魏东，南南的男朋友。”

朱妮娜饶有兴致地打量贺枝南洋溢着幸福笑容的脸，再看向这个男人，且不说他出众的男模体格，光看这张脸就比之前的直男照帅上几百倍，的确有让女人疯狂的资本。

“百闻不如一见，谢谢你照顾我家南南。”朱妮娜客套地说。

魏东坦然答复：“不客气，这也是我分内的事。”

朱妮娜莞尔一笑。

魏东帮朱妮娜把箱子搬上二楼，转身回厨房做饭。

贺枝南收拾出自己之前住的屋子，换上崭新的被套，又跑去魏东的房间拿回自己的枕头。

“你这是……”朱妮娜问。

“今晚我跟你睡。”贺枝南说。

朱妮娜笑眯了眼，问："就这么抛弃你的好哥哥了？"

"我天天陪他睡，他偶尔也要学着自己长大。"

朱妮娜毫不客气地揶揄："你说这话心不虚吗？"

"不虚。"贺枝南硬气地挑眉，转身从衣柜里拿了一套干净的运动衣给她。

朱妮娜脱了半湿的校服，大大方方地换上。衣袖略长，贺枝南细心地替她挽好，问："你这次过来，能待到年后吗？"

"本就是跑来逃难的，我还怕你不收留呢。"

"怎么会？你想住一辈子都成。"

"富婆姐姐，求包养。"朱妮娜给了贺枝南一个"熊抱"。

贺枝南笑着拍拍她的后背，说："瞎贫，你比我有钱多了。"

"可是我再有钱，我妈还是不满足。"家家有本难念的经，朱妮娜对外再嚣张跋扈，面对自家老母亲时，依旧会不知所措。她忧愁地说，"南南，我觉得我特别像我妈名牌包里的某件物品，背后刻着品牌名，被人带着四处吆喝，价高者得。"

"你跟她好好谈过吗？"

"谈什么？"朱妮娜垂眼，神情落寞地说，"我跟她是两个世界的人，她什么都想要，我什么都不想要。"

"男人呢？"

"偶尔要。"朱妮娜被贺枝南的问话逗笑，傲娇地挑眉道，"偶尔有用。"

"说这个你就来劲。"

朱妮娜不自觉地想起一些事，身子隐隐发热，只好转移话题："聊点儿纯洁的东西。我最近忙死了，一点儿想法都没有。"

贺枝南莞尔一笑，说："走吧，下去吃饭。"

"好。"朱妮娜亲昵地搂着贺枝南的胳膊，下楼时小声询问，"南南，山珍哪里有？"

"山里。"

朱妮娜噎住了。

自从朱妮娜到访，原本安静温馨的小院变得热闹非凡。朱妮娜的适应能力超强，"入乡随俗"四个字被她展现得淋漓尽致。

她穿着朴实无华的棉大衣，迅速同善良好客的张婶打成一片，每天准时早起，乐呵呵地跟着张婶步行去菜市场买菜，鸡同鸭讲地跟本地人砍价，随着张婶钻进阿婆堆里，听各式各样的奇葩小八卦。

那日，她陪贺枝南在小院里捣鼓菜地，忽而听见外头张齐齐炸雷似的吼声，她飞速跑出去拦住气势汹汹的小胖子，问："胖墩儿，去哪里玩？"

张齐齐肉脸通红，气势十足道："干架！"

"带上我一起。"

小胖子潇洒地挥手："抄家伙，走！"

朱妮娜一脸亢奋地跑进院里抄起扫帚，浑然不顾贺枝南的阻拦，追随张齐齐而去。

"哎，你去瞎凑什么热闹！"贺枝南的话音刚落地，朱妮娜就已消失得无影无踪。

贺枝南摇着头长长地叹息了一声。

这时，魏东恰好从屋里出来，看到她一脸郁闷，笑着从身后抱住她，委婉地说道："你这个朋友，喀，有点儿意思。"

贺枝南冷哼道："你见过哪个成年人掺和小学生打架的事？"

魏东低笑道："说实话，我总觉得她特立独行的行事风格有些熟悉。"

贺枝南愣了一下，转而看向他的眼睛。

经过这么长时间的相处，二人的思维早在潜移默化中逐渐同频。

贺枝南有了预感："你别告诉我，是那个人。"

魏东嘴角上扬道："那个人，当年比我还会打架。"

"怎么可能？"

贺枝南想起那张阳光灿烂的娃娃脸，很难将他跟暴力事件联系在一起。

魏东没解释，只给了她一个别有深意的眼神："明天我要去趟物流公司，你是一起，还是在家陪朋友？"

"一起。"贺枝南的瞳孔一亮，"顺便带上她。"

翌日傍晚，天空忽降小雪。

魏东下午接了个熟客的单，忙完回家时，天已经完全黑了。

皮卡车很快驶离小院，魏东负责开车，两个女人坐在后座聊天。

朱妮娜自小生活在繁华都市，第一次来这种乡野小镇，沿路看到什么都觉得稀奇，遇上卖饼的小摊贩也会要求停车，财大气粗地买一大堆，财神爷似的发放给嘴馋的小孩子。

“她喜欢小孩子？”魏东转头问贺枝南。

贺枝南无语地撑着额头，喃喃道：“不，她喜欢发钱。”

魏东笑着点头，心想，是个人才。

车子奔驰在省道上，魏东瞄了一眼后视镜，身穿校服的朱妮娜正有滋有味地啃着饼子，贺枝南在她满怀期待的目光注视下勉强咬了一小口，艰难地咽下。

路上，朱妮娜聊起昨天那场惊心动魄的小学生群架。

“所以，最后谁赢了？”贺枝南问。

“当然是我们。”

贺枝南也不是不信，可回想起张齐齐那张生无可恋的脸，疑惑地问了一句：“你动手了？”

“没有，我可不是欺负小孩子的那种大人。”朱妮娜盘腿坐在座椅上，得意扬扬地挑眉道，“只是让所有约架的小孩子，每个人给我背两首古诗，背不出就罚站。”

“喀喀。”魏东没忍住笑出了声，随后咳了两声掩饰。

贺枝南无奈地问：“朱妮娜，你是有多无聊？”

“人生苦短，唯有苦中作乐，才能说服自己了无生趣地活下去。”

“说人话。”

“特别无聊。”朱妮娜咬着嘴唇，眼睛亮晶晶的，“你还不给弱小无助的我喂好吃的，山珍……”

贺枝南恐她说出些让人面红耳赤的话，伸手捂住她的嘴，低声问：“你疯了吗？”

朱妮娜轻轻扯开贺枝南的手，在她耳边低语：“今晚去的地方，附近有酒吧吗？”

“你想干什么？”

朱妮娜嫣然一笑不作声，贺枝南叹了一口气。

放飞自我的疯女人，胆子可真大。

魏东的车驶进仓库，稳稳停在空地上。

朱妮娜先行下车，看见仓库那头一群人在搬货。她没见过这架势，撑着伞迅速往那边走。

魏东拉开车门，伸手把贺枝南抱下来。

贺枝南被他牵着走到小院中央，环顾四周，没寻到朱妮娜的身影。

“别担心，就这巴掌大的地方，还能走丢不成？”魏东安慰她。

贺枝南嘴角一弯，没吱声。

倒不是怕走丢，她只是担心这女人会干出什么奇葩事情，毕竟这些年她没少干这种事。

牧洲昨晚熬了一个通宵，上午安排工作，直到傍晚时才抽空眯了一会儿。屋外下雪了，他在黑色卫衣外面套了一件深色的飞行夹克，头发乱得堪比鸟窝。下楼时他掏出一根烟，深吸两口醒了醒盹儿。

他刚走到止在卸货的大货车前，就看见一个撑着伞的女生直愣愣地站在旁边。她上半身被伞遮挡，下头是校服裤子加板鞋，妥妥的学生气。

“哎，那边那个小朋友，你站在那里干什么？”牧洲喊。

“小朋友”听见叫唤声，面露疑惑地转身看他。

隔着两三米的距离，二人四目相对，冰冷的气流仿佛瞬间凝固。

朱妮娜的校服外罩着驼色羊角大衣，雾蓝色的长发披散在脑后，她大步流星朝牧洲走去，她个子不高，气势倒十足。

牧洲净身高一米八五，朱妮娜矮他三十厘米，仰头看人时脖子微酸。

“你叫谁小朋友？”

明明是软软的声音，开口却是女土匪的腔调。

牧洲暗自感叹，生了一张这么带劲的脸，偏长了这么一张嘴，可惜。

他好脾气地笑了笑，说：“不好意思，姑娘，我看你长得娇小玲珑的，一时眼拙，认错了，我给你道歉。”

“谁稀罕你的道歉？”朱妮娜十分讨厌自以为是的男人，尤其这人还攻击自己的身高，她更加不能忍，咄咄逼人道，“以貌取人可耻，以自己的长处攻击对方的短处，耻上加耻。你长得高了不起？上面的氧气足一些吗？”

牧洲微微一愣，笑了一声。

这呛口小辣椒，给她台阶不下，反倒不依不饶的，还挺能说。

牧洲在男女关系上一直很温柔，他恶劣的那一面藏得太好，从未被人发现，平时也鲜少被激怒。今天他不知哪根神经搭错了，又或许是起床气作祟，他瞥了一眼身边的石墩，扔了烟，冲这姑娘招招手，说："你过来，站上去。"

"凭什么？"

牧洲懒得多说，一把扯开朱妮娜的伞，粗暴地拽起她让她站上石墩。

"喂，你这人……"朱妮娜张嘴就想骂人，可石墩不稳，上面又有积雪，她整个人摇摇欲坠，情急之下用力按住牧洲的肩膀，姿势略显暧昧。

她心里暗道，这人看着高高瘦瘦，摸起来还挺结实。

"晕不晕？"牧洲语带挑衅道。

"晕什么？"

"晕氧。"

朱妮娜气得破口大骂："你有病呀！"

牧洲失笑："我是有病，你挨着我不怕传染吗？"

"你……"

朱妮娜哑口无言，硬气地收手，瞬间失去重心，整个人往前一扑。牧洲猝不及防接了个满怀，抱着她朝后退了两步，双双跌坐在地上。

魏东跟贺枝南赶来时，便看见二人这过于亲密的姿势。

"妮娜。"贺枝南轻声呼唤。

朱妮娜刚刚吓得魂飞魄散，勉强缓过神，两只手撑着牧洲的胸口。她低头，见他嘴角微勾，笑眼迷离，那眼神实在是耐人寻味。

这男人身上的气息很干净，没有乱七八糟的香水味，反倒有种清香的柑橘气，烟味很淡，不难闻。

朱妮娜利索地爬起来，拍了拍身上的雪，越想越不对劲。

太诡异了，怎么说她也是个万草丛中过的渣女，怎么可能那么轻易地着了别人的道？

牧洲跟着起身，深沉的目光从她脸上一扫而过，笑着看向魏东身边的贺枝南，说："嫂子，这位是……"

"忘了给你介绍，朱妮娜，我最好的朋友，从北城来这边旅游。"

贺枝南见朱妮娜还在纳闷，强行拽过她的手伸向牧洲，侧头向她介绍："牧洲，魏东的兄弟。"

牧洲大大方方地伸手，朱妮娜却一脸厌恶地要缩回手。牧洲强行握紧，说道："大家都是朋友，刚刚是我冒犯了，抱歉。"

朱妮娜碍于外人在场，不好直接开骂，只好扬起微笑凑近对方，咬牙切齿地问："哥哥，你摸够了没？"

牧洲保持职业假笑，在她耳边说："妹妹，手挺软。"

"我……"朱妮娜忍不住想骂脏话，可转头看到贺枝南和魏东那两张疑惑的脸，外加牧洲还一脸无辜的表情，只好强行将愤怒压了回去，说，"超级想上厕所。"

牧洲爽朗大笑，大发慈悲地松开她的手，朝右侧做了个礼貌的手势："请。"

朱妮娜愤恨地瞪他一眼，硬着头皮朝洗手间走。

牧洲醒了盹儿，心情十分愉快。他懒洋洋地跟在朱妮娜身后，然后从口袋掏出烟盒，背着风侧头点燃，悠哉悠哉地吸吐。

贺枝南看着二人一高一矮的背影，担忧地问魏东："他们没事儿吧？"

魏东笑了一下，轻声安抚："高手过招，正常。"

厕所在矮楼的一楼，每日有专人打扫，干净无异味。

牧洲背靠着冰冷的墙抽烟，蜿蜒向上的烟雾模糊了他明朗的五官，标致的桃花眼半眯起，思绪逐渐飘远。

"啊！"

厕所内突然传来女人的尖叫声，牧洲下意识扔了烟，疾步走到厕所门口，什么都还没看清，迎面就扑上来一个人。那人径直跳到他身上，手脚缠紧他的身体。

牧洲站着不动。

那人埋在他耳边急促喘息，呼出的热气喷到他脖子上，痒痒的。

"厕所里有蜘蛛。"她的声音细而不做作，冰凉的鼻尖贴着牧洲的脖子，嘴唇若有似无地擦过他的肌肤。

牧洲两只手放在身侧，也不抱她，摆出一副正人君子的嘴脸，笑了一下，问："在哪里？"

朱妮娜不愿回想，手指颤抖着往后指，说："里面那间。"

"你先下来。"

朱妮娜不依："不要，我害怕。"

牧洲不冷不热地问："你抱着我就不害怕了？"

朱妮娜闻言缓缓抬头，近距离同他四目相对。

二人都是不符合年龄的童颜，乍一看有种学生时代的纯情感。

朱妮娜穿着宽松的高中校服，黑瞳灿若流星，满脸的胶原蛋白，猫咪似的美颜让人情不自禁地产生保护欲。

牧洲自带少年气，除了工作，私下干什么都是那副云淡风轻的样子，看似慵懒，实则城府颇深，绝不踩坑，同外面那些光有颜不长脑的男人截然不同。

“牧洲哥哥，你要扔下我吗？”朱妮娜卖乖道。

牧洲饶有兴致地打量她毫无破绽的笑脸：“哥哥？”

朱妮娜懵懂地眨了下眼。

有问题吗？

“行，妹妹喜欢抱就多抱一会儿。”

横竖不过是演场对手戏，反正他闲着也无聊，陪她玩玩也无妨。

牧洲往里走几步，朱妮娜时不时往后瞄一眼，矫揉造作地大叫，两只手缠着他的脖子抱紧他，在他耳边叫得像小奶猫。

牧洲深吸了一口气，踹开里间的门，目光四下扫了一番，淡声问：“蜘蛛呢？”

“刚才还在，兴许跑了。”朱妮娜漫不经心道。

牧洲皮笑肉不笑，无情戳破她的谎言：“但凡学过生物都不会用这么‘聪明’的借口。你的老师有没有告诉过你，蜘蛛需要冬眠？”

朱妮娜心虚地垂眼，咬了咬下唇。

文科生哪里记得那么多？早知道就说蟑螂了。

“闹够了吧？下来。”牧洲还算好脾气，再烦躁也得给东哥媳妇几分薄面。

朱妮娜睁着清亮的圆眼睛看他，两条细胳膊搂着他的脖子，撇撇嘴，眼眶已经红了，像被人欺负了的小可怜似的。

牧洲被她这一出弄得措手不及，不禁纳闷，这一没碰她，二没凶她，眼泪是从哪里挤出来的？

“我说的都是实话，你为什么不相信我？”朱妮娜小声说。

牧洲的头疼，说：“我没说不信。”

“那我见到的那只就是喜欢看美女，诈尸不可以吗？”

“嗬。”牧洲没忍住，勾唇笑出声，“可以，是我以小人之心度你的君子之腹，对不起行了吧？”

“不太行。”

“哪里不行？”

朱妮娜嫣然一笑，视线扫过牧洲白得发光的脸，她的呼吸停滞了片刻，伸手摸向他脖子上那颗小小的黑痣。

她看着他的眼睛，娇软地问：“牧洲哥哥，这里……有人亲过吗？”

牧洲盯着朱妮娜唇边那抹作恶的笑。小恶魔头上的角藏得再隐秘，他依旧能一眼看穿。

他眉头轻蹙，问：“你到底想干什么？”

“我想……”

朱妮娜笑容明艳，拉长尾音，指尖抚过牧洲脖子上的黑痣，然后在他的注视下，低头亲吻他的下巴。

触感柔软，喷洒的鼻息暖暖的，十分撩人。

就像刚出锅的汤圆，咬破软糯的外皮，甜腻的内馅顺着舌头滑入喉咙，让人唇齿留香。

朱妮娜侧头在那颗黑痣上吻了一下，耳边响起男人沉闷的喘息。

朱妮娜满意地低笑，凑到他耳边，一副胜利者的姿态道：“我以为你有多厉害，原来也不过如此。”

她一秒收起笑，迅速从他身上下来，但没急着后退，仍与他保持着肌肤相贴的暧昧距离。

牧洲低头，那眼神透着说不出的玩味，像是早已看穿她的小心思。

朱妮娜撩起他的外套，指尖下滑，然后解气地扬眉，露出孩童般的笑容，说：“你输了。”

牧洲没吱声，盯着她神采奕奕的脸。

朱妮娜帅气地推开他，神清气爽地扭头准备出门，谁知刚走了一步就被人扣住手腕。

“啊！”她直接被人推在白墙上，后背撞得快散架了。

牧洲钳住她的两只手按在头顶，笑着弯腰，平视着她的眼睛。

她两只手挣脱不开，愤怒得只想用脚踢他。

“朱妮娜？”

两人身高悬殊，朱妮娜的气势弱了一截，骂人都像调情：“干吗？”

牧洲轻轻挑眉，满眼戏谑道：“你就这两下子？”

在此之前，朱妮娜从没失手过，更不会被人占据上风，所以看着他一副掌控全局的嘚瑟样就来气，她不高兴地说："放开，不然我叫人了！"

"叫谁？"牧洲脸上的笑意加深，"在我的地盘里，你叫谁也没用。"

"浑蛋！"她挣不开，骂道。

牧洲游刃有余地接住朱妮娜下滑的身体，用唇碰了碰她的耳朵，说："妹妹比我想象的还要可爱。"

"你……"朱妮娜杀他的心都有了。

牧洲慢悠悠地直起身，那笑容看着着实欠扁。他松开朱妮娜，抬步往外走。

朱妮娜不依不饶地追上来。今天的怒火如果不发泄出来，晚上她会连觉都睡不着。

朱妮娜踮脚搂住牧洲的脖子，嘴唇急切地凑上去。牧洲下意识地偏头，吻落在他的侧脸上。

牧洲侧头，轻佻地笑问："不服气？"

"少废话！"朱妮娜发了狠，不管不顾地扳过他的脸。

牧洲猝不及防被人堵住唇，脑子空白了几秒。

外面的女人，他从不接吻。单纯的生理需要无须扯上感情，他认为接吻是情侣做的事，他不相信爱情，但并不想玷污那一种情感。

牧洲闷哼皱眉，舌尖被人狠咬一口。

朱妮娜的吻技比他还差，同她表现出来的老手气质全然不搭。

牧洲的呼吸粗重，用力摔上门，搂着她的后腰按在门后亲。

"咚咚。"

有人敲门。

"牧洲，你在里面吗？"来人是大光。

"嗯……来人了。"朱妮娜扭头躲避牧洲的亲吻，对他说道。

牧洲的吻追过去，眼底笑意不减："这怎么算？平手？我可从没输过。"

朱妮娜满面潮红，嘴依旧很硬："你也赢不了。"

牧洲两只手撑着门，把她禁锢在双臂之间，低头看着她，意味深长道："这种游戏，没有输赢。"

ZHINAN
AND
WEIDONG

EVERYTHING ABOUT YOU FASCINATES ME.

Everything about you fascinates me.

"你喜欢我什么？"

"全部，你的所有，都让我着迷。"

朱妮娜直勾勾地盯着他，视线扫过他脖子上小小的、有些性感的黑痣，问："如果我非要分胜负呢？"

刚才几番试探，二人心知肚明，自己是什么人，对方是什么人。

"哥哥让你赢。"牧洲直起身，居高临下地看着她，慢悠悠地说，"别闹就行，头疼。"

屋外下起鹅毛大雪。

朱妮娜套上外衣帽子，精神恍惚地回到贺枝南身边，脸颊还在发烧。

"你怎么去了那么久？"贺枝南疑惑地问她。

"补妆。"朱妮娜搪塞道，然后故作不经意地朝另一边看去，牧洲伫立在雪中，正同身侧的魏东聊天。

他个子高挑，身形刚刚好，略显凌乱的黑发随风飘扬，笑起来清爽俊朗。单看这娃娃脸和气质，完全看不出他那暗黑的内在。

"妮娜？"

"啊……"朱妮娜回过神，一脸蒙，问，"怎么？"

贺枝南很少见她失魂落魄的样子，不解地问："看什么这么入神？"

朱妮娜收回目光，笑靥如花道："看雪。"

北城也有雪，只是不如这里有趣。

正在这时，朱妮娜口袋里的手机响了。她掏出来看了一眼，明亮的眼睛瞬间暗淡下去，说："南南，我接个电话。"

贺枝南看她表情都能猜出是谁，问："你妈？"

"嗯。"朱妮娜闷声应话，垂头丧气地走向空地。

她只不过想喘口气而已，这样也不可以吗？

不远处的货车边，两个男人还在雪中聊天。

牧洲指间夹着未点燃的烟，视线一路追着朱妮娜。她蹲在地上，冷得缩成一团，一边接听电话，一边无意识地在薄薄的积雪上画圈。

魏东瞧见，难得多嘴说了一句："我以为你不喜欢这种姑娘。"

"哪种？"

"闹腾的。"

牧洲垂眸笑了一下，一下一下地按着手里的打火机，说："我没有所谓的喜欢或不喜欢，图开心而已，没必要分得那么清。"

魏东紧紧盯着他，问：“没有例外？”

“没有。”牧洲回答得斩钉截铁，只是当视线触及朱妮娜的脸时，下意识地皱了皱眉，失神道，“哭了。”

“嗯？”魏东不解地顺着牧洲的目光看去，却见到朱妮娜眼睛弯成小月牙，笑得正甜。他疑惑地问，“是你眼瞎还是我眼瞎？”

“她在哭。”牧洲嘴里叼着烟，点燃后深吸了一口，过了很久才缓缓吐出，“哭得很难看。”

第十章

消失

寒风卷着雪花呼呼地刮着，牧洲站在货车后指挥几人搬货，到了休息时间，两个退伍兵嚷着要比拼俯卧撑，仓库的人全都围过来观战，魏东牵着贺枝南站在车前。

贺枝南没见过这种阵仗，直愣愣地盯着。魏东侧头看见她那副目不转睛的认真样，酸酸地问：“你喜欢看这个？”

贺枝南头也不回，敷衍地回应：“还行。”

“我天天在家做，也没见你这么来劲。”

贺枝南闻言，只觉魏东这话里的酸气满得快要溢出来了。她侧头去看，果真见到一张郁闷至极的大黑脸。

“你吃醋？”她憋着笑问。

“没。”

“真的？”

“假的。”魏东捏着贺枝南的下巴，强行让她面对自己，抱怨道，“我连续失眠一星期，都忘了抱老婆睡觉是什么滋味。”

贺枝南的眉眼含情，小声说：“那是因为……朋友在嘛。”

魏东挑起浓眉，粗声粗气道：“今晚呢？”

“你想我了吗？”

“你说呢？”魏东亲昵地揽住贺枝南的后腰，低头在她耳边道，“晾了我这么久，你也舍得？”

“当然。”贺枝南故意逗他。

魏东信以为真，脸色更不好看了。贺枝南见状，赶忙补救：“舍不得。”

魏东最怕她来这套，她一撒娇，他什么火气都没了。

他如释重负："今晚你别想跑。"

"不跑。"她娇滴滴地看着他，甜蜜地说，"我也很想抱着你睡。"

货车前的俯卧撑比赛赛况激烈，一时间难分胜负。

牧洲双手抱胸，神色散漫地靠向车尾。

晶莹的雪片落在嘴边化成水，他伸手抹开，唇舌间的燥热还未消去。他不禁回想起朱妮娜那张喋喋不休的嘴和湿润软糯的小舌头，尝起来是真的美味。

不知站了多久，牧洲正准备从外套里拿烟，身后突然有人拉扯他衣服的下摆。他慢悠悠转身，一个娇小的姑娘站在他面前，身高才刚刚到他胸口，像极了童话故事里的小矮人。

朱妮娜摘了帽子，将雾蓝色的长卷发别到耳后，露出巴掌大小的脸，黑亮的瞳孔灿若星光，眼眶湿润泛红。

果然是哭过。

而且是偷偷摸摸，躲在角落的那种。

"干什么？"牧洲问。

"这附近有酒吧吗？"朱妮娜不耍狠时嗓音娇软，听得人心痒，"我想喝酒。"

牧洲不动声色地瞥了一眼她低垂的长睫，说："你想让我带你去？"

"可以吗？"

"我要说不呢？"

"那我换个人问。"朱妮娜倒也洒脱，径直转身。

牧洲伸手扯着她的帽子，把人扯回原地，义正词严道："你想骚扰我的员工，也得先问过我的意见。"

"哦。"朱妮娜漫不经心地应道。她面色苍白，眼神空洞，刚刚在厕所时的那点儿嚣张劲荡然无存，此刻的她，就像一副被人掏空了灵魂的躯壳，在风中摇摇晃晃。

牧洲不认为自己是轻易发善心的人，相反，他那张标准化的笑脸下，藏着的是疏离与淡漠。他经历过太多，早已看淡世事，尤其是感情。

可奇怪的是，他们明明刚认识，他居然能看穿她的心，并且在她身上找到自己曾经的影子。

他的直觉告诉他，他们是同一类人。

“你去门口等我。”牧洲撂下这话，也不管朱妮娜会不会乖乖照做，转身朝仓库的另一头走去。

朱妮娜避开货车前嬉闹的人群，顶着风雪朝铁门走去，两只手都要冻僵了。

仓库门口的铁栅门十分破旧，深绿色的漆几乎掉光了，锈迹斑驳。

没过多久，朱妮娜听见引擎声，接着，刺眼的车灯照过来。她伸手挡在眼前，“黑骑士”缓缓停在她面前。

牧洲穿着深褐色防风衣，两条长腿踩着地面，完美的线条让人心生嫉妒。他戴着黑色头盔，顺手给朱妮娜扔了个同色系的头盔，说：“上车。”

朱妮娜一脸茫然地接住头盔，抬头看着漫天的飞雪，难以置信地问：“坐这个去吗？”

“嗯。”

朱妮娜还想说什么，牧洲一句话挡回去：“你磨叽的这点儿时间，够喝两杯酒了。”

这话外人听着或许怪诞，朱妮娜却深以为然。

她瞬间抛下所有乱七八糟的顾虑，乖乖戴好头盔。要上车时却被牧洲拉住，她问：“怎么？”

牧洲没吱声，替她扣好羊角扣大衣最上面那颗衣扣，忍不住摆架子道：“在外头乖点儿，别给我惹事。”

朱妮娜推开他的手，冷冷地说：“哥哥放心，我们各玩各的，互不干扰。”

他散漫地笑道：“最好是。”

贺枝南看俯卧撑比赛看得入了神，直到最后分出胜负，转身去找朱妮娜时，才发现她不见了。

魏东闻言，环顾四周，发现牧洲也不见了，心中有了猜测，道：“别着急，打个电话问问。”

贺枝南知道朱妮娜鬼点子多，生怕她头脑发热干傻事，掏出手机刚想打电话，屏幕上蹦出一条微信消息。

贺枝南皱眉看了几秒，侧身将手机递给魏东看。

“我很安全，还有，今晚别找我。”

贺枝南沉默片刻，视线扫过空旷的仓库，牧洲果然也不见踪影。她迟疑地说：“她应该不会是……跟他？”

魏东笑而不语。

“这么快？”贺枝南有些无语。

她想着朱妮娜是个成年人，疯疯癫癫，自己也管不住，索性随她去了。

牧洲或许不算好人，但碍于魏东的面子，不至于干出什么伤天害理的事。

“主角都不见了，我们也消失吧。”

魏东笑着伸手揽过贺枝南的肩，带着她往车子处走，低声道：“你才是主角，我的女主角。”

他拉开车门，抱着贺枝南上车，替她扣好安全带。

车外的灯光照进来，贺枝南眼神迷离，柔情似水地看着魏东。

二人挨得很近，明明亲热过那么多次，但仍会一凑近就心跳加速。

“看我做什么？”魏东的喉结滚了一下。

贺枝南也不扭捏，如实回答：“想亲你。”

“这儿人多，换个地方。”

“好。”贺枝南本想提议去就近的酒店，可目光扫过车窗外纷纷扬扬的雪，脑中突然出现一个美如幻境的画面，她说，“今晚的雪很美，我想去钓鱼。”

魏东只当她在说胡话。冰天雪地的，湖面都快结冰了，钓哪门子鱼？他明明该理性拒绝，话到嘴边却换了：“你确定？”

“嗯。”

“行。”任何时候都要把满足老婆的心愿放在首位，至少魏东是这么认为的。他说，“你想去哪里，我都陪你。”

上山的路面结了冰，车子龟速行驶，费了九牛二虎之力才停到之前停靠的枯树下。

下车时，贺枝南脱了毛呢外套，露出乳白色毛衣和黑色长裙，厚款黑丝完美包裹她纤细的双腿。

“我抱你过去？”魏东问。

“不，我自己走。”

贺枝南难得固执一回，魏东就随她了，小心翼翼地牵着她前行。

毛茸茸的短靴踩在地面的薄冰上，发出挤压、破碎的咯吱声，乍一听很怪，听久了反倒觉得悦耳。

从下车的地方到池塘边，需要走很长一段路，二人有一搭没一搭地聊天。

“你以前经常一个人来吗？”

“嗯。”

“这里有什么让你留恋的？”

“安静。”魏东用手机照亮前方的路，偏头看着她，说，“夜里睡不着，我就跑来这里钓鱼，只可惜技术太烂，没钓上过几条。”

贺枝南不留情面地笑他：“那你还一本正经地教我？”

“我那纯属忽悠。”魏东的耳根隐隐发热，有些羞涩地说出实话，“钓鱼又不是我真正的目的。”

贺枝南停步，强拉住他，直勾勾地盯着他的眼睛问：“你真正的目的是什么？”

魏东不好意思地移开视线，吐出一个字：“你。”

贺枝南眉眼含笑，忽然很想亲吻他。

想给他狂热的、滚烫的吻，吻到他呼吸困难，面红耳赤。

他明明是个高大魁梧的糙汉，却有一颗纯良真诚的心。

距离上一次来这里，已经过去了两个多月。

池塘水面平静，茅草屋依然破烂，门前却不知何时装上了脏兮兮的灯泡，光线昏暗。长板凳被换成了几张结实的木凳，坐上去屁股冰凉，像浸在冰水中似的。

贺枝南皱着眉嫌冷，魏东二话不说扯过她按在腿上坐好，数落道：“这天寒地冻的，别人都往暖和的地方跑，就你一人例外。”

“这里不暖和吗？”贺枝南侧身坐在他的腿上，指尖撩开夹克摸至他的胸口。硬实的胸肌灼烫如火，她笑道，“我有专属取暖器，随身携带。”

“取暖可以，但得规矩点儿。”魏东按住她微凉的手。

这鬼地方风雪呼啸，再多的心思也得强行压下去。

“我想听歌。”贺枝南歪头靠在魏东颈边，说，“你唱歌给我听。”

“我唱歌不好听。”

“没关系。”

“发音也不标准。”

“我喜欢就行。”

魏东沉默半晌，还在想如何委婉拒绝，可贺枝南铁了心要听，搂着他的脖子娇声娇气地喊：“老公……老公……”

魏东拿她一点儿办法都没有。

丢人就丢人吧，在老婆跟前，面子又值几个钱？

“那我唱了？”

“嗯。”

贺枝南藏起笑，手默默地伸进他的衬衣下摆，贴着肉摸进去，贴着紧绷的裤头轻轻滑动。

“爱恋没经验，今天初发现，遥遥共他见一面，那份快乐太新鲜……分分钟都渴望与他相见，在路上碰着亦乐上几天，轻快的感觉飘上面，可爱的一个初恋……”

贺枝南猜得没错，果然是这首歌。

魏东很努力地咬准字音，唱得磕磕绊绊，但还是唱完了整首歌。

末了，他试探地问：“很难听吗？”

“不会。”贺枝南摸着他下巴上冒出的胡茬，吻了一下他的耳朵，说，“我很喜欢。”

魏东长长地吐了一口气，道：“那就好。”

贺枝南低头亲吻他的嘴角，也不急着深入，只轻柔地在下巴处试探。密密的胡茬扎疼她的唇，明明该难受，却莫名生出一种说不清道不明的刺激感。

“魏东，你的初恋是我吗？”贺枝南问。

“除了你还能有谁？”

贺枝南满意地轻声笑，眼底的深情浓得化不开。

池塘边风很大，他一时没忍住，抬头深深吻住了她……

牧洲所在的小镇旅游业发达，娱乐活动远比铜窑镇丰富。镇上有好几家酒吧，有驻唱演出的那家人气最高。

朱妮娜在吧台寻了处偏僻的位置，同酒保要了一杯威士忌。

她今晚情绪不佳，喝酒很猛，十分钟不到，两杯冰凉的酒，就滑进胃里，翻涌的灼烧感麻痹了心里的疼痛。

“还要一杯。”

朱妮娜外套里的手机振响，从挂断电话到现在一刻不停地在振。她烦躁至极，掏出手机直接关机，冷着脸接过酒保递来的酒，仰头一饮而尽，道："再来。"

牧洲坐在卡座，认识的朋友闻风而来。他坐在最中间，被一群漂亮的女孩子团团围住。他长了一张纯情的娃娃脸，又爱笑，笑起来很迷人，大多数时间温柔体贴，素质跟涵养都极好。

女孩在敬酒时会不经意地用胸蹭他的手臂，同他说话也是娇媚地咬着耳朵。

"你在看什么？"女孩浓妆艳抹，看得出来年纪不大。

牧洲收回视线，低头抿了一口酒，手指随意地转着打火机，语气淡淡地说："没什么。"

"上一次我喝醉了，谢谢你打电话让朋友来接我。"

"小事情，不用放心上。"

"牧洲……"她按住他的酒杯，不满他的注意力完全不在她身上，"我知道你看得见的，我对你的心思，我……"

牧洲侧头看她，笑了一下，问："你成年了吗？"

"嗯？"女孩心虚地低头，"嗯。"

"别撒谎，我跟你哥认识。"牧洲不留情面地戳穿她的谎言，眼神冷下去，"你以为你穿成这样就不是学生了？"

"学生不可以来这里吗？"

"可以。"

牧洲慢条斯理地直起身，将打火机收进口袋。他将目光瞥到另一处，看见穿校服的女人两只手托着腮，正傻呵呵地同酒保聊天。

有些人不是学生，却穿着校服混迹酒吧。

明明什么也不会，一眼就能看穿，还在他面前装老手，啧，小孩子。

朱妮娜不知喝了多少杯，脑子越发混沌，心里的痛也消失了。她并没完全喝醉，只是喝酒后话特别多，也不管人家愿不愿听，听不听得懂，硬拉着酒保谈天说地。

酒保见多识广，看多了各种酒后失态的男女，却是第一次见背英语单词的女人。他书读得少，没几个词听得懂，只能陪着她尴尬地笑。

酒吧每到准点都有乐队演出，将喧嚣的氛围推到高潮。

朱妮娜单手撑起头，视线扫过台上，微微皱眉，一脸迷惑地盯着射灯下架子鼓前的男人。

酒吧里暖气很足，牧洲脱了外套，里面是一件简单的白色上衣，随手抓的黑发在灯光下闪着光泽。他的皮肤过分白皙，眉宇间尽是漫不经心，修长的手指利索地操控鼓槌。

伴着摇滚味十足的主唱撕心裂肺的叫声，牧洲手中的鼓槌以极快的速度准确无误地敲击每一个军鼓和嗵鼓，鼓点越来越密集，强有力的节奏感听得人热血沸腾。

女人们的尖叫声不绝于耳，朱妮娜如梦初醒，察觉到自己的失态，她迅速收回目光，抿了两口酒。

等乐队演出结束，酒吧逐渐恢复平静，台上换了女歌手在唱歌，唱的是曾经流行的歌——《追光者》：“如果说你是海上的烟火，我是浪花的泡沫，某一刻你的光照亮了我。如果说你是遥远的星河，耀眼得让人想哭，我是追逐着你的眼眸，总在孤单时候眺望夜空……”

女歌手的烟嗓很独特，很好听，把一首写满遗憾跟忧伤的歌曲演绎得十分温情。

朱妮娜喝完杯中的酒，忍不住又看向舞台那边。下场后，牧洲靠着墙同乐队的其他人在闲聊，夹在指间的烟许久未吸，烧出一截烟灰，随后烟灰颤落。

他看人时总是淡淡地笑着，嘴角的笑容似乎有标准弧度，明明笑得很假，看着却很真实。

牧洲吸一口烟，仰头吐出烟圈，昏黄的壁灯照亮他颈边那颗黑痣。明明是再普通不过的一颗痣，朱妮娜却突然记起他后背的温度。

奔驰在雪夜的机车，几秒飙升至她不敢直视的变态车速。朱妮娜不情不愿地抱紧他的腰，贴在他的背上。蚀骨的寒风吹痛皮肤，耳边风声呼啸，她在冻死跟吓死之间徘徊。

舞台那边，乐队的吉他手跟牧洲碰了碰杯，真诚地致谢：“今晚真的谢谢你。要不是你救场，这场演出我都不知道要怎么弄。”

“大家都是朋友，客气就见外了。”牧洲脸上的落寞一闪而过，笑容紧随其后，说，“太久没碰这些，脑子跟不上，还好没演砸。”

“这话说的，你当年可是公认的天赋型鼓手，如果没去当兵，之后的舞台很大。”

吉他手跟牧洲年纪相仿，他们之前在同一个圈子里混过，清楚他经历的那些事情。

“只能说造化弄人，你那时候抛弃过往选择入伍，回来后没日没夜地挣钱，最后还是没有留住晓涵。”

牧洲眸底晃过一丝不易察觉的冷意，声音低沉下来：“过去的事情，我都忘了。”

“我听人说，她后来去了大城市，找了个有钱的老男人，现在快结婚了。”

“是吗？”牧洲扯了一下嘴角，不冷不热道，“祝贺她。”

“牧洲。”吉他手清楚牧洲那些莫名其妙的执念。倒不是说有多么难忘，只是毕竟付出过真心，分开时闹得太难看，总有些说不出的怨气。

他安慰道：“你已经做得足够好了，是她本性如此，你没有错。”

“我知道。”

牧洲当然清楚自己不是过错方。

年少时的他把爱情看得比什么都重，小心翼翼地呵护着，掏空自己去对对方好。他们从校园恋到异地恋，最后还是输给了现实。

他不恨她，即使她曾用最恶毒的方式刺伤他的心，却也不再爱她。

不只是她，他不会再爱任何人。

二人心照不宣地碰杯，一瓶酒很快见底。

吧台那头传出动静，牧洲闻声瞧过去，只见某个醉酒的男人正骚扰躲在角落的姑娘。

吉他手打开一瓶酒，刚要递给牧洲，侧头却发现他不见了，再一看，他已经出现在吧台处。

朱妮娜头晕目眩，但脑子很清醒，知道有一个恶心的猥琐男黏糊糊地凑近她，身上的酒臭味熏得她直想吐。

“小妹妹，一个人吗？想喝什么酒？叔叔请你。”

“滚。”朱妮娜冷冷地说。

男人脸上的褶子成堆，笑眯眯地说：“我就喜欢性子烈的，陪叔叔喝杯酒，我给你买名牌包。”

朱妮娜瞬间爆炸，径直将杯中冰冷的酒液泼在他的脸上，大喝道：“你脑子里装的都是排泄物吗？”

这边的动静闹得如此大，成功吸引了场内所有人的目光。老男人也不是吃素的，脸上挂不住，出口就爆粗。他凶神恶煞般朝朱妮娜伸出手，却被身后一股强悍的力量截住。

男人慢慢回头，看到牧洲那张面无表情的脸。他挣脱不开，高声呵斥：“哪里来的蠢东西？敢挡老子的道！”

牧洲不动声色地收紧手指，男人疼得各种哀号起来。

牧洲瞥了一眼惹了事却浑然不知错的女人，眉头微蹙，低声道：“你不闹事浑身难受是吗？”

“是他先惹我的。”朱妮娜据理力争，扶着高脚椅边缘跳下来，着地时两腿一软，差点儿没站稳。

牧洲甩开那人，拽着她的手臂，将她扯到自己身边。他低头看着她绯红的脸颊，声音放轻：“醉了？”

“没。”朱妮娜嘴硬得要命，“这点儿酒不算什么。”

牧洲抿了抿唇，没说话，冷冷的视线扫过那个老男人的脸，然后握住朱妮娜的手腕朝酒吧外走。

屋外，雪花飞舞，越下越大。

当街的酒吧门口没有合适的停车位，重型机车停在另一条巷子里。

大雪纷飞的夜晚，路上几无行人。二人皆喝了酒，走路时轻飘飘的，没人说话。

牧洲今晚也喝了不少酒，但没醉，被冷风一吹，发热的脑子清醒不少。他倏地停步，微微侧身，想确定朱妮娜是不是真的喝醉了。

结果他还没开口问，刚刚走过的街角处突然出现几个彪形大汉，后面跟着刚才酒吧里的老男人。

朱妮娜站在原地，抬头刚想问什么，突然被男人强拉着向前狂奔。身后响起凌乱的追赶声，那些人的气焰异常嚣张，高声嚷嚷着，几乎整条街都听得见。

朱妮娜来不及反应，本能地跟着牧洲疯跑。

寒风似利刃狠狠刮过皮肤，可朱妮娜并不觉得冷，只觉得胸腔内有一股陌生的躁动感。

不知跑了多久，牧洲带着朱妮娜拐进了另一条黑巷子。

他似乎对这里很熟，带着她弯弯绕绕地穿梭于不同的小巷，身后的叫喊声逐渐变弱，直到彻底听不见。

镇上的老房子近期在拆迁重建，他们躲进一间空置的破烂屋子。屋子的窗户玻璃破了大半，对面楼的灯光照进来，恰好照亮朱妮娜的小半张脸。

她明亮的眼睛水汪汪的，耳垂似熟透的小果子，她大口喘息，呼出清香的酒气。屋外静谧无声，朱妮娜后背贴着墙，仰头看着牧洲，酒后的嗓音软绵绵的，说的话却阴阳怪气："我还以为你能一个打几个。"

"他们一旦把你绑了，我胜算为零。"牧洲说。

朱妮娜微微怔住。

牧洲按着她的肩，微微弯腰，平视她的眼睛说："我把你带出来，就得安全带回去。"

"哦。"

牧洲欠扁地笑道："再怎么说，你也是嫂子的朋友，我就算再烦你，也不能真把你丢下。"

朱妮娜凝视着他的笑脸，微微皱眉。

"你笑起来真难看。"她明澈的眼眸被酒精熏红，"其实你对什么都不屑，你也并不想笑，对吗？"

牧洲明显愣了一下，笑意倏而加深，他食指抚过她的脖颈，停留在锁骨边缘，反击道："我笑得再假，也比你哭得真实。"

朱妮娜的心脏猛地颤了一下，说："我……我什么时候哭了？"

"从接电话到现在，一直在哭。"

"你胡扯！"朱妮娜像奓了毛的猫咪，两手握拳，愤怒地说，"你少自以为是了！你以为你很了解我吗？"

朱妮娜急切地想要证明自己，嘴里不住地说："像你这样的烂人我见多了，看似对待每个女人都很温柔，实则把女人当玩物，以此来证明自己有多垃圾。"

牧洲并未被她的话激怒，不急不缓地反问："那你呢？"

朱妮娜咬紧下唇，没出声。

"把感情当成游戏，只能赢不能输，肆意享受别人的喜欢，不拒绝，也不负责。"牧洲笑道，"你敢摸着你那颗破碎的良心说，你跟我不是同一类人？”

朱妮娜无言以对，酒后的脑子是糊的，只能干瞪着他。

“我要走了。”

她受不了这种气氛，也不喜欢他那双能看穿人心的眼睛。她在他面前仿佛是透明的，她所有不成熟的小动作他都尽收眼底，游刃有余地应付她，配合她，甚至是掌控她。

就在她想要逃离时，牧洲伸手拉住她，粗暴地将她扯进怀里。他的胸膛很烫，在朱妮娜看来，他这种人就该像个冷血动物那样冰若寒霜。

“人渣，放开我！”二人身高悬殊，力量更是悬殊，朱妮娜用了吃奶的力气挣扎也无济于事，只好气恼地踢他两脚。

牧洲没动，温润的声音在朱妮娜的头顶响起。“你知道成年人跟小孩子之间的区别是什么吗？”他一针见血地说，“小孩子只会用愤怒和哭闹掩饰内心的伤口，成年人则会找个安静的地方宣泄情绪。”

末了，牧洲摸了摸她的头说：“哭出来，不丢人。”

“我不会……”朱妮娜低声道，垂眼时，红红的眼眶掉下一滴滚烫的眼泪。

“我不会哭。”她的鼻子酸得厉害，哭腔越发明显。

之前的几年里，朱妮娜已经把该流的眼泪全都流干了。

她二十四岁，正年轻，她有钱有颜，想要什么样的伴侣都有。她早已不是那个被妈妈几句威胁的狠话轻易扰乱心智的小孩，也不再是恋爱脑的蠢姑娘，被自己全心全意爱过的男人骗财骗色。

她高高筑起坚固的城墙，以此保护自己不受伤害。

可是今晚，她或许是喝醉了，或许是牧洲的怀抱太过温暖，又或许是他胸腔内杂乱的心跳声扰乱了她的神智，她竟久违地放肆大哭了。

她哭了很久很久，直到哭得没了力气。

半晌，朱妮娜仰着头，泪眼婆娑地看着牧洲，眼眶通红，像被人抛弃的小可怜。

牧洲幽暗的眸光盯着那张挂满泪痕的小脸，喉咙发痒，他低沉地说道：“哭成这样，让人很想欺负。”

朱妮娜带着很重的鼻音说狠话：“就算欺负，也是我欺负你。”

牧洲垂眸轻笑，手指抹去她下巴处的泪水。他深深地凝视她的眼睛，喉结一动，吻跟着落了下来。

牧洲的舌尖舔过朱妮娜嘴角的泪，是苦的。

朱妮娜偏头躲避，两只手撑着他的胸口退开。

牧洲微怔，哑着嗓子问："要躲吗？"

同是自在洒脱的性情中人，气氛到了一拍即合，连标点符号都是多余的。屋外，雪花成团飘落，刺骨的冷风从破烂的窗户钻进屋内，对面二楼的灯光照进来，牧洲高高的身体挡住光，双眼微合，亢奋地吻着朱妮娜。

朱妮娜维持着最后一丝理智，颤声说："先……先说清楚。"

"说个屁。"牧洲散漫地笑道，长臂搂着她的后腰，低头咬她软软的嘴唇，喘息着说，"放心，哥哥懂规矩。"

屋外的寒风卷着雪花吹进来，二人肌肤相贴，呼吸灼烫。

余温散尽，牧洲逐渐恢复平静，说："走吧。"

他牵着朱妮娜走到门口，朱妮娜突然停步，伸手拽了一下他的衣服。

"怎么？"牧洲的声音还没恢复，十分沙哑，磨得人耳朵发麻。

朱妮娜的酒也没醒，一番云雨过后，脑子越来越迷糊，问："我就是想问问，你的规则是什么？"

牧洲愣了一下，随即笑了。见她满眼认真，他微微弯腰，将手按在她头上，语气暧昧："不满意？"

"也……不是。"她大概是脑子坏了才会问这种话，羞恼道，"当我没说。"

朱妮娜快步越过牧洲，径直往前走，可没走两步又被重新拉回他身边。

"我的规则是一次。"牧洲的心情很好，他伸手替她戴上帽子，微微一笑，说，"可今晚，我想破个例。"

朱妮娜被他那双含笑的眼睛盯得浑身不自在，突然词穷，干巴巴地说："哦。"

"走吧。"

"去哪里？"

"换个地方，继续。"

牧洲兴许也喝醉了，所以，他才会那么自然地牵着她。她也乖乖的，没挣脱，安安静静跟在他身后。

一夜风雪过后，整个小镇银装素裹。

贺枝南自失眠症自愈后，逐渐染上嗜睡症，似要把前些年失去的睡眠全补回来，最长可以睡上十五六个小时。直到饿得难受了，她才不情愿地从床上爬起来。

日上三竿，阳光从拉开的半边窗帘照进来，铺了小半张床，贺枝南翻了个身，嘴里嘟囔了几句，隐隐有转醒的迹象。

魏东醒得早，绕着酒店周边跑了好几个圈，回到房间时，床上的贺枝南依旧睡得香甜。他没打扰她，冲完澡坐在沙发上静静等待她醒来。

“嗯……”贺枝南昏昏沉沉地睁开眼睛，不算清晰的视野里，魏东正倚靠着沙发闭目养神。

听见动静，他几步走过来。贺枝南迷迷糊糊地伸长手臂，他俯身靠近，温柔一拉。很快，贺枝南就像树袋熊一样挂在了魏东身上。

魏东看着她慵懒“呆萌”的模样，忍不住凑近亲她。

贺枝南用手堵住他的嘴，扭头拒绝：“不要，没刷牙。”

“我不嫌弃。”

“我嫌弃。”

魏东无奈，也不强求，认命地抱着她走向洗漱池。

贺枝南还没完全清醒，眼睛半睁着，口里发出咕噜声，像小鱼在吐泡泡。魏东忍不住笑出声，拍了拍她鼓起的包子脸。她皱了皱眉，不情不愿地歪头，将漱口水吐在洗漱池里。

“你倒是不挑地方，住哪里都像在家里一样自在。”魏东挑眉戏谑。

贺枝南平静地接受魏东的擦脸服务。糙汉手重，动作放得再轻，都像是要擦掉她一层皮。

她被迫醒了神，两只手捧着魏东的脸，盯着他的眼睛说：“你在哪里，家就在哪里。”

魏东胸腔一热，说：“亲一下？”

“不好。”这是贺枝南今天第二次拒绝他的亲吻。

魏东轻蹙眉头，语气透着淡淡的失落：“为什么？”

贺枝南伸手戳他的肩膀示意他换个地方，将头埋在他的颈侧，轻言细语地解释：“你这人不经撩。”

魏东听完愣住，细想片刻，笑了。她说得对。

“雪停了吗？”贺枝南突然问。

“嗯，太阳都出来了。”

魏东抱着她走到窗边，将窗帘全部拉开。

屋外的世界白茫茫一片。

错落有致的屋顶上堆着厚厚的积雪，整个世界显得格外安静且洁净。挨着小院的矮树枝干上堆满了白雪，被冷风摇落了一些。

贺枝南被眼前的美景惊艳了，从魏东身上跳下来，拉开一小半窗户，探头往外瞧。

魏东从后面抱住她，问：“看什么？”

“风花雪月。”

“嗯？”

贺枝南在魏东的怀里转过身，温柔地抱紧他的腰，说：“你知道我为什么会来铜窑镇吗？”

魏东摇摇头。

“因为我之前看过一本书，是我很喜欢的一个女作家写的，书里写道，‘风花雪月夜，江南铜窑里’。我那时候就在想，这地方一定很美，很治愈，否则不会让她如此难忘。后来，我来到这里，遇见了你，我突然就觉得风花雪月是人世间最浪漫的事，我可以悠哉悠哉地过自己的小日子，吃自己亲手种的小白菜，没事儿就赏花看月……”

“不看世界吗？”魏东慢悠悠地问。

“不了。”贺枝南仰头看着他，笑道，“世界太大，它看不见我，我只想要与眼里只有我的你，共度漫长又温暖的一生。”

魏东煞有介事地点点头，说：“这话听着像是结婚誓词。”

贺枝南又气又好笑，捶他一下，嗔怪道：“你这根不解风情的大木头！我难得装一回文艺，你就不能配合我一下吗？”

“老婆说得对，我错了。”

“哼。”贺枝南娇娇地瞪了魏东一眼，懒得搭理他，话题转到别处，“我听张婶说，镇外有个公园很有名，夜里还能看烟花，我想去转转。”

“想去就去，可以叫上他们一起。”

“他们？”

这下轮到魏东困惑了：“他们不在一起？”

“啊，我差点儿忘了。”贺枝南利索地挣脱他去拿手机，翻出电话拨过去，直接按开免提。

“嘟——嘟——”

长时间无人接听，直到挂断的前一秒，电话才被接了起来，里头传来一个熟悉的男声：“嫂子？”

贺枝南瞪圆了眼睛，看向旁边同样一脸震惊的魏东。

虽说已有心理准备，可一上来就是这么刺激的事，还是让她有些反应不过来。

“呃……这不是妮娜的手机？”

“是。”

贺枝南的呼吸放轻，试探着问：“她现在方便接电话吗？”

牧洲歪倒在小沙发上抽烟，扭头瞥了一眼床上睡得不省人事的朱妮娜。她雾蓝色的长发铺在纯白色的棉被上，妖娆撩人。

“不太方便。”牧洲吐了一个烟圈，淡声道，“睡得像头死猪，雷打不醒。”

贺枝南哑然无语，突然不知道要怎么组织语言。她扭头看魏东，他也目瞪口呆，大概还没完全反应过来，又或者被这二人的神速进展震惊了。

正在这时，电话那头传来尖厉的女声：“人渣！你说谁是死猪？”

“说你。”牧洲轻笑一声，按灭烟头，走向被吵醒后睡眼惺忪的朱妮娜。

“手机还给我。”

“有本事你自己来拿。”

“给我！”

“小短腿，再跳高点儿。”

那头的二人打闹了几句，通话突然中断，贺枝南跟魏东面面相觑，随即相视一笑。

他们两人这发展速度，简直比火箭升空还快。

窗外的日光明亮，朱妮娜赤脚踩在地毯上，身上套着牧洲的短袖T恤，两手叉腰，气喘吁吁地瞪着牧洲。

“干什么，不服气？”牧洲晃着手机，轻佻地扬眉。

朱妮娜披头散发的，像个小疯子。刚才激烈蹦跶了一番仍未抢到手机，本就有起床气的她气急败坏地骂道：“你是不是有病？谁让你随便接我电话的？”

“铃声吵得头疼。”

“那也不该。”朱妮娜闭着眼睛都能想到那头二人暧昧的表情，她郁闷地垂眼，说，“本来就是露水情缘，你这一闹，他们全都知道了。”

牧洲脸上的笑意淡了些，淡淡地说道：“嗯，是我考虑不周。”

他也不知道那一瞬间的不爽从何而来。大概昨夜是酒精上头，否则他也不会为了一个见面不到几小时的女人打破自己的原则，更不会在转场之后，破天荒地做了一回正人君子。

深更半夜时，朱妮娜酒醉迷糊，沉沉睡去，牧洲却看着她的睡颜，失眠了一整夜。他抽烟抽到头疼，其间跑了好几次厕所。

“手机给我。”

牧洲这次没了闹腾的兴致，将手机递还给她。

可刚一转身，朱妮娜突然踩上沙发，径直跳到他背上。牧洲猝不及防，被她的双手双脚缠得紧紧的。

“下来。”

“不。”

“要我动粗？”

“我起床气没消，走不动路。”

牧洲冷哼：“关我什么事？”

“你弄的。”

朱妮娜窃笑着，突然生出了挑逗的兴致。她知道二人不会有更深的纠缠，索性放肆撩拨，说不定能美滋滋地赢下游戏。

那声音就在耳边，牧洲不用回头都能想象出那张笑靥如花的脸。

牧洲用力闭了闭眼，强行压下被人轻易撩起的欲望，背着朱妮娜往前走了几步，猛地将她甩在柔软的大床上。她顺势滚了两圈，又被他拽住脚踝扯到床边。

朱妮娜欣喜地舔了舔嘴角，要赢了。

谁知牧洲倏然停下动作，高深莫测地看了她片刻，转而从床头柜上拿出清晨出去买的药膏，挖了一些出来，淡定地抹在她红肿的伤处。

昨夜，她在来酒店的路上摔了一跤，脚踝肿得老高。

“喂。”朱妮娜的呼吸一下子热了。

她盯着牧洲白皙的脸，目光浅浅地瞥了一眼他精壮的上半身。昨晚太黑，她没看清，此时近距离欣赏一番，他的身材是真不错。裸露的皮肤又嫩又白，肌肉线条不突兀，有种恰到好处的美感，是她喜欢的穿衣显瘦脱衣有肉的身材。

牧洲俯身凑近，看着朱妮娜咬得殷红的唇，恶劣地笑问：“抹个药，你抖什么？”

“没……没抖。”朱妮娜的声音细细的，“我自己来。”

“很快就好，配合一点儿。”

“不要，流氓！”

牧洲停了手，突然俯身压下来，朱妮娜下意识地闭上眼睛。

等了半天，她想象中的事并未发生，反而听到一阵嘚瑟的愉悦笑声。她睁开眼睛看他，脸红得发烫。

“哥哥懂规矩，你也乖点儿，别越界。”

“什么？”

“我是说……”牧洲收好药膏，笑着拍她的头，沉声道，“天亮了，游戏结束。”

酒店是中规中矩的商务装潢，但胜在整洁干净，人气在镇上也是数一数二的。大堂外侧安装的是全景玻璃，屋外的阳光投进来，洒了一地金黄。

朱妮娜跟在牧洲后面走出电梯。她刻意与他间隔一米，踩着他颀长的影子泄愤。

游戏结束？

嗬，这话就算要说，也该是她来说，他到底在嘚瑟些什么！

除了长得不错，身材不错，简直一无是处！

朱妮娜越想越来气，气自己并不是宣布游戏终结的那个人，更气刚才那一瞬间愣了神，竟没有进行酣畅淋漓的回击。以她“睚眦必报”的个性，今天若不找回场子，晚上会觉都睡不好。

“啊，疼！”

朱妮娜想得入神了，没注意到前面的那人骤然停步，撞上他硬得跟石头一样的背。

牧洲悠然转身，面无表情地冲朱妮娜抬了抬下巴，示意她看前台方向。朱妮娜骂人的话顿在嘴边，顺着牧洲的目光看过去。

前方不足两米的地方，魏东牵着贺枝南，两双眼睛直愣愣地盯着他们。

朱妮娜突然觉得世界变得一片黑暗。

“嘿，好巧。”朱妮娜僵硬地笑道，硬着头皮打招呼。

牧洲眼底含笑，偏过头看着她，无声胜有声。

四人龟速靠近，空气很安静，谁都没开口说话。

贺枝南面色复杂，视线一转，看见朱妮娜脖子处的吻痕，佯装不解地问：“那是蚊子咬的吗？”

朱妮娜被问得一愣，掏出手机疑惑地照了一眼。

果然，锁骨上方不知何时被印上了暧昧的红痕，一看就是新鲜出炉的，娇艳欲滴。她下意识地瞪了牧洲一眼。但某人吊儿郎当的，还是那张欠扁的标准笑脸，看得人怒火中烧。

“对。”朱妮娜咬牙切齿道，“冬天的蚊子，特别烦人。”

贺枝南意味深长地“哦”了声，她身旁的魏东没憋住，笑出声来。

“那个，你们不要误会。”朱妮娜正在气头上，并不想跟这家伙扯上关系，一本正经地解释，“昨晚我们去喝酒，我喝醉了，然后酒店只剩一间房，我们只是单纯地拼了张床，喀喀，不是，是房。”

魏东和贺枝南对视一眼，心照不宣地配合她点头。

朱妮娜知道这话可信度不高，猛戳牧洲的后腰，示意他说点儿什么。

牧洲微微一笑道：“拼床这件事情，属实。”

四人一时都未说话。

“我们先找个地方吃饭吧。”魏东开口打圆场，试图缓和尴尬的气氛。

贺枝南亲昵地拽了拽魏东的手：“你上次车子抛锚的那个县的烤鸡很出名，齐齐说得我都馋了，我想去尝尝。”

“行，离这里也不远。”

二人默契地手牵手走到门口，出门前魏东怕外头化雪冷，脱了外套给贺枝南罩上，二人情意绵绵地注视了几秒，抬脚走向停在空地的皮卡车。

朱妮娜自知现在有八张嘴都说不清，郁闷得狠狠瞪了牧洲一眼。

“看我做什么？”牧洲心情很好，话音带笑。

“你不会说话就不要说，本来好好的，又被你搅浑了。”

牧洲个子高，看朱妮娜时得低头。他轻哼了一声，说：“你该不会认为，他们眼中的我们是纯洁的吧？”

“即使不是，我也想装一下。”

“为什么？”

“因为……”朱妮娜抬头，一眨不眨地盯着他的眼睛说，“天亮了，战斗结束。我这人从不收留战俘，所以希望战俘能乖一些，别闹事。”

“战俘？”牧洲无所谓地耸耸肩，语气淡淡地说，“昨晚哭哭啼啼认输的可不是我。”

朱妮娜回想起昨夜的情景，杀人的心都有了，追着他不依不饶道：“你别走！你把话说清楚！”

牧洲面向窗外温暖的阳光，迈出的一步抵得过她两步，他漫不经心地说：“哪句不明白？”

“就……那个……”

“是哭，还是认输？”

身经百战的朱妮娜被问得脸红了，憋了半天才憋出一句：“你有病。”

“你才知道？”牧洲推开玻璃门，侧身看着朱妮娜，让她先出去。就在她擦肩而过时，他莫名其妙地来了句，“昨晚传染给你了，怕不怕？”

朱妮娜愣了两秒，鬼使神差地回道：“不怕。”

空气骤然凝固。

牧洲盯着朱妮娜低垂的眼睫，胸腔隐隐发热，喉结轻轻地滚动了一下。

已经到了危险的边缘，不能再往前了。

朱妮娜屏住呼吸，一溜烟跑出酒店。

她讨厌这种怪异的气氛，讨厌所有不受控的举动，遇见牧洲后，很多事她明知做完会后悔，可最后还是情不自禁地做了。

这并不是一个良好的信号，尤其对她这种曾经的恋爱脑而言，是十分不祥的。

她必须时刻保持警惕，提醒自己远离牧洲，离得越远越好。

逃离计划的第一步，自然从避免二人单独相处开始。

朱妮娜丢下牧洲，头也不回地走向破旧的皮卡车。拉车门前，她忍不住侧头看了一眼。

牧洲伫立在寒风中，幽深的目光远远望过来，轻飘飘地停留在她身上。

“妮娜？”副驾驶座的贺枝南柔声催促。

朱妮娜收回目光，应道：“来了。”

她又没做错什么，牧洲摆出一副好像被人抛弃了的可怜样子做什么?

使苦肉计也没用，谁让他先说游戏结束的？活该。

第十一章 游戏结束

午后阳光灿烂，皮卡车很快驶入小道。

前排的两人柔情蜜意地聊着天，后座的朱妮娜魂不守舍，总是假装不经意地看向后车窗。

贺枝南透过后视镜瞧见她心神不宁的样子，沉思片刻，抿了抿唇，说：“昨晚你手机关机，你妈给我打了电话。”

闻言，朱妮娜这才回了点儿魂，苦笑着问：“是不是让你催我回家？”

贺枝南没否认，只问：“你是怎么想的？”

“不想回去，烦人。”朱妮娜的胸口憋着一股怨气，“每年过年都给我安排一大堆相亲，我不去她就闹绝食，以死相逼，很多时候我都不想理她，可她毕竟是我妈，我再怎么也不能真的伤她的心。”

“我爸那德行你也知道，外面莺莺燕燕一堆，在这种环境下长大，我还能相信所谓的爱情吗？”朱妮娜忽地想起什么，喉头像哽着什么似的，“哦，相信过，然后被人捅成了马蜂窝。”

“是那人不值得，不怪你。”贺枝南温柔地说。

朱妮娜侧头看向窗外，语气淡淡地道：“也许吧。”

贺枝南隐隐心疼，问：“你会回她的电话吗？”

“我不知道……”朱妮娜整个人消沉下来，两只手相握，轻轻地放在腿上，茫然地说，“我只想清净，一会儿就好。”

“吱——”

车子倏然急刹车，所有人在惯性的作用下往前一扑。

若不是魏东反应及时，差点儿同突然出现在车前的机车撞上了。

魏东骂人的话到了嘴边，待瞥见一抹熟悉的身影，又生生地咽了回去。

从机车上下来的牧洲利索地取下黑色头盔，大步走过来，径直拉开后座车门。男人阴沉着脸，一言不发地盯着车上吓蒙了的朱妮娜，那双清澈的桃花眼里盛满了她看不懂的情绪。

贺枝南从没见过如此劲爆的场面，瞄了一眼一脸看戏表情的魏东，再看向后座。平时嚣张跋扈的朱妮娜居然也会有手足无措的时候，她干瞪着眼，突然就哑巴了。

良久，朱妮娜红着脸小声嘀咕："那个，我胸口有些闷，下车吹吹风。"

前座的二人对视一眼，笑着点了下头。

"注意安全。"贺枝南轻声叮嘱。

朱妮娜的脑子都是乱的，僵硬地挪到车门边。皮卡车底座高，她个子矮，上下不便，下车时下意识地看了一眼牧洲。

他原本冰冷的神情明显缓和了几分，单手揽住她的腰，将她抱下车。

皮卡车很快驶远，朱妮娜神色恍惚。

牧洲拉着朱妮娜走到机车旁边。

这里是乡村公路，路上只有一辆车，四周是一望无际的被积雪覆盖的田野，显得十分苍茫。

"你刚才那样很危险。"话刚说出口，朱妮娜就想咬舌自尽。

明明想骂他来着，怎么这话听着跟关心一样？

牧洲沉默半晌，淡定地说："我要不拦车，你就跟他们走了。"

事实上，机车比皮卡车速度快，他原本已超车至前方的大道，也不知哪根神经不对，硬是开回来找她。

直到现在，他的心脏还在狂跳，一刻都不消停。

朱妮娜仰头看着牧洲的眼睛。

他们似乎都能一眼看清对方最真实的那面。

她的内心有多矛盾，他就有多纠结。

"游戏不是结束了吗？"朱妮娜略带挑衅地问，"那你这么纠缠算什么？"

牧洲勾唇笑了一下，拿起头盔帮她戴上，避而不谈："人家两口子谈恋爱情意绵绵，你一个千瓦电灯泡杵在那里不觉得碍事吗？"

朱妮娜怔住，语气中满是藏不住的失落：“你是因为这个？”

“不然是什么？”牧洲笑眯眯地看着她，将她抱上机车后座。他跨上去，回头见她还在郁闷，嘴角一勾，笑着提醒，“抱紧我。”

“不用。”朱妮娜幡然醒悟，暗骂自己脑子有泡，两只手紧紧抓着后头的扶手，说，“我抓这个。”

“你确定？”

“嗯。”

油门一拧，机车猛地冲了出去，刚刚还嘴硬的朱妮娜尖叫着抱住牧洲的腰。

臭浑蛋！她在心底咬牙切齿地骂。

魏东就近找了家专做烤鸡的农庄，小院收拾得干净整洁。

机车二人组不知到了哪里，他们在院里等了十分钟还不见人影。

烤鸡都是现杀现做，老板热情地领着他们去后山的养鸡场亲自挑选活鸡。贺枝南脚上穿的鞋不适合走山路，魏东二话不说抱起她，轻松地走在凹凸不平的山路上。

“这段时间我被你养胖了。”虽说贺枝南已习惯他这种抱小孩子的方式，但有外人在，总归有些不好意思，她埋在他耳边小声说，“抱着会不会很累？”

“不会。”

“要不，我自己走吧？”

魏东蹙眉，严肃地问：“这点活儿都干不好，你还要我做什么？”

贺枝南稍愣了两秒，莞尔一笑，说：“你最主要的作用，在于风花雪月。”

魏东呼吸一热，瞥了一眼在前方引路的朴素老头，低头埋在她颈边，张嘴就咬。

“浑蛋，好疼。”贺枝南轻吸一口气，这男人还真下狠口。

魏东挑了下眉：“在外头你也敢这么叫？”

“明明是你自己心术不正，还有脸赖我？”

“我心术不正？”

魏东抬起头，山间倾洒的阳光映得他的一双黑眸闪闪发亮，看得贺枝南的心怦怦直跳。

真要命，总是猝不及防被他勾引。

“我问你，之前是谁喜欢吃我的豆腐，主动亲我，撩我，想方设法骗我干坏事？”魏东问。

“啊，这人是谁？”贺枝南心虚极了，却一本正经地装作不知情，“也太没有羞耻心了吧。”

魏东被她的微表情逗乐，轻轻地揉弄她的后腰，遗憾地说：“是我，我骗了我自己。”

“哦。”贺枝南憋笑憋得受不了，俏皮地说道，“祝您骗得愉快。”

到了抓鸡的地方，经验老到的魏东很快挑了两只肥鸡，他们手牵着手下山，刚走进用餐的小院，就见桌前一声不吭地坐着两个人，一人坐一侧，空气仿佛被冰冻住了，气压很低。

贺枝南疑惑地望向魏东，问：“这是……吵架了？”

“八成是。”魏东摇头笑了笑，轻叹道，“这两个人的脾气一个德行。”

贺枝南认同地点点头，牵着魏东的手慢悠悠地走过去。

走到桌前，贺枝南看着沉默不语的二人，试探着开口：“我们点了两只烤鸡，还有一些特色菜，不够的话再加。”

原本黑着脸的牧洲瞬间回神，露出招牌微笑，说：“够了，随便吃些就行。”

“你那么喜欢笑，怎么不干脆出去卖笑？”坐在他对面的朱妮娜轻蔑地冷哼，语气尖刻道，“当个假面人，躲在面具后面看人是不是很爽？”

“妮娜……”贺枝南有些吃惊。她已经很多年没见过朱妮娜表现出如此强势的攻击性了。

贺枝南看了一眼面色阴沉的牧洲，柔声劝和：“大家都是朋友，你别这么……”

朱妮娜也不知怎么就被刺激到了，倏地从座位上跳起来：“谁跟他是朋友？睡过一张床了不起吗？我见过的优秀男人多了去了，随便拎一个出来都比他好上一万倍！至少那些还是男人，不像某些人，被人阴阳怪气了也不敢动手！我就是看不起这种人，窝囊废！”

“娜娜，别说了。”

“我就是要说。”朱妮娜指着低头坐在椅子上沉默不语的牧洲说，“你凶女人不是挺能耐的吗？怎么，现在哑巴了？”

贺枝南目瞪口呆。她认识朱妮娜这么久，见多了她冲动暴跳的样子，这还是第一次看到她不留情面地用言语攻击人，还是对着一个认识不足二十四小时的人。

朱妮娜跑到魏东面前，问：“给我根烟行吗？”

魏东拿不准朱妮娜的心思，转头看向贺枝南，她摇摇头，他便心中有数了，只说：“最后一根刚抽完。”

朱妮娜有气没处撒，扭头就朝厨房那头跑。贺枝南担心她，下意识跟了上去。

温暖日光下，空旷的小院只剩两个男人。

魏东走到牧洲身边，低头看着他深沉的眉眼，不解地说道：“按你的性子，不该闹成这样。”

牧洲自嘲地笑了一声，大概也在懊恼自己刚才情绪失控了，说：“我刚刚在镇上买烟，遇见了张权跟他的那群小马仔。”

魏东觉得这名字耳熟，想了半晌才记起那人。

牧洲在高中最叛逆的那段时间跟这群社会上的人混到了一起，差点儿就误入了歧途，后来他为了林晓涵改邪归正，选择了当兵。

张权算是他当时的“大哥”，坐过几年牢出来，人狠话不多，在周边几个乡镇臭名远扬。

“他们以为朱妮娜是我的女朋友，说我这么多年都忘不掉林晓涵，特意找了个替代品；还说朱妮娜是小短腿，一脸学生气，没有林晓涵的气质好；说我赚了大钱还骑这破车，活该会被人绿。”牧洲说着不禁笑了起来，“朱妮娜那暴脾气简直点火就着，也不看我们这边几个人，冲上去就要跟人干架，要不是我及时带走她，后果不堪设想。”

魏东想起张权那张凶神恶煞的脸，以及无时无刻不跟在他身边的马仔，心想，朱妮娜这姑娘果然是个狠人，凭着一腔热血就敢往前冲。

“然后呢？”他问。

牧洲长长地叹了一声，说：“然后，我就疯了。”

事实上，他并不在乎这些人的看法，他们阴阳怪气的话也刺激不到他的神经，他唯一在乎的是怎么把朱妮娜尽快带离这是非之地，见她那样冒失，他一时火气上来，罕见地发了脾气：“你出门不带脑子的吗？闭上眼睛就往上冲，你知不知道那些是什么人？”

“我管他是什么人！说我是别人的替代品就是不行，豁出命我也要跟他们干。还有，你冲我吼什么吼！你是不是也认同他们的话，觉得我腿短个子矮，没气质！”

“我没这么说。”

“人渣！我帮你出头，你还倒打一耙！”

“谁让你瞎出头了？你一天不惹事是不是浑身不自在？刚才万一出事了，我……”

“我死了也跟你没关系。”朱妮娜冷冷地说道，“横竖不过一起待过一晚，我还能缠着你不成？”

“行。”牧洲也来了脾气，接着她的话说，“我再管你，我是狗。”

魏东听完来龙去脉，情不自禁地笑出声来。

牧洲侧头瞥了他一眼，皱眉不满地问：“你笑什么？”

“我以为你永远不会这样。”

“哪样？”

“幼稚地陪人吵架。”

牧洲哑然。他三十岁了，习惯了展示自己成熟稳重的那一面，已经忘了多久没像现在这样跟人争执，吵得面红耳赤了。

现在的牧洲，刀枪不入，所以才能无所畏惧。

“不管怎么说，人家也是为你抱不平，你比她大几岁，低个头死不了人。”魏东劝道。

“她在意我的道歉吗？”牧洲回想起她刚才那些刺人的话，心里直冒火，下意识地阴阳怪气道，“毕竟我和她也不熟，她可以随便去外头找个比我好上一万倍的男人。”

魏东用一种看怪物的眼神看着他。

“怎么？”

“我就想确定一下，我有没有认错人。”

牧洲郁闷地闭上眼睛。

又来了。这女人真不能沾，沾了就上火，把他的脑子都烧坏了。

原本是期待已久的烤鸡宴，可贺枝南对着两张冷冰冰的大黑脸，再美味的鸡肉也食之无味了。

冬日天黑得早，刚过五点，天色便暗了下来。

饭后，魏东随口提议去附近的公园溜达，另外两人没答应也没拒绝，一个扔下筷子，转身走向皮卡车，另一个拿了桌上的烟盒，返回自己的机车前。

贺枝南见状，不禁反思起自己的行为来：“我们是不是不该让他们见面？”

魏东斩钉截铁地答：“是。”

谁也没想到，昨晚一拍即合的二人，此刻竟闹得如此水火不容。

“老公，我心累了，我想去看烟花。”贺枝南眼巴巴地看着魏东说。

“好。”魏东笑着揽过她的腰，暧昧地耳语，“我陪你看，最难忘的烟花。”

也许是天冷的关系，公园里的人并不多，路灯下的雪景十分美好，让人有种身处冰雪世界的奇妙感受。

公园不大，分为风景区和游乐区。

贺枝南跟魏东走在前面，身后的二人还在怄气，一前一后地缓慢移动。

牧洲面无表情地抽着烟，刻意放慢脚步等朱妮娜，可那人不领情，故意龟速前进，就是不肯同他并排。

贺枝南转头看着朱妮娜，指向人工湖的那一头，说：“我们去桥那头走走？”

“我不去，你们去吧。”朱妮娜阴阳怪气道，“免得有人说我是千瓦大灯泡，死皮赖脸地打扰你们情侣约会。”

牧洲压抑了一路的情绪，好不容易归于平静，朱妮娜一说话，又被点燃了。他嗤笑一声，道：“我可没说你死皮赖脸。”

“我说是你了吗？”朱妮娜怒目而视，傲娇地哼了一声，“这位哥哥能不能别搭讪？我们不熟。”

“不熟？”牧洲轻哼，吊儿郎当地笑道，“拼过一张床叫不熟，这位妹妹可真玩得开。”

“你……”

魏东默默地移开视线。贺枝南只觉心力交瘁。下午的烤鸡没吃好，晚上的烟花眼看又要看不成，她忙道：“那我跟魏东去，你们别走远了。”

朱妮娜一板一眼地纠正：“没有我们，只有我。”

说完她潇洒转身，甩着那头引人注目的长卷发朝游乐区走去。

牧洲待在原地抽了两口烟，目光紧盯着她越走越远的背影，倏地长叹了一声，扔了烟头，认命地跟上去。

没了两个随时会引爆的炸弹在身边，全世界都安静了。

夜间空气湿冷，贺枝南把外套还给魏东，待他穿好后，站在他面前，缩着身子把自己藏进他的外套里，任他用力抱紧自己，二人像连体宝宝似的缓缓走过一个又一个路灯。

“他们确定才认识一天？我怎么觉得跟吵了几十年的夫妻一样？”魏东贴着她耳朵低低地笑。

“妮娜的脾气我知道，可牧洲怎么也会陪着她闹？他明明是个温柔稳重的人。”

“老实说，我也是第一次见他这样。”魏东用外套紧紧裹住她，确定密不透风后，才老成地说，“用我去世朋友的话说，也许这就叫宿命。”

“你信这个？”

“以前不信。”

贺枝南突然停步，从他怀里转过身，更亲密地环住他的腰，仰起脸问：“那现在呢？”

“遇见你以后，我信。”

“其实我一直想问，你是什么时候开始对我动心的？”

魏东抬眸看着夜空，沉思良久，直到贺枝南忍不住想要催促了，他才笑着说：“忘了。”

“喂。”贺枝南愤愤不平地瞪他。

真是块臭石头，说两句好听的哄哄她能要他的命吗？

“怎么了？”魏东一脸无辜。

“我不想理你了。”贺枝南耍起小脾气来，分分钟变脸。

她收回手想逃离他的怀抱，魏东却将她控得死死的，长臂箍紧，她动弹不得。魏东盯着贺枝南柔情似水的杏儿眼，嗓音低了些：“想亲你，老婆。”

“不给。”

“偏要。”

魏东低头凑近，贺枝南扭头躲避，二人嬉闹了一阵，最后贺枝南还是敌不过男人的蛮力，半推半就遂了他的意。

热吻过后，趁贺枝南头脑发热之际，魏东将憋了很久的话说了出来：“前两天我联系了一个在市公安局的朋友，谈了谈上次你在孤儿院发生的事情。只要你愿意配合他们录口供，之后的事情我来处理，那些人一个都别想跑。”

贺枝南缓慢眨了下眼，沉默半晌才低声道：“我不想再追究。”

“南南。”

贺枝南注视着他的眼睛：“魏东，我不是圣母心，也并非不敢面对，我只是单纯地不愿再见到那些人。”

“如果你不想，我们可以……”

贺枝南软声打断他的话：“我好不容易才得到安宁，我不希望有不和谐的因素再来打扰我的生活。我知道你心疼我，想将这些人绳之以法，可我费了那么多力气才逃出来，不想再陷进去。那个地方，真的很糟糕。”

“是我的错。”魏东温柔地抚摸她的头，检讨自己，“我太着急了，没顾忌到你的情绪。”

贺枝南侧脸贴着他的肩膀，娇声娇气道：“我现在有你了，我特别满足，也特别幸福，我什么都不怕。”

“好。”魏东低头看着面若桃花的贺枝南，忍不住碰了碰她的鼻尖，说，“我们保留追究的权利，一切依你的想法来。”

“我不是放过罪恶，我只是想放过自己。我要抛弃过往，用一颗最纯净、最炽热的心去爱你。”

“我有那么好吗？”魏东笑着问。

“有。”贺枝南踮脚去亲他的下巴。胡须扎人，却是她迷恋的独特触感。她认真地说，“虽然你当不了我的救世主，但你给我的偏爱，胜过人世间所有腻人的情话。”

只有在他面前，她才能无所顾忌地做自己。

知性淡雅也好，任性活泼也罢，不管发生什么事情，他都会静静地站在那里，用那双深情且迷人的眼睛凝视着她，朝她张开双手。

沿湖的小路几乎没人，昏黄路灯下，魏东从后面抱着贺枝南往前走。四周很安静，二人仿佛置身世外仙境，有一搭没一搭地聊着天。

“魏东。”

“嗯？”

“你喜欢儿子还是女儿？”

魏东不假思索地回答：“女儿。”

“为什么？”

“女儿长得像你，好看。”

魏东只要一幻想缩小版的南南，嘴角的笑意就藏不住。他憧憬地说："穿着漂亮的小裙子，甜甜地追着我喊爸爸。"

"那如果是儿子呢？"

魏东皱眉想了想，表情严肃地说："送去当兵。"

贺枝南有些无语，忽然很抗拒生女儿。

千辛万苦给自己生个小情敌，再分走魏东一半的爱，她才不要呢。

第十二章 烟花

皑皑白雪覆盖已凋零的草木，脚踩积雪，发出嘎吱嘎吱的声音。

桥面有些滑，贺枝南犹豫再三，还是试探着往前走了两步，可脚下一滑，下一瞬，身子被魏东稳稳地接住。

“我抱你过去吧。”魏东低头看着贺枝南慌乱的眼睛。

“不，我又不是没长脚。”

“行。”

贺枝南开始反思自己在生活中是否对他过度依赖，担心再这么下去，她很快便会朝“大米虫”张齐齐的身形进化。

贺枝南心里想得好，迈步时也是小心翼翼的，只是脚落地时发出吱溜一声，身体失去了平衡。好不容易站直后，她惊魂未定地捂住胸口，后背直冒冷汗。

“怎么着？”魏东低声笑着问，“自己来，还是我来？”

贺枝南缓过劲，柔情似水地看着他，说：“你来。”

这下她不矫情了。

果然，人得吃些苦头，才知道要怎么做。

桥那头是一个人工岛，人并不多。

靠湖的凉亭四面通风，石凳冰凉，贺枝南站在临湖边的一侧，看着桥那头的美妙雪景。

魏东去了一趟卫生间，洗了手出来从后面抱住贺枝南，她瑟缩了一下，说：“冷。”

“抱歉，忘了手是冰的。”魏东下意识放开她，歉疚地笑了笑。

贺枝南摇摇头，缓缓转身，握住他微凉的指尖，指腹轻柔地抚摸着他粗糙掌心上的厚茧。然后她用两只手捂住他的指尖，低头朝它们吹热气。

“南南。”魏东心头一暖。

贺枝南抬眼，冲他笑道：“谁还不是个让人心疼的宝宝。”

“我三十岁了。”

“八十岁我也这么干。”

贺枝南细致地替他搓热手背，心满意足地将手握成拳塞进他的手心，说：“好了，暖手宝充电完毕。”

魏东出神地望着她如花的笑靥，听着她在耳边感叹雪景之美，有那么一刻，他觉得一定是自己上辈子做了不少好事，这辈子遇见她，是上天赐给他的福报。

魏东坐上石凳，伸手把贺枝南抱在腿上。

“冷？”她穿得单薄，他敏锐地感受到她肩膀的战栗。

“嗯。”

魏东二话不说，脱了外套给她盖上，把她紧紧抱在怀里。

“烟花什么时候开始？”贺枝南问。

魏东看了一眼时间，刚要说话，桥那头，烟花猛然升空，灰暗的夜空被焰火照亮。烟花在半空中炸开，五彩的星火散落，似花瓣飘洒下来。

璀璨的焰火映照在贺枝南明亮的眼眸里，她的眼睛也在闪闪发光。

“老婆，烟花好看吗？”魏东问。

贺枝南倏地想起什么，莞尔一笑，她用尽全力抱紧魏东，说：“这是我看过的，最难忘的烟花。”

她往后的每一天，都将似烟花般绚烂美好。

公园的游乐区热闹些，虽下了雪，却并不影响孩子们的玩兴，高人气的游乐设施前排起了长队。

牧洲始终安安静静地跟在朱妮娜身后，看着她去商店买了一杯可乐，还买了一顶小猫咪的卡通帽。

他跟了一路，也不知她有没有发现，但凡她走到人少的路段，就会忽而加速，忽而停下等上几秒，再捧着可乐一蹦三跳地前进。

朱妮娜逛街似的围着游乐区溜了一大圈，最后停在巨型摩天轮跟前。

排队的大多是孩子，可能老天爷也清楚她心情不佳，居然安排一个斯文白静的男生排在她前面。

朱妮娜清了清嗓子，露出娇羞小女人的那一面，矫揉造作地搭讪：“你好，戴眼镜的小哥哥，你也是一个人吗？”

男生闻声回头，看到她那张纯欲范儿十足的小脸，腼腆地点头：“嗯。”

“如果你不介意，跟我坐一起？”

“不介意。”

“太好了。”

朱妮娜笑开了花，那双漂亮的眸子含着勾人的魅力，盯得男生红着脸低下了头。

她刚要凑近些同他聊天，身后倏然有人扯住她的帽子，她踉跄着往后退了两步，后脑勺撞上一个坚硬的胸膛。她看向身后，却对上一双冰冰凉凉的眸子。

“这位哥哥，你拉我做什么？”朱妮娜见着牧洲就来气。

牧洲懒洋洋地耸了耸肩膀，视线冷冷地瞥过一脸含羞的眼镜小哥，语气低沉：“这位妹妹，摩天轮明文规定，禁止小冬瓜入场。”

朱妮娜呆愣住，眨巴着眼睛问：“你叫谁冬瓜？”

“谁矮我叫谁。”

“你……”

朱妮娜气极跳脚。她最烦别人说她矮，今天被外人笑话时，他不帮自己出气就算了，她给他出头，他还反过来说她，狼心狗肺的臭男人。

“不管我是冬瓜、南瓜还是黄瓜都与你无关，麻烦你哪里凉快待哪里去，别来烦我。”

牧洲低头看着她，没吱声。

朱妮娜余光瞥见被自己暴跳如雷的架势吓蒙的眼镜哥哥，眼看滤镜就要破碎，她赶紧捏着嗓子补救：“那个，你别误会，我平时不这样的。”

牧洲冷飕飕地接话：“平时也就喜欢不分青红皂白地指着别人鼻子一顿骂，特别‘温柔’。”

朱妮娜咬牙切齿地瞪他，问：“你能不能闭嘴？”

“不能。”牧洲皮笑肉不笑道，“你不爽，喊警察来抓我呀。”

“神经病。”

朱妮娜气得脑子都要冒青烟了。她努力深呼吸，恢复清纯可人的模样，羞涩地拽了拽眼镜小哥哥的衣袖，说：“别理他，他有病。走吧，下一个就是我们。”

眼镜小哥哥只感觉身后有股冷风。他想了想，小心翼翼地问：“那人你认识吗？”

“不认识。”朱妮娜挺直腰板，冷嘲热讽地说，“冬瓜怎么会认识长颈鹿？物种不同，注定不是一路人。”

眼镜小哥哥没听懂，疑惑地朝后望去。

牧洲刚点燃一根烟，听见这话，夹在指间的烟颤了颤。他抬眼看过来，眼睛映着打火机的火光，看得人心惊肉跳。

恰逢此时，工作人员扯着嗓子喊：“下一个。”

朱妮娜强忍住不朝后看，跟着眼镜小哥哥朝前走了几步。刚走到轿厢前，抬脚的那一瞬，她被人从后面拽住了手腕。

众目睽睽之下，牧洲拉着朱妮娜离开了人群。

“人渣，你放手！”朱妮娜拗不过男人的力气，连咬带踢。

牧洲头也不回，一路把她拽到相对安静的小道才眉头紧蹙地倒吸一口凉气。这女人还真敢咬，一口下去，手臂都破皮出血了。

即使这样他也不肯放手，反而越拽越紧。

朱妮娜挣脱不了，愤怒地仰头看着牧洲，眼睛都要喷火了：“你到底要干什么？”

牧洲弯腰凑近，盯着她的眼睛，微微勾唇道：“跟哥哥讲和？”

朱妮娜愣了两秒，直接一脚踢向他，说：“疯子！你以为你在哄小孩子吗？”

“可不就是小孩子？”牧洲话音带笑，“闹起来上蹿下跳，生怕别人不知道自己只有三岁。”

“你才三岁！”

牧洲突然用手捧住朱妮娜的脸颊往中间挤，问道：“好好的姑娘，从哪里学得这么伶牙俐齿？”

“关你……什么事……”朱妮娜嘴巴被挤得翘起来，说话含混不清，声音略带喜感，“你不是说，你再管我就是狗吗？”

牧洲一本正经地纠正：“我这是教育。”

“谁稀罕你的破教育？”朱妮娜看着不远处升空的摩天轮，愤愤道，“都怪你，小鲜肉都被吓跑了。”

牧洲神色不悦地盯着她噘起的嘴。那嘴唇粉粉嫩嫩，他咬过，清楚口感有多软糯。

朱妮娜眼睁睁地看着他突然凑近的脸，呼吸一紧：“你……”

牧洲居然张口咬住了她的下唇。

朱妮娜呆愣着不敢动，感受着他略带粗暴的力度，心跳加速，每一下都重重地撞击着胸腔，她只觉得呼吸困难。

片刻后，牧洲慢慢地直起身子，摆出正人君子的嘴脸，说：“四舍五入，这不算犯规。”

朱妮娜很想骂人，可是嘴好像被人封印了，喉咙也是哑的，一个字都发不出来。

她到底怎么了？是不是被人下了什么莫名其妙的蛊毒？

她可是身经百战，片叶不留身的纯种大渣女，通常只有她调戏别人的份，哪能傻愣愣地被别人吃光抹净？

不行，太丢人了，她必须找回场子。

要不，花点儿钱找人把他打个半死不活？

算了，这样怪可惜的。毕竟，这人虽然恶劣，但长相、身材都是极品，弄残了就不好了。

寒风瑟瑟，朱妮娜沉浸在自己的头脑风暴中无法自拔。

从牧洲的视角看，这姑娘呆若木鸡地站着，眼瞪得圆圆的，看着像没灵魂的木偶人。

“喂。”牧洲伸手在她面前晃了晃，道，“想什么呢？”

朱妮娜瞬间郁闷地闭上眼睛。

牧洲挺喜欢朱妮娜懵懵懂懂的样子，自然地牵起她的手道：“走吧。”

朱妮娜浑然忘了自己还在跟他吵架，仰头看着他，问：“去哪里？”

“游乐园，你不是爱玩吗？”

朱妮娜回过神，用力想要挣脱他的手：“我们还没和好。”

牧洲拽紧不放，低声笑道：“小冬瓜。”

“你才冬瓜。”朱妮娜没好气地瞪他一眼，“那么难听，我不接受。”

“那换一个。”牧洲脸上的阴霾一扫而尽，心情愉悦地逗她，“南瓜？倭瓜？”

“南瓜还行，至少甜。”

牧洲忍不住笑出声来。

朱妮娜突然意识到自己被带偏了，说：“不对，你凭什么笑话我腿短？”

牧洲停下，侧头看她：“我只是陈述事实。”

朱妮娜低头看了一眼自己的腿，再偷瞄牧洲的大长腿，既羡慕又嫉妒，硬着头皮说：“也……也没差多少。”

“你确定？”

“嗯。”

牧洲意味深长地看着她，忽然弯腰凑到她耳边，用撩人的气音说：“那你亲我时，为什么要踮脚？”

朱妮娜努力深呼吸，默默向老天许愿：如果打雷，请原地劈死这家伙。

成年后，朱妮娜还是第一次来这种地方，看什么都觉得稀奇。

她连坐了三次旋转木马，兴奋地举着手机各种花式自拍，到了第四次，忍无可忍的牧洲硬闯进去把她抱了下来。

朱妮娜还没玩够，各种挣扎不从，破口大叫，直接被牧洲捂住嘴带走了。

“我玩我的，关你什么事？”她不满地扯着嗓子冲他吼。

“那是给人家小孩子玩的。”牧洲无语至极，看着她郁闷的样子又觉得好笑，“因为你的包场，后面一堆孩子在哭。”

“我又不是白坐，我花了钱的。”

牧洲额角抽搐，问：“有钱了不起？”

朱妮娜想了想，郑重其事地点点头，说：“嗯，了不起。”

牧洲仰着头深呼吸，余光瞥见朱妮娜偷偷摸摸想绕回去，闭眼低叹一声，单手从后面搂住她的腰，腾空抱起，转身离开旋转木马处。

“啊！疯子！你放我下来！”

“牧洲，你个王八蛋，我诅咒你这辈子都不举。”

过路的行人纷纷侧目，牧洲充耳不闻。

朱妮娜身体轻盈，牧洲精瘦有力的胳膊牢牢地禁锢住她，她动弹不得，只能气急败坏地用指甲抓挠他。他也不躲，任她抓。

靠近人工湖的位置，有一个气枪射击的小店。由于地理位置不占优势，此处无人问津，对比其他游乐设施，这里显得尤为冷清。

牧洲放朱妮娜下来，难得有兴致地哄她：“这个玩不玩？”

“不玩。”朱妮娜还在气头上。这浑蛋压根儿不清楚坐旋转木马的快乐所在。

牧洲低头看着她瞪圆的眼睛，真像只奓了毛的小猫咪。他心想，这时候不能伸手，一伸手保准她抓住就是狠咬一口。

牧洲也不管她，自顾自向老板要了一把气枪。

游戏规则很简单，射击木板上的气球，击中多少，就获得相应的奖品。

牧洲动作熟练地举枪瞄准，一连五枪全射中。

原本生闷气的朱妮娜瞬间被吸引了，挪着步子悄悄地靠过去。

后面五枪也不费吹灰之力打中五个气球，十发十中。

“枪法真好。”老板笑着问牧洲，“之前练过？”

牧洲点了一下头，淡淡地回答：“当过兵。”

“难怪。”戴着毛线帽的老头接过牧洲递回的枪，“最上面一排的娃娃是奖品，你选一个。”

牧洲原想拒绝，他玩这个本就不是冲着奖品来的，谁知刚要开口，有人冲到他跟前，先一步开了口：“最左边的长颈鹿，丑丑的那个。”

老板愣了一下，看了看双眼放光的朱妮娜，再瞥向牧洲，用眼神询问。

牧洲抿唇笑了一下，说：“就那个吧。”

老板了然地点头，拿过长颈鹿玩偶递给朱妮娜。

这个玩偶做工还算精良，朱妮娜低头端详片刻，转过身看着牧洲，冷嘲热讽道：“你的吉祥物都长得比你顺眼。”

牧洲眉目含笑，从朱妮娜手里接过玩偶，认真打量片刻，一脸惋惜地说道：“有些可惜。”

“可惜什么？”

“可惜……没有冬瓜，不然我给你打十个，让你天天抱着睡觉。”

朱妮娜后知后觉自己被内涵，怒气十分，大声道：“我必须严肃地说一遍，我的腿不短，很长很长，长出天际。”

“哦？”

朱妮娜皱眉，不满牧洲的回答，问：“‘哦’是什么意思？”

牧洲一本正经道：“无法置信。”

“你！”朱妮娜又一次奓毛了，“你个长颈鹿，你腿长了不起呀？”

牧洲点点头，学她说话的口吻：“嗯，了不起。”

朱妮娜气得七窍生烟，一刻都不想再待下去。她转身要走，又被他勾住脖子带到小店前。

牧洲的声音软下来，哄道：“喜欢什么？哥哥给你赢回来。”

“这些破……”话说到一半，剩余的迅速吞了回去。老板正直勾勾地盯着他们，当着人的面这么说毕竟不礼貌。

她的目光迅速扫过第二排的小物件，有个盒装的耳钉模样看着还行，不算很劣质。

“那个。”她用手指了指。

“行。”牧洲箍紧她，与她保持亲密的姿势，说，“你别乱动，很快就好。”

朱妮娜的心跳微微乱了。

他们也不是很熟，靠那么近做什么？

牧洲的枪法精准，十枪很快打完，朱妮娜如愿以偿，得到了自己想要的东西。

二人并肩离开小店，慢悠悠地走到人工湖的那头。

朱妮娜停在路灯下，借着路灯光看清耳钉的模样，是圆形的黑色耳钉，小而精致。

“试试？”牧洲低声问。

“不了吧。”朱妮娜眨了眨眼，小声拒绝，“我的耳洞堵住了。”

“我来。”

“嗯？”

牧洲微微笑道：“我帮你。”

朱妮娜仰头看他，暖黄的路灯下，他明朗的侧脸仿佛镀了层金光，睫毛浓密卷翘，皮肤光滑细腻。她一边嫉妒，一边忍不住想上手摸两下。

其实这人不和她对着干时还是很温柔的，在某些事情上更是细心，会充分照顾她的感受。严格来说，他是很完美的情人人选。

朱妮娜移开视线。

不能再想下去了，规则就是规则，乱了会惹出太多麻烦，她理智尚存，目前还能忍住。

牧洲拿起耳钉，指尖撩起朱妮娜的长发别到耳后。她只觉得一阵电流流过，酥酥麻麻。

“抖什么？”牧洲失笑道。

朱妮娜心虚地说：“没。”

“我又没怎么着你，这么敏感？”

“你哪里来的这么多话？”

牧洲停顿两秒，慢条斯理地回答：“冬瓜都长嘴了，还不准长颈鹿说两句？”

朱妮娜一时没憋住，笑出声来。

“嗯……疼！”她皱眉，小口呼气，“你别……那么重……”

“再忍一下。”

“真的好疼，啊——”

牧洲下手不重，可怕痛的朱妮娜还是痛得大叫。直到疼得她两眼泛起泪花，耳钉才终于戴上。

朱妮娜小声吸气，伸手轻轻抚摸耳钉的轮廓，掏出手机想看看效果，手机屏幕突然亮起。她举着手机长时间一动不动，目光呆滞地盯着屏幕。

“我接个电话。”她的声音小小的，情绪明显低沉下去，举着手机走向另一头。

十五分钟过后，朱妮娜还是不见人影。

牧洲循着她离开的方向找过去，最后在斜坡的上方找到了她。

她静静地靠着路灯灯杆，在雪地上投出一个小小的黑影，显得格外孤寂。

“你不要去找他，也不要打电话，你打一万个他都不会接的！妈，这么多年了，你知道他是什么人，他改不掉的，他这辈子就是这样。别哭了，离婚吧！我求求你离婚，以后我来养你。”

那头还在癫狂地哭闹，朱妮娜沉默了很久，妥协似的低下头，说：“我回去，我明天回去，你不要伤害自己。”

挂上电话，朱妮娜如同坠进冰潭，全身都在发冷。

天空不知何时飘起了小雪，她仰起头，滚烫的眼泪在眼眶里打转，她强忍着不让它们落下来。

牧洲缓缓走到朱妮娜身后。她听见声音，转过身，刚才明明还忍得住，见着他后却无端觉得很委屈，鼻子一酸，眼泪决堤而下，哭得一抽一抽的。

牧洲盯着她满是泪水的脸，微微蹙眉，问："怎么了？"

朱妮娜眼眶通红，抽泣着说："我……我摔了一跤，好疼，特别疼。"

牧洲闻言，目光迅速将她上下打量了一番。她的衣服脏乱，两个膝盖都磕破了，隐约能看到殷红的血迹。

她本想走近路穿过小树林上坡，谁知雪太滑，一不留神摔了个狗啃屎。

牧洲单膝跪地，认真地查看朱妮娜膝盖上的伤势。不算严重，但还是要及时处理才好，免得落下疤痕。

"还能走吗？"他直起身，轻声问她。

朱妮娜扭头看向别处，眼泪止不住地往下落："不能。"

牧洲深深地凝视着她挂满泪痕的脸，忍住替她擦拭的冲动。他知道，她这时候需要的是发泄，而不是一些无关痛痒的安慰。

他横抱起她，她乖乖的，没挣脱，鸵鸟似的窝在他怀里，泪如雨下。

出了公园，牧洲给公司的人打电话，让他们派了个人开车过来，顺便把他的机车骑回去。

发泄过后，朱妮娜变得异常安静，就像丢了魂的木偶，一言不发地坐在副驾驶座，任他给自己盖上衣服，系好安全带。

牧洲把朱妮娜带回了自己家。

他在镇上跟市里都有房子，这些年风里来雨里去地打拼，也算没白忙活。

由于旅游开发，小镇近几年的经济发展很快，优质地段的商品房也是寸土寸金。牧洲这套房子是两年前买的，标准的三室两厅。他平时一般住在公司，很少回来。

下车时，朱妮娜还在恍神，直到被牧洲抱着进入电梯，才后知后觉地问了一句："去哪里？"

牧洲低头看着她的眼睛，声音低沉道："我家。"

电梯门开了，密码锁开了，玄关的壁灯亮起，朱妮娜似有些不知所措。牧洲把朱妮娜抱到沙发上，缓过神的她死死揪住他的衣服。

牧洲没动，声音是温柔的：“需要什么？”

“我……你……”朱妮娜突然不知该问什么。

游戏进行到这里，已经全然变了味儿，他那么聪明的人，不可能不清楚。

“我给东哥发了消息，嫂子知道你在我这里，不用担心。”牧洲一本正经地解答朱妮娜并不在意的问题，他转身想走，可她拽着不放，那双潮湿的黑眸死死盯着他，似在期待什么，又像在害怕什么。

“别想太多，我带你来这里纯粹是因为方便。”牧洲出声解释。他明白她所有的疑惑和担心，包括那些说不清道不明的复杂情绪。

可即使这么说了，她还是不肯放手。

“还有事？”牧洲问。

朱妮娜看向别处，语气稍显别扭：“你带别的女人来过吗？”

牧洲足足愣了两秒，笑道：“没有。”

“哦。”朱妮娜松开手，故作淡定地四处张望，嘴角却是藏不住的笑意。

屋外风雪交加，屋内温暖如春。

朱妮娜身上的衣服又脏又湿，被牧洲拎着去洗了个澡。出来时，她身上套着他的黑色卫衣，衣摆长得可以遮住她的膝盖。她晃着袖子赤脚走出来，模样看着很滑稽。

牧洲脱了外套，换了一件纯白上衣。他坐在茶几边，低着头吞云吐雾，两条大长腿轻轻抵着沙发腿，流畅的线条让人心生嫉妒。

屋里的顶灯已经关了，唯有沙发一角的落地灯散着柔光。

牧洲听见动静侧头看向朱妮娜，指间的烟飘出缕缕白烟，模糊了他的脸。

朱妮娜缓缓走过来，牧洲摁灭烟头，拽着她的手腕，将她按在沙发上坐好，沉默地捞起她的腿放在自己腿上，然后拿出准备好的消炎药替她处理伤口。

“啊——”朱妮娜疼得瑟缩了一下，被牧洲用力摁住。

“疼呢。”她抬眼看他，露出可怜兮兮的小眼神。

“装可怜也没用，伤口不处理好，以后会留疤。”牧洲盯着她瘀青破皮的伤口，小心翼翼地抹药，俨然一副成熟男人的嘴脸。

同平时云淡风轻的样子不同，此刻的他不调情，也不冷漠，温柔无比，好似他天生就是这样的人。

药膏不小心滚到地毯上，牧洲俯身去捡，起身时，目光向着某处淡淡一瞥，心跳静了两秒。

他不动声色地替她处理好伤口。

结束后，二人保持这个姿势静坐了片刻，谁都没有开口说话。

朱妮娜可以明显听到牧洲压抑的喘息。他的目光盯得她都不知道要怎么呼吸了，她艰难地说道："我……我想喝水。"

不可一世的妮娜大大竟没出息地结巴了，她起身准备去餐厅看看，刚站稳，就被人握着手腕拉到两腿之间。

"你……"

牧洲抬头看她，嗓音沙哑："伤口不疼吗？"

朱妮娜故作淡定地回答："还行。"

"喊声好听的，哥哥抱你去。"牧洲坏笑，痞痞地说道。

朱妮娜硬气地瞪他，说："少做梦了你。"

牧洲意味深长地盯着她，那双明净的眼睛仿佛有摄魂夺魄的魔力。

良久，他恢复标准微笑的假面，起身倒了一杯水，递给她，说："喝吧，喝完早点儿睡。"

朱妮娜憋回差点儿问出口的话，接过水杯一饮而尽。

牧洲带着她来到主卧门口，特别绅士地替她开门，转身看着她。她一副欲语还休的纠结模样，可就是不肯先服软。

"不进去？"牧洲问。

朱妮娜闷闷地嘟囔："催个屁。"

牧洲眼底漾过一抹笑意，他倒要看她装到什么时候。

朱妮娜磨磨叽叽地走进主卧，转身面对面地看着他。

木门缓缓合上，隔断两人交织的目光。即将合拢的那一瞬，房门突然打开。

朱妮娜径直跳到牧洲身上。他用两只手稳稳接住，二人疯狂亲吻，几乎是无缝衔接。她动情地咬他的舌头，他吃痛，皱眉低哼。

"朱妮娜。"牧洲喘得厉害。

"少废话。"朱妮娜眉眼含情，她两只手轻轻捧起他的脸，换了个角度深情地吻下去。

第十三章 再也不见

薄雾弥漫的清晨，空气湿冷。

窗外，天色渐渐明亮。

柔软的大床上，牧洲侧躺着睡熟了，朱妮娜穿着他的衣服蹲在床边。她单手撑着下巴，直愣愣地盯着牧洲那张清秀的脸。

他的皮肤是真好，白皙红润，近看一个毛孔都没有。她昨天清早已经偷偷摸过，细腻紧致的丝滑触感，让人心神荡漾。

屋里静极了，牧洲的呼吸很轻，浓密纤长的睫毛轻轻颤动，一下一下撩拨她的心。

昨夜发生的一切还历历在目，朱妮娜选择放纵自己。

快天亮时，朱妮娜累得完全不想动，平时那点儿肆意妄为的嚣张劲也荡然无存。

牧洲的气压很低。她以为他在生气，并不愿热脸贴冷屁股，转过身背对着他睡。没过多久，牧洲从后面抱上来，朱妮娜心头一颤，慢悠悠地在他怀里转身。

床头灯光线暗淡，照亮牧洲小半张白皙的脸。

“对不起，我破例了。”他几番欲言又止，终于说出口。

朱妮娜知道他指的是什么，轻描淡写道：“你情我愿的事情。我也有一半的错。”

牧洲神色复杂地合上眼，温柔地把她抱在怀里，在她耳边低语：“不要轻易相信男人，他们的每一句话，每个动作，包括每个笑都有可能是假的。”

朱妮娜笑了一下，推开他，仰头看着他漆黑明亮的眼睛，问：“那现在的你，也是假的吗？”

牧洲默不作声地盯着她，嗓音沉重：“也许是真的，也许。”

屋外天色渐明，明媚的朝阳洒了进来，满屋子都是灿烂的金光。

朱妮娜轻手轻脚地离开房间，换上昨晚弄脏的衣服。她的裤子上全是泥痕，像个无家可归的小乞丐。

她只想悄无声息地离开这里，就像她从来没有出现过那样。

茶几上的长颈鹿玩偶被她藏在衣服里，她想要带走这个。

转身时，朱妮娜瞥见茶几下的白纸和笔，鬼使神差般，她一笔一画地认真写上自己的名字跟电话。

只不过留下一个小小的念想，四舍入五，不算犯规。

朱妮娜收拾好心情，包括胸腔内难以言喻的难过和失落。天亮了，一切都该结束，若再继续，她会迷失在感情的旋涡里再也找不回自己。

朱妮娜走到门口，手指刚触摸到门把手，身后倏地传来慵懒微哑的男声：“不打个招呼就走？”

朱妮娜的心跳乱作一团，却故作镇定地转过身。

牧洲站在主卧门口，歪着头懒洋洋地靠着门框。他穿着简单的白衣黑裤，黑发凌乱，眉宇间透着少年般的朝气。

朱妮娜努力平复呼吸，尽量用轻松的语气说：“牧洲，我要回去了。”

“北城？”

“嗯。”

牧洲盯着她闪躲的眼睛，微微一笑，说：“注意安全。”

那语气太过自然，近乎冷漠，仿佛昨晚那些克制不住的亲近皆是虚幻。

朱妮娜也说不出自己哪里不大甘心，只好傲慢地抬起下巴说：“你没有什么话想对我说吗？”

牧洲饶有兴致地挑眉，不答反问：“你想听我说什么？”

朱妮娜一时哑然，自嘲地笑了笑，说：“什么都不要说。”她垂眼，嗓音有些抖，“我不想听了。”

她是朱妮娜，她做事干净利落，从不拖泥带水，她恣意洒脱，活得自由自在。

她有她的骄傲，所以即使输了，她也绝不会承认。

转身之际，牧洲突然叫住朱妮娜："等会儿。"

朱妮娜的心重重一跳。她的目光看过去，见他不紧不慢走到茶几前，用两根手指夹住白纸，朝她晃了晃。

"这个，没必要了吧？"牧洲的笑容透着一丝刺骨的冰凉，"游戏我可以陪你玩，你想赢，我也可以让着你，但我们还是不要再打破规矩，对吗？"

朱妮娜看着她，突然间有些不知所措。直到这个时候，她才理解他先前说的那句话：什么都可能是假的，包括他在内。

她抿了抿唇，语气尽可能自然一些："不管怎么说，这两天谢谢你。"

"谢我什么？"牧洲微微勾唇，笑眼迷人，问，"谢我让你开心了？"

朱妮娜没吱声，眼里晃过一丝受伤的情绪。

戏里戏外，虚实交错，她的修行不够，他的演技够好。

"如果不想留着，你可以撕了，不用勉强。"朱妮娜说。

牧洲想了想，认同地点头，当着她的面把白纸撕成几片，随手扔进垃圾桶。

朱妮娜眼睛有些湿润，周遭的景象愈发模糊，她把眼睛用力睁大想看清眼前的人影。

"朱妮娜。"牧洲盯着她微微颤抖的肩膀，两只手垂在身侧用力握紧，在她抬眼对上他的眼睛时，强迫自己说出那句伤人的狠话，"你记得吃药。"

朱妮娜一把掏出藏在胸口的长颈鹿往他脸上扔。

玩偶砸在牧洲的肩头，弹到地上，滚了两圈。

朱妮娜红着眼圈，嗓子像被东西梗住，字音有些变调："我以前觉得男人渣得明明白白是件很爷们儿的事，但我现在挺讨厌的。"

牧洲露出标准的微笑："保持你的讨厌。"

朱妮娜转过身，用力闭上眼睛，憋住汹涌而出的泪水。

好难受，胸口喘不上气来，她快要窒息了。

"再……"朱妮娜背对着牧洲，停顿半秒，笑着说完，"再也不见。"

摔门声震耳欲聋。

屋子里静得连呼吸声都听不见。

牧洲似被什么封印住，一动不动地盯着紧闭的房门。

良久，他弯腰捡起滚至茶几边上的长颈鹿，丑萌丑萌的，样子看着略显滑稽。

可他笑不出来，心脏似被掏空，寒风冷飕飕地直往里灌。

他半蹲下来，从垃圾桶里翻出刚才被他撕碎的纸片。还好，名字是完整的。他把写有朱妮娜名字的纸片小心翼翼地放进裤子口袋，回房换了衣服。离开时，他瞥见床头柜上那枚小小的黑色耳钉。

原想强迫自己当作没看见，且明明已经走出房间，他还是折了回来，认命似的拿了它塞进口袋，和那张纸片放在一起。

牧洲站在落地窗前抽完小半盒烟。

昨晚朱妮娜红着小脸踮起脚，抬头冲他笑，那模样可爱又勾人，让他在那一瞬间产生了想把她占为己有的冲动。

老实说，他从来没遇见过这样的姑娘。

大多数时候幼稚得像个孩子，一惹就奓毛。偶尔又散发着独特的魅力，既有成熟女人的直白大胆，又有小姑娘的娇羞任性，一声声甜腻的“牧洲哥哥”叫得他魂都飘了。

他引以为傲的自制力、钢铁心，前后不过两日，就被人攻克得明明白白。

只可惜，天会亮，故事总会有结局。

如果他才十八岁，他会不管不顾地追随她而去，在她需要的任何地方出现。

可他今年三十岁了，物流公司正在上升阶段，太多逃脱不掉的责任需要他去承担。

成年人的世界总是充斥着各种无可奈何。如果给不了她完整的偏爱，那么他宁愿选择不要开始。

如果有那么一天，他们还会相遇，希望她还能记得他，哪怕是讨厌他也好。

那晚在池塘边约会后，贺枝南不幸感冒，回到小镇后高烧不退。

她死活不肯去医院，魏东没法，没日没夜地守在她身边，喂药喂水，丝毫不敢怠慢。

直到第三日半夜，贺枝南才开始有退烧的苗头，魏东松了一口气。见她浑身汗津津的，他抱着她去卫生间冲了个澡。

再回到床上，贺枝南整个人像是轻松了不少，两只手抱着魏东怎么都不放手。

“想喝水吗？”他也不动，轻声问。

贺枝南摇摇头，虚弱地说：“就想抱抱。”

魏东低声笑起来，她还有心情撒娇，可见病是好了大半。他顺势滑进棉被里，盯着她脸上两团不规则的红晕。

贺枝南嘟囔道：“我明天想吃红烧肉。”

魏东愣了一下，拒绝道：“病好前只能喝粥。”

“病人的心愿，你都不满足。”

魏东笑道：“如果烧退了，我就给你做。”

贺枝南头晕目眩，柔柔地抱着他，鼻尖蹭着他的脖子，撒娇似的说：“哄我一下。”

“怎么哄？”

“你自己想。”贺枝南气恼地捶他胸口，“臭木头。”

“行。”魏东贴着她的耳朵，轻声细语地哄，“宝宝，睡觉了。”

贺枝南身子微微颤动，沉默良久，抬眼看他，脸颊绯红。

“怎么？”

她抿抿唇，诚实地说：“有些害羞。”

魏东微微怔住，随即爽朗一笑，亲昵地亲吻她的眼睛，不停地叫：“宝宝，宝宝，宝宝……”

“好了，你……没完没了……”贺枝南羞得不敢看他，鸵鸟似的藏进他怀里。

他不再闹，温柔地轻拍她的后背。

之前的床单被汗浸湿，魏东换上了新的，闻起来有青草夹杂阳光的气味，让人身心愉悦。

昏昏欲睡前，贺枝南听见他低声说：“明天我接了个活儿，朋友约了我好几次，再推托不好。”

“嗯，你去。”

“齐齐会过来，你有事就差遣他去办，实在难受就给我打电话。”

贺枝南困得不行，闭着眼应道：“好。”

翌日，冬天的阳光温和地照耀着整个小镇。

正是腊月年关，镇子明显变得热闹起来。这天恰好撞上赶集日，镇上人满为患，挤得水泄不通。

上午十一点，张齐齐带着包裹严实的贺枝南出现在镇上。

琳琅满目的年货看得人眼花缭乱，张齐齐一马当先抢了五个灯笼，串起来放在骑来的老款三轮车上，那是他大清早跑去同学家里借的。

两小时前，魏东前脚刚离开，后脚张齐齐就跑来房间叫贺枝南起床。

闲聊时，张齐齐无意间说起这天是镇上的大型赶集日，刚刚退烧的贺枝南来了精神，嚷嚷着要去。

“贺姐姐，东叔要是知道你病没好利索就跟着我瞎跑，我会被他骂死的。”

贺枝南柔声安抚：“有我在，他不敢欺负你。”

“你是不知道，东叔生气时特别可怕，我㞞，我不敢。”

“是吗？”

张齐齐点头如捣蒜。

贺枝南仔细想了想，他们自认识至今，她似乎还真没见识过魏东正儿八经生气的样子。二人日常相处时，他即使有所不满也是直言不讳，他不是那种喜欢藏事的性格。

“不慌，姐姐罩着你。”贺枝南说。

张齐齐思来想去，最终还是遂了她的意。

赶集期间，魏东打了无数个电话给贺枝南。

贺枝南要么是买东西没看见，要么是看见了却心虚不敢接。她两眼盯着手机屏幕发呆，心里有些紧张。

“贺姐姐，你快来，这肉饼子特别香。”张齐齐喊。

贺枝南把手机塞进口袋，眼不见为净，说：“来了。”

他们来来回回逛了两个小时，三轮车里货物堆成了小山。

二人一个骑车，一个走路，张齐齐吹着泡泡糖球，贺枝南举着小胖子用零花钱买给她的纸风车，在寒风里漫步前行。

三轮车顺利拐进小镇主道，张齐齐不知看见了什么，猛然一个急刹，贺枝南正看着风车发愣，冷不丁吓了一跳。顺着他惊悚的目光看去，只见前方不远处，竟是那辆熟悉的皮卡车。

魏东很快从车上下来，连外套都没穿，黑色的衬衣被寒风吹起一角，露出结实有型的腹肌。那张面色铁青的大黑脸，看得人心惊肉跳。

张齐齐整个吓呆了，利索下车，害怕地躲在贺枝南身后。

魏东走近，贺枝南与张齐齐同时退后两步，这一举动显然惹怒了本就暴怒的男人。

“再退一步试试。”他声音低沉。

二人都不敢动了。

贺枝南穿着朴素的白色运动套装，外头套着魏东的东北大棉袄，戴着毛线帽和围巾，全身上下裹得只剩一双眼睛，正惊慌失措地看着魏东。

“电话呢？”魏东皱眉，低声问贺枝南。

“包……包里。”那沉重的压迫感使得贺枝南的呼吸都变得不顺畅了。

“你是没看见还是故意不接？”魏东又问。

张齐齐十分仗义地为贺枝南说话：“东叔，贺姐姐她……”

魏东冷眼扫过去，道：“我问你话了吗？”

张齐齐秒㞞，缩在贺枝南身后继续装死。

“你别怪他，是我……喀喀……我非要去。”

贺枝南病未痊愈，说话时咳嗽不止，魏东眉间的褶皱加深，本就压抑的气氛更加凝滞。

“我是不是说过，你病还没好，不要到处乱跑？”

贺枝南并不觉得这是多么大不了的事情，反倒觉得他有些小题大做，她下颌微微扬起，眼珠子一动不动地盯着魏东说道：“我就是想去逛逛而已。”

“而已？”魏东脾气上来了，怒目圆睁道，“你这叫胡闹，懂吗？”

贺枝南刚在冷风中吹了两个小时，脸颊红至耳根，说话特别吃力：“这也不让，那也不让，我是个人，又不是你管的阿猫阿狗，我现在连基本的人权都没有了吗？”

魏东不吱声，静静地看着她。良久，他倏地朝她抬手。

贺枝南下意识地闭眼躲闪，魏东的手臂悬在半空中，僵硬了几秒，最后落在她的额头上感受了一下，道：“还没完全退烧。”

魏东瞥了一眼三轮车上堆得满满当当的年货，冲张齐齐使了个眼神，小家伙立马心领神会，蚂蚁搬家似的把东西搬上皮卡车后座。

他低头瞧见贺枝南一脸不忿，重重地叹了一声，握住她的手腕，嗓音软了几分：“外头冷，回去再说。”

贺枝南不知哪来的气，不给面子地甩开他的手，说：“我自己会走。”

二人之间从未有过的冷战一触即发。

事实上是贺枝南单方面不搭理魏东。

魏东即使心里有气，还是会习惯性地照顾她，习惯性地嘘寒问暖，甚至晚餐都做了她最爱的红烧肉。

贺枝南食欲不佳，吃了两口就吃不下了。魏东给她夹了一块肉，她当作没看见，扔了筷子就往楼上去。

刚走上楼梯，她忍不住回头看了一眼，只见魏东神色落寞地独自坐在餐桌前，静默片刻，夹过她碗里的肉放进自己碗里。

那一瞬间，贺枝南突然意识到自己过分了。她总是肆意地要各种小脾气，从不担心他会真的跟她计较，像是吃定了他会心软。

回到房间，她在床上静坐了很久，掏出手机给朱妮娜打电话。

朱妮娜那天走得很急，甚至连行李都没拿，到了机场才给她打电话。贺枝南大概清楚她忽然改变主意的原因，但很多事情都没来得及细问，包括她跟牧洲之间的事。

朱妮娜似乎很疲惫，说话比她这个病人还虚弱。

“你妈怎么样？”

“不太好。”朱妮娜倚在医院病房外的白墙上接电话。

她已经两天没合眼了，疲惫地说：“醒了就寻死觅活，吵着非要见我爸。我是真不理解，那么烂的男人有什么好稀罕的？还是说，全天下的男人都一个样？”

“也许是执念。”

朱妮娜冷静地说：“越是得不到，越想掌控在手中。”

“何必呢？相信爱情的人都是蠢蛋。”朱妮娜深深叹了一口气，看向窗外飘落的细雨，声音微微发颤，“南南，我真的好累。”

“我回来陪你好不好？”

“不好。”朱妮娜直言拒绝，“你苦了这么久，好不容易遇到一个知冷知热的好男人，你就在蜜罐里踏实待着，哪里都不要去。”

贺枝南听完沉默片刻，想起这天的事，犹豫着要不要告诉朱妮娜：“其实我……”

“我妈醒了。”朱妮娜出声道，语气焦急，“我先挂了，回聊。”

贺枝南放下手机，绕着小床来来回回走了十几个圈，彻底想通了，拉开房门就往楼下跑。

客厅和餐厅都没人，厨房里隐约传来水声，魏东正弓着腰在水池前洗碗。贺枝南轻步靠近，伸手扯了扯他的衣角。

魏东的动作停了一瞬，没回头，嗓音低沉了些，问：“怎么？”

“我……”贺枝南咬了咬下唇，突然间不知该说什么。

平时二人之间即使有小摩擦，基本都是魏东来求和，她象征性地要要性子，他按着她猛亲一通，这事就当过去了。

冷不丁调换角色，她有些不知所措。

“我想喝热水。”贺枝南憋了半天憋出几个字。

“好。”魏东有条不紊地继续手上的活儿，说，“你去客厅，我给你端来。”

贺枝南气馁地垂眼。果然，糖吃多了影响智商，她好歹也是名牌大学的高才生，怎么遇到这种事，竟完全不知该从何下手？

魏东的态度不冷不热，让人摸不着头脑。

见贺枝南半天不动，魏东关了水，侧头看她，问：“还有事？”

“没。”

“出去吧。”

贺枝南沮丧地转身，失魂落魄地往前走了两步，总觉得就这么走了不甘心。于是，她无奈使出三十六计中百试不爽的那招苦肉计。两腿一软，矫揉造作地惨叫一声。本就神经紧绷的魏东顺手接住她瘫软的身子。她软软地窝在他怀里，可怜巴巴地看着他。

“哪里不舒服？”魏东担忧地皱眉。

“头疼。”贺枝南噘着嘴，反思道，“今早不该跑出去吹那么久的风，头晕了一整天。”

魏东的表情明显缓和了几分，他叹了一声，说：“你明白就好。”

贺枝南努力憋住笑，在他抱她起身时双手搂住他的脖子，埋在他颈边虚弱地小口喘息，故意让他心疼。

回到房间，魏东给贺枝南量了体温，喂了药和糖，要离开时，贺枝南拽住魏东的手指死活不放。

“还有哪里难受？”魏东问。

贺枝南轻轻摇头，病恹恹的模样我见犹怜。

魏东忍不住心软，脸色却依然严肃，他问：“那你拉着我做什么？”

“抱抱。”贺枝南的双眸闪着光，“老公，你抱抱我。”

直到这时，魏东才后知后觉自己被人下了套，他无奈地笑了，问：“刚才是骗我的？”

“没有。”贺枝南垂着眼睛嘟囔，“真的很难受。”

“难受就早些睡觉，我忙完就上来。”魏东作势要起身，贺枝南死抓着不放手，最后竟爬出被子挂在他身上，执拗地不准他走。

“南南。”

“我喜欢听你喊宝宝。”

魏东垂眼，别扭地哼了一声，说：“今天不行。”

“为什么？”

“我在生气。”

话赶话地说出口后，魏东就后悔了，贺枝南顿时眉开眼笑。

魏东深深地闭了闭眼，伸手扒拉身上的“小八爪鱼”，道：“你下来，我碗还没洗完。”

“不要。”贺枝南的双手双脚缠得更紧了，酡红的脸颊贴着他的脖子蹭来蹭去，认错态度良好，“我知道错了，以后生病就在床上老实待着，绝对不瞎跑，你别生气了好不好？”

“不敢。”魏东面上装得无所谓，心头的怨气却忍不住发泄出来，阴阳怪气道，“以后我不会再管你，管多了你不开心，说我限制你的人身自由。”

贺枝南足足愣了五秒，然后笑得眉眼弯弯。

“笑什么？”魏东皱眉不爽地问道。

“第一次见你这样，很可爱。”

“可……”魏东耳根红得发烫，深知再这么下去，自己仅存的那点儿气焰会被她灭得彻彻底底。他黑着脸强势地把她按在床上，说，“睡觉。”

“晚安吻呢？”贺枝南这次不给他拒绝的机会，含情脉脉地看着他，说，“就亲一下，我保证乖乖睡。”

魏东在心底叹息，还真是拿她一点儿办法都没有。

他两只手撑在她耳边，低头吻她发白的嘴唇，刚要抽离，她突然伸手抱住他的脖子，软软的舌头撬开牙关。

魏东尝到舌尖甜腻的糖果香气，脑子迷糊了两秒。

很快，理智尚存的魏东用力按住她的手，说：“好了，不能再继续了。”

“为什么？”

魏东的胸腔剧烈起伏，隐忍地说：“你还在生病。”

贺枝南的脸颊红得厉害，失魂似的盯着他的眼睛。

魏东微微闭了闭眼，侧过身抱住她，伸手摸了摸她的额头：“应该是退烧了。”

半晌，他抽身想下去给她倒杯水，她却固执地拽紧他的衬衣。

“还难受吗？”魏东问。

贺枝南轻轻摇头，语气诚恳地道歉：“老公，我知道错了。”

“嗯。”魏东面上严肃，眼底却闪过一抹笑意。

“你消气了吗？”

“消了。”

“什么时候？”

魏东低头凑近贺枝南，热气拂过她耳朵，声音沙哑：“你叫声老公，我哪里还有什么脾气？”

腊月二十八，小镇四处张灯结彩，年味正浓。

院子里外都收拾得干干净净，屋檐下高高挂起大红灯笼，增添了几分喜庆。洁白素雅的雪花漫天飞舞，落在参差的屋瓦上，也落在贺枝南的毛绒帽上。

魏东伸手替她拍落，垂眼见她掌心合拢，正哈着热气摩擦取暖。

“过个年这么开心？”他拽过贺枝南的手放进自己的外套里，靠近胸口最暖和的位置，戏谑道，“我以为只有齐齐才会兴奋得睡不着。”

“我喜欢这里，特别热闹。”

“你以前怎么过的？”

冷风吹过，贺枝南冻得直哆嗦，她缩着脖子钻进魏东温暖的怀抱，低声说：“奶奶在世时，我陪着奶奶，她去世后，我就一个人在大屋子里待着。”

“不害怕吗？”

“不怕。”贺枝南冷得声音都在发颤，“除了大年三十，朱妮娜都会过来陪我。”

魏东听完沉默了，犹豫片刻后才缓缓出声：“那你爸妈……”

“不熟。”贺枝南面色阴沉，冷冰冰地说道，“他们不需要我，我也不需要他们。”

魏东见状选择闭嘴，巧妙地跳转话题：“早上想吃什么？”

“只要是你做的，什么都好。”

“我做一辈子都行，你别嫌腻。”

“永远不腻。”贺枝南仰着头，笑盈盈地说道。

魏东也跟着笑，他伸手抱紧她，低头亲吻落在她鼻尖的雪花，说：“进去吧，外头冷。”

“好。”

贺枝南穿着纯白色的长棉衣，一溜烟地小跑进屋，像极了自由随性的雪精灵。

魏东盯着她的背影，伫立半晌，悠然地点燃一根烟。他听过贺枝南的故事，除了无尽的心疼，还有对她父母的不满甚至是愤怒。

人性实在是复杂，有时候，素不相识的人都能伸出援助之手，那些有血缘关系的家人，却往往是推人下地狱的罪魁祸首。

未经他人苦，莫劝他人善，我们没有资格擅自帮任何人原谅任何事。

早饭过后，镇上的快递小哥火急火燎敲开家门。

贺枝南给张婶和张齐齐买的新年衣服到了。她激动得连外套都没穿，踩着雪地靴，抱着衣服就飞奔出门。

魏东没拉住，无奈地笑了笑，拎着她的外套跟上去。

贺枝南精心替张婶选的羊绒大衣，张婶穿上后万分满意，乐得合不拢嘴，急吼吼地跑去邻居家串门，挨家挨户炫耀自己的新大衣。

张齐齐长这么大第一次名牌加身，亢奋得嗷嗷叫，骑着单车冒着风雪跑去各个同学家里瞎嘚瑟。

魏东见状，担忧地皱眉，说：“他还这么小，养成攀比心就坏了。”

贺枝南满不在乎道：“不怕，我是富婆。”

魏东愣了一下，失笑道：“要不要给你个喇叭去街上喊？”

“好。”贺枝南体会到送人礼物的乐趣，眉眼含笑，眼睛闪闪发亮，“反正我有贴身保镖。就你这凶神恶煞的样子，往我身边一站，牛鬼蛇神都吓跑了，谁敢近我的身？”

魏东越听这话，越觉得不对劲，像在夸他，更像在内涵他。他笑道：“小富婆，保镖费什么时候结一下？”

“先欠着。”贺枝南嬉皮笑脸道，两只手背在身后朝外走。

魏东跟上去，不依不饶地说：“小本生意，拒绝赊账。”

“你这么说，我突然想起来了，你当初还坑了我好几千呢。”

“这事你准备记一辈子？”

“当然。”贺枝南傲娇地说，“越有钱，越小气。”

“行。”魏东点点头，跟着她走到自家门前，伸手拽过她，低头看着她的眼睛，说，“哦，我也想起来了，这位租客，我们谈好的租金呢？”

贺枝南微微怔住，不可思议地说：“我整个人都给你了，你还问我要租金？”

“一码归一码。”魏东一本正经地说，“亲兄弟都明算账，你别想赖。”

贺枝南嘴上说不过他，只能用幽怨的眼神狠狠瞪他：“我今天才知道，原来你是如此小肚鸡肠的男人。算了，我不嫁了，你以后也别喊我老婆，我们不熟。”

她跑进屋，自知玩过火的魏东当真了，快步追上去，把她堵在厨房里，解释道：“我说笑的。”

“不信。”

魏东的嗓音软下来：“以后我的所有都乖乖交公，给点儿钱零花就行了。”

“哦。”

“老婆……”

“别瞎喊，说了不熟。”

魏东低低地笑，爱死了她这矫揉造作的小作精样。他低头亲她的脸，问：“这样熟吗？”

“熟了，一点点儿。”

一个热吻印在贺枝南嘴角，魏东又问：“那这样呢？”

贺枝南僵了两秒，胸口浊气散去，伸手抱住他的脖子。

她一个眼神魏东就懂了，抱起她放在料理台上，二人深深凝望对方，笑着吻到一起。

"咚咚"，这时，屋外突然有人敲门。

魏东走去开门，还是刚才的快递小哥。

贺枝南在市里某品牌店订了一套西装，是送给魏东的新年礼物。

魏东平时糙惯了，穿衣风格怎么简单怎么来，用张齐齐的话说，当年他去学校接自己时，不修边幅的样子像极了山顶洞人，可架不住那张脸太帅，又自带忧郁气质，照样吸引不少小姑娘上前搭讪。

"你试试合不合身。"贺枝南催促他去换衣服。

魏东虽说不爱太过正式的风格，可还是会尽量满足她的要求，哪怕自己会觉得不自在。

大约十分钟后，贺枝南终于等到魏东出来。

魏东穿着这身衣服只觉别扭，顶着她痴迷的目光缓慢走下楼梯。

他身形高大健硕，深蓝色外套加棉质白衬衣，没系领带，既正式又不失雅痞，面部轮廓清晰俊朗，剑眉星目，英气逼人。

贺枝南目不转睛地盯着魏东的脸，几步上前接过他手里的领带，默不作声地替他系上。

系到一半，她却不动了，保持这个姿势顿了几秒。

"南南？"

贺枝南瞬间变脸，说："衣服脱了。"

"什么？"

"脱下来。"

"不好看吗？"

"好看。"贺枝南也不知哪根神经不对劲，情绪突然就上来了，粗暴地上手就扒，"所以你以后只能在家里穿。"

魏东闻言笑了，也没多说什么，按住她胡乱扒拉的手，转身上楼换衣服。

等他换好衣服再次出现，贺枝南正双手抱住腿坐在沙发一侧，看着某处发呆，像只害怕受伤的小刺猬。

魏东去厨房给她泡了一杯花茶，递到她跟前，安静地坐在她的身侧。

贺枝南静坐了很久，魏东始终陪着。

等那阵没来由的忧伤过去，贺枝南偏头看向魏东，身子慢慢挪过去，以她最喜欢的姿势坐在他腿上，喊："魏东。"

"嗯。"

贺枝南靠着他的肩头，声音轻轻的："如果没有遇到我，你会跟什么样的女人结婚？"

魏东垂眼，嘴角挂着一丝笑意，问："你想听实话？"

"想。"

魏东伸手摸了摸她的头，安抚她道："爱情跟婚姻对我而言不是必需品，没有这些，我也能活下去。"

贺枝南愣住，缓缓抬起头，看着他那双漆黑的眼睛。

魏东继续说："但我遇见你之后，心动有了轮廓，爱情有了形状，我突然发觉，原来我没有那么烂，原来我这种人，也会有人心疼。"

贺枝南被哄得心花怒放，抿唇笑着，娇嗔道："你还说你不会哄人，明明是高手。"

"过奖了。"

"呸。"

贺枝南伸手揉捏魏东的脸，挤压成各种搞笑的形状，把自己都逗笑了。笑完后，她的情绪又低沉下来："我看见你穿西装，满脑子都是你结婚迎亲的画面。我就在想，如果我没来这里，没有遇见你，你会不会找一个温柔善良的女人，也像对我一样对她好，你们会生两个孩子，一个像你，一个像她。想到这里，我就生气，嫉妒又难过。"

话说到最后，她的声音越来越小："我今天明明吃了药。"

"你很正常，不要怀疑自己。"

"可是……"

魏东明白病症不会突然消失，虽说现在她的病情控制得很好，可那些磨人的情绪还是会时不时跑出来纠缠她的心。他直接说道："过完年，我们就去领证。"

说完他也有些害羞，红着耳根补充道："如果你还想嫁给我的话。"

贺枝南整张脸涨红，结结巴巴道："我……"

"是我心急了。"魏东歉疚地拍了拍她的后腰，说，"还是再等等……"

"不等。"贺枝南求之不得，"我嫁，不用考虑。"

她只想立刻把他完全变成自己的，最好能把他缩小藏进口袋里，随时随地都能看见他。

魏东见她笑得眉眼弯弯，刚才那点儿郁闷的情绪一扫而空，便也跟着憨笑起来，抱着她起身，准备去厨房切些水果。

屋外传来汽车的引擎声，接着，车子好像停了下来，随后是开关车门的声响，没多久，有人敲响大门。

贺枝南用唇语问："谁？"

魏东弯腰把她放下来，摇了摇头，表示他也不知道。

魏东打开门，贺枝南从魏东身后探出头，只见门口站着个穿军装的老人。他腰杆笔挺，精神铄矍，眉宇间有种不怒自威的气势。

"好久不见，魏东。"老人道。

魏东诧异了两秒，敬了个军礼，大声道："政委好！"

第十四章 他的过往

天色分外阴沉，密密麻麻的雪花从天而降。

屋外风声狂啸，屋内温暖宁静。

贺枝南沏了一壶茉莉花茶，转身走出厨房，又突然停住，折回厨房，翻箱倒柜寻出张婶先前送的春茶，用沸水冲泡，淡雅的茶香扑鼻而来。

精致的茶杯斟上七分热茶，贺枝南礼貌地微笑着呈上，随后在魏东耳边低语两句，转身出了小院。

长达十分钟，屋里始终沉静如水。

魏东规矩地坐在沙发一侧，背脊挺直，两只手端正地放在腿上，宛如还在部队受训，那副正襟危坐的严肃模样惹得老人频频皱眉。

“魏东。”

魏东闻声起立：“到！”

“啧，我就是顺路来看看你，又不是专门跑来训话的。”老人鬓角发白，目光坚定，自带军人特有的威严气质，见魏东半天不动，语气稍重，“坐下。”

“政委……”

“这是命令。”

闻言，魏东也不再多说，乖乖坐回沙发。

老人喝了一口茶，细细回味，赞许地点头：“茶不错。”

他侧目看去，魏东还是一动不动的木头样，眼神都不带偏的，他忍不住斜眼骂道：“你这小子还是这副臭德行。我说了一万次，出了部队的门，你就跟牧洲一样喊我三叔，别老板着一张脸，我那点儿好心情都让你给破坏了。”

“对不起，政委。”

老人横眉瞪眼，气氛骤然凝固。

“三叔。”魏东垂眼，听话地松了口。

这么些年过去，他还是拗不过这个老人。那话怎么说来着？姜还是老的辣。

“喝茶。”

“是。”

二人安静品茶，时不时闲聊两句。

“昨晚我抽空去了趟牧洲那里，物流公司弄得有模有样的，不错，你也帮了不少忙吧？”

“应该的。”魏东放下茶杯，一本正经地回答，“我们是兄弟，何况我也算股东之一。”

“看他走上正路，我就放心了，否则我都没脸去他爷爷坟前扫墓。那小子以前太浑，要不是在部队磨炼了两年，指不定都当上混混头子了。”

“他只是年少叛逆，其实他自己很有想法，也懂分寸。”

老人想起牧洲以前的混账模样就来气，说：“你别帮他说话。要我说，他当年就应该跟你们一起去特种部队，后头就不用遭那么多罪了。”

魏东没吱声，只轻轻点头。关于这点，他非常赞同政委的话。

想当初，他、清风和牧洲同时入伍，老人是当时部队的政委，也是牧洲的三叔。

特种部队来队里选拔，他们三个人同时被选上，牧洲犹豫很久后选择放弃。所有人都知道，他是为了林晓涵。

“对了，你那店怎么样了？”

“还行，谋生足够了。”

“那就好。”

政委喝完一杯茶，魏东又迅速斟满一杯。政委瞥了他一眼，道：“茶倒七分满，酒倒八分满，你没事就多读些书，刚才那姑娘都比你懂常识。”

魏东低头，憨憨地笑道：“您说得对。”

老人看他一脸憨态，谈到姑娘时却乐得合不拢嘴，戏谑道：“说说吧。”

“什么？”

“从哪儿骗来的小姑娘？”

“没骗，我正儿八经追的。”

“哟，铁树还能开花？”

“三叔。”魏东不好意思地笑笑，脸都红了。

“你也老大不小了，抓紧一些，争取早点儿让你地底下的奶奶也跟着乐呵一下。”

“我明白。”

之后，二人有一搭没一搭地聊天。不知过了多久，屋外有人推门进来，二人同时侧头看去，正好瞧见包成粽子似的贺枝南。

她抱着从张婶那里弄来的桃花酿，冷不丁对上两双眼睛，微微愣住，随即展露出温柔的笑颜。

魏东上前接过她怀里的酒罐，抱在手上沉甸甸的，低头见她嘴唇冻得发白，笑着问：“从张婶那里骗来的？”

“什么叫骗？我明目张胆拿的。”

“她也就疼你，换我去，少不了一顿毒打。”

贺枝南笑呵呵地回击：“关于你是浑蛋这件事，大家都知道。”

魏东噎住了。

趁魏东去厨房做饭，贺枝南把之前做好的绿豆糕拿出来待客。

中老年人大多不喜欢腻人的甜品，中式糕点更符合他们的口味。

果然，政委尝了两口就连夸好吃，听闻是她做的，更是赞不绝口，连吃了好几块，给足了她面子。

“姑娘是哪里人？”

“北城。”

政委诧异了几秒，疑惑大城市的姑娘怎么会出现在这个小镇子。

“北城是个好地方。”政委瞧了一眼正在厨房忙碌的背影，笑盈盈地说，“魏东这小子有福气。”

“不是他的福气，是我的福气。”贺枝南说话时温声细语，明明是北方姑娘，说话时的语气却颇有江南地区的绵软，“魏东是个很好很好的人，我能够遇见他，是我的福报。”

老人点了点头：“都是有福之人，都是缘分。”

贺枝南闻言笑了，问：“我还做了桂花糕，您要尝尝吗？”

“要，我就好这一口。”

贺枝南家世好，自小见识广，只要愿意，什么都能与人聊个一二。她讨厌无聊且虚伪的交际，可只要是魏东在乎的人，她都会很用心地对待。

屋外的雪越下越大，明明是午后，天却昏暗得仿佛要压下来，鹅毛大雪纷纷扬扬，大地很快一片白。

饭桌上，三个人欢快地聊天吃饭。

贺枝南感冒刚好，魏东不准她喝酒，她就捧着橙汁小口抿，听他们聊起部队那些事。

老人连喝了几杯酒，伸手指挥魏东：“你们拍的那张合照呢？拿出来我瞧瞧。”

魏东喝了不少酒，双颊泛红，委婉拒绝：“不知道收到哪里去了。”

“少跟我来这套。”老人打了个酒嗝，目光犀利地瞪他，道，“你小子我还不了解？什么东西都收拾得规规整整，以前当兵时，内务最好的人就是你。”

魏东自知糊弄不过去，低头笑着，索性不说话了。起身时，他的头忽然一阵眩晕，遂两只手撑住桌沿。

贺枝南扶住他的胳膊，见他目光涣散，笑道：“喝醉了？”

“怎么可能！”魏东嘴硬反驳，摇了摇头，这下更晕了。

张婶酿的酒确实有些名堂，谁喝谁迷糊。

贺枝南扶着魏东踉踉跄跄地上楼。推开房间门，刚往前走一步，魏东拽住她的手腕将她扯到跟前。

贺枝南惊慌抬头，还没看清魏东的脸，对方的吻便落了下来。

他吻得激烈且暴戾，满口诱人的酒香，呼吸灼热，双眼发红，恨不得吸干她。

“魏东……”贺枝南顾忌楼下有客人在，不肯陪他发疯，偏头躲他灼热的唇。

“老婆。”魏东似乎真的醉了，平时那么糙的硬汉，只有酒醉迷糊时才会耍赖似的压着她撒娇，“亲我。”

“别闹。”贺枝南小口喘息，小声哄着，“楼下还有人。”

“亲我。”这种时候，魏东固执得像个孩子。

贺枝南从没见过他这一面。她习惯了他像个老父亲一样全方位照顾她，冷不丁来这一出，她觉得好笑又欣喜。

“照片在哪里？”她软着嗓音问。

醉酒的魏东眉头紧蹙，半晌，不太开心地说：“我告诉你，你就亲我？”

“嗯。”贺枝南认真憋笑，像大人在哄骗小孩。

魏东信以为真，说：“下面第三个抽屉，铁盒子里面。”

贺枝南用了点儿力气推开他，很快找到老人提及的那张照片。

照片上是意气风发的三个年轻男人，身穿笔挺的军装，恰是风华正茂的年纪。

最左侧的人是牧洲。十八岁的他跟现在几乎无差别，娃娃脸果然最耐得住岁月的摧残，如果真要比较，现在的他多了几分成熟男人的韵味，比青涩懵懂的少年更有吸引力。

居中的男人她没见过，个子也高，偏瘦，五官俊秀，文青气质很浓。

至于右侧那人，贺枝南看了半天才确定，那个眉眼深邃，目光清澈，笑容纯净的少年，大概是某个喝醉酒，正抱着她耍无赖的人年轻时的样子。

那一刻，贺枝南突然相信了牧洲说过的话。

年轻时的魏东，那双漆黑明亮的眼睛，宛如夜间闪烁的星星，足以击中怀春少女的心。

贺枝南仔细收好照片，转身看向满眼深情的魏东。

虽然少年时代的他英气逼人，可她还是更喜欢现在的他，浑身上下散发着成熟男人特有的荷尔蒙气息，给她满满的安全感，全方位地保护她。

“老公。”贺枝南喊。

魏东的脑子晕乎乎的，这一声叫得他舒服极了，他轻声应：“嗯？”

“你低个头。”

魏东呆滞了两秒，听话地低头凑近。

贺枝南在他的侧脸印上一个吻，亲完后她满脸通红，像个娇羞的少女。

“就这样？”魏东表示等了很久，这个吻并不解馋。

“你还想怎样？”贺枝南抬头瞪他。

魏东低头耳语：“我想……”

贺枝南听得满脸羞红，决定不再陪他发疯，扯着他就往门外走，说："客人还在下面等着。"

魏东不动，贺枝南恼了，气愤地掐他的胳膊，可掐了半天对方纹丝未动，她反倒被人扯到床边，重重地压在床上。

"魏东！"贺枝南喊。

"老婆，老婆。"魏东喝醉了，笑起来憨憨的，很可爱，他问，"你喜欢我吗？"

贺枝南侧过头，乐得整个身子都在颤，好半天才止住，说："起来。"

"你先回答。"魏东不依不饶地追问。

贺枝南被纠缠得没办法，盯着那双被酒气熏染的黑瞳，轻声道："喜欢。"

魏东酒后反应迟钝，过了好几秒，才咧开嘴角，傻呵呵大笑："我也……我也好喜欢你。"

"嗯……好了……你……"贺枝南扭身想拒绝，压在她身上的人却不动了。

她疑惑地侧头看去，男人双眼紧闭，浓黑的长睫毛微微颤动，似乎睡着了。

贺枝南费了九牛二虎之力，总算把身上的"巨人"推开。她站在床边，盯着他酒醉迷糊的睡颜，弯腰偷亲一口，出门前不忘给他盖好被子。

餐桌前，政委一人自斟自饮，酒罐眼看就要空了。

听见楼梯那边有动静，他侧头看过去，只看见贺枝南，未见魏东。他瞬间了然，等贺枝南走近，笑着问她："醉了？"

"嗯。"贺枝南歉疚地笑了笑，"他睡着了。"

"当兵时号称千杯不倒，如今酒量退步不止一点点儿。"政委唏嘘道。

贺枝南坐回餐桌边。男主人虽醉倒了，女主人还是得接着陪好客人。

她从口袋里掏出那张老照片，放置在老人面前的桌子上，轻声道："这是您要的照片。"

政委眯着眼看了片刻，转而掏出老花镜，拿起照片细细端详，挂在脸上的笑容逐渐凝固，转为无尽的悲伤，他感慨道："唉，多好的孩子，可惜了。”

贺枝南听不懂他的话，也没好意思问，起身替他倒了杯酒。

老人还沉浸在情绪里，一口喝完杯中酒，再看了几眼照片，侧头问她：“以前的事，他跟你提起过吗？”

贺枝南轻轻摇头，道：“他不说，我就不问。”

“那小子就是这德行，什么事都藏在心里，习惯自己默默承受。”

既然聊到这个话题，贺枝南索性鼓起勇气问出口：“我之前听他说，有个好朋友离世了，是中间这个人吗？”

政委点点头，说：“他叫清风，跟魏东同岁，二人从小一起长大。

“魏东这人个性深沉，话也很少。清风性格活泼，又爱文艺，喜欢唱歌，喜欢摇滚，成天吟诗作对，队里少了他，快乐得少一半。”

谈及此人，老人不禁露出慈祥的笑容。那段欢乐的时光，他到现在仍记忆犹新。

“后来他们进了特种部队，魏东是狙击手，清风是观察员，二人是很默契的一对搭档，只是……”

“只是什么？”贺枝南问。

过了这么些年再说起此事，政委依旧无比心痛，声音也哽咽了几分：“有一次他们去边境出任务，抓一个犯罪团伙，清风在那次行动中不幸牺牲，连中十几枪，身上全是一个个的血窟窿。”

贺枝南单是听着都觉得难过，无法想象重情重义的魏东当时的心情。

“这件事后，魏东一直都很自责，他认为是自己决策有误，才导致清风的牺牲。那段时间他很崩溃，医生说是战后创伤后遗症。他治疗过一段时间，没用，且情况越来越糟，后来他甚至连枪都握不了。”政委停顿两秒，缓缓道，“一个狙击手不能握枪，就不能再称之为狙击手。”

“所以，他选择了退伍？”贺枝南讶异道。

“是。”政委又说，“清风家里父母早亡，只有一个失明的外婆，魏东退伍后一直替清风尽孝，可老人在知道清风的死讯后，没多久也郁郁而终了。”

听到这里，贺枝南不禁红了眼眶。

她了解魏东，他一定会把这些归咎于自己，把自己压得喘不过气。

“其实我知道，开刺青店并不是他真正想干的事。”

贺枝南没说话，眼睛一眨也不眨地看着老人。

“那是清风的梦想。”政委心疼得直摇头，轻声叹息，“他是在用自己的人生，填补逝者的遗憾。”

夜色岑寂，寒风萧瑟。

小院里，矮树干枯的枝条上积满了雪，风吹过，卷落的雪似白色花瓣轻盈坠地。魏东这一觉睡得格外久，他卷着被子翻了个身，醒了过来，思绪缓缓清晰。

屋外已经天黑。

他起身下床，去卫生间洗了把脸，酒醒了大半。

魏东轻手轻脚下楼，客厅的电视正在播放无聊的综艺节目，从厨房传来丁零当啷的碗碟声。他走到厨房门口，瞥见贺枝南纤瘦窈窕的背影。

她穿着柔软的米黄色毛衣，绸缎般的黑长发松松地绾起，露出细白的脖颈。即使她什么都不做，只是静静地站在那里，就足以令他迷醉。

贺枝南没注意到身后有人，正全神贯注地切香肠，腰上倏然一紧，多出一条黝黑结实的胳膊。她抿唇笑了，停下手里的动作，说：“醒了？”

“嗯。”魏东温柔地抱着她，低头亲吻她微凉的耳尖，问，“政委呢？”

“他喝得差不多了，让人接走了。”贺枝南洗净双手，从他怀里转身，看到他睡得皱巴巴的衬衣，下意识地替他整理好，说，“他说有时间再来看你，让你照顾好自己。”

“知道了。”魏东更用力地抱紧她，下巴搁在她的肩上，一动不动。

“起来。”贺枝南娇声嘟囔，“你好重。”

“别动，我就抱一会儿。”魏东说话的语调还像喝醉时那般腻歪，撒娇而不自知，“老婆，我的头好晕。”

贺枝南信以为真，以为他还觉得难受，乖乖不动了，双手摸到他的后腰，安慰似的上下抚摸，问："口渴不渴？我给你倒水？"

魏东不说话，轻轻摇头。

"肚子饿吗？你中午就没吃什么，还喝了那么多酒，胃里应该很难受。"贺枝南絮絮叨叨，满眼关切。

装柔弱的魏东低低地笑，心里暖暖的。

自从贺枝南出现后，那些年的灰暗的记忆日渐模糊。

他的心不再惶恐不安，反而变得平稳而坚定。

"你笑什么？"贺枝南满心担忧，他竟还在傻呵呵地笑。

"没什么。"魏东直起身，目光扫过料理台，说，"这里我来，你先去客厅。"

"不行。"

"嗯？"

贺枝南推开他，豪迈地宣布："今晚我来做饭。"

魏东足足愣了三秒，幽幽地问："你会做什么？"

"炒饭。"

魏东稍显讶异，将要出口的话又吞回去，想着不管怎么样，不能打消她的积极性："行，可我必须在旁边看着。"

"不可以。"贺枝南斩钉截铁地拒绝，"我哪里知道你会不会偷学。"

魏东有些无语，心里琢磨她能研究出什么奇葩美食。

"出去，你出去。"

"南南。"

魏东被她三两下硬推出厨房，门缓缓合上。

庆幸的是，贺枝南没锁门。他暗自拉开小口，偷窥狂似的从门缝往里看。

他眼睁睁看着她手忙脚乱地往锅里倒油，打入鸡蛋，扔进剩饭和各种配菜，锅铲弄得锅底哐哐作响，真有几分拆家的架势。

整排调料被贺枝南倒了个遍，前面魏东还能忍住，直到她拿起醋朝锅里猛倒。他来不及阻止，立刻满屋子全是刺鼻的酸气。

贺枝南也蒙了，迷惑地盯着醋瓶看了几秒，轻轻放下。

蛋炒饭能放醋吗？

算了，应该吃不死人。

几分钟后，一碗色香味俱全的秘制炒饭出锅了。

贺枝南满心欢喜地催促魏东动勺子："你趁热吃，不够的话，锅里还有。"

"南南……"魏东犹豫片刻，艰难地问出口，"你放了醋？"

"嗯，一点点儿。"

"我的意思是，为什么要放醋？"

"不可以吗？"贺枝南面上毫无波澜，嘴硬地狡辩，"醋熘……蛋炒饭，新科技。"

"原来如此。"魏东若有所思地点点头，用尽全力憋笑，颤抖的手慢慢伸向那碗黑乎乎的米饭，一副视死如归的样子。

"东叔！"恰逢此时，张齐齐推门而入。他一进屋就被那股浓烈的酸味呛到，捂着鼻子嘀咕："这是什么味儿？"

贺枝南笑眯眯地问："齐齐，你吃饭了吗？"

单纯的张齐齐并未察觉到危险来临，答道："没。"

贺枝南脸上笑开了花，说："那刚好，你坐下来陪你东叔一起吃。"

说完，她转身走向厨房。

张齐齐隐隐察觉出不对劲，转头看向魏东，又看看那碗看着就像"黑暗料理"的炒饭。

魏东不好出声，只能暗暗给他使眼色。

聪明的张齐齐从魏东眼里看到了两个字——快跑。他吓得连退两步，一秒也不敢耽搁，撒开脚丫子飞奔离去。

等贺枝南端着碗回来，张齐齐已经消失无影。

她疑惑地问："齐齐呢？"

魏东平静地回答："张婶喊他回家吃饭了。"

"可惜。"贺枝南失落地盯着那碗炒饭，扭头咳了两声，说，"那你全吃光，不要浪费。"

魏东面色一僵，几秒后恢复如常，听话得像一条大狼狗："好的，老婆。"

第十五章 心动的颜色

夜里十点，窗外雪不停，风不止。

不知是酒精作祟还是那碗炒饭的后劲太足，魏东当晚吐了三轮，胸口沉闷得像被人用铁锤抡了几锤。他冲了个冷水澡，涣散的精气神才重新回到肉体。

他没穿上衣，头上的湿发还在滴水，推开房间门时，贺枝南正穿着睡衣坐在床边，手里拿着干净的毛巾。

“过来。”她冲他招手，拍了拍身边的位置。

魏东微微一笑，依言坐在床边。

柔软的毛巾罩住他的头，她支起身子半跪在他身后，小心翼翼地替他擦拭。

“对不起，我不该逼你吃完的。”贺枝南思来想去，觉得问题还是出在那碗怪味炒饭上。

“不怪你。”魏东生怕她会多想，轻描淡写道，“炒饭很好吃。”

“你撒谎。”贺枝南停下动作，郁闷地垂眼，说，“魏东，我好像真的没有做饭的天分。”

魏东闻言笑了，扯落毛巾，顺手把她抱到腿上。她假意挣扎两下，郁郁寡欢地低着头。

“哪里有人是完美的？你会做甜品，并且做得很好，光是这点就比我强多了。”

她抬眼看他，杏眼水灵湿润，说：“我觉得我对你不够好。”

“还要怎么好？”魏东失笑，拉着她的手擦拭胸口的水渍，盯着她的眼睛说，“你为我做得已经够多了。”

“可是……”

“南南，能够拥有现在的生活，我很知足。”

贺枝南轻声叹息，满脑子都是下午老人说的那些话。

她心疼地看着眼前眉眼温柔的男人，床头灯的灯光映照着他深情的黑眸，他眼中呼之欲出的爱意让她有种身处蜜罐的感觉。

她很难想象自己出现之前，他是如何在无尽的自责和痛苦中度过那些浑浑噩噩的日子的。

他承受的痛苦从来不比她少，可他从未提过半句，他害怕那些带血的窟窿会转移到她身上，他宁愿自己默默承受，也不舍得拉着她坠入痛苦的深渊。

他义无反顾地掏空自己，去填补她内心的空缺。

想到这里，贺枝南忍不住红了眼眶。她低头缩进他的怀中，贴着他的肩头轻声开口：“魏东。”

“嗯。”

“如果有一天，我被抛弃到一个荒无人烟的地方，临死前，上帝出现了，说可以实现我一个愿望，我会告诉他，我只要魏东，其他什么都不要。”

魏东听见她的哭腔，心疼地说：“怎么了？突然这么多愁善感？”

贺枝南缓缓摇头，吸了吸鼻子，说：“你真的很好，你是我见过的最好的人。”

“别夸，容易骄傲。”魏东不好意思地憨笑两声。之前他听过无数句赞扬的话，可从她嘴里说出来，就好像是真的一样。

他真的没有那么烂，他值得被人好好对待。

“以后，我会学着好好照顾你，也许做不到像你那样无微不至，但我会努力的，努力给你需要的力量，努力让你感受到爱情的美好。”

“我一直都在感受。”魏东摸了摸贺枝南的脸，粗糙的手指抚过她眼角的泪，说，“从遇见你开始，美好从未离开。”

“你就会哄我。”贺枝南娇嗔地瞪他，“油嘴滑舌。”

魏东笑而不语，抱起她放在床上，自己也跟着滑进被子里，二人自然而然地抱在一起。

“困不困？”

“嗯。”

“睡吧，明天过年了。”

贺枝南贴在魏东的胸口，听着他有力的心跳声，困倦地眯了眯眼，道："新年快乐。"

"新年快乐。"迷糊之际，她听见耳边有人在低语，"你的新年礼物，我想等你亲自拆开。"

凌晨两点，物流公司二楼的办公室依旧灯火通明。

牧橙缩着脖子，手里捧着祛寒的姜茶，用力推开办公室的门。

牧洲正站在窗边抽烟。他一改往日的休闲装束，穿着整洁的白衬衣、黑西裤，戴着金边眼镜，面无表情时异常严肃，像极了略有些变态的"病娇男"。

音响正放着歌，是方大同的《特别的人》："爱一个人或许要慷慨，若只想要被爱，最后没有了对白，必须有你我的情真，不求计分的平等，总有幸福有心疼，生命的起伏要认可；懂一个人也许要忍耐，要经过了意外，才了解所谓的爱……"

不知是不是听歌太入迷，牧橙叫了几声，牧洲都没听见，直到他后背挨了一拳。

"哥。"

牧洲收回看向窗外的目光，掐灭烟头，换上标准笑脸，问："怎么还不睡？"

"你怎么了？最近魂不守舍的。"

牧橙前几天去隔壁镇找朋友玩，回来后发现牧洲整个人不在状态，经常看着某一处发呆，有时候还会莫名其妙地笑，跟得了失心疯一样。

牧洲接过她手里的姜茶，拍了拍她的头，说："少操我的心，管好你自己。"

"你今晚不去酒吧？"

"不去。"

牧橙越想越不对劲，狐疑地凑近，一屁股坐到办公桌上，问："这么热闹的日子，你居然窝在办公室里听歌？"

牧洲勾唇笑了笑，语气自然地转移话题："身上的钱够用吗？"

"当然不够，我明天还约了朋友。"

牧洲随手转了一笔钱给牧橙。她瞥了一眼金额，猛地跳起来，问："你是不是变了一个人？突然这么大方。"

牧洲手中拿着打火机转悠，似笑非笑道："我对你小气过？"

牧橙捏着下巴沉思几秒，倏地伸手摸向他的额头，半道却被他打落。

"别闹。"牧洲道。

"你不对劲。"牧橙用的是肯定句。

"什么？"

"你的微信头像用了那么多年，如今突然换成了丑萌的长颈鹿。你不会平白无故干这种事，一定有我不知道的故事。"

"你脑残小说看多了。"牧洲摘了眼镜，手指轻轻摩挲着透明的镜片，淡声道，"随便换的。"

"那你这个耳钉是怎么回事？"牧橙不信他的鬼话，指着他耳垂上的黑色耳钉，单手叉腰，说，"你不是说男人弄这玩意儿很娘吗？"

"怎么，说过的话不能变？"

"别人可以，你不行。"牧橙笃定地说，"我了解你，你从来不会无缘无故地改变。"

牧洲没再接话，抬眼看她，眸光微微泛冷，说："我累了，我想休息。"

牧橙愣了一下，没敢再继续追问下去。

他是那种看起来温柔阳光，实则心思缜密且邪恶的男人，若真惹毛了他，她的好日子也就到头了。

牧橙斟酌半晌，最后选择闭嘴。她拉开办公室的门，还是忍不住好奇，问了男人最后一个问题："耳钉到底是什么时候弄的？"

牧洲沉默良久，垂眼笑了一声，说："下雪的那天。"

门很快合上，屋里只剩下牧洲一个人。

单曲循环的歌在耳边回荡，歌手深情唱道："我们是对方特别的人，奋不顾身，难舍难分，不是一般人的认真。若只有一天爱一个人，让那时间每一刻在倒退，生命中有万事的可能，你就是我要遇见的，特别的人……"

牧洲起身，重新回到窗边。

屋外又下雪了，漫天飞雪中，他隐约看见了那张酷似猫咪的笑脸。

他忍不住跟着笑。

她除了嘴硬，哪里都软。

有些人就是会突然出现在你的世界里，不管不顾地搅乱你的心绪，然后消失无影，像从来没有出现过一样。

你亲眼看着自己沉沦。

除夕当晚，院外的大红灯笼亮起来。

鞭炮声从四面八方传来，此起彼伏，震耳欲聋，空气里弥漫着浓烈的硝烟味儿，缓缓飘洒的雪花被烟雾吞没，融化在暗黑的夜色中。

大门上倒贴的“福”字出自贺枝南之手，笔锋苍劲有力，张婶见到连声称赞，嫌弃张齐齐的鬼画符，丑得没眼看。

今年的团年饭定在魏东家。他从下午开始忙活，拒绝了贺枝南跟齐齐的好心“帮忙”，忙活了半天，赶上饭点，备好一大桌子让人垂涎欲滴的美食。

四个人举杯畅饮，吃得津津有味，欢笑声填满了整个小屋。

饭吃到一半，别家几个小孩跑来找张齐齐，手里提着各式各样的烟花，在院子外大喊：“张齐齐，出来玩。”

张齐齐被伙伴们的呼唤声吸引，抻着脖子往外瞧。几秒后，他默默放下筷子，带着期许的小眼神来回偷瞄桌上三个大人。

张婶正喝得兴起，懒得搭理。

魏东一言不发地看向身侧的贺枝南，她笑着拍拍小胖子的头，说：“去吧，小心一点儿。”

“好嘞！”

张齐齐喝光整杯橙汁，晃着一身肥肉蹦蹦跳跳地跑出去，去开启属于小孩子的欢乐时光。

饭毕，魏东扶着喝醉的张婶躺在沙发上，贺枝南贴心地替她盖好毛毯。

贺枝南看向窗外，雪夜绽放的烟火有种别样的美，满天盛开璀璨的巨大“菊花”，漫天的火花落下来，看得人眼花缭乱。

“外头很热闹，要不要出去走走？”贺枝南问。

魏东没吱声，转身朝楼上走，贺枝南迷茫地盯着他消失的背影。等他再次出现，手里多了厚实的围巾和帽子，她了然地勾唇笑道：“今晚不冷。”

“你感冒刚好，必须捂严实些。”

魏东认真地替她系上围巾，戴上帽子，只留一双清澈的杏眼露在外面，眸光闪闪发亮。

“这么开心？”

“嗯。”贺枝南笑容满面地点头，说，“过年了。”

魏东被这话逗乐，假模假样道：“乖，叔叔晚点儿给你发红包。”

“别晚点儿了，叔叔，现在就发。”

贺枝南本是逗他，他却当真了，伸手从口袋里摸出手机。

他刚翻出她的微信，她就抢过手机，塞进自己的口袋：“全部没收。”

“行。”魏东笑呵呵地牵着贺枝南走到门口，侧头看着她说，“反正……迟早都要上交。”

贺枝南耳根一红，装作听不懂：“别说得我像只母老虎一样，我很民主的。”

“嗯，有时候不像，有时候嘛……嗯嗯……”贺枝南伸手用力捂住他的嘴，生怕他说出什么让人面红耳赤的话。

二人并肩走出小院，冷冽的寒风慢慢吹散空气里的白烟，呛人的硝烟味道四处弥漫。

贺枝南呛得皱起眉，她将冻僵的手塞进魏东的掌心，魏东用力握紧，大手包裹住贺枝南软软的小拳头，带着她走街串巷。

“我们去哪里？”贺枝南仰头看着魏东。

魏东一副高深莫测的样子，说：“带你去个地方。”

“好。”

雪地靴踩在积雪上，时不时有短促的鞭炮声在耳边炸响，贺枝南看着在巷子里玩闹的孩子们，觉得很羡慕，说：“魏东，我也想放烟花。”

魏东看着她可怜巴巴的眼馋样，突然生出自己在带孩子的错觉，说：“你待在这里，别乱跑。”

他安排她站在显眼的路灯下，转身跑向刚刚路过的小学生。两分钟后，他弄来一把仙女棒，因为跑得太急，嘴里不断哈出冷气。

“你抢来的？”贺枝南满眼疑惑。

“什么话？我像那种人吗？”

贺枝南笑嘻嘻地拆穿：“齐齐说你总爱抢他的零食吃。”

魏东深吸一口气，辩解道："我那是怕他长肉，故意的。"

"那你吃了吗？"

"喀。"魏东掏出火机点燃仙女棒，掩饰尴尬，转移话题道，"烟花真好玩。"

贺枝南忍不住笑出声。

这男人幼稚的样子实在太可爱，同他严肃硬朗的外表形成鲜明的对比，让人情不自禁想逗弄，看他拼命遮掩的别扭模样。

贺枝南学着小孩子那样举着仙女棒画圈，一簇簇小小的火花闪烁在夜色下如银河的漫天星光浪漫而美好。

"砰——"

伴着阵阵欢笑声，前方小院内，一个个发亮的火球腾空而起，在半空中炸开，火星迅速坠落，流光溢彩，似散落满天的蒲公英。

这么一对比，贺枝南突然觉得手里的仙女棒不香了。

她转头望向魏东英俊的侧脸，也不说话，只目不转睛地盯着他。

魏东感受到她灼热的注视，眼底闪过一抹笑意，牵着她走向沿河的小道。

"我……"

"知道了。"魏东闭着眼睛都能猜到她的小心思，说，"明年给你准备一车的烟花，让你玩个通宵。"

"一言为定。"贺枝南垂眼，抿嘴偷笑。

"放心。"魏东弯腰凑到她耳边，暧昧地说，"你家老公，说话算话。"

二人一前一后穿过狭长的小巷，拐进沿河小道。洁白的雪花没多久便在魏东的头上积了一层。贺枝南踮着脚替他拍雪，他配合地低下头，直到她露出满意的微笑。

魏东握住贺枝南的手腕，低头亲吻她的掌心，嘴唇温软。正是万家团圆之际，沿河的小店时不时传来欢愉的笑声，昏黄的路灯光将二人亲密相依的影子拉得老长。

魏东带着贺枝南走过白雪覆盖的石桥，停在一间刷着粉漆的小店前。

"到了。"他说。

小店装修风格偏小清新，粉白相错，看着像刚完工不久。

而河的对面，正是魏东的刺青店，"东风刺青"四个大字分外惹眼。

贺枝南看了半天也没看明白，轻声问魏东：“这是哪里？”

魏东不答话，从口袋里翻出钥匙塞进她的掌心，说：“你的新年礼物，打开看看。”

“礼物？”贺枝南听完更蒙了，还想再问什么，抬眼看到魏东充满期待的目光，默默将话咽了回去。

她两步走到门边，将钥匙插进锁孔，轻轻一拧，门开了。

魏东按开壁灯，店内瞬间通明透亮。

小店面积不算太大，左侧是全新的玻璃柜和货架，右侧摆放了几张田园风的桌椅。

再往里走，有个空间很大的操作间，里头打扫得干干净净，台面上摆满了烘焙器材，很多还没拆封。

贺枝南愣怔了几秒，回头看向魏东，一脸的难以置信。

魏东的神色透着几分紧张，像工作完成后等着上级领导验收，心里七上八下。

“如果哪里不喜欢，按你的意思改，改到你满意为止。”

贺枝南安静地看着魏东，过了很久才逐渐回过神。她想起了之前他的那些令她不解的行为。

她住院的后半段，他开始镇上、市里来回跑，大概率是回来亲自监工。那些接不完的电话，记不完的笔记，还有睡梦中挂在嘴边的数字，都是他暴露出的蛛丝马迹。

这件礼物是从何时开始筹谋的，她不得而知。她只知道这世上有那么一个人，远比她自己更在乎她的梦想。

贺枝南久未说话，本就紧张的魏东愈发不安了。他低着头，小心翼翼地问：“不喜欢吗？”

贺枝南摇摇头，往前一步抱住他的腰，双臂用力收紧。

“魏东。”贺枝南声音沙哑道，“谢谢你，我很喜欢这个礼物。”

闻言，魏东舒了一口气。

“喜欢就好。”魏东低声说，“咱俩的店只隔着一条小河，你想我了，随时可以看见我。”

“自恋狂，我才不想你。”贺枝南笑道，娇嗔地瞪了他一眼。

“行，我自恋。”魏东也跟着笑，心情无比愉悦，“我死皮赖脸，我流氓地痞。”

“你对自己的认知还是很清醒的。”

魏东假模假样地感慨道：“没办法，这年头找个老婆不容易，我要不表现好一些，哪天就被老婆抛弃了。到时候郁郁终老，多可怜。”

“呸，你少胡扯。”贺枝南眉头紧蹙，气恼地捶他，“天塌下来我也不会离开你的。”

魏东笑着低头吻她的额头：“礼物验收完毕，我们回家。”

回去的路上，美丽的烟火映着漫天飞雪，冰与火相交融，美不胜收。

二人手牵着手，一步一个脚印，走得缓慢而坚定。

“你是不是花了很多钱？”贺枝南问。

“没有。”魏东柔声安抚贺枝南，“店面是张婶的，店内装修和设备全找的朋友，都是友情价。”

“钱再少，我也心疼。”贺枝南低声道，“你挣钱那么辛苦。”

魏东停下来，用拇指轻轻摩挲她微凉的手背，真诚地说道：“只要是给老婆花钱，花再多，我都心甘情愿。”

“魏东，我有钱。”贺枝南毫不隐瞒自己的“钞能力”，“你不用那么累，我们也能过得很好。”

“你的钱是你的，我的钱也是你的。”魏东笑着同她打趣，“你踏实当好你的小富婆，再用我赚的钱包养我，我很快乐。”

贺枝南怔住，听懂之后羞恼地瞪他：“小算盘打得真不错。”

“当然，毕竟无商不奸嘛。”魏东欠扁地笑道，“我这人心肠黑，专坑外地人。”

贺枝南决定不再搭理这个幼稚的男人，她潇洒地甩开他，大步流星往前走。

魏东盯着她倔强的背影，垂眼笑了笑，三两步追上，用力拽住她的手腕：“南南，店名还没取呢。”

“我已经想好了。”

“叫什么？”

贺枝南露出一抹神秘的微笑，说：“秘密。”

江南的四月，春意盎然。微风轻拂，细雨绵绵。

恰是旅游旺季，静美的小镇迎来一波接一波的人潮，三三两两的游客撑着花色淡雅的油纸伞，漫步在春雨洗礼后的水乡小镇。

滴滴答答的雨点在黑瓦屋顶奏响美妙的乐章，似断了线的珠子，从屋檐成串坠下。

傍晚时分，雨停了。

东风刺青店店门大开，落地灯光线明亮，高大壮硕的魏东弯腰坐在高凳上，正专心致志地做收尾工作。

“行了。”他起身利索地收拾东西，“没啥事就赶紧走，我要关门了。”

熟客随口问道：“东哥，什么事这么着急？”

魏东整理好设备，慢悠悠地回身看向那人，嘚瑟地挑眉：“接我老婆。”

贺枝南的甜品店在三月正式开张，恰好赶上小镇第一波旅游热潮。镇上只有她一家甜品店，生意好得不得了，时常下午就卖断货了。

平时张婶和张齐齐会抽空来帮忙，到了周末，牧橙自告奋勇地跑来做兼职。贺枝南出手很大方，发红包从来不手软，牧橙被她的“钞能力”征服，干起活来也格外有劲。

这天是周三，又是下雨天，人流量不大，直到天黑前，最后一份提拉米苏才终于卖完。

贺枝南在里间的烘焙房准备第二天要用的食材。奶油放在货柜的上层，她踮着脚尝试了半天，最后以失败告终。

她正想去前屋寻个小凳，身后突然伸出一条黝黑的手臂，轻松地拿到奶油。贺枝南在魏东怀里转过身，抬头对上那双漆黑如墨的眼睛，笑问：“你忙完了？”

“嗯。”魏东熟练地打开奶油盒，放在身侧的操作台上，问，“你还要多久？”

“很快。”

“饿不饿？”

“还好。”

魏东盯着贺枝南削尖的下巴，她最近太累，漂亮的鹅蛋脸都变成瓜子脸了。他满眼心疼地看着她问：“要不我先回家做饭？”

“不要。”贺枝南否决了他的提议，认真思索接下来要完成的工作，撒娇似的笑道，“等我半小时就好。”

“不着急，你慢慢来。”

魏东知道她做事时喜欢一个人待着，便贴心地不去打扰。他刚想转身出去，她忽然从后面扯住他的衣摆。

“怎么了？”

“这是什么？”贺枝南直勾勾地盯着他的外套口袋，好奇地伸出手，从里面抽出两个崭新的红本本。

她低头一瞧，险些笑出声来——竟是红底金字的结婚证。这男人居然随身携带着这个。

“你带着这个做什么？”贺枝南使劲憋笑。

魏东不假思索地答道：“累了困了就看两眼，提神醒脑。”

“要不要我帮你钉在墙上？”

“不行。”魏东满脸严肃地从她手里夺过本子，粗糙的手指温柔地抚着上面的字，说，“如果弄坏了，我会很难过。”

贺枝南呵呵傻笑，踮脚捧住他的脸，两只手用力揉，被胡须扎疼手也舍不得放开。她笑道：“亲我一下，老公。”

魏东低头看着她笑盈盈的杏眼，克制地只亲了一下她的脸。

“就这样吗？”贺枝南幽怨地嘟囔。

魏东摆出一副正人君子的嘴脸，伸手摸了摸她的头，以示安抚：“乖，剩下的回家补。”

“我抗议。”

魏东好商好量地说：“那就……晚上慢慢补？”

贺枝南嫣然一笑：“成交。”

约莫半小时后，店内店外被爱干净的魏东收拾得一尘不染。

贺枝南穿着第一次见他时的那件青花旗袍。这衣服料子轻薄，屋外凉风吹过，她冻得微微瑟缩了一下。

魏东锁好店门，脱下外套罩在她身上，衣服上残留着他的体温，全方位包裹住她。

贺枝南亲昵地挽上魏东壮硕的胳膊，二人有一搭没一搭地聊着这天发生的趣事。

昏暗的路灯光照亮甜品店的牌匾，上面四个大字格外醒目：南风甜品。

大字下头，印有八个小字：清风徐来，花自盛开。

青石板路上有着大大小小的水洼，二人相依的身影倒映在水洼中，时而清晰，时而模糊。

“魏东，你第一次见我是什么感觉？”

“好看。”

“肤浅。”

魏东痞痞地勾唇，说：“好看，也好吃。”

“流氓。”贺枝南眉眼含笑，细白的手指戳了戳他的小臂，说，“换你问我。”

“你喜欢我什么？”

“全部。”贺枝南停下来，侧头望向他，含情脉脉道，“你的所有，都让我着迷。”

我从不相信一见钟情，直到那个下雨的傍晚，我遇见了你。

我至今还记得心动的颜色，妖艳赤红，宛如后腰那朵绽放的花。

彼岸花，盛开在人生路上。

埋葬过往，迎接新生。

番外一

怀孕

江南的春雨缠缠绵绵，一下就是好几天。

细雨如丝，空气里弥漫着花草清香。

小桥流水，粉墙黛瓦的古朴小镇在绵绵细雨中，颇有几分水墨画般的绝妙意境，美得令人心醉。

傍晚时分，过往的游客渐少，魏东站在刺青店外眺望河对岸的南风甜品店，能隐约看到店内忙碌的身影。他眸光清亮，笑容里带有几分憨气。

贺枝南正在烘焙间清点食材的存量，腰突然被壮硕黝黑的长臂揽过，后背也贴上炽热的胸膛。她弯了弯嘴角，娇嗔地捶了一下对方：“别闹，还没弄完。”

“今天怎么样？还犯恶心吗？”

她怀孕刚满两个月，孕吐非常严重，魏东每天变着法子给她做好吃的，她要不吃完后吐个精光，要不吃两口就再也咽不下去。有时候她半夜爬起来吐，吐完后脸色惨白，人也有气无力，魏东心疼得不行，可又没法替她承受这些，只能更体贴地照顾好她。

“下午有些难受，吃了些酸枣，好多了。”

“喜欢我就多买些，常备在身上。”

贺枝南知道他是担心她，怕她孕期太辛苦。之前他还提出让她休店，这段时间好好在家安胎，她拒绝了。

“魏东，我没那么娇贵。医生也说宝宝目前很健康，不用卧床。放心，我干什么都慢一点儿，不碍事的。”

魏东叹了一声，憨憨地笑：“你呀，就是林黛玉的身子，大铁牛的心。”

“你敢笑话我是牛？”

“不敢不敢。”

他唇边的笑意加深：“我胆子特别小。”

“鬼扯。”

她娇滴滴地白他一眼，伸手掐他后腰处结实的肌肉。他笑眯眯地任她发泄，拉她站到一旁，自己三两下清点好东西，慢悠悠地牵着她往店外走。

屋外雨势渐小，魏东撑着伞，将伞向贺枝南那一侧倾斜，自己半个身子露在伞外，承受着风雨的“洗礼”。

两人并肩走在湿漉漉的青石板路上，河边的小花随风摇曳，小小的花瓣似盛着晶莹剔透的雨珠，精巧可爱。

“今晚想吃什么？”魏东问道。

贺枝南一早便想好了今晚要吃的菜，她一口气说道：“柠檬汁炒荷兰豆，双倍醋熘土豆丝，番茄鱼汤，饭后水果要酸葡萄和杨梅，睡前再加一杯酸橙汁。”

魏东光听着都觉得后槽牙酸疼，可侧头看到她眉飞色舞的模样，又觉得牙齿掉光也没关系，她开心就好。

“完了，齐齐今晚又得哭。”

“为什么？”

他神秘一笑：“到时候你就知道了。”

晚饭时间，餐桌上都是贺枝南指定的菜，酸味扑鼻而来，她觉得浑身舒畅，食欲大开。

平日那么讲究的人，这次不等人到齐，就偷偷夹了两筷子菜先解馋。

餐桌对面的张齐齐双眼呆滞，等到魏东上了最后一道菜——酸汤水饺，他立刻抬头看着男人，胖嘟嘟的脸上满是幽怨。

“东叔，你这是变相让我减肥吗？”

“全是你贺姐姐点名要吃的，你有意见？”

“没。”

他害怕地咽了咽口水，鼻子嗅着各种酸味，整个人都提不起劲了。

“小宝宝为大，我不挑，吃些边角料就行了。”张齐齐幽怨地说。

贺枝南见张齐齐一直不伸筷子，热情地夹了个饺子给他："东叔牌秘制水饺，外头可吃不到。"

张齐齐看了一圈桌上的菜，确定只有这玩意儿能勉强下肚后，一口咬下去，结果酸得牙齿都要没了，立刻脸色煞白地一口气喝完整杯椰奶。

"东叔你谋杀呀！饺子里头竟然放柠檬，这是给人吃的吗？"张齐齐控诉道。

魏东不说话，笑着抬了抬下巴。张齐齐侧头看去，贺枝南一口一个吃得正欢，甚至竖起大拇指连声称赞："好吃！好吃！"

小胖子欲哭无泪。张婶最近喜欢跟着镇上的老头老太太四处旅游，看来这些日子他只能吃各种酸味食物了。

正郁闷之时，面前突然出现一碗蛋炒饭，张齐齐欣喜不已，忍不住热泪盈眶："东叔……"

"煽情的话就省了，等会儿把碗洗了。"

"好。"

张齐齐大口大口扒饭，满足得想要落泪。

贺枝南闻到那味道就忍不住反胃，魏东赶紧给张齐齐使了个眼色，小胖子心领神会，端着碗屁颠屁颠跑去厨房，搬了个小板凳躲在角落孤独咽饭。

他在心里暗自感慨，唉，苦就苦点儿吧。只要贺姐姐肚子里的宝宝平安健康，让他吃一辈子的蛋炒饭，他都心甘情愿。

深夜，雨停了。许久不露面的月亮挂在天空，月色如水，温柔地照着这个幽静安逸的古镇。

魏东照例端来一盆热水，站在窗前欣赏月亮的贺枝南闻声回头，乖乖坐回床边。

魏东试好水温，轻轻按摩贺枝南的脚底，一点点儿地用热水浸湿，待她完全适应，才将她的双脚放入盆中。

"魏东。"

"嗯？"

贺枝南想着张齐齐今晚的遭遇，又心疼又自责："我会不会很矫情？"

"不会。"魏东猜到她在纠结些什么，柔声细语地安抚她，"齐齐长大了，又不是小孩子，他明白你怀孕有多辛苦，不会计较这些。"

“可他也是长身体的年纪，成天吃这些多不营养。”

魏东笑道：“你放心，他不会饿着自己。光是你给他的那些零花钱，就够他买一屋子零食了。”

“哪里有你说的那么夸张！”

孕期的情绪异常敏感，贺枝南是第一次怀孕，很多东西都要慢慢摸索，好在魏东足够细心，总能第一时间看透她的小心思，三言两句就哄得她心花怒放。

“以后你单独给他开个小灶，不用完全迁就我。”

“知道了。”

魏东细心地替贺枝南擦干脚背的水，迅速清理现场，临走前不忘问一句：“还想吃什么？”

贺枝南歪头细想，没忍住笑了出来：“酸梅糕。”

“好。”

男人点点头，瞥了一眼她还未隆起的小腹，说：“这两个小家伙怕不是命里缺酸。”

“喂！”贺枝南瞪他。

魏东见她横眉竖眼，语气突变，连忙改口道：“多吃酸好，身体健康，吃嘛嘛香。”

贺枝南看着他一本正经的样子就想笑。她低头瞧了一眼刚被套上软毛厚袜子的双脚。袜子上是幼稚的粉红小熊图案，她不禁想起前些日子魏东带着张齐齐去镇上赶集，一大一小挤在小摊前替她挑选孕期穿的袜子时的情景，那画面既违和又温馨。

那是他们满满当当的爱。她感受到了，很暖很暖。

怀双胞胎的第七个月，身形纤瘦的贺枝南挺着硕大的孕肚，行动极其不便，走路都需要人在一旁搀扶才行。

魏东关了甜品店和刺青店，时刻守在她身边忙前忙后，张婶也不再外出旅游，担心她在家会无聊，每日都会上门同她闲聊，或是扶着她在河边慢慢悠悠地散步。

张齐齐除了上学就是窝在魏东家，即使做作业也要时不时跑来看贺枝南两眼才安心。

“贺姐姐，宝宝是男孩还是女孩？”

“还不知道。”

经历过烦人的孕吐期，贺枝南胃口大增，酸甜苦辣来者不拒，人也肉眼可见地圆润起来，双颊泛红，气色极好。

“张婶说，看着像是姑娘。”贺枝南说。

小胖子笑得合不拢嘴，小心翼翼地摸了摸贺枝南的肚子，自言自语道：“妹妹多好，乖巧可爱，以后天天追在我屁股后头喊哥哥，被人欺负了，我还能当她们的保护神。”

朝这边走来的魏东刚好听见了，他伸手掐住小胖子的脖子，掐得小胖子嗷嗷叫。

“你在外头少惹点儿事我就谢天谢地了，还保护神，我看你是破坏神还差不多。”魏东说。

“东叔，你这话我就不爱听了。”张齐齐两手叉腰，一脸严肃道，“保护弟弟妹妹是我的职责所在，谁敢欺负他们就是不给我张齐齐面子，再怎么说我也是小镇……”

“数一数二的打架王。”魏东冷哼。

小胖子噎住，默默吐槽道：“谁给封的？我削不死他。”

魏东面无表情地一脚踹过来，张齐齐灵活地躲闪开，跑远几步还不忘嘚瑟地冲他扭腰翘屁股：“打不到我，你打不到我……”

魏东黑着脸作势要追上去，小胖子一见形势不对，抱着书包赶紧开溜。

目睹这场闹剧的贺枝南直摇头，刚要出口戏谑魏东是个长不大的老男人，手机突然响了，有人打来微信视频电话。

是朱妮娜。

接通后，笑靥如花的朱妮娜冲她挥挥手，她后面是阳光下的大海，海风吹拂着她的长发，隔着屏幕都能嗅到海洋的气息。

“南南，你最近怎么样？宝宝还好吗？”

“很好，你放心。”

“你老公有没有好好照顾你？他要是敢对你不好，我立马飞过来拧断他的脖子。”

魏东听见她凶神恶煞的警告，俯身凑到镜头前：“我听见了，不敢对她不好。”

“哼，算你还有些良心。”

贺枝南盯着在风中摇摆的小女人，暧昧地笑道：“牧洲呢？”

朱妮娜小脸一红，支支吾吾道：“我哪里知道？指不定去哪里勾搭女人了。”

“谁勾搭女人？”

话音未落，她身后蹿出个穿白上衣的男人，二人身高悬殊，镜头只能拍到他上衣胸口处那个兔耳朵的印花。

“浑蛋，手机给我。”朱妮娜忽然大声喊道。

“你抢不到的，矮冬瓜，短腿兔。”

画面剧烈晃动，那头两人激烈争抢，手机最后落在牧洲手上，他四十五度角仰拍，刚好把妮娜气急败坏的模样拍了进来。

“嫂子，来看看这只愤怒的小白兔。”

“牧洲！”朱妮娜扯着嗓门大吼。

牧洲见坏脾气的姑娘生气了，单手勾住她的脖子把她揽在怀里哄，浑然忘了镜头前还有两个观众。

“哥哥错了，晚上好好伺候你。”

朱妮娜最烦这家伙没皮没脸的无赖样，但自己又偏偏很吃这一套。他低声下气地哄两句，她便什么火都消了，不过面上还是傲娇得很，红着脸骂他：“流氓。”

牧洲笑眼迷人，忍不住亲吻她的脸，她不好意思地推他，他不肯放，对着镜头低头吻住她。

“嗯……”

再然后，视频通话中断。

贺枝南尴尬地笑道：“他们看着……挺好。”

魏东低声附和：“不是一家人，不进一家门，这俩简直是绝配。”

“对呀。”贺枝南轻叹了一声，欣慰地笑道，“现在有牧洲在她身边照顾她，我很放心。”

从今往后，那个看似嚣张跋扈，实则敏感又没有安全感的姑娘，再也不会一个人躲着偷偷哭了。

牧洲会好好保护她，给她温暖且细腻的爱。

他们再也离不开彼此，一吻定情，如胶似漆。

那一年的冬天，朱妮娜走后，原本游戏人间的男人忽然变了。

他没日没夜地工作，废寝忘食地干活，等到这边公司稳定，就马不停蹄跑去遥远的北城开了间分公司。

外人只当他事业心太强，迫切想要打通南北业务，只有魏东和贺枝南知道，他醉翁之意不在酒。他分明是冲着朱妮娜去的。

同年的十一月，二人在北城重逢，其间也是各种吵吵闹闹，磕磕绊绊，但也相互依偎，抱团取暖，一起经历过很多事情。

庆幸的是，二人都在纠缠中慢慢认清并坚定了自己的心，往后便是喜闻乐见的大团圆结局，有情人终成眷属。

贺枝南吃着魏东递来的葡萄，葡萄已被细致地剥好皮，酸甜可口的果肉融化在唇齿间。她吃得欢喜，含混不清地说："这么说，我们还算得上是媒人？"

"没错。"

男人替她揉着酸胀难忍的后腰，笑道："所以等他们结婚那天，两双媒人鞋指定跑不掉。"

"你就光惦记人家的鞋。"

"谁说的？我心里只惦记我的老婆和孩子。"

魏东伸手把贺枝南搂进怀里，大手覆上她正抚摸孕肚的手，与之十指相扣。

"你和孩子都是我的宝宝。"

魏东低头贴在她耳边，压低声音说着让人面红耳赤的情话："南南是永远的大宝，值得我独一无二地偏爱。"

番外二

红豆布丁

八月的江南，盛夏时节。

下午四点，烈阳依然强势，空气潮湿闷热。

石拱桥两侧绿草如茵，三三两两的孩子在阳光下追逐奔跑，热得满头大汗。他们结伴走下河边的石阶，两手合掌捧起一捧清清的河水洗脸，解了燥热后，不忘同小伙伴嬉笑打闹，相互泼水。

临近傍晚，河面忽然吹来一阵凉爽的风，乌沉沉的黑云遮天蔽日，不知谁大声喊了句：“快下雨喽，收衣服喽。”

夏天的雨来得迅猛。

雷声震耳，电光闪闪，狂风中，豆大的雨点宛如子弹一般毫不留情地扫下来，发出噼里啪啦的声响，似在放鞭炮。

河边原本来来往往的游客全部跑到屋檐下避雨去了。

桥那头走来一个穿着初中校服的高个儿壮少年，小小年纪却一身强壮结实的肌肉，个子要比同龄人高出一个头。

“齐哥！”

张齐齐听见身后有人喊他，声调略显焦急。

他回头，竟是两个同班的同学。

骨瘦如柴的小眼睛男生就住在他家附近，因为跑得太急，上气不接下气地喘着：“你家妹妹……在幼儿园……被人……人家欺负……”

“什么！”

张齐齐两眼瞪圆，火急火燎跑去河边的小卖部拿了个湿淋淋的拖把，也不顾风狂雨骤，嘴里念念有词：“奶奶个腿的！我家妹妹都敢欺负，活腻了！”

小卖部的老板娘匆匆追出来，扯着嗓子喊：“臭小子，记得给我送回来！”

他跑得很快，顷刻间便消失在茫茫的雨雾中。

小眼睛男生旁边的胖墩儿听着不对劲，捅了捅小眼睛男生的胳膊，说：“哎，你刚才说错了。”

“哪里错了？”

“是小的那个被人欺负，大的那个在欺负别人。”

小眼睛男生一脸困惑：“我哪里分得清？两个长得一模一样。”

胖墩儿抹开糊在眼睛上的雨水，认真解释：“她们很好分清楚，一眼就能看出来。”

铜窑镇第一幼儿园。

门前全是接孩子的家长，因为下雨，小汽车、单车、电动车挤在一起，街道堵得水泄不通。

张齐齐仗着自己牛高马大，挤开人群。他刚踏进幼儿园就听见滑梯那头传来尖厉的女声：“你这孩子怎么随便打人？有没有规矩！”

他闻声觉得不对，拔腿就往那头跑。

秋千边上围了一圈看热闹的人，他从人缝中一眼瞧见被围在中间的穿红色衣服的红豆，她旁边还有个男孩子跌坐在地上，窝在妈妈怀里哭哭啼啼。

“红豆！”

齐齐大吼一声，所有人都看向了他。

他拎着拖把凶神恶煞般地走过去，虽然他还只是初中生，可强悍的气场很有震慑力，吓得那个妈妈后退了两步。

红豆刚被女人用力推搡，狠狠地摔了一跤。她仰头见到张齐齐，瘪嘴憋了半天，哇的一声号啕大哭起来，扑过来死死抱住齐齐的腿：“哥哥，有人欺负我。”

“宠妹狂魔”张齐齐心疼得都要碎了，他横眉瞪眼地高声质问：“哪个这么大胆敢欺负我家妹妹！”

所有人都看向那对母子，那位妈妈抱紧孩子，壮着胆子大声说：“是你家孩子先动手的，现在还恶人先告状！”

张齐齐低头看向红豆，见她软乎乎的脸蛋上挂着晶莹剔透的泪珠，他叹了一声，声音放柔了些：“她说的是真话？”

红豆抽泣着瓮声瓮气地控诉：“是他先抢布丁的玩具，我气不过才动手的。”

“布丁呢？”

红豆扭身，指了指不远处蹲在角落里数小白花的布丁。

张齐齐喊了一声：“布丁。”小丫头慢悠悠地转身，她有着一张同红豆几乎一样的脸。

她穿着浅黄色衬衣，眉头紧锁，不知在思索什么，见到张齐齐顿时眉开眼笑，似一朵绽放的小黄花。

布丁很讲究地套着雨鞋，撑着透明的小雨伞，踩着湿漉漉的地面不紧不慢地走过来，停在小男孩面前。

她板着脸，一本正经地说：“你下次再抢我的玩具，我就告诉老师，听见没有？”

惹事的男孩不敢再狡辩，伸手扯了下妈妈的衣服，心虚地开溜了。

回家的路上，雨已经停了，世间万物宛如在清水里洗过那般洁净。张齐齐一左一右牵着红豆和布丁，红豆话多，叽叽喳喳说个没完，布丁生性安静，大多时候只是听着，并不发言，时不时跟着笑两声。

她们是双胞胎姐妹，长相几乎一模一样，性格却相差甚远。

红豆是姐姐，早五分钟出生，她跟爸爸姓，取名魏晚禾，眉宇也神似爸爸魏东，性子冲动火暴，穿出去的衣服从来不会干干净净地回来，是小镇出了名的捣蛋鬼。

布丁是妹妹，随妈妈姓，取名贺清予，她是个爱干净的“小洁癖”，衣服沾染星点污秽都会皱紧眉头不开心，这点像极了曾是重度强迫症的妈妈贺枝南，日常喜欢穿小旗袍，爱好画画和练字，以及帮妈妈做甜品。

“今天在幼儿园都学了什么？”少年张齐齐像个慈爱的老父亲一样，笑眯眯地问。

红豆摇晃着他的手说：“小兔子的儿歌。”

“唱来听听。”

“小兔子乖乖，把门打开……”

她自己拍手打节拍，童音稚气清脆，张齐齐情不自禁跟着哼唱，末了不忘摸摸她的头，再用零花钱给她们买棒棒糖吃。

风雨过后，太阳出来了，一道艳丽的彩虹横跨天空，宛如一座瑰丽的拱桥。

三人回到小院时，红豆一马当先冲进屋内，雷达似的锁定爸爸的位置："爸爸，爸爸，你最爱的小红豆回来了。"

魏东正在厨房做饭，突然间一个俏皮的小东西扑上来，抱着他的腿左摇右晃。

红豆生来嘴甜，不光爱捣蛋，撒娇也是一把好手，只要东窗事发就开始装小可怜，眼眶一红，爸爸和哥哥就会举双手投降，一句重话都舍不得说。

"你爸爸最爱的人是我。"客厅飘来清清冷冷的女声，身着一袭淡绿色旗袍的贺枝南弯腰抱起小布丁，缓缓走到厨房门口。她抬起精致的下颌，语气十分嘚瑟，"你得去后头排队，红豆。"

"好吧。"红豆歪头想了想，觉得贺枝南的话很有道理，连忙改口道，"妈妈排第一，红豆和布丁并列第二。"

魏东转身抱起脏成小野猫的红豆。

红豆爱笑，即使犯了错也是一张笑盈盈的脸，让人不舍得责备她。她就像一颗香甜软糯的红豆馅汤圆，全身上下软乎乎的，让人抱了就不愿撒手。

父女俩四目相对，不约而同地笑了起来。

贺枝南受不了这对腻歪的父女，摇了摇头，抱着恬静乖巧的布丁走向客厅。

"妈妈，你的衣服可真好看。"小布丁软声说。

"你喜欢吗？"

"喜欢。"

"好，妈妈给你买。"

"谢谢妈妈。"

布丁只有在这种时候才会撒娇："妈妈是全天下最好看的人。"

两父女嬉闹片刻，魏东突然想起刚接到的电话，脸色突然严肃起来："老师打电话给我，说你今天又在学校捣乱，你……"

红豆一听不妙，搂着他的脖子撒娇："爸爸，爸爸不要生气，红豆最最最最喜欢你了。"

“你呀你，屡教不改。”

魏东无奈叹息，拿她一点儿办法也没有。正郁闷，抬头看见换了身干净衣服进屋的张齐齐，便故意地将责任全推到他身上。

“都是你惯的，你看她现在无法无天的。”

“叔，你可别说我，我平时说她两句你那眼神都能把我吃了，咱俩半斤对八两，谁也别怨谁。”

张齐齐几步走过来，十分自然地从魏东怀里抱走红豆，顺带催促道：“肚子饿了，叔你快点儿弄。”

魏东冷笑，只想拿西红柿砸他的后脑勺。可看着少年扮鬼脸逗得女儿眉开眼笑，他又心一软。他不禁想起四年前，两个女儿出生的那个冬天。

寒冬腊月，铜窑镇连下了一周的大雪。

张齐齐心系刚出生的宝宝，死活不肯回家，就睡在魏东家里，半夜听见哭声就立马跑上楼，睡眼惺忪地帮着魏东照顾她们，一把屎一把尿，从来没有一句怨言。

因此红豆自小最黏张齐齐，仗着有他撑腰，在镇上横行霸道，于是时不时会有家长带着孩子找上门，张齐齐便替不肯认错的红豆低声下气道歉，各种赔不是。

“以后有话好好说，别老想着动手。”

红豆口齿伶俐地反驳：“电视上说的，能动手尽量别吵吵。”

张齐齐无言以对。

之后只要红豆和布丁看电视，齐齐百分百守在身边，瞧着不对劲的台词便瞬间换台，比当爹妈的还要紧张。

餐桌前，魏东摆好碗筷，抬头瞧见正在茶几前认真教布丁画画的贺枝南。身姿曼妙的旗袍美人，透着优雅温润的气质。

他不自觉地看呆了，回过神后，垂眼笑了笑，胸口暖得不可思议。

当妈后的贺枝南有一种独特的女性美，眼波流转间情意绵绵，脾气也愈发温柔，时不时会坏心思地撩拨他几句。

他依旧还是那个不经撩的老男人，只敢逮着孩子不在的时候变本加厉地欺负她。

“齐齐，你回家喊张婶来吃饭。”

“姨奶奶说最近减肥，只吃黄瓜和番茄。”张齐齐用手拈了一块红烧肉放进嘴里，满足地眯了眯眼。

“那怎么行？”贺枝南担忧地皱紧眉头，“再怎么减，也不能不吃饭。”

说着她走进厨房，用干净的饭盒打包好饭菜，戳了戳张齐齐的胳膊，说：“你给送去，赶紧的。”

“我不去，姨奶奶会骂死我。”

“齐齐。”

“妈妈，我去！”

红豆自告奋勇地举起手，贺枝南低头看着女儿水灵黑亮的眼睛，忍不住扬了扬唇：“你拿得动吗？”

小丫头狂点头：“幼儿园的同学都喊我大力娃。”

“为什么？”

张齐齐跟魏东异口同声地回答：“因为打架厉害。”

贺枝南扑哧一声笑出来，将东西递给红豆，看着小小的她吃力地拎着纸袋往外走。

约莫五分钟后，红豆蹦蹦跳跳地回来了。

“东西送到了吗？”魏东问。

“送到了。”

“奶奶怎么说？”

“她说因为是红豆送的，所以她会吃光光，如果是小胖子哥哥送的，就要捶他的头。”

张齐齐闻言一个激灵，吓得缩了缩脖子。

幸好他有先见之明，顺利躲过一劫。

入夜，房间内空调温度适宜。

洗过澡的红豆在小床上肆意翻滚，自言自语；布丁坐在书桌前看书，安安静静。

临睡前，魏东和贺枝南照例会来她们的房间说晚安，一前一后亲吻俩闺女的小脸蛋。

“关灯了，乖乖睡觉。”

小灯关上，屋内一片漆黑。

红豆毫无睡意，翻来覆去；布丁侧躺而眠，沉默数羊。

“布丁。”

“嗯。”

“你睡了吗？”

“没有。”

红豆帅气地踢开毯子，轻轻挪到床边，小声说：“我想爸爸妈妈了。”

布丁静默两秒，小声说：“我也是。”

红豆闻言从床上爬起来，在黑暗中摸到拖鞋穿上，然后跑到布丁的床前拉扯她的手。

“我们走吧。”

“去哪里？”

红豆笑嘻嘻地说：“小蝌蚪找妈妈。”

夜里十一点，整个小镇一片宁静。

大床上的男女相拥而眠，贺枝南絮絮叨叨地跟魏东说着今天店里发生的趣事，魏东听着，忽然低头吻了一下她的唇。她呼吸骤紧，两条细胳膊藤蔓似的缠紧他，仰头啃咬他的嘴唇。

他重重地喘了一声，翻身把她压在身下，搂着她的腰细密地亲吻。

唇舌紧密交缠，欲望持续升腾。

刚想进入下一步，门口倏地传来细微的动静，他的动作停顿了两秒，默默撤手，翻身回到原处。

拖鞋踩地的声音十分轻盈，时快时慢，有些杂乱，听着像是两个声音。

没猜错的话，应该是“团伙作案”。

红豆摸到爸爸这边，脱了鞋子爬上床，拱进爸爸怀里，她缩成一团小肉坨，心满意足地闭眼睡觉。

布丁摸到妈妈这边，轻手轻脚爬上床，紧贴着妈妈侧躺着，鼻息间全是妈妈身上的香气。她轻轻闭眼，梦里也是妈妈的身影。

魏东和贺枝南默契装睡，很有耐心地等到两个小家伙睡着。

魏东低头亲吻红豆光洁的额头，贺枝南从后面温柔地抱住布丁。

“老公。”

“嗯？”

“我好爱她们，也好爱你。”

魏东莞尔一笑，借着屋外投进来的昏暗的光线瞥了一眼白墙上的全家福。

张婶穿着艳丽的长裙端坐在中间，笑容灿烂，减肥成功的张齐齐穿着白色衬衣站在张婶后面，五官端正，满脸的少年朝气。

左侧是魏东，深蓝色正装出镜，眉目硬朗，英气逼人，怀里抱着身着同色系背带裤的红豆。

右侧是贺枝南，她牵着布丁，一大一小穿着同款月牙白定制旗袍。

魏东想，这个世界上没有什么能比一家人平平安安更为重要。

他愿意付出一切，拼尽全力保护他们周全。

他们每个人的欢喜，都是他今后为之努力的目标。

“南南。”

魏东压低声音轻唤贺枝南，唇边笑意加深。

那句话他说过很多次，可还是忍不住想让她知道。

“我的人生，因你而圆满。”